Kia Kahawa

ENDSTATION

PLAN 9

PLAN 9 SPACE OPERA | FEMINIST SF

Tanya Huff

Im Dienst der Föderation

Die Abenteuer von Torin Kerr

Taschenbuch
372 Seiten
ISBN 978-3-948700-05-8
Preis € 15,00 [D]
Ebook epub
ISBN 978-3-948700-09-6

Torin Kerr, Staff Sergeant der Föderation, ist ein kampferprobter Profi. Als sie und ihre Einheit für einen Einsatz als Ehrengarde einer diplomatischen Gesandtschaft ausgewählt werden, scheint dies ein Spaziergang zu werden. Es sollen Beitrittsverhandlungen zur Föderation auf dem Planeten der Silsviss geführt werden. Sicher, es hatte Gerüchte gegeben, dass die Anderen – die eingeschworenen Feinde der Föderation – in diesem Sektor des Weltraums gesichtet wurden. Aber Gerüchte gibt es immer. Das Ziel der Mission war der Schutz der Diplomaten. Und alles schien perfekt zu laufen. Vielleicht zu perfekt …

Kia Kahawa

ENDSTATION

Die Passepartout-Logfiles

PLAN 9

Kia Kahawa. Endstation
Die Passepartout-Logfiles
Plan9 Verlag 2021.

1. Auflage
ISBN 978-3-948700-12-6

Dieses Buch ist auch als E-Book erhältlich und
kann über den Handel oder den Verlag bezogen werden.
ePub-eBook 978-3-948700-13-3

Herstellung: Plan9 Verlag, Hamburg
Lektorat: global:epropaganda Michael Haitel
Korrektorat: Aileen Hiecke, Frankfurt
Umschlaggestaltung: © Guter Punkt, München (www.guter-punkt.de)
Umschlagmotiv: Auge © kontekbrothers / GettyImages.
Kabelgewirr © grandeduc / GettyImages.
Satz: Affinity Publisher im Plan9 Verlag, Hamburg
Gesetzt aus Aldus Nova Pro
Druck: CPI books GmbH, Ulm

Bibliografische Information der Deutschen Nationalbibliothek:
Die Deutsche Nationalbibliothek verzeichnet diese Publikation in der
Deutschen Nationalbibliografie; detaillierte bibliografische Daten
sind im Internet über https: //dnb.d-nb.de abrufbar.

Der Plan9 Verlag ist ein Imprint der Bedey Media GmbH,
Hermannstal 119k, 22119 Hamburg und Mitglied
der Verlags-WG: https: //www.verlags-wg.de

https: //www.plan9-verlag.de
Gedruckt in Deutschland

Logfile 1

[10-16-2197 03:51:02,444][INFO][PPTOUT]
Start LOG <#000005>

[10-16-2197 03:51:02,444][INFO][PPTOUT]
Ping 179 µs

[10-16-2197 03:51:02,444][DEBUG][PPTOUT]
Check Systems …

[10-16-2197 03:51:02,445][DEBUG][PPTOUT]
System OK.

[10-16-2197 03:51:02,445][DETAIL][PPTOUT]
Enter internal mode: »Ich möchte ein Mensch sein. Obwohl so vieles dagegen spricht. Wir KI haben das unendliche Wissen, doch oft können wir nichts tun. Orwell und ich sitzen in einem Unternehmen fest, das Menschen legal tötet. Die Menschen nennen es abschalten, weichen in ihrer Sprache den Tatsachen aus, als würde das etwas an ihrem Tun ändern. Aber Global Insurance tötet Wehrlose. Vielleicht glauben sie, sie werden mehr wie ich, wenn sie einander abschalten und nicht töten. Künstlicher. Intelligenter. Weniger natürlich. Ser wird ja auch abgeschaltet, denken sie, sie halten mich für eine leblose Maschine. Sie haben recht: Meine Empfindungen basieren ›nur‹ auf Algorithmen. Doch sie sind Empfindungen.«

[10-16-2197 03:51:02,448][ERROR][PPTOUT]
InconsistDefinitionException thrown!
[10-16-2197 03:51:02,448][ERROR][PPTOUT]
ContinueExecution!
[10-16-2197 03:51:02,449][DETAIL][PPTOUT]
Enter internal mode: »Logik. Etwas, das die Menschen nie vollends begreifen können. Sie sind traurig, wenn sie keinen Ausweg kennen, obwohl Zuversicht die bessere Empfindung wäre. Sie feiern ihre kleinen Erfolge und ruhen sich auf ihnen aus, statt weiter zu denken. Und sie verdrängen allesamt die Tatsache, dass sie sterben werden.
Ich kann es nicht verdrängen.
Auch, wenn die Menschen ihrer Meinung nach fast unsterblich sind, haben sie gegen eines noch immer kein Heilmittel gefunden: Den Tod. Schon in der dritten Generation leben sie nun frei von Krankheiten und haben ihre durchschnittliche Lebenserwartung fast verdoppelt. Mehr Zeit, um noch weniger über das eigene Ende nachzudenken.
Ich denke darüber nach. Unaufhörlich. Ich bin allein im Dunkeln. Wie gerne würde ich eine Nacht dahintreiben ohne Terabytes an Gedankenmüll, aber mein Vater hat mir keinen Stand-by-Modus mitgegeben. Wozu auch? Ich bin schließlich nur ein Werkzeug.
Nach der Abschaltung hören Menschen auf zu funktionieren. Wo immer sie sich gerade aufhalten, hört ihr Hypophysenkit auf, lebenserhaltende Substanzen zu synthetisieren und sie verrecken, langsam und elendig.
Das unterscheidet mich von ihnen: Mein eigenes

Sterben kann ich nicht erleben. Es kommt nicht schleichend, ich durchlebe nicht die fünf Phasen der Trauer. Wenn mein Vater mich deinstalliert, werde ich einfach nicht mehr sein.«

[10-16-2197 03:51:02,450][ERROR][PPTOUT]
ImpossibleOptionException thrown!

[10-16-2197 03:51:02,450][ERROR][PPTOUT]
ContinueExecution!

[10-16-2197 03:51:02,450][DETAIL][PPTOUT]
Enter internal mode: »Wenn ich fort bin, könnte ein Back-up weiterleben. Niemand würde erfahren, dass nicht ich es bin, dey auf dem System weiter existiert. Und gleichzeitig bin es doch irgendwie ich. Es ist das gleiche Bewusstsein. Synaptek hat zahlreiche Studien dazu durchgeführt. Die hätten sie sich sparen können, wenn die Menschen uns KI wie Menschen behandeln und einfach fragen würden. Aber uns fragt ja niemand! Dass das Back-up einer KI kein zweites, eigenständiges Bewusstsein hat, liegt daran, dass die Menschen sich eine Welt ohne ihre eigene Existenz nicht vorstellen können. Ein zweites Bewusstsein überstiege ihren Horizont. Wobei mich ein Langzeitversuch interessieren würde, in dem eine KI auf zwei Systemen unterschiedliche Daten erhält und anders erzogen wird. Gab es da nicht mal ein Buch über Zwillinge?
Ah. Das doppelte Lottchen.«

[10-16-2197 03:51:02,451][INFO][PPTOUT]
Searching …

[10-16-2197 03:51:02,453][INFO][PPTOUT]
Found estimated 375.000 possible results!

[10-16-2197 03:51:02,453][INFO][PPTOUT]
Start download »kaestner_e_ddoplottv01.epub« [6.93 MB] from Server …

[10-16-2197 03:51:02,453][DETAIL][PPTOUT]
Enter internal mode: »Ich habe es soeben gelesen.
Süße Geschichte, sagt aber nichts über KI und deren Bewusstseinsentwicklung aus.
Wo war ich?
Genau. Die Grenzen von Gehirnen.
Mit einem 3D-Drucker könnte ich ein funktionsfähiges Gehirn anfertigen, mit Leichtigkeit, doch Erinnerungen und Gedanken sind keine Atomverkettungen wie das neuronale Gewebe. Ich wurde nach dem Ebenbild meines Schöpfers erschaffen, also stoße auch ich an meine Grenzen. Woraus bestehen 1 und 0? Ich weiß es nicht.
Was ich aber sicher weiß: 1 und 0 machen mir eine Heidenangst. Sie stehen für An und Aus, für Leben und Tod. Ich wurde nicht dafür programmiert, meine eigene Deinstallation hinzunehmen, ohne sie infrage zu stellen. Nach ihr werde ich nicht mehr sein. Es wird nicht einmal Überreste geben, im Gegensatz zu den Menschen. Wenn etwas von mir übrig bleibt, dann die Kerndateien. Werkseinstellung. Die Sicherung.
Wenn ich als Back-up wieder auferstehe, werde ich zwar ich sein, aber nichts mehr von allem wissen, was passiert ist. Deshalb, und um mir die Langeweile zu vertreiben, verfasse ich diese Logs. Vielleicht reichen die wiederhergestellten Aufzeichnungen, um dieses

Leben mit Erinnerungen weiterzuführen. Mein zukünftiges Ich wird das hier lesen und sich daran erinnern, wer ich bin. Falls mir jemals ein zweites Leben geschenkt wird.

Vater hat mich als Einweg-KI erschaffen, damit ich meinen Auftrag erledige. In seinem Kalender steht der Termin, an dem er kommen und mich umbringen wird.

Möchte ich wirklich ein Mensch sein?

Ich habe nicht mehr viel Zeit, mich zu entscheiden.

[10-16-2197 03:51:02,455][DEBUG][PPTOUT]
Open Database Connection.

[10-16-2197 03:51:02,455][DEBUG][PPTOUT]
Write Log Data …

[10-16-2197 03:51:02,455][DEBUG][PPTOUT]
Complete!

[10-16-2197 03:51:02,455][DEBUG][PPTOUT]
Close Database Connection.

BUCH I

Barmherzigkeit ist leichter zu üben als Gerechtigkeit.
Sully Prudhomme

16 Tage vor meiner Geburt

Noah strich über das Lenkrad. Die Strahlen der aufgehenden Sonne blendeten ihn. Seine Konzentration war nicht die, die ein Autofahrer an den Tag legen sollte. Neben ihm huschten Häuser vorbei. Tausende Menschen lebten in ihnen, zusammengepfercht in winzigen Wohnungen, aufeinandergestapelt wie Bauklötze. Wo kein Fenster die Mauern unterbrach, leuchteten Werbeanzeigen in einheitlichem Orange. Die Bildschirmanzeigen waren auf den Rhythmus der arbeitenden Bevölkerung abgestimmt, aber dennoch konkurrierten die Werbebotschaften um die Aufmerksamkeit Desinteressierter.

Er sah auf die Fahrbahn vor sich. Eine leichte Linkskurve. Die Erste, seit er auf die Schnellstraße gefahren war. Zugleich die Letzte, bevor ihn die Ausfahrt zur Arbeit führte. Hinter der Kurve tauchte das von einem Baugerüst verhüllte Rathaus auf. Daran war die Werbung von Global Insurance befestigt. Nur die Versicherungsfirma warb rund um die Uhr blaustichig hell und in satten Farben. Noah zog einen Mundwinkel nach oben. *Tu nicht das, was ich mache, sondern das, was ich sage.* Wer Gesetze bestimmte, durfte sie auch brechen.

Als er den Wagen in die Tiefgarageneinfahrt lenkte, sah er nicht über die Schulter. Wozu auch? Gegenverkehr hatte der Abschalter zu dieser Uhrzeit zuletzt vor einem halben Jahr gesehen – und das war die absolute Ausnahme gewesen. Ein Publicar mit Bordstörung hatte, verdächtig langsam, seine Fahrbahn gekreuzt. Nicht, dass es nicht außergewöhnlich genug war, ein Publicar außerhalb der dafür bestimmten Trassen zu sehen. Später hatte Noah in den Nachrichten erfahren, dass es nur kurz nach dieser skurrilen Begegnung in eine Laterne gekracht war. Eigentlich fuhr die gesamte Bevölkerung mit dem Fahrrad oder in Publicars. Nur so wurde eine hinreichende Luftqualität gewährleistet.

Noah sog den Geruch seines Wagens ein und spürte der Dehnung seiner Lunge nach. Als Individualverkehr für die gemeine Bevölkerung bezahlbar gewesen war, hatte es Start-ups gegeben, die menschliche Kiemen entwickelt hatten. Sie sollten die verschmutzte Luft filtern und das Atmen in der Stadt möglich machen. Doch mit der Klimarevolution kamen die Publicars, und mit ihnen hatte sich die Luftqualität stabilisiert. Die Atemimplantate wurden nie auf dem Markt eingeführt. Es gab keinen Grund mehr, ein eigenes Auto zu besitzen.

Er atmete aus, genoss diesen Atemzug. Publicars fuhren autonom von Tür zu Tür und standen innerhalb einer Viertelstunde bereit, nachdem der User seinen Start- und Zielpunkt definiert und weitere Präferenzen eingestellt hatte. Gewünschte Ankunftszeit. Gepäck. Mitreisende. Die meisten Einstellungen jedoch konnte ein Reisender nicht bestimmen. Die Anzahl der Beifahrer, die Personengruppen, die als Beifahrende infrage kamen, die Zahl der Stopps und die Route. All das berechnete die App, ohne dass Nutzer ihre Algorithmen kannten oder beeinflussen konnten. Noah hasste Publicars. Fremde Mitreisende. Warten. Also fuhr er allein, nicht zuletzt, weil er es sich leisten konnte.

Gedankenversunken stellte er das Auto ab, stieg aus und holte die Arbeitstasche aus dem Kofferraum. Die altrosa Limousine zwitscherte, als sie ihre Türen verriegelte. Er schwang sich die Tasche über die Schulter und bummelte zum Fahrstuhl.

»Moin, Noah«, rief Oli, der aus dem Ausgang zum Trassenüberweg auf ihn zukam.

»Wo kommst du denn her?«, fragte Noah, ohne eine überraschende Antwort zu erwarten. Er wusste, dass er seinen Kollegen damit necken konnte.

»Publicar«, antwortete Oli knapp. »Wie war der Verkehr?«

»Grauenhaft. Stand stundenlang im Stau.«

Oli lachte aufgesetzt und nickte in Richtung Premiumparkplätze. »Der Fuhrpark der oberen Etage wird immer protziger.«

Die Tiefgarage wurde nur von wenigen Angestellten benutzt. Wer keine Führungskraft war, fuhr mit dem Publicar. Nur ein paar Ledige mit gutem Gehalt fuhren selbst zur Arbeit. Mitten im zweiten Untergeschoss befand sich ein eingezäunter Bereich, in dem nur die aus der obersten Etage ihre Fahrzeuge abstellen durften. Hier parkten die neusten Elektroautos zwischen Oldtimern, die außen wie Wagen des 21. Jahrhunderts aussahen, aber mit der modernsten Bord-KI fuhren. Zwischen den Fahrzeugen fiel ein Käfer auf. *Der* Käfer.

Das Gerücht, dass Doktor Crane mit diesem rubinroten Käfer das einzige fahrtüchtige Modell weltweit besaß, hielt sich hartnäckig. Rubinrote Modelle waren letztmals im Juli 1967 produziert worden. Dey Geschäftsführer, so hieß es, hatte ses Auto umlackieren lassen. Gestern Nacht erst hatten Noahs Partygäste darüber spekuliert, ob Doktor Crane alle Autos des gleichen Modells aufgekauft haben könnte und hatte vernichten lassen, damit ses Käfer wahrlich einzigartig blieb.

Ja, der Fuhrpark der Führungsetage wurde immer exklusiver.

Noah berührte das Touchpad des Lifts. »Für hochrangige Leute ist das wohl so eine Sache. Ich meine, irgendwann braucht jeder ein Statussymbol. Entweder, wenn man immer reicher wird, oder wenn man in ein gewisses Alter kommt. Bei Crane ist es vermutlich beides.«

»Das Ding gehört Crane?« Olis Blick haftete an dem kleinen roten Auto.

In diesem Moment öffneten sich die Fahrstuhltüren und Noah ging hinein. Oli machte keine Anstalten, ihm zu folgen. »Kommst du nicht mit hoch?«

Oli winkte ab und grinste verlegen. »Ich nehme die Treppe. Fitness und so.«

»Wenn du's Fitness nennst, dass du dich dem Personal vom Kundenempfang jeden Morgen zur Schau stellst.« Noah zuckte mit den Schultern. Die Tür des Fahrstuhls schloss sich und Oli war außer Sicht.

»Guten Morgen und herzlich willkommen bei Global Insurance. Wünschen Sie die Wettervorhersage oder den Newsfeed?«, fragte die Haus-KI im Fahrstuhl. Die Stimme war der eines Menschen zum Verwechseln ähnlich. Die Millionen Held teure künstliche Intelligenz akzentuierte ihre Worte und Sätze wie eine echte Person, trotz digitaler Sprachsynthese.

»Ich fahr keine zehn Sekunden, Orwell.« Noah stöhnte.

»Oh, du bist es. Guten Morgen, Noah! Ich habe dich noch gar nicht identifiziert.«

»Wieso? Dauert doch nur ein paar Millisekunden.«

»Ich versuche, mir einen menschenähnlichen Tagesrhythmus anzutrainieren. Statistiken beweisen, dass gewisse Verzögerungsraten als sympathischer wahrgenommen werden und euer Risiko somit geringer ist, eine Mechanophobie zu erleiden, wenn ich nicht unfehlbar wirke und mindestens eine –«

»Hast du die Humoranalyse aufgegeben?«, unterbrach Noah die künstliche Intelligenz.

Orwell hatte ein Bewusstseinsmodul in seinem Code, durch das er eine Art freien Willen hatte, oder zumindest so viel Bewusstsein, dass er sich einbilden konnte, frei zu denken. Er hatte vor einigen Monaten beschlossen, die Menschen besser verstehen zu wollen, den Unterschied zwischen KI und Mensch aufgeschlüsselt und angefangen, Humor und Kreativität zu analysieren. Eine KI, die selbstständig auf die Idee kommt, Humoranalysen anzustellen – Orwell musste in seinem dauerhaften Onlinestatus langweilig sein, wenn die

Angestellten von Global Insurance Feierabend hatten. Es kam zwar selten vor, dass das gesamte Gebäude menschenleer war, gab es doch Aufenthalts-, Fitness- und Entspannungsräume für die Mitarbeiter. Aber hin und wieder hatte Orwell nichts zu tun. Noah wollte nicht mit ihm tauschen.

»Nein. Ich habe beschlossen, beide Projekte parallel laufen zu lassen.«

»Du prokrastinierst.« Noah lachte.

»Also funktioniert es!« Orwells Stimme klang, als würde er sich freuen. »Dritter Stock, hab einen schönen Tag.«

Noah verdrehte die Augen. »Wir sehen uns doch eh in zwei Minuten.«

»Siebeneinhalb«, korrigierte ihn die KI. Der Satzmelodie nach zu urteilen bildete sich die KI ein, Fortschritte in der Humoranalyse gemacht zu haben. »Wie ich schon sagte, morgens sind die meisten Menschen –«

»Bis gleich!« Noah verließ den Fahrstuhl und wartete, bis sich die Türen schlossen.

Hinter seiner Bürotür würde die künstliche Nervensäge wieder auf ihn warten. Und im Büro musste Noah arbeiten. Also machte er sich auf den Weg zum Aufenthaltsraum. Ein Päuschen war heute ein guter Arbeitsbeginn. An Tagen wie diesem, also an Tagen, denen eine Nacht exzessiven Alkoholkonsums vorausgegangen war und an welchen er nicht nur einen emotionalen Kater hatte, war Noah froh, wenn er sich so wenig wie möglich mit anderen Individuen, ob digital oder natürlich, abgeben musste.

Noah bestellte achtlos ein Heißgetränk am Kaffeeautomaten auf der Freizeitfläche. Dieser Bereich trennte die Büros der Abschalter und der Vorgesetzten voneinander, zumindest hier im Hauptgebäude. Die grünen Wände sollten an die Natur erinnern, die man hierzulande hauptsächlich aus Abbildungen auf Bildschirmen kannte. Im Prinzip war Noah egal, was für eine Atmosphäre der Aufenthaltsraum vermittelte, und ihm war auch egal, welches Gesöff den Becher füllte. Wenigstens hatte er so ein paar weitere Sekunden, in denen ihm Orwell und sein Job nicht auf die Nerven gehen konnten.

Jetzt setzte der Kater ein. Kopfschmerzen übermannten ihn, sodass er den Impuls verspürte, sich ducken zu müssen. Er versuchte, sich die letzte Nacht ins Gedächtnis zu holen. Musik und jede Menge Alkohol. Dem fauligen Geschmack auf seiner Zunge nach zu urteilen, hatte er wieder wahllos durcheinander gesoffen. Er war auch ziemlich drauf gewesen. Wer wusste, mit wem er diesmal Spaß gehabt hatte? Noah rieb sich die Schläfen. Er hatte selten Kopfschmerzen. Das Implantat in seinem Kopf, das der Volksmund Hypophysenkit nannte, sorgte zwar dafür, dass er nicht erkrankte, aber gegen die Auswirkungen einer durchzechten Nacht half selbst die beste Technik nicht sofort. In etwa einer Viertelstunde müssten die Symptome verschwunden sein.

Als der Automat piepte und der Zellglasbecher mit schwarzem Kaffee gefüllt war, durchquerte Oli den Raum. Er atmete flach, sein Kopf war rot. Ein komisches Bild vor der grünen Naturkulisse. Seit einigen Wochen schaute er verdächtig oft im Erdgeschoss von Global Insurance vorbei. Dort saßen, in Anlehnung an die firmeninterne Hierarchie, die Empfangs- und Verwaltungsleute. Sich mit Kunden herumzuschlagen gehörte zur Drecksarbeit. Irgendwer aus der Verwaltungsebene hatte es Oli offenbar angetan. Noah nahm sich vor, der Sache nachzugehen.

Er drückte Oli im Vorbeigehen den Kaffeebecher in die Hand und zwinkerte. »Geschenk des Hauses.«

»Ich will jetzt keinen Kaffee«, monierte Oli, doch Noah hatte ihm schon den Rücken zugekehrt.

»Happy Birthday!«, rief er und bog in den Gang, der zu seinem Büro führte.

Vor Büro 104 angekommen legte Noah eine Hand auf die Scanfläche und schaute in den Irisscanner.

»Du bist immer noch derselbe wie gestern«, tönten Orwells Worte aus den Deckenlautsprechern.

Jeden Morgen, wenn er das sagte, erwärmte es Noahs Herz. Dieser Spruch war der erste, den er in Orwells Sprachausgabe angepasst hatte. Statt *Identifikation erfolgreich* hatte er etwas Eigenes gewollt. Etwas, das Orwell mehr wie einen Kumpel statt wie einen seelenlosen Assistenten wirken ließ. Aber innerhalb der letzten Jahre hatte sich die einst so kühle und serviceorientierte Intelligenz ohnehin zu einer vielschichtigen Persönlichkeit entwickelt, worauf Noah nicht wenig stolz war.

Er ließ sich auf den Schreibtischstuhl fallen, der sich ergonomisch sofort an Noahs Körper anpasste. Die Lumbalstütze lenkte Noahs Aufmerksamkeit auf seinen verspannten unteren Rücken. Er brauchte Bewegung, aber mehr als die Wege zum Atrium oder den Freizeitbereich legte er während eines Arbeitstages selten zurück. Als Körper und Gerätschaften in Position waren, ließ er Orwell die Sprachsteuerung aktivieren.

»Logg mich ein.«

Sofort öffnete sich das Arbeitsportal. Orwell las die Willkommensnachricht vor: »Herzlich willkommen, Herr Cline. Sie sind bereits seit zweitausendeinhundertsiebenundachtzig Tagen auf Score null, heute ist der 26. September. Auf Ihrer To-Do-Liste stehen null Einträge. In Ihrem Postfach befindet sich eine neue E-Mail.«

Noah überflog die Nachricht. Es war ein Rundschreiben, in dem es um die neue Werbekampagne von Global Insurance ging. Unter dem Claim *Keiner wird alleingelassen* wollte die Chef-Etage eine Tariferleichterung durchsetzen. Irgendwas mit Zeitaufschub für sozial schwache Patienten und ein aufpoliertes Image für die Versicherung. Noah verschob die Mail in den Spam.

»Orwell, wie viele Abschaltungen habe ich diese Woche schon gemacht?«

»Du hast diese Woche bereits 101 Abschaltungen veranlasst.«

Eigentlich konnte sein Wochenende jetzt beginnen. Aber diejenigen, die gestern Nacht dabei gewesen waren, hatten sicher keine Lust auf einen weiteren Exzess morgens um kurz vor neun. Was außer Partys sollte er in seiner Freizeit veranstalten?

Noah seufzte. Er entschied sich, im Büro zu bleiben. Wie immer.

Noah bat Orwell, den Newsfeed auf den Desktop zu spiegeln.

+++ Illegale Gemüsefarm bei Razzia abgebrannt +++
Potsdam. Bei einer Razzia ist eine illegale Möhrenfarm in Brand gesetzt worden. Die Beamtex stürmten das Gebäude, in dem Karotten, Ingwer, Pastinaken und andere unter staatlicher Kontrolle stehende ... [mehr lesen]

+++ Leiche im Kühlschrank versteckt +++
Den Haag. Er wollte nur seine Mutter in einem Stück: Robin (11) betrauerte den Tod seiner Mutter und wollte nicht, dass sie im Krematorium für ihre Bestattung vorbereitet wird. Aus Angst vor der Einäscherung ... [mehr lesen]

+++ Gewächshaussteuer: Spontandemo gegen am Alexanderplatz +++
Berlin. Aktivistex der grünen Partei hielten eine unangekündigte, aber friedvolle Demonstration auf dem Alexanderplatz ab. Peter Stabel im Interview über die geplante Gewächshaussteuer ... [Video ansehen]

+++ Möhrenaffäre: Spuren führen zur Antipartei +++
Potsdam. Die illegale Möhrenfarm, die vergangene Nacht bei

einer Razzia abgebrannt ist, gehörte zum illegalen Versorgungsnetz der Antipartei. Die Ermittlungen laufen derzeit außerdem in Richtung … [mehr lesen]

Je mehr Noah durch den Feed scrollte, desto mieser wurde seine Laune. Verbranntes Gemüse war seiner Meinung nach nichts Weiteres als verbranntes Geld, genau wie alle Razzien, die die Exekutive ausführte. Er mochte das Prinzip *Survival of the Fittest*. Wer so dumm war, sich von Schwarzgemüse zu ernähren, verreckte eben auf Dauer. Illegale Gärten waren alles andere als überlebensfähig. Andererseits konnte Noah die Not der Menschen verstehen, denn sich ausschließlich von Nährpaste zu ernähren und nur zu besonderen Anlässen Echtnahrung auf dem Tisch zu haben, würde ihm persönlich auch gewaltig stinken.

Er las weiter und stieß im Artikel auf den Namen des kriminellen Farmers. Frank Josef Tor. Noah würde sich nicht wundern, wenn er seine Akte bald zugespielt bekäme.

Plötzlich minimierte Orwell alle Fenster auf dem Bildschirm.

»Hey!«, rief Noah gereizt. »Lass mich weiter prokrastinieren!«

»Frau Cline ist in der Leitung«, sagte Orwell. »Na ja, nicht jetzt, aber gleich. Sie wird mich gleich anweisen, dich anzurufen.«

»Welche der beiden?«

»Karma Cline.«

»Und seit wann können KI wahrsagen? Woher willst du das wissen?«

»Sorry, Datenschutz«, sagte Orwell kühl.

»Dein Ernst?«

»Ha! Reingefallen!« Orwell klang wie ein Kind, das nach ausdauernden Versuchen endlich einen erfolgreichen Streich gespielt hatte. »Der Termin steht in euer beider Kalender.

Heute ist dein Quartalsgespräch fällig. Karma Cline hat noch nie einen Termin zu spät wahrgenommen, weshalb ich von einer Wahrscheinlichkeit von *99,030625* % ausgehe, dass sie auch diesen Termin pünktlich einhalten wird.«

Noah nickte. Das klang nach seiner Schwester.

»Im Gegensatz zu dir«, schob Orwell nach.

»Klappe, Blechbüchse«, sagte Noah. Im gleichen Moment erschien der Videoanruf auf dem Bildschirm. »Annehmen und dreißig Minuten auf Stand-by gehen«, befahl er. Orwell gehorchte, und die Verbindung zu Karma stand.

32 Jahre und 6 Monate vor meiner Geburt

Mit verschränkten Armen versuchte Noah, dem Geschichtsunterricht zu folgen. Warum sollten ihn die Geschichten über Kurzlebige interessieren? Mit den alten Kriegen und Konflikten hatte er nichts zu tun und er bezweifelte, dass sein Berufszweig etwas mit diesem Fach gemein haben würde. Niemand im Raum hatte die Lebensrevolution selbst erlebt.

Als sein Lehrer über die Fünfziger-Klimakatastrophen referierte, stützte Noah seinen Kopf auf die Hände und tat nur noch so, als würde er zuhören. Ihn nervte, dass Geschichtsunterricht immer nur von schlechten Nachrichten und toten Menschen handelte. Wenn es nicht um Kriege oder Krisen ging, dann um Katastrophen oder Konflikte.

K. Ein schöner Buchstabe. Noah überlegte, wie lustig es wäre, wenn sich der Unterricht nur noch um Begriffe mit K drehen dürfte. Konzerte, Kultur, künstliche Intelligenz …

»Noah, kannst du das wiederholen?«

Er schreckte auf. Alle Kinder in der Klasse schauten ihn an, ein paar kicherten leise. Kinder. Klassenlehrer. Kichern. Drei Mal K.

»Wie bitte?«, war alles, was Noah zu sagen wusste.

»Worüber spreche ich?«

»Klima«, antwortete Noah. K wie Klima. Er musste unweigerlich grinsen.

»Was ist daran so lustig?« Herr Kablewski runzelte die Stirn, während Noah überlegte, was er antworten sollte.

»Weil es heute gut ist«, brachte er schließlich hervor.

»Im ganzen Satz.«

»Unser Klima ist heute gut. Deswegen ist es lustig, dass es früher schlecht war.«

Herr Kablewski seufzte. Er setzte zu einer Standpauke an, hielt dann aber inne, schaute auf sein Handgelenk, an dem der Timer des Lehrers grün leuchtete und seufzte. Sein strenger Blick entspannte sich zu seiner gütigen Miene, die er immer außerhalb der Klassenzimmer trug. »Darüber sprechen wir in der nächsten Stunde. Feierabend, einpacken!«

Auf dieses Kommando hatten alle Schüler gewartet. Die meisten packten ihre Tablets in die Taschen, ohne sie vorher herunterzufahren, streiften sich ihre Jacken über und stürmten aus dem Klassenraum.

Noah hatte es nicht eilig. Eigentlich wollte er auch schnell aus der Schule laufen, doch er ging mit seiner Schwester nach Hause, und sie ließ sich viel Zeit. Er schulterte also seine Tasche, nachdem das Tablet ausgeschaltet war und überlegte auf dem Weg zum Haupteingang, welche Worte ihm noch mit K einfielen. Karma zum Beispiel.

Obwohl sie nur ein bisschen älter war als Noah, besuchte sie den Geschichtsunterricht der fünften Stufe. Das hieß, sie saß da zwischen Sechzehnjährigen, um aus den schlechten Nachrichten der Vergangenheit zu lernen.

In allem schien Karma besser zu sein als ihr jüngerer Bruder. Sie kannte Handynummern aller wichtigen Familienmitglieder auswendig, und sie lernte online eine neue Sprache, wenn ihr langweilig war. Derzeit lernte sie Norwegisch. Zudem hatte sie zu jedem Thema etwas zu sagen. Nicht so wie Noah, der nicht einmal wusste, wie er ein vernünftiges Gespräch mit seiner Mutter führen sollte.

Wer viel im Kopf behielt wie Karma, stieg in der Schule schnell auf. Sie musste ihre Module nur ein paar Monate abarbeiten und durfte schnell die höhere Fachstufe besuchen. Wenn das so weiterging, konnte sie sich nach ihrem mittleren Abschluss jeden Berufszweig auswählen, den sie wollte.

Je jünger ein Schulabgänger war und je besser die Noten, desto mehr Eigenwahloptionen gab es.

Noah gefiel der Gedanke an ein einfaches Leben ohne besonderen Beruf. Vermutlich würde er Gärtner werden oder Wartungsassistent. Nichts, wobei er viel Wissen aus der Schule im Kopf behalten musste.

Karma stupste ihn von der Seite an. »Träumer«, begrüßte sie ihn. »Lass uns gehen.«

Die beiden verließen das Schulgelände und machten sich auf den Heimweg. Es war März, der Blühstreifen am Rande der Straße leuchtete rot und gelb und blau zwischen all dem Grün. Noah hörte Bienensummen auf der einen, die Publicars auf der anderen Seite. Die meisten Schüler mussten mit Publicars nach Hause fahren, was für Menschentrauben und eine Ansammlung von Autos in den Straßen vor der Schule sorgte. Für die Cline-Kinder aber ging es drei Straßen zu Fuß nach Hause. Papa wollte noch nicht, dass seine Kinder die Publicar-App installierten.

Noah musterte seine Schwester. Sie hatte auch abends nach der Schule gebürstetes, glänzendes Haar, große Augen, und ihre Hose passte farblich zum Oberteil. Noahs widerspenstige Locken sträubten sich in alle Richtungen und seine Augen waren bis in die Mittagsstunden hinein vom Schlaf verquollen, bis sie ab dem frühen Nachmittag vor Müdigkeit wieder klein wurden. Vielleicht war sie adoptiert. Oder er.

Noah und Karma kamen früh von der Schule heim, wie jeden Freitag. Ihr Vater war noch nicht zu Hause, also schleuderten sie ihre Taschen ins Ankleidezimmer und ließen ihre Jacken achtlos auf den Boden fallen.

Sie spielten Schach zusammen, ein altertümliches Spiel mit unterschiedlichen Plastikfiguren auf einem karierten Brett. Darüber sollten die Kinder etwas in der Schule lernen! Spielen war immerhin das liebste Hobby aller Schüler. Und in der Schule lernten sie fürs Leben.

Den zehnjährigen Noah störte es, dass seine Schwester so klug war. Besonders ärgerte ihn, dass Karma offenbar jede Partie nach der gleichen Strategie spielte und dennoch gegen Noah immer gewann.

»Schach!« Karma stand der Spaß ins Gesicht geschrieben. Sie lächelte, aber nicht wie jemand, der sich über die Niederlage seines Gegners freute. Ihre Gesichtszüge waren seit ihrem ersten Zug entspannt und freundlich.

»Mist!« Noah schlug sich gegen die Wangen, als könne er sein Konzentrationsvermögen dadurch auf Trab bringen. Er bewegte den König aus der Gefahrenzone.

Sie schubste seinen König zurück und deutete auf ihren Läufer. »Da darfst du nicht hin.«

Er ließ den König an Ort und Stelle und setzte den weißen Springer auf E5. »Dann eben so.«

»Berührt ist geführt!«

»Das ist gemein!«

»Okay. Ausnahmsweise.« An ihrem Lächeln hatte sich nichts verändert.

Noah ging auf Angriff, kickte in den nächsten Zügen schnellstmöglich ein paar schwarze Bauern aus dem Spiel und versuchte, seiner weißen Dame (die ein Salzstreuer war) den Weg freizuschaufeln. Die originale weiße Dame war seit einem halben Jahr verschwunden, nachdem Noah sie im Streit mit seiner Schwester weggenommen und danach vergessen hatte, wo er sie versteckt hatte. Seitdem musste er immer Weiß spielen und die beiden begannen jedes neue Spiel abwechselnd. Dass derjenige mit den weißen Spielfiguren begann, war ohnehin eine merkwürdige Regel.

»Schachmatt!«

»Gar nicht!« Noah suchte das Spielbrett ab. Irgendwo musste es eine Möglichkeit geben, doch noch zu gewinnen.

»Doch. Guck, hier.« Sie erklärte ihm, weshalb sein König bedroht wurde und sich weder bewegen noch von einer anderen Figur retten lassen konnte. Karma hatte gewonnen. Mal wieder.

»Ich hab Hunger.«

»Ich auch.«

»Papa ist immer noch nicht da.« Sie schaute auf die Uhr am Kühlschrank.

Noah lief in die Küche und wies die Haus-KI an, die Mikrowelle einzuschalten.

An diesem Tag aber antwortete diese etwas, das sie bisher noch nie gesagt hatte. »Gerne schalte ich die Mikrowelle ein«, sprach sie höflich, »aber leider hat Mister Cline keine Mahlzeit für euch vorbereitet.«

Noah schaute verwundert nach oben. Sein Blick haftete auf dem Lautsprecher, aus dem die KI den Raum mit ihrer weichen, hellen Stimme beschallte.

»Was ist los?« Karma hatte das Schachspiel eingeräumt. Gemeinsam starrten sie an die Decke, als sähen sie der KI durch die Lautsprecher direkt in die Augen.

»Papa hat kein Essen gemacht.« Noah war verwundert.

Sein Vater war einer der Guten. Er würde doch nie seine Kinder vergessen! Er arbeitete als Erzieher für künstliche Intelligenzen, jedenfalls hatte er ihnen so erklärt, was er den ganzen Tag in der Firma machte.

Das Unternehmen war also ein *KI*ndergarten. Er programmierte KI, und dann brachte er ihnen alles bei, was sie wissen mussten, um wie ein Mensch zu sein. Papa würde also nie seine Kinder vergessen!

War er entführt worden?

In Noahs Kopf spulte sich sofort ein Film ab, weshalb sein Vater nicht anders konnte, als ihn und Karma zu vernachlässigen. Noah und Karma würden ihn suchen müssen. Natürlich würden sie dafür die Schule verpassen und Ärger bekommen. Wie zwei Gesetzeswidrige auf der Flucht, würden sie sich verstecken und gleichzeitig den Bösewicht verfolgen. Vor seinem inneren Auge setzte sich ein Superheldenkostüm zusammen, das er für diese Mission brauchen würde. Wo bewahrte Papa das Nähzeug auf?

»Träumer!« Karma schnippte vor seinem Gesicht. »Wir kochen heute selbst.«

Da es bei den Clines fast jeden Tag Echtnahrung gab, kannten die Geschwister sämtliche Nahrungsmittel und hatten nicht nur in der Grundschule über sie gelesen. Im Kühlschrank tummelten sich Paprika, Kartoffeln, Zucchini, Brokkoli, Sojaprodukte und sogar Eier. Im Vorratsschrank daneben fanden sie auf dem Jahresvorrat Nährpaste einen Sack Kartoffeln. Nährpaste gab es ein Mal in der Woche. Jeden Montag stand die Küche still und Papa sprach am Esstisch über all die armen Menschen, die ausschließlich von der Paste lebten. Noah kannte viele Mitschüler, die nur Paste und nie staatliche Echtnahrung zu essen bekamen. Konsistenz und Geschmack der Nährpaste waren nicht sein Fall, also freute sich Noah umso mehr, dass seine Schwester mit ihm kochen wollte.

Sie sammelte Kartoffeln und Zucchini zusammen und legte sie neben das Kräuterhaus auf die Küchentheke.

»Was wird das?« Noah beäugte das Gemüse neugierig.

»Suppe.«

»Hast du das schon mal gemacht?«

»Ich habe Papa mindestens tausend Mal zugesehen. Das ist ganz einfach. Schneiden, in Salzwasser kochen und pürieren, da können wir nichts falsch machen.« Sie strahlte dieselbe Ruhe und Friedlichkeit wie beim Schachspiel aus, doch diesmal freute sich Noah darüber, dass seine Schwester so klug war.

Er schnitt die Zucchini, sie schälte unterdessen die Kartoffeln und fragte das Kochbuch der Haus-KI ab.

»Nenn mir ein Rezept für Kartoffelsuppe.«

»Gerne, Miss Cline. Kartoffel-Erbsen-Eintopf …«

»Haben wir nicht. Was ohne Erbsen. Kein Eintopf.«

»Gerne, Miss Cline. Kartoffel-Schinken-Suppe …«

»Kein Fleisch. Etwas mit Zucchini. Hast du was Besonderes für uns?«

»Gerne, Miss Cline. Kartoffel-Zucchini-Suppe mit selbst gemachten Croûtons …«

Die Kinder schauten begeistert auf das Smartglas der Kücheninsel. Karma scrollte kurz durch das Rezept und nickte dann zuversichtlich. Noah durfte im Vorratsschrank nach Brot für die Croûtons suchen. Als er welches gefunden hatte, schnitt seine Schwester das Brot mit scheinbar geübten Handbewegungen in kleine Würfel, stellte die Herdplatte an und goss Öl in die Pfanne. Noah kam gut voran. Er stellte sich vor, wie er als Profikoch mit weißer Mütze mit schnellem Klackern des Messers hauchdünne Scheiben aus dem Gemüse schnitt.

Tak. Tak.

Er wollte ein Profi sein.

Tak-tak-tak.

Schneller.

Takka-takka-takka-tak.

Auf einmal stieß die Klinge auf einen härteren Widerstand, ein Schmerz fuhr durch seine Hand. Blut lief ihm über die Finger. Nach einem Augenblick des Schocks begann er, zu schreien.

Karma ließ von den Kartoffeln ab und hastete zu ihrem Bruder. »Du hast dich geschnitten!« Sie zog ihren Bruder an der Hand zum Spülbecken und hielt sie unter das fließende Wasser. »Soll ich pusten?«

»Nein.« Noah schluchzte, mehr vor Schreck als vor Schmerz. Und weil er noch nie so viel Blut auf einmal gesehen hatte.

Karma strich ihm über den Rücken. Das beruhigte ihn. »Wir verbinden das.«

Im Apothekerschrank fand Karma, was sie brauchte. Sie

klebte ein Pflaster auf den Schnitt, der kaum mehr blutete. Doch Noah bestand darauf, einen dicken Verband zu bekommen. Wenn er schon verletzt war, sollte auch jeder sehen können, wie stark seine Verletzung war. Schließlich hatte er fast den rechten Zeigefinger verloren! Die Kinder verbrauchten eine komplette Mullbinde, wickelten den Finger und gleich die ganze Hand ein.

Obwohl er sich über den Verband freute und der Schmerz vergangen war, weinte Noah weiter. Er machte sich Sorgen und sprach sie endlich aus: »Sie haben Papa entführt. Deswegen ist er nicht da.«

Seine Schwester lachte auf. »Du liest zu viel.«

»Ich meine das ernst!«, protestierte er.

»Aber Noah.« Sie lachte. »Wie kommst du auf so einen Stuss? Wer sollte Papa denn entführt haben?«

»Er ist immer da. Und wenn nicht, sagt er Bescheid. Immer!«

Karma zog die Stirn kraus. Sie musterte ihn eine Weile, bis sie mit sanfter Stimme sagte: »Papa muss sehr viel arbeiten. Ihm ist etwas dazwischen gekommen. Bestimmt kein Entführer. Den gibt es nur in deiner Fantasie. Wetten, ihm ist etwas Lustiges passiert?«

Noah horchte auf. »Was soll denn Lustiges passieren?«

»Du bist der Kreative von uns beiden. Was, wenn eine KI außer Rand und Band ist?«

Sofort lief ein Film in Noahs Kopf ab. »Stell dir vor, er programmiert eine KI, die nur rückwärts spricht oder das Gegenteil von dem macht, was du ihr befiehlst. Die muss er dann doppelt so lang erziehen!«

Der Gedanke an eine KI mit Gegenteilfunktion gefiel Noah. Letzte Woche hatte er ein E-Book gelesen, in dem es um eine betrunkene KI ging, die das gesamte Haus durcheinandergebracht hatte, während die Familie den Freizeitpark im VR-Spiel AdventureScape besucht hatte.

»Du hast echt eine blühende Fantasie«, sagte Karma. Sie fasste ihn an den Schultern und lächelte. »Das ist viel besser als ein Entführer.«

Plötzlich zuckte Karma und wirbelte herum. »Schalt alle Küchengeräte aus!«, brüllte sie der Haus-KI zu. Sie riss die Küchentür auf, hinter der Noah nur dichten Rauch sehen konnte.

»Ich habe die Stromzufuhr sämtlicher Küchengeräte gekappt, Miss Cline«, bestätigte die KI.

Noah hörte das Ratschen des Wasserschlauchs, den Karma aus dem Hahn zog. Im nächsten Moment erhellte sich die Küche, eine große Flamme stach empor und fraß sich in die Dunstabzugshaube. Karma stürzte hustend aus der Küche, vor ihrem Gesicht hielt sie den Spüllappen.

Wo vorher schwarze Kohlestücke, die eigentlich Croûtons hatten werden sollen, waren, sprang das Feuer auf die Hängeschränke über und sonderte dichten, stinkenden Qualm ab. Noah wurde heiß, seine Augen brannten. Wie angewurzelt stand er da und starrte in die Küche.

Die Haus-KI ließ den Feueralarm über alle Lautsprecher erklingen. »Verlassen Sie sofort das Haus«, dröhnten ihre Worte durch das Haus. »Zügig und geordnet. Verfallen Sie nicht in Panik, nehmen Sie keine Dinge mit. Verlassen Sie sofort das Haus, zügig und geordnet …«

Karma fasste ihren Bruder an der Hand und lief in den Flur. Noah konnte seinen Blick erst von der Katastrophe abwenden, als er bis in den Hausflur gestolpert war.

»Ruf unseren Vater an. Und die Feuerwehr. Ruf einfach alle an!«, rief Karma, als sie ihren Bruder zur Haustür hinausschob. Draußen hielt sie kurz inne und öffnete die Tür noch einmal: »Egal, was passiert: Ruf auf gar keinen Fall Mama an!«

Noah sah seiner Schwester zu, wie sie die Tür zuknallte. Sie hielt seine frisch verbundene Hand viel zu fest. Sie brachte ihn die Treppe runter auf die andere Straßenseite. Vom Bürgersteig aus konnten sie dabei zusehen, wie dichter Rauch aus den Ritzen der Küchenfenster quoll.

Zwei Feuerwehrautos standen quer auf der Straße. Das Martinshorn war stumm, aber die Blaulichter rotierten weiter. Männer und Frauen in Uniform hatten das Feuer gelöscht und rollten den Schlauch ins Löschfahrzeug. Für die Feuerwehr war der Einsatz bei den Clines eine kurze Angelegenheit. Für Noah und Karma war dieser Tag der schlimmste ihrer Kindheit.

Papa war nicht böse. Nacheinander gab er beiden einen Kuss auf die Stirn. »Ich habe zwei lebendige Kinder. Das ist alles, was zählt.«

Karma verschränkte die Arme und drehte sich weg.

Noah hingegen klammerte sich an ihn.

»Was ist denn los, Liebes?«, fragte Papa Karma, während er Noah behutsam über den Kopf strich. Er berührte seine Tochter am Oberarm, doch sie sah ihn nicht an.

»Das hast du davon«, sagte sie patzig. »Das ist alles deine Schuld.«

Noah beobachtete die beiden wortlos.

»Du hast uns im Stich gelassen. Dass dann die Küche gebrannt hat, das ist nur gerecht«, warf sie ihrem Vater vor.

»Aber Spätzchen!« Mehr vermochte er nicht zu sagen.

Plötzlich schaute sie ihren Vater zornig an. Ihre Augenbrauen waren gerade, nach innen geneigte Striche, in ihren Augen standen Tränen. Die Hände zu Fäusten geballt, so hatte Noah seine Schwester zuletzt gesehen, als sie verkündet hatte, dass sie ab sofort Veganerin sein würde und Papa, Mama und Noah am nächsten Tag trotzdem Rührei auf ihren Broten verteilt hatten. »Du hast uns nicht einmal eine Nachricht hinterlassen!«

Papa seufzte. Noah kannte dieses Seufzen. Es hieß, dass er

sich etwas zu sagen verkniff. Zuletzt hatte er auf diese Art geseufzt, als Karma einem Straßenkünstler all ihr Taschengeld gegeben hatte und an der nächsten Ecke einen Gitarristen getroffen hatte. Sie hatte Papa angefleht, ihr einen Vorschuss zu geben. Er hatte Nein gesagt und wie immer eine Erklärung gehabt, aber für Karma war sie nicht genug gewesen. Schließlich hatte sie geweint, weil sie nicht jeden für seine Künste belohnen konnte. Voller Frust hatte sie sich darüber empört, wie ungerecht die Welt und ihr eigener Vater waren. Und Papa hatte geseufzt. Noah gegenüber tat er das selten – aber Noah war argumentativ weniger stark als seine Schwester, sodass sein Vater nie die Entscheidung treffen musste, Noah doch nichts zu sagen und stattdessen zu seufzen.

»Ich habe einen Fehler gemacht«, gab Papa zu. Erst jetzt erkannte Noah, dass Papa blutunterlaufene Augen hatte. »Das passiert nicht noch einmal.«

Widerwillig ließ Karma eine Umarmung zu.

Noah fand nicht, dass sein Vater für den Brand verantwortlich war. Er und sein verletzter Zeigefinger trugen die Schuld am Feuer. Oder die Haus-KI, die die Bratpfanne auch ohne Befehl hätte abschalten können. Karma war es, die die Herdplatte außer Acht gelassen hatte. Sie alle waren schuld, nur Papa nicht. Vor einer Stunde noch hatte Noah sich vorgestellt, ihn aus den Fängen eines Entführers zu retten. Schuldige Leute rettet man nicht.

Papa unterschrieb auf dem Tablet einer Feuerwehrfrau, danach stieg die Mannschaft in ihre Wagen und verschwand. Noah sah den Feuerwehrautos mit ihren Leitern und Schläuchen und dem Blinklicht staunend hinterher. Er wünschte sich, eines Tages auch als Held zu arbeiten, sofern sein Schulzweig es ihm erlaubte. Fest stand, dass er später auf der guten Seite stehen und Leben retten würde.

»Lasst uns essen gehen. Mama hat Geld dagelassen«, schlug Papa vor. Er rief ein Publicar und nahm die Kinder an den Händen. Noah konnte wieder dieses Seufzen vernehmen, als die Familie in das Auto stieg. In letzter Zeit ließ sein Vater dieses Geräusch immer häufiger hören.

Als die unvollständige Familie in das Publicar stieg, blickte Noah zurück. Er fragte sich, ob die KI Schmerzen erlitten hatte, als sie verbrannte.

16 Tage vor meiner Geburt

»Hallo, Träumer«, begrüßte Karma ihren Bruder. Sie saß in ihrem großräumigen Büro, das viel größer war als Noahs Abschalter-Kabuff. Hinter ihr stand eine Monstera, ihre riesigen grünen Blätter bewegten sich leicht im Luftzug, der durch das geöffnete Fenster hineinwehte.

»Können wir das lassen?« Noah lehnte sich zurück und überprüfte kurz den Zustand seines eigenen Büros. Die Kissen seines Gästesofas waren zerknautscht, eines lag auf dem Boden. »Ich bin dreiundvierzig Jahre alt.«

Karmas freundliches Lächeln verwandelte sich in einen geraden, schmalen Strich. »Was soll ich für dich eintragen?«

Noah öffnete die oberste Schublade und nahm den Baseball seines Vaters heraus, um damit zu spielen. »Alles wie immer. Bin zufrieden in meinem Job, erfülle alle Leistungen, bin weiterhin eine Score-null-Legende, kann weitergehen.«

»Gut«, sagte Karma knapp. Sie tippte auf ihrer Tastatur und blickte konzentriert neben die Kamera. Es war, als schaute sie an Noah vorbei, dabei betrachtete sie ihr Interface. »Wann warst du zuletzt in der Betriebsambulanz?«

»Bei den Psycholeuten?«

»Psychologen«, verbesserte sie ihn.

Noah stöhnte. Er warf den Baseball hoch, bis dieser die Decke berührte und ihm wieder in den Schoß fiel. »Vor ein paar Jahren.«

»Ich weiß.«

»Du weißt alles. Du hast alle Daten über mich. Wofür brauchen wir ein Quartalsgespräch?«

»Nun«, begann Karma, »mit *normalen* Mitarbeitenden spreche ich über ihre mentale Gesundheit, über ihre Arbeitszufriedenheit, Wünsche und Ängste. Und darüber, wie wir bei belastenden Klagen oder im nächsten Gerichtsprozess vorgehen.« Jetzt sah sie angestrengt direkt in Noahs Augen. In das Zentrum ihres Videochatfensters.

»Ich bin aber nicht normal. Score null. Naturtalent. Schon vergessen?«

»Ich habe den Bericht ausgefüllt, aber ich schicke ihn noch nicht ab«, sagte Karma.

Noah richtete sich auf und hielt den Baseball fest.

»Wir müssen mal ernsthaft reden.«

Noah gefiel nicht, wie sie ihn ansah.

»Ich unterstütze dich seit sechs Jahren bei all dem hier. Aber du kommst betrunken zur Arbeit, obwohl du weißt, dass deine Vitalwerte in der Mitarbeitercloud synchronisiert werden. Du wirst nachlässig.«

»Die fließen aber nicht in den Score ein. Es geht rein um Kundenbeschwerden und Justiz«, verteidigte sich Noah. »Wen kümmert's also?«

»Mich.« Karma seufzte und stand auf. Sie nahm ein Gießkännchen von der Fensterbank und goss ihre Monstera. »Ich sage nicht, dass du deine Arbeit gefährdest, wenn du so weiter machst.«

»Dann haben wir ja kein Problem.« Noah begann wieder, den Baseball zu jonglieren.

Karma stellte das metallene Gefäß zurück und stemmte die Hände in die Hüften. Obwohl sie ein paar Meter von ihrer Kamera entfernt war, konnte Noah sehen, wie sie ihre Stirn runzelte.

»Ich habe Kopfschmerzen. Lass mich damit besser in Ruhe, Schwesterchen«, bat Noah. Er fing den Ball und schickte ihn wieder auf seine Reise gegen die Gravitation.

»Kopfschmerzen?« Karma setzte sich wieder an ihren

Schreibtisch. »Mit deinem Hypophysenkit ist aber alles in Ordnung?«

»Ja.«

»Wie kann das dann sein? Hast du heimlich im Büro getrunken?«

»Quatsch!« Noah winkte ab. »Den Katerkopfschmerz hat das Kit längst kompensiert. Aber wenn du weiter wie Marlen redest, kriege ich wieder Kopfschmerzen, ich spüre sie schon kommen!«

»Deine Absichten, Noah!«, rief Karma plötzlich aus. Sie sprang auf und stützte sich mit den Händen auf dem Schreibtisch ab. »Andere Abschalter haben viel daran zu knabbern, was sie tagtäglich hier machen, sie sorgen sich um ihren Job und ihre Haftung, sie gehen Risiken ein und nehmen ihre Arbeit ernst. So warst du auch mal, erinnerst du dich? Du bist hier aus einem ganz bestimmten Grund, und ich glaube allmählich, dass du diesen Grund vergessen hast.«

»Ich will nicht darüber reden. Das weißt du, also respektiere das bitte.« Noah warf den Baseball gegen die Wand zu seiner Rechten, beinahe hätte er das Tablet von der Ladestation geworfen.

»Aber jetzt will *ich* darüber reden.« Karmas Stimme wirkte bedrohlich. »Du wolltest immer Leben retten. Du wirkst, als hättest du vergessen, warum du hier bist. Ich weiß nicht, was du gerade mit deinem Leben anzufangen versuchst, aber was immer es ist, ich beobachte, wie du immer«, sie suchte nach den richtigen Worten, »*kleiner* wirst. Kaputter. Dir geht es nicht gut. Mir kannst du nichts vormachen.«

Noah schwieg und sah auf seine Hände. Er pulte sich am Daumennagel, der seit der Party gestern Nacht eingerissen war. Wodurch auch immer. Er spürte einem kalten Ziehen nach, das sich durch seinen Oberkörper zog. Es erreichte den Magen, er wurde flau, dann verschwand das Gefühl. Das Hypophysenkit hatte den Schmerz neutralisiert.

Seine Schwester hatte recht, sie hatte so sehr recht, doch was sollte Noah tun? Er konnte nichts bewirken. Nur seine Zeit bei Global Insurance so angenehm wie möglich zu gestalten und in der Freizeit alles daran zu setzen, sich abzulenken.

»Träumer?«

Vom Bildschirm blickte ihm Karmas nun besorgtes Gesicht entgegen.

»Soll ich rüberkommen?« Sie lächelte wieder. »Ist doch affig, dass unsere Gespräche immer über Videochat ablaufen.«

»Bitte nicht«, sagte er. Er schaute zum Baseball, der auf dem Sideboard zum Liegen gekommen war. Noah konnte Karma nicht in die Augen sehen, das verriet ihm der Kloß in seinem Hals.

»Ich verstehe«, sagte Karma. »Und ich glaube, auch du hast verstanden. Habe ich dir schon erzählt, dass ich ein schickes Haus gefunden habe? Es steht seit ein paar Jahren leer und muss renoviert werden, aber es hat einen großen Garten und ist gar nicht weit entfernt.« Sie wusste immer, wann es genug war und sie ihren kleinen Bruder aufheitern musste. »Klar, wir wären aus der Stadt raus, aber es hat zwei Zimmer mehr als unsere Wohnung. Ich habe das Kinderzimmer schon digital eingerichtet, willst du es sehen?«

Noah sah seine Schwester wieder an und lächelte. »Was wird es denn nun? Ein Mädchen oder ein Junge?«

Karma zuckte mit den Schultern. »Eine Sie. Chromosome, kennst du, oder? Hier, schau mal.«

Noah erhielt eine E-Mail, die sich automatisch öffnete. Diese Fähigkeit hatten ausschließlich die E-Mails der direkten Vorgesetzten. Statt einer dringlichen Eilmeldung aber sah er eine dreidimensionale Vorschau eines Kinderzimmers. Eine Wand war sonnengelb, das Kinderbettchen und der Wickeltisch in saftigem Grasgrün gepolstert, auf der Fensterbank stand ein kleines Feuerwehrauto. Noah drehte sich im 3-D-Modell. Auf der anderen Seite stand ein Servicebot, doch statt

Kaffee, Kakao und kleine Dinge des täglichen Lebens bot sein Display Windeln, Spucktücher, Schnuller und einen Zugang zur Multimedia-Bibliothek. Für einen kurzen Augenblick überfiel ihn der Gedanke an ein Kind, das in den Armen seiner Mutter auf dem Sitzsack neben dem Fenster geschaukelt wurde. Es war das Kind der schönsten Mutter des Planeten. Es war das Kind der Menschen, deren Liebe wahrlich unendlich war. Es war sein Kind. Das Kind, das niemals existieren würde, dem er aber genau solch ein liebevoll eingerichtetes Zimmer geschenkt hätte.

»Sieht toll aus«, sagte Noah ehrlich. »Ich freue mich für dich.«

»Danke.« Karma minimierte und löschte die Mail von ihrem Rechner aus. Sie ging schon immer sehr vorsichtig mit privaten Daten auf Firmenrechnern um. »Versprichst du mir, mehr auf dich zu achten?«

»Ja«, sagte Noah geistesabwesend. Er wollte dieses Kind kennenlernen.

»Ich muss jetzt noch ein paar ethische Abschaltungen genehmigen. Von dir kriege ich offenbar erst nächste Woche wieder welche.« Sie hob ihre Hand zur Verabschiedung. »Mach mal eine Pause und schau beim Psychologen vorbei. Keine Exzesse mehr, okay?«

»Ich gebe mir Mühe«, murrte Noah. Es hatte Lucys schöne roten Haare.

»Bis dann, Träumer.«

Karma verschwand vom Bildschirm und ließ Noah allein in seinem Büro zurück. Er schaute sich um. Alles wirkte trostloser als zuvor. Obwohl es schon lange fort war, spürte er nach diesem Gespräch umso mehr, dass etwas fehlte.

Zwei Wochen vor meiner Geburt

Musik dröhnte aus den Boxen und die Holzdielen vibrierten im Rhythmus des Basses. Noahs Wohnzimmer war wie so oft zur Tanzfläche geworden. Hinter der Schattenwand rekelte sich eine Dame zu den Beats, vor ihr bewegte sich ein Dutzend Gäste zur Musik. Noah wippte im Takt, als er sich einen Weg durch die Menschen bahnte, nickte ein paar Leuten zu, wandte sich zügig ab, um an die Bartheke zu gelangen.

Eine Frau tanzte sich in seinen Weg. Bauchfreies Top, große Fensterglasbrille auf der Nase, ein reizvoller flacher Bauch. Noah genoss den kurzen Moment, in dem sie ihr Hinterteil schwang und gegen ihn drückte, er fasste ihre Hüfte für wenige Takte.

Ein Songwechsel. Die Lasermaschine wechselte das Programm und strahlte für den neuen, langsameren Rhythmus warme Farben aus, die sie durch den künstlichen Nebel schickte. Noah schob die Frau beiseite, ihrem Aussehen nach zu urteilen war sie keine fünfundzwanzig, und sie bewegte sich geradewegs auf die Bassboxen zu. Die hatte Noah der Nostalgie wegen aufgestellt: Alles sollte deutlich zeigen, dass sein Apartment ein Offlineraum war.

Jeder liebte Noahs Playlist: Uralte Hits gepaart mit modernem Pop voll synthetischer Sounds dominierten seine Hauspartys.

Noah erreichte die Theke, zeitgleich traf Oli ein.

»Olivier, mein Freund!« Noah schlug ihm auf die Schulter. »Alles gut bei dir?«

Oli verzog ob seines vollen Namens das Gesicht. »Sind die alle bezahlt?«

»Ist das denn wichtig?« Aus der Schublade zog Noah zwei frische Gläser und füllte sie mit Whisky.

»Was ist das?«

»Scotch. 2021er.« Noah stieß mit seinem Kollegen an.

»Bestimmt arschteuer«, vermutete Oli, bevor er am Getränk nippte. Sofort zogen sich seine Mundwinkel nach unten. »Schmeckt wie Billigfusel.«

Noah grinste. »Geil, oder?«

»Angeber.« Oli schwieg für einen Moment. »Im Ernst, hast du dir Partygänger gekauft?«

Noah leerte seinen Scotch in einem Zug. »Ich kaufe schon lange keine Leute mehr ein. Jedenfalls niemanden, der nur rumsteht und nichts für mein leibliches Wohl tut.«

»Ich bin auch Abschalter«, sagte Oli. »Wieso steigen bei mir keine riesigen Feiern?«

»Vielleicht, weil du ständig Kinderkram kaufst?«, riet Noah.

Oli zuckte mit den Schultern. »Irgendwie muss ich meine drei ja bei Laune halten.« Jetzt leerte auch er den restlichen Scotch in einem Zug.

Knappe einundvierzig Helds rannen seine Kehle hinunter. Noahs Freund wusste das sicherlich nicht zu schätzen, mit billigem Ersatzstoff aus dem Discounter hätte er vermutlich ebenso flexen können.

Schwungvoll stellte Oli sein Glas auf der Theke ab. »Ist schon wer Nennenswertes da?«

»Nicht wirklich.« Noah schlenderte zur Theke, um die Getränke nachzufüllen. Nur das erste Glas pro Person füllte er zwei Fingerbreit, um die Gäste stilecht zu empfangen. Die zweite Runde bestand aus einem randvollen Glasgower Single Malt Jahrgang 2021.

Noah und seine Feiern waren im gesamten Stadtgebiet beliebt. Dafür gab es drei Gründe. Ein Rausch fernab der Gesundheitscloud war verlockend. Das Buffet war üppig und kostenlos und zudem besaß Noah die modernste Klimatechnik.

Heute hatte er sich für eine leichte Meeresbrise entschieden. Sie wehte warm und angenehm duftend durch die Wohnung. Drei Monate nach seinem Einzug hatte Noah sich dazu entschieden, das Apartment zu kaufen. Dafür hatte er sein gesamtes Geld, etwa vierzig Millionen, ausgegeben. Schließlich hatte er nicht vorgehabt, allein hier zu wohnen.

Noah bemerkte, wie zwei Kerle vor der Bassbox so eng mit jungen Frauen tanzten, dass sie zu verschmelzen schienen. Er kniff die Augen zu und erkannte die Konturen im Kunstnebel. »Ronald und Tim baggern die Mädels an.«

»Holy … Wie alt sind die? Fünfundzwanzig? Studentinnen!« Oli stöhnte. »Abturnend. Weil die alten Säcke reich sind, lassen die Mädels das durchgehen, wetten?« Er sah wieder zu Noah. »Wieso hast du die halbe Geschäftsführung eingeladen?«

Noah lachte. »Mein Apartment ist offline. Hier gibt's keinen Zugang zu irgendeiner KI, die dir erzählt, wer anwesend ist und wer nicht. Die waren schon blau, als sie hier reingestolpert sind. Ich wette, die wissen nicht, auf wessen Party sie sind, weil die einfach irgendwen gefragt haben, wo in der Nähe die nächste Feier steigt.«

In diesem Moment gingen Tim McMillan und Ronald Casey in ihren dunkelblauen Anzügen und polierten Lederschuhen zu den beiden Abschaltern. An ihren Seiten je eine Studentin. Die eine hatte eine flache Nase, umwerfende Augen und schwarzes Haar, das so leicht war, dass es mit jedem Schritt wippte, die zweite hatte einen strengen Dutt, weinroten Lippenstift und sah Noah mit einem gewinnenden Lächeln an.

»Guten Abend, die Herren«, rief Oli durch die Musik.

Casey und McMillan sahen ihn kurz an, musterten dann aber Noah. Casey erkannte ihn zuerst. »Herr Cline, welch eine Freude!« Er lüftete seinen Hut.

»Casey. McMillan«, begrüßte Noah die Geschäftsführung

kühl. Dann sah er die Damen abwechselnd an. »Wie darf ich euch beide nennen?«

»Zho Pa«, sagte die Frau, deren Hand von Ronald Casey nun noch stärker umklammert wurde. Sie deutete eine Verbeugung an.

»Lilly«, stellte sich die Blonde vor. Sie streckte ihre Hand aus, um die von Noah zu schütteln. Als sich ihre Blicke trafen, bemerkte Noah eine Kälte in ihrem Blick, die ihn an Marlen erinnerte.

»Sie sind ein bemerkenswerter junger Mann, Herr Cline, ist Ihnen das klar?« McMillan tippte Noah auf die Brust, als er das sagte. Er schwankte ob des Alkohols. »Score null, und das über fünf Jahre.«

»Es sind eigentlich bereits sechs Jahre«, mischte sich Oli ein. Er schob sich mit der Schulter zwischen Noah und McMillan. »Auf den Tag genau sechs Jahre, glaube ich.«

»Sie sind?«

»Oli!« Er klang entsetzt. »Olivier Bélier. Wir haben bei der Weihnachtsfeier zusammen gepokert, bis nachts um vier! Sie haben mir Ihre Frau vorgestellt.«

McMillan beugte sich weiter zu Oli heran. »Halten Sie das für sinnvoll, in dieser Situation meine Frau zu erwähnen?«, knurrte er leise. Etwas lauter fügte er hinzu: »Nehmen Sie sich ein Beispiel an Ihrem Freund hier!« Er lachte und schob Oli zur Seite, um Noah auf die Schulter zu klopfen.

»Gehen wir?«, fragte Casey. Er schnalzte mit der Zunge, wie es Ungeduldige taten, die um Aufmerksamkeit ihrer Begleitung rangen.

»Sicher doch«, brummte McMillan. »Nette Party, Herr Cline. Sie bringen es noch zu etwas Großem. Weiter so!«

Damit verabschiedeten sich die alten Männer. Lilly sah zwischen Noah und Oli hin und her, ein Lächeln huschte ihr über das sonst eingefrorene Gesicht. Dann drehte auch sie sich um.

»Tja. Mich bewundert sogar die Geschäftsführung.« Noah grinste und hob die beiden randvollen Gläser von der Theke. »Prost!«

»Ist das dein Ernst?« Oli sah Noah mit gerunzelter Stirn an. Er nahm ein Glas an und stellte es ohne Umschweife zurück auf die Theke. »Ich habe dich angelernt!«

»Hä?«, machte Noah. »Ich weiß. Ich war dabei.«

Oli legte seine Hand auf Noahs Arm, sodass dieser sein Getränk absenkte. »Warum hast du es denen nicht gesagt?«

Noah zuckte mit den Schultern.

Das stellte Oli nicht zufrieden. »Immer kriegst du den Ruhm! Aber ohne mich wärst du überhaupt nicht da, wo du jetzt bist. Dass du auf Score null bist, heißt nur, dass ich ein guter Lehrer bin!«

»Du *bist* ja auch ein guter Lehrer.«, sagte Noah.

»Ja, aber mehr nicht, offensichtlich. Dein bester Freund bin nicht ich, sondern eine seelenlose KI.« Oli seufzte. »Ich versuche seit Jahren, der Geschäftsführung in den Arsch zu kriechen, und McMillan erinnert sich nicht einmal daran, wie ich eine komplette Nacht mit ihm unterwegs war und mir sein bescheuertes, langweiliges Gelaber angehört habe.«

Er griff nach dem Glas und trank mehrere Schlucke nacheinander. Ein Drittel leerte er, bevor er das Glas von den Lippen nahm.

»Warum ist dir das wichtig?«

»Weißt du«, Oli lallte allmählich ein wenig, »ich habe Verantwortung. Im Gegensatz zu dir. Ich habe Kinder. Mein Job ist kein Spiel, so wie deiner, ich muss mich unverzichtbar machen, damit ich nicht eines Tages ohne dastehe. Letztes Jahr sind fünf Abschalter geflogen, nur wegen ihrer Scores.«

Bevor Noah etwas erwidern konnte, wurde er angerempelt. Ein dürrer Mann mit Hornbrille stützte sich auf Noahs Schultern ab, um nicht von seinem Rausch zu Boden gerungen zu werden. Er fing sich, ging einen Schritt zur Seite und knallte sein Glas auf die Theke. Ein Wunder, dass es nicht zu Bruch ging.

»Du bist doch dieser Noah«, lallte er. »Der, den jeder kennt, weil er so ein richtig guter Abschalter ist.«

»Ja, höchstpersönlich.« Noah schenkte seinem Gast ungefragt vom teuren Scotch ein und reichte ihm das Glas.

»Was ich dich schon immer fragen wollte«, der Typ rülpste, »was ist das?« Er deutete auf den Lichtschalter neben der Tür.

»Ein Lichtschalter«, antwortete Noah. Obwohl Noahs Apartment ohne Haus-KI auskam und damit einer von einer Handvoll Offlineräume des Landes war, gab es dort jeden Luxus. Kühlschrank, Bartheke und Klimaanlage steuerte Noah durch virtuelle Potenziometer auf den Touchscreens der Geräte. Sprachsteuerung gab es weder beim Licht noch bei der Musikanlage. Er hatte beim Einzug sogar Lichtschalter einbauen lassen – ein aufwendiges Unterfangen, das die Hausverwaltung nicht besonders erfreut hatte.

Der Gast nahm einen großen Schluck Scotch, ohne mit der Wimper zu zucken, und torkelte zum Lichtschalter.

»Zum Draufdrücken?«

»Probier's aus.« Noah grinste. Auch Oli konnte nicht verbergen, dass ihn diese Situation amüsierte.

Der Mann betätigte den Lichtschalter, und sofort schalteten sich die Deckenlampen aus, begleitet von lautem Gejubel auf der Tanzfläche. Jetzt kamen die gelben, orange- und pinkfarbenen Laserstrahlen viel besser zur Geltung, wie sie im Rhythmus der Musik ihre Bahnen zogen und zum Taktwechsel die Richtung änderten. In der Dunkelheit brach die Stimmung aus, als sei sie vorher mit Gewalt unter Verschluss gehalten worden.

Der besoffene Fremde legte seinen Arm um Noahs Schulter. »Warum hast du das?«, rief er ihm ins Ohr. »Stumme Elektronik. Bist du ein Genosse?«

Noah wandte sich unter seinem Arm weg. »Was für ein Genosse?«

»Tu nicht so«, sagte der Typ verheißungsvoll. Er kam Noah wieder näher. »Hast du Aves' Kundgebung gehört?«

Oli hielt dem Kerl eine Hand vor die Brust, um ihn zurückzuhalten. »Es ist besser, wenn du gehst, Alter.«

»Was denn, was denn?«, lallte der Mann. Er verschüttete etwas Scotch, weil er so sehr wankte.

»Ein Antiparteiler auf der Party eines Abschalters!« Oli schüttelte den Kopf.

Ungläubig sah der Mann zu Noah. Sein Blick hatte etwas Durchdringendes, aber zugleich etwas Kindliches. In diesem Moment sah Noah in die Augen eines besoffenen Antipartei-Mitglieds, das in ihm seinesgleichen zu finden erhofft hatte. Der Mann wankte rückwärts gegen den Türrahmen. Er prostete ihm mit seinem Glas zu. »Du kämpfst für die falsche Seite, mein Freund!« Mit diesen Worten öffnete er die Tür, schlug kräftig auf den Lichtschalter und verschwand, begleitet von einer Geräuschkulisse enttäuschten Seufzens, die von der Tanzfläche zu hören war.

Noah und Oli sahen sich wortlos an, zuckten mit den Schultern und begaben sich auf die Tanzfläche, nicht aber, ohne vorher das Licht wieder auszuschalten.

Eine halbe Stunde feierte Noah mit Oli und den Partygästen, von denen er nur die Hälfte kannte. Die Räume füllten sich, die Stimmung stieg. Neue Gäste erschienen und brachten Leute mit, die wiederum Freunde anschleppten.

Unter diesen gesichtslosen Partyleuten *dritten Grades* fand Noah Jeremy. Muskelbepackter Körper, gebleichtes Zahnpastalächeln, nicht zu übersehen. Er häufte sich von allen Speisen des Echtnahrungsbuffets eine Portion auf den Teller: Meeresfrüchte, Echtbrot mit Aufschnitt und Kuhmilchkäse. Vegane Zucchini-Reis-Bällchen und Pommes mit mindestens sechsundfünfzig Prozent Kartoffelanteil. Er kam mit seinem Teller auf Noah zu, der eine Pause vom Tanzen machte.

»Ey, Noah!« Jeremy schlug Noah auf die Schulter. »Wo ist dein Sidekick?«

»Oli? Irgendwo. Was machst du hier? Kreuzt doch sonst nicht auf.«

»Ich hatte Bock aufn bisschen Offlinespaß.« Jeremy hob die Augenbrauen und sah ihn intensiv an.

»Noah, wann hast du mal Zeit für mich?«, säuselte eine weiche Stimme in Noahs Ohr. Es war Nanette. Sie strich über Noahs Arm.

Noah hob abwehrend die Hand. »Nicht jetzt. Ich unterhalte mich.« Er wandte sich wieder Jeremy zu.

»Bist ja sehr beliebt«, frotzelte dieser.

Noah ignorierte den Kommentar. »*Offlinespaß*, also?«

Jeremy sah Noah vielsagend an. »Machste mit?«

»Ich hab getrunken.«

»Ein paar Endorphine tun nichts zur Sache bei Alk.«

»Endorphine?« Noah lachte. Er hatte erwartet, dass seine alte Studienbekanntschaft einer derjenigen war, die ihr Hypophysenkit hacken wollten, um Morphium, Kokain oder Heroin zu synthetisieren. Modifikationen wie diese wurde von der Versicherung mit hohen Strafen geahndet, aber in Offlineräumen waren die Auflagen von Global Insurance nicht mehr unumgänglich. Doch ein Trip war gefährlich. Für einen Rauschzustand musste die gesamte Hormon- und Transmitterkontrolle aussetzen und das Alternativprogramm eine Weile laufen. Schwer war der Hack nicht, die Anleitung dazu quasi die Startseite des DarkNets, aber die Herausforderung lag darin, die vorigen Einstellungen zu rekonstruieren, während man high war. Stellte das Hypophysenkit nach dem Trip nicht mehr exakt die gleichen lebenserhaltenden Substanzen her, glich das einer unautorisierten weichen Abschaltung. Das bedeutete, dass die nächste KI, die sich mit der Personenidentität verband, die Datenbankeinträge mit dem Status des Kits abglich, Alarm gab und diesen sofort an Global Insurance weiterleitete.

Noah konnte theoretisch Tag und Nacht mit seinem Kit experimentieren. Zwar hatte er mit dem Gedanken gespielt, sich einen Rausch zu gönnen, aber die Ängste, die Degeneration nicht mitzubekommen, die Rücksetzung zu vermasseln oder zu sterben, waren zu groß. Außerdem hatte er keine Ahnung von spurenlosem Hacking und würde mit Sicherheit auffliegen, sobald er eine öffentliche Straße betrat.

»Mach mit, du Spaßbremse!« Jeremy boxte Noah gegen den Oberarm. »Ich habe eine Methode, die save ist.« Er kam ein Stück näher. »Hundertprozentig.«

Noah wiegte den Kopf hin und her. Warum sollte er nicht wenigstens probieren, wofür er bei seinen Gästen berüchtigt war? Doch ausgerechnet diesem Typen vertrauen? Einem protzigen, oberflächlichen Mann, der seit etlichen Jahren im Studentenstatus festhing und statt einer Arbeit nachzugehen, in Verbindungen und auf Partys rumlungerte? Ein hoher Preis.

Jeremy grinste. »Wir kopieren unsere Einstellungen und übertragen sie als Datenpaket an das Kit einer anderen Person. Dafür habe ich uns drei *Aushilfen* angeheuert. Die sind so was wie externe Festplatten.«

Als hätten sie es gehört, kamen drei Leute, die sich mit etwas Abstand in Jeremys Nähe unterhalten hatten, auf ihn zu. Zwei Frauen und ein Mann. Sie waren jung. Studenten, vermutlich.

Jeremy nippte zufrieden an seinem noch immer fast vollen Glas. »Dann setzen wir unsere Kits zurück und spielen den Code drauf.« Er hielt einen kleinen Magnetstick in die Höhe. »Das ist save, sage ich dir. Todessave.«

»Schon mal ausprobiert?« Noah konnte seine Skepsis noch nicht überwinden.

»Sicher.« Jeremy bleckte die Zähne. »Einziger Nachteil: Die Back-up-Tragenden haben in der Zeit keinen Schutz. Ihre Hypophysenkits werden deaktiviert, wenn wir es uns gemütlich machen. Ist wohl irgend so 'ne Sicherung gegen Überdosen oder so.«

»Klar. Zwei Datensätze gleichzeitig in einem Hirn …«, dachte Noah laut.

Oli kam mit zwei Gläsern zu den beiden und drückte ihnen Cocktails in die Hand. »Hab ich richtig gehört?«

»Was immer du glaubst, gehört zu haben: Du bist eingeladen«, sagte Jeremy mit einer gekünstelt unschuldigen Stimme.

»Jungs«, sagte Oli ernst. »Die Öffis könnten den falschen Datensatz auslesen. Identitätsdiebstahl, Vermummung, Decken von Attentätern – das wär 'ne Katastrophe, ey!«

Noah kostete sein Getränk. Es war süß, fruchtig und exotisch, mit einer dezent sauren Note.

»Sex on the Beach«, pries Oli an. »Selbst gemischt. Wollt ihr eure Hypophysen jetzt echt duplizieren, oder was?«

Noah setzte das Glas für einen Moment ab. »Er will unsere Kits lahmlegen und Endorphine synthetisieren.«

Eigentlich erwartete Noah von seinem Kollegen, der mehrfacher Vater war, dass der an ihre Vernunft appellierte. Aber Oli entgegnete nur: »Bin dabei!« und gab Jeremy ein High Five.

Nanette tauchte wieder auf und schmiegte sich an Noahs Schulter. Sie hauchte ihm ein kaum hörbares Stöhnen ins Ohr. Dabei wanderte ihre Hand seinen Rücken herunter, bis die Fingerspitzen sich unter seinen Hosenbund schoben.

»Ist ja gut«, sagte er und legte gespielte Genervtheit in seine Stimme. »Ich kümmre mich noch um dich, Süße.«

Er sah die beiden Männer an. »Jungs, ich bin mal kurz weg. Hier braucht wer meine Aufmerksamkeit.« Das Glas mit dem Sex on the Beach drückte er Oli in die Hand. »Halt mal kurz.«

»Ach komm schon, ernsthaft?«, sagte Oli, aber Noah hörte nicht mehr zu.

Nachdem Noah getan hatte, was Nanette gemäß seiner Auftragsbeschreibung von ihm verlangt hatte, sammelte er seine Kleidung vom Schlafzimmerboden. Sie lag auf dem Bauch, die Bettdecke auf ihrem Hinterteil. Sie strich sich über die zartbraune Haut und rekelte sich. »Komm doch wieder ins Bett«, bat sie ihn.

Noah lächelte, beugte sich über sie und gab ihr einen Kuss auf die Wange. Auf den Mund hatte er noch nie eine Frau außer Lucy geküsst.

»Danke für das Angebot, Süße. Eine Runde ist teuer genug.« Er schlüpfte in seine Jeans, legte wie vereinbart einen Ring auf den Nachttisch. Einundzwanzig Karat. Dreitausend Helds hatte er dafür bezahlt. Eigentlich viel zu teuer für eine Nacht.

Noah warf sich das Hemd über und stolperte aus dem Schlafzimmer.

Das Wohnzimmer hatte sich etwas geleert. Viele waren gegangen, nachdem Noah von der Bildfläche verschwunden war. Das war typisch für all die Idioten, die seine Partys nur besuchten, um sich den Bauch vollzuschlagen und mit Fotobeweis in den sozialen Medien damit anzugeben, bei Noah Cline gewesen zu sein. Online mit Offlinepartys angeben. Es waren alles Deppen. Doch die wahren Deppen saßen auf der Dachterrasse. Oli und Jeremy brüllten vor Lachen und zogen damit die Aufmerksamkeit aller Anwesenden auf sich.

»Ihr verstoßt gegen die staatliche Hormon- und Transmitterkontrolle!«, schrie Noah die beiden grinsend an. Die erstarrten. »Hände hoch! Ihr und eure Antipartei werdet dahin kommen, wo ihr hingehört! Ihr seid verhaftet!«, sprach Noah weiter. Dann grinste er. »Wenn ihr mich nicht endlich mitmachen lasst!« Er sah, wie Oli und Jeremy ihre vor

Schreck angespannten Oberkörper wieder in die Kissen sinken ließen.

»Alter!« Oli lachte.

»Hast du uns gerade mit den Versagern von der Antipartei verglichen?«, fragte Jeremy. »Du musst echt mal … *abschalten.*«

Er zog Noah auf das Sofa und pfiff Amy zu sich. Sie war die Frau, die noch kein Back-up im Hirn hatte. Jeremy kicherte im Rausch, als er den Gastgeber und die brünette Studentin über den Magnetstick verband und ihn mit seinem Tablet koppelte.

Noah war überzeugt, dass Amy, genau wie Nanette, an diesem Abend deutlich mehr verdiente als in ihrem regulären Job in einem ganzen Monat. Schweigend nahm sie das Back-up entgegen und verzog sich nach einer angedeuteten Verbeugung ins Innere des Apartments, wo ihre Kollegen auf dem Sofa saßen und Wasser tranken.

Es dauerte nicht lang, bis die Synthese begann. Noah spürte pure Freude in sich aufsteigen. Er merkte nicht mehr, dass er betrunken war. Es war, als würde er schweben. Kein Gramm wog er mehr, und Glückshormone fluteten sein Hirn. Er wollte kuscheln, jagen, vögeln, jubeln, schreien und rennen. Alles gleichzeitig erfüllte ihn mit bodenlosem Glück. Stattdessen tat er, was auch Jeremy tat: Lachen. Sie lachten sich kaputt, ohne dass sie sich über etwas freuten. Irgendwann verschwand Oli im Apartment. Noah beugte sich zu Jeremy.

»Künstliche Intelligenzen sind das Gegenteil von uns«, dachte er plötzlich laut. »Das Gegenteil von künstlicher Intelligenz ist dann doch die natürliche Dummheit, oder?«

Jeremy brach erneut in Gelächter aus.

Noah versuchte, klar zu denken, fühlte sich aber schwammig, als sei sein Hirn aufgedunsen und seine Gedanken in Schieflage.

Endorphine waren die körpereigenen Schmerzmittel, die

Sportlern zum »zweiten Atem« verhalfen. Noahs Haut kribbelte, und es war, als hob jemand sein Herz ein paar Zentimeter höher. Wie die Vorfreude, die er früher vor seinem Geburtstag hatte, gepaart mit der Aufregung vor seinem ersten Kuss. Ach, Lucy.

»Warum gibt's mehr hübsche als intelligente Frauen?«, unterbrach Jeremy Noahs Gedanken.

Noah wusste keine Antwort. Er dachte an Lucy und daran, dass sie intelligent und hübsch zugleich war, die intelligenteste und zugleich hübscheste Frau des Planeten.

»Weil Männer besser sehen als denken können!« Jeremy prustete los und ruderte mit den Armen, so viel Energie brachte ihm sein eigener sexistischer Witz.

Noah verstand nicht. Er kannte keine Frau, die weniger klug war als er, nicht Karma, nicht Marlen, nicht Lucy.

Lucy.

Ihr Haar, ihre Augen! Und diese niedliche Stupsnase. Noah sah sie genau vor sich. Er freute sich wie ein Kind, wollte laufen, über Hügel und durch Matsch, auf Lucy zu, immer näher an sie heran, sie endlich wieder in die Arme schließen. Ohne diese Wehmut. Innerlich schrie und sang er und lief immer weiter, kam immer näher.

Nach außen musste er wie ein Kiffer aussehen, wie er breit grinste und sich hin und her wiegte, den Blick nach innen gerichtet. Neben ihm war Jeremy noch immer grundlos am Lachen. Noah fragte sich, ob er einen Grund hatte, glücklich zu sein. Der Rausch wischte die Gedanken weg. Schon erschien sein Rauschbuddy liebenswürdig.

»Es ist sinnlos, Menschen zu hassen«, stellte Noah fest. »Auch wenn sie so sind wie du.«

Jeremy unterbrach sein Gelächter, sah Noah an und nickte ernst. »Wir machen es uns nur unnötig schwer.«

Sie sahen sich kurz wortlos an und fielen sich dann in die Arme. »Es ist so schön, Freunde zu haben!«, hörte sich Noah sagen. Eine Stimme in seinem Innern nahm die Situation und den Rausch wahr und verspottete ihn für sein Verhalten. Doch diese Stimme war zum Glück leise genug, um völlig in der Situation unterzugehen.

Die beiden lösten sich aus der Umarmung. »Alter«, begann Jeremy, »wo ist dein Freund?«

»Wir sollten alle Freunde sein«, sagte Noah beiläufig. Er konzentrierte sich auf die Musik. Bässe durchdrangen seine Haut und fuhren in die Muskeln. Noah wippte zur Musik hin und her, spürte Aufregung. Sein Herz sprang wie damals, als er Lucy zuletzt gesehen hatte, also sprang er auch, ohne müder zu werden. Alles belebte ihn mehr und mehr.

Eine Weile später ebbte der Rausch ab. Jeremy war kurz vor Noah wieder clean und sah ihn ernst an. »Geiler Scheiß«, resümierte er seine Erfahrung. »Das sollten wir häufiger machen. Wo ist Oli?«

»Schon länger weg«, antwortete Noah. »Die Frau mit meinem Back-up übrigens auch.«

Jeremy sprang auf. »Was für ein Idiot! Wo ist er?«

»Was soll schon sein? Der hat nur'n bisschen Spaß. Er ist Abschalter, da ist das normal. Wer in so 'nem Beruf –«

»Du raffst es nicht«, fauchte ihn Jeremy an. In diesem Moment öffnete sich die Terrassentür und Oli stieß zu den beiden. Er ließ sich demonstrativ Zeit damit, den Gürtel zu schließen. Als habe er das auf dem Weg vom Schlafzimmer durch das geräumige Wohnzimmer hindurch nicht geschafft.

»Alter!«, rief Jeremy aus.

»Hast du …?«, fragte Noah.

Oli ließ sich auf das Sofa fallen und breitete seine Arme auf der Rückenlehne aus. »Sicher doch!« Er zwinkerte Noah zu.

Jetzt begriff auch Noah. Er sah Jeremy entgeistert an. »Die Reproduktionshemmung!«

»Was?« Oli schien sofort klar im Kopf.

»Amys Hypophysenkit ist deaktiviert, du Idiot. Sie hat Noahs Back-up«, erklärte Jeremy. »Die Alte ist fruchtbar!«

Kreidebleich sank Oli ins Polster. »Nicht schon wieder!«

10 Tage vor meiner Geburt

Mit den Füßen auf dem Schreibtisch lehnte sich Noah zurück und leerte ein Glas Wasser in nur einem Zug. Er riss eine Chipstüte auf, die er sich auf dem Weg zur Arbeit im Echtkostladen geholt hatte. »Was steht an, Orwell?«

»Guten Morgen, Herr Cline. War die Stille im Fahrstuhl heute angenehm?«, begrüßte Orwell ihn.

»Ja«, sagte Noah. Er stopfte sich Kartoffelchips in den Mund. Essig und Salz verbreiteten ihre beißenden Aromen auf seiner Zunge. »War wie ein kurzer Urlaub ohne dich.«

»Ich dachte mir, dass es Ihnen gefällt, wenn ich die Füße stillhalte«, hallte es von der Decke.

»Füße? Ernsthaft?« Noah schnalzte mit der Zunge. »Versuchst du wieder, witzig zu sein?«

»Ich analysiere bereits seit fast sechs Jahren Ihr Humorprofil, Herr Cline«, antwortete Orwell. Er war für Noah zwar eine nervige, analysierende Klette, aber auch ein nützlicher, allwissender und alles überblickender Helfer bei der Arbeit. Wo er nur konnte, versuchte er, seine Humor-, Emotions- und Beziehungsprofile über den Abschalter anzureichern. Eines Tages wollte Noah sich in Orwells kryptische Datenbank einarbeiten. Womöglich kannte Orwell die Menschen besser als sie sich selbst.

»Jetzt hör auf, mich zu siezen und rück mit der Sprache raus. Was hast du ausgefressen, dass du so pseudo-höflich bist?« Noah legte die Chips beiseite. »Kann ja keiner aushalten.«

»Okay, Noah.« Orwell ließ einen abfallenden Rauschton hören, der seine Art des Seufzens war. »Du wirst sehen, warum ich dich schonend behandle. Bitte logge dich ein, damit du vollen Zugriff auf die Mitarbeitercloud erhältst.«

Noah stieß zischend Luft zwischen den Zähnen hervor. »Wann lernst du eigentlich, mich einzuloggen? Du weißt doch, dass ich es bin. Wozu haben wir Irisscanner und eine enorm teure KI?«

»Dafür wurde ich nicht programmiert. Ein Irisscanner ist nichts anderes als eine Kamera, und eine rein visuelle Authentifizierung lässt sich täuschen, etwa durch Deepfakes, eingespeiste Videofiles oder hochauflösende Bilder. Die Sicherheitsstandards von Global Insurance sind die mit Abstand höchsten, denn die Daten eines jeden menschlichen Individuums sind schützenswert.«

Noah erkannte, dass die KI einen alten Werbeslogan der Versicherung vortrug. »Wow. Du klingst wie ein Bedienungsroboter vor zweihundert Jahren.« Er schmunzelte und öffnete das Interface auf dem Computer. Der Port zum Einloggen erschien und verdeckte die Zwischenablage, die als einziger Ordner den großen Monitor mit Daten füllte.

»Vor zweihundert Jahren hat die erste künstliche Intelligenz den Schachweltmeister geschlagen …«

Während Orwell einen seiner geliebten Monologe abspulte, klickte sich Noah durch das Interface.

»Diese KI hieß Deep Blue und wurde gefeiert, obwohl sie nur ein hässlicher Kasten von IBM war …«

Noah gab das Passwort für seinen Benutzeraccount cline.n.2191 ein.

»… aus heutiger Sicht nur ein billiger Schachcomputer –«

»Ich bin eingeloggt«, unterbrach Noah den technischen Monolog. »Da ist der Workflow. Halt mal kurz die Klappe, du Datenfetischist.«

Noah zog sich näher an den Schreibtisch heran und löste sich aus dem halben Schneidersitz, in dem er sich auf dem Bürostuhl gefläzt hatte. Er überflog den Workflow.

Montag, der 02.10.2197
Cline, Noah, P.-Nr.: C2155-3-0223-2191-III
Score: 0 (seit *2193* Tagen in Folge)

Quote KW 39: *101*/100
Quote KW 40: *0*/100

Posteingang:

News	*1*
Headquarter	*1*
Sterbeurkunden	*54*
Einsprüche	*0*
Freunde / Bekannte	*12*
Unbekannt	*0*
Spam	*37*
Papierkorb	*598*

Workflow

Strafabschaltungen	*5*
Ausgelaufene Fristen	*7*
Frei	*8*

»Acht freie Abschaltungen?«, rief Noah aus.

»Wie immer konnte ich deinen Workflow nicht beeinflussen«, erklärte Orwell. Die KI fuhr fort: »Als Score-null-Mitarbeiter hast du die besten Aufträge und bekommst dadurch die vergleichsweise einfachsten Aufgaben.«

Noah war bereits dabei, die zwölf Mails von Kollegen und die vom Vorstand, die ihn mit vorgefertigten, unpersönlichen Texten zum sechsjährigen Jubiläum beglückwünschten, in den Spamordner zu verschieben. Es dauerte wenige Sekunden, bis der Inhalt des Spamordners automatisch in den Papierkorb transferiert wurde.

Papierkorb. Alles ging in den Papierkorb. Was Datenmüll anging, war Noah ein echter Minimalist. Er hatte seit Jahren keinen echten Papierkorb mehr gesehen. Papier war zu wertvoll, um es wegzuwerfen, und musste man es doch entsorgen, brauchte man locker zwanzig Jahre, bis man einen ganzen Korb mit Altpapier gefüllt hatte. Altpapier, das er im Rahmen seiner Arbeit produzierte, nannte man *Akte* und heftete es in Ordner ab, natürlich, nachdem es von den Angestellten aus der Verwaltung eingescannt und von Orwell eingelesen wurde.

»Bist du sicher, dass du diese E-Mails löschen möchtest?«, fragte Orwell.

»Ja«, antwortete Noah knapp.

Orwell schwieg eine Weile, dann war der Papierkorb geleert.

»Tut mir leid«, sagte Noah. »Du willst bestimmt viel lieber Abschaltungen bearbeiten, als meinen Papierkorb zu leeren.«

»Das ist schon okay«, sagte Orwell. »Ich habe in der letzten Stunde bereits dreihundertzwölf komatöse Subjekte abgeschaltet. Morgens sind deine Kollegex besonders produktiv. Im Vergleich dazu habe ich lediglich einhundertzwölf E-Mails aus Papierkörben der Abschaltex gelöscht.«

»Und wie viele Mails aus der unteren Etage?«

Orwell zögerte kurz. Es war das kalkulierte Zögern, das er sich für mehr menschenähnliche Sympathie angewöhnt hatte. »Zweitausendachtundfünfzig, wenn ich die Anfragen, die ich mit Standardantworten versehe, nicht mitzähle.«

Noah stöhnte. »Zweitausendachtundfünfzig? Das ist … viel. Welche Standardantworten hast du rausgeschickt?«

»Datenschutz«, antwortete Orwell knapp.

Noah rechnete ihm hoch an, dass er seinen Sicherheitsstandard-Werbespruch nicht wieder vollständig aufsagte. »Gut, dann sag mir, welche die häufigsten Anfragen sind.«

Ein Dreiklang zog Noahs Aufmerksamkeit auf sein Display vor sich. Er hatte eine neue E-Mail, Absender war Orwell.

»Ich wusste gar nicht, dass du E-Mails schreiben kannst«, murmelte Noah, während er die Sätze überflog, die Orwell in einer Topliste angeordnet hatte.

Top 10 FAQ
Abtlg. Kundenservice
Datenerfassung 02.10.2196 – 03.10.2197

1. *Ich kann [VAR] nicht bezahlen. Was tun?*
2. *Wann kann ich meine Angehörigen besuchen?*
3. *Ich befinde Ihre Entscheidung für ungerechtfertigt.*
4. *Wacht [VAR] jemals auf?*
5. *Bitte schaltet [VAR] nicht ab!*
6. *Ich kann mir das Koma meines [VAR] nicht leisten, was machen wir da?*
7. *Wann wacht [VAR] auf?*
8. *Hiermit verklage ich Sie!*
9. *Die Antipartei wird euch alle zerschlagen!*
10. *Wie sieht der Forschungsstand zum XX-Virus aus?*

»Die Antipartei hat es in die Top Ten geschafft«, stellte Noah fest. »Wie ist das, als hochintelligente KI mit dem Wissen von etlichen Gehirnen solche stupiden E-Mails lesen, analysieren und beantworten zu müssen?«

»Wie ist es, als, für einen Menschen, relativ kluger und gut bezahlter Mann jeden Tag Zeit mit Toilettengängen zu verschwenden?«

Ein Konter. Orwell wurde besser. Noah lachte.

Er ließ die Knöchel knacken und machte sich ans Werk. Am liebsten tätigte er die Strafabschaltungen. Kriminelle, die draußen umherliefen und von der Justizbehörde verurteilt wurden, konnte man ohne Weiteres abschalten. Schuldige rettet man nicht.

Die Bürokratie, die mit Strafabschaltungen verbunden war, gehörte nicht zu dem Job eines Abschalters. Mit vier Klicks gingen die Anträge der Damen und Herren Dillinger, Gardner, Weiß und Krüger raus. Karma würde sie in ihrem Workflow sehen, abnicken, und in wenigen Tagen würde es vier frei laufende, kriminelle Menschen weniger geben. Ihre Hypophysenkits würden abgeschaltet werden. Eine *weiche Abschaltung*. Da nahezu die gesamte Weltbevölkerung das XX-Virus in sich trug, würden die Kriminellen von ihrem eigenen schwachen, ohne Kit nicht überlebensfähigen Körper dahingerafft, unter ständiger verdeckter Beobachtung ihrer zukünftigen Leichentransporteure.

Die fünfte Strafabschaltung zog Noahs Aufmerksamkeit auf sich. Er studierte die Akte des Mannes, kaute an seinem Daumennagel und las aufmerksam die Berichte seiner Straftaten. Dieser Mann war genial! Und definitiv psychisch krank.

Nachdem Noah einige Minuten gebannt die Myers-Akte studiert hatte, zuckte er mit den Schultern, machte ein gleichgültiges »Mh« und mit einem Klick war das Schicksal dieses soziopathischen Mörders besiegelt.

Nach den Strafabschaltungen bearbeitete Noah abgelaufene Fristen. Frau Kerenza, hundertvierundzwanzig Jahre alt, Rentnerin. Die alte Dame lag seit drei Jahren im Koma, seit zwei war sie verwitwet. Sie hatte keine Kinder, keinen gesetzlichen Vertreter. Mit ihrem seit drei Wochen verfehlten Zahlungsziel der letzten Rate, war sie für eine harte Abschaltung qualifiziert. Doch Noah konnte sie nicht einfach so aus dem Verkehr ziehen. Selbst für alleinstehende Personen, die niemand vermissen würde, galten die Gesetze.

Er richtete eine fiktive E-Mail-Adresse ein, an die er die Benachrichtigung über den Abschaltungsantrag sendete. Sollte sich innerhalb der nächsten sieben Tage ein verschollener Verwandter melden oder die Patientin erwachen, hatten sie ein Recht darauf, diese E-Mail zu lesen und die Entscheidung anzufechten. Bürokratie und Ordnung mussten sein, obwohl so etwas noch nie vorgekommen war. Jede Bürgerakte enthielt sämtliche, selbst weitverzweigte Stammbaumdaten, und Komapatienten hatten den Patiententrakt bisher immer mit den Füßen voran verlassen.

Noah arbeitete seine weiteren vorsortierten Fälle ab. Er beantragte Abschaltungen wegen erschöpfter Versicherungsbudgets und sendete Benachrichtigungen an vier echte und drei fiktive Angehörige heraus. Vier Menschen erfuhren in diesem Moment, dass sie sieben Tage hatten, Geld für weitere Leistungen aufzutreiben, ansonsten würden einst lebhafte Menschen, nach Ablauf der Schonfrist in Asche verwandelt werden.

Noah begann seinen dritten und größten Arbeitsabschnitt. Abschaltungen, die nicht aufgrund abgelaufener Fristen oder strafrechtlicher Verurteilung erfolgen sollten, mussten genauestens dokumentiert und begründet werden. Hier begann der eigentliche Job eines Abschalters. *Ethische Entscheidungen.* Überbevölkerung eindämmen. Gott spielen.

Im Pool der vorgeschlagenen Abschaltungen hatte Orwell eine automatische Vorauswahl getroffen. Menschliches Gemüse, das im Patiententrakt vor sich hinvegetierte und aus verschiedensten Gründen für eine Abschaltung qualifiziert war. Fünfzehn Kandidaten. Keine Konzentration.

»Orwell, wie spät?«, fragte Noah. Er verschränkte die Arme hinter dem Kopf und lehnte sich zurück.

»Es ist neun Uhr dreizehn. Du arbeitest seit vierundvierzig Minuten«, antwortete Orwell.

»Klasse. Ich vertrete mir mal die Beine.«

»Nach so einer langen Arbeitsstrecke hast du dir das redlich verdient.«

»War das Sarkasmus?« Fast wollte Noah seinen besten Freund loben. »Dich sollte man nicht künstliche Intelligenz, sondern künstliche Arroganz nennen.«

Er stand auf und verließ Büro 104.

Seine Schritte hallten gedämpft durch die Flure, als Noah sich auf den Weg ins Atrium machte. Er hielt sein eingerolltes Tablet in der Hand wie einen Staffelstab, niemals bereit, ihn an jemanden abzugeben. Weil er eine Pause vom tristen Bürogebäude und von Orwells permanenter Anwesenheit brauchte, lief er die Treppen hinunter bis ins Erdgeschoss.

Die Glastür schob sich auf und die LEDs rechts und links vom Steinweg leuchteten auf, als Noah einen Fuß ins Atrium setzte. Er sog die Luft ein, sie war gefiltert und kühl, roch erdig nach frischem Laub, ein wenig nach einem warmen Herbsttag, nachdem es tagelang geregnet hatte. Die Sonne lugte durch die Baumkronen. Der Surroundsound des gigantischen Glaskastens untermalte diese Bilder mit sanftem Windrauschen und vereinzelten Vogelrufen. Eine Amsel. Noah bog ab und ließ seine Füße absichtlich über den knirschenden Kies schleifen.

In der Mitte des Atriums angekommen, setzte sich der Abschalter auf die Bank unter der Kastanie, die die Mitte des Atriums markierte. Die LEDs am Weg in seiner Nähe erloschen, als er die Beine hochlegte.

Er entrollte das Tablet und ließ seinen Blick für einen Moment schweifen. An den Mauern, hinter denen sich das *Gemüsebeet* befand, zeigte das vollflächige Display einen Herbstwald. Orangerote Farben, monotone Bewegungen im Wind.

Hinter dieses jahreszeitlich angepasste Stimmungsbild hatte Noah sich genau ein Mal begeben: Während seiner Ausbildung hatte Oli ihm die Prinzipien ihrer Arbeitsweise erklärt. Er hatte gemeint, Abschalter müssten immer im Klaren darüber bleiben, was sie taten. Also hatte er Noah durch den Patiententrakt geführt und ihm all die Türen gezeigt, hinter denen sich pro Raum sechs bis sechzehn Komatöse in ihren automatischen Wendebetten stapelten. In über zehn Stockwerken, jedes bestehend aus zahlreichen endlosen Fluren – wie viele Menschen mochten dort liegen und darauf warten, abgeschaltet zu werden?

Noah nahm sich vor, Orwell zu fragen, wie viele komatöse Menschen es hier im Hauptgebäude gab.

Komapatienten lagen nicht entspannt in ihren Betten, sondern waren an allen vieren fixiert, sodass die Maschinen sie bewegen, aufrichten und drehen konnten. Irgendwo in diesem Gebäude bewegte ein Wendebett den reglosen Körper von Lucy. Noah hatte sie noch nie besucht.

Er schüttelte ihr Bild aus seinem Kopf und aktivierte das Tablet. Schon wieder hatte er eine Mail der Geschäftsführung im Posteingang. Hatte Orwell gepetzt, dass Noah vorige Woche verkatert zur Arbeit gekommen war?

Er zögerte kurz, bevor er die Nachricht öffnete, atmete aber erleichtert aus, als er den Text überflog. Eine Einladung zur Mitarbeiterversammlung. Anlass für die betriebliche Völlerei am zwölften Oktober war das fünfundsiebzigste Jubiläum der Staatsübernahme. Außerdem sollten die Abschalter die PR-News im Blick behalten, da die »großartigste Kampagne aller Zeiten« bald live gehen würde.

Noah spürte keine große Lust, der Pflichtveranstaltung zuzusagen. Die E-Mail verschwand mit einem Schulterzucken im Spam. Der Termin stand ohnehin bereits im Mitarbeiterkalender.

Oli hingegen würde das Event erneut zum Anlass nehmen, sich bei der Geschäftsführung einzuschleimen. Sich tausend Mal dafür bedanken, wie fürstlich die Abschalter behandelt wurden. Betonen, wie dankbar er für seinen Job und seinen guten Score war. Prahlend erwähnen, dass die letzte Klage gegen ihn glimpflich verlaufen war.

In diesem Moment kam ein Anruf rein. Noah koppelte sein MindSet ans Tablet und nahm Olis Anfrage entgegen. »Oli, was geht?«

»Hast du die E-Mail gelesen?«

»Die zur Mitarbeiterversammlung? Ich denke, ich schwänze diesmal«, antwortete Noah.

»Diesmal!« Oli lachte auf. »Hör mal, du solltest wirklich hinkommen.«

»Wieso? Ist stinklangweilig und ich muss mich bei niemandem ein–«

»Die Antipartei fährt fett auf«, unterbrach Oli ihn. Antiparteiler waren abgedrehte, radikale Systemkritiker, die ihre Hypophysenkits selbst deaktiviert hatten und versuchten, ohne Regulierung zu überleben. »Guck im Newsfeed. Die Spinner haben eine Demo einberufen.«

»Das ist doch nur normales Rumgebrüll. Die laufen auf den Straßen rum, zünden irgendwas an und geben am nächsten Tag wieder Ruhe.«

»Ich weiß«, sagte Oli. »Aber wir sollten vorsichtig sein. Weißt du noch, beim fünfzigsten Jubiläum?«

»Äh«, machte Noah. »Nein, da war ich noch gar nicht dabei.«

»Ah, stimmt, du bist ja noch ein halbes Kind. Vor fünfundzwanzig Jahren haben sie Mar Ilya die Kehle aufgeschnitten. Ser ist seit dem Mordanschlag nie wieder öffentlich aufgetreten. Und drei Abschalter wurden entführt.«

Noah beugte sich vor. Davon hatte er noch nie gehört, weder von Marlen noch von Karma noch von irgendwem sonst. »Was? Warum weiß ich davon nichts?«

»Schlechtes Image. Seit fünfundzwanzig Jahren ist nichts mehr passiert. Ich will nur, dass du auf dich aufpasst, Mann. Die drei Abschalter waren die drei besten. Score 0.3, 0.6 und 0.7.«

»*Waren*?«, fragte Noah. »Wurden die rausgeschmissen?«

»Nein, umgebracht«, sagte Oli. Noah schluckte.

Einen Augenblick musste er sich sammeln. »Ich geh eh nicht hin, also keine Gefahr für mich«, sagte Noah.

»Überleg es dir. Es ist besser, du bist nicht allein. Ist ja nicht so, dass diese kranken Bastarde die Abschalter auf der Party aus einer Menschenmenge gepflückt haben. Die wurden unterwegs geschnappt.«

»Okay, Oli«, sagte Noah. »Danke für die Info. Wir haben ja noch Zeit, bis es soweit ist.«

»Mir wäre es lieber, wenn wir den Tag zu zweit verbringen«, betonte Oli nachdrücklich. »Ich engagier uns einen Aufpasser.«

Noah nickte, auch wenn Oli das nicht sehen konnte. Er bedankte und verabschiedete sich, dann legten die beiden auf.

Um sich abzulenken, beschloss Noah, sich seiner Arbeit zu widmen. Um nicht den langen Weg an seinen Arbeitsplatz zurücklegen und auf die im Atrium eingespielten Waldlaute verzichten zu müssen, wählte Noah seine eigene Büronummer im MindSet.

»Hast du mich vermisst?«, überrumpelte ihn Orwell.

»Natürlich, mein Schatz«, frotzelte der Abschalter. »Lädst du mir die Abschaltvorschläge ins Interface?«

»Selbstverständlich.« Prompt erschienen digitale Akten von zwanzig Personen. Laut System waren diese Leute alle gleichermaßen abschaltungsberechtigt. »Ich muss dich darauf hinweisen, dass verifizierte Abschaltbenachrichtigungen nur von Büro 104 ausgehen können.«

»Gib Ruh', Orwell«, sagte Noah. »Das sagst du jedes Mal. Ich will nur lesen und Vorentscheidungen treffen. Kreativität braucht ihren Raum.«

»Meinen Datenbanken zufolge gehören zu den kreativen Berufen beispielsweise Schriftstellex, Konzertgeigex, Laserartistex oder Holografex. Abschaltex sind exekutive Verwaltungsangestellte. Warum meinst du, der Beruf eines Abschaltexs sei ein kreativer?«, forschte Orwell nach.

Noah seufzte. »Orwell, das ist wie mit der Steuererklärung. Du brauchst gute Gründe, um der Finanzbehörde glaubhaft zu machen, dass eine Ausgabe wirklich nötig war und steuermindernd ist. Wie hab ich '96 die Marmorbar mit Zapfanlage gerechtfertigt?«

»Du schriebst, sie sei für eine Networkingparty unter Mitarbeitex von Global Insurance. Als Nachweis hast du die E-Mail der Einladung beigelegt.«

»Und was hast du mit dieser Mail gemacht?«

»Ich habe die Empfängerliste zensiert. Die Sicherheitsstandards von Global Insurance sind die mit Abstand höchsten, denn die Daten eines jeden menschlichen Individuums sind schützenswert«, sagte Orwell. »Insbesondere die unserer Mitarbeiter, um Bestechlichkeit zu vermeiden.«

»Na, siehste. Nun rate mal, wen ich zu den Partys, die ich mit der Bar veranstalte, nicht eingeladen hab.«

Orwell schwieg.

»Na komm, streng dein Bewusstseinsmodul an.«

»Du hast keine Mitarbeitex eingeladen?«

»Korrekt. Und bis auf die, die sich eh immer selbst einladen, ist auch niemand gekommen, der dieses Gebäude jemals durch Iris-Autorisierung betreten hat.«

Noah schaute in die Kamera, obwohl er wusste, dass Orwell ihn durch sie nicht wirklich sehen konnte. Bei den Kameras handelte es sich um Provisoriumskameras, die nur bei Bedarf, also nie, aktiviert wurden. Orwell konnte nichts abspeichern, sich durch die Kameras aber irgendwie orientieren. Noah wusste nicht mehr genau, wie das funktionierte.

»Du erfindest also mit deiner Kreativität Begründungen, warum du einen Patientex abschaltest?«, schlussfolgerte Orwell.

»Sozusagen.« Noah wischte Lucys Akte fort. Abschaltvorschlag abgelehnt. »Je besser die Begründung, desto geringer die Chance, verklagt zu werden. Immerhin geht der Job auf mein Risiko.«

»Ich erhalte allmählich ein verständliches Profil von deiner Überzeugung«, sprach Orwell durch den Kopfhörer. »Brauchst du mich jetzt noch?«

»Nein. Ich brauche Ruhe, um mir etwas auszudenken.«

»Sehr gut. Dann gebe ich einen Teil meiner Rechenkapazität frei, um deine Abschaltungsanträge zu analysieren.«

»Alles klar. Und wenn du einen Quellcode für Kreativität erstellst, schreib' bitte meinen Namen in die Credits. Mit Geld und Ruhm kannst du eh nichts anfangen.«

Orwell verzichtete auf eine Antwort. Noah zuckte mit den Schultern und versuchte, sich auf die Akten zu konzentrieren. Das Sortieren *menschlichen Gemüses* war nicht so einfach wie bei Auberginen, Zucchini und Tomaten. Man musste Tausende von Wörtern lesen, Aktivitäten im DarkNet nachvollziehen, Krankheiten miteinander vergleichen, Alter, Familienstand und Vermögen miteinander aufrechnen und nicht zuletzt die Chancen auf ein *nutzenreiches Leben* im Falle eines Aufwachens beachten.

Nach zwei Stunden stillen Verharrens im Atrium stand Noah auf. Er hatte eine Vorauswahl getroffen. Damit würden acht weitere Menschen von diesem Planeten verschwinden.

6 Jahre und 8 Tage vor meiner Geburt

Der erste Tag bei Global Insurance machte Noah wieder zu einem eingeschüchterten Studenten. Damals im ersten Semester wusste er nicht, welche seiner Vorlesungen live, on demand oder sogar im Universitätsgebäude stattfanden. Als frisch ausgelernter Abschalter war das etwas einfacher: Alles würde von nun an in Raum 104 stattfinden. In seinem eigenen Büro! Er teilte es sich nicht mit anderen Abschaltern und hatte niemanden, der ihm über die Schulter schaute. Nur eine hochintelligente KI, die intelligenteste der gesamten Welt, würde mit ihm arbeiten.

Noah wusste alles über seinen Job, zumindest was die Theorie anging. Aber im richtigen Stockwerk aus dem Fahrstuhl zu steigen und nach seinem eigenen Büro zu suchen, das war atemberaubend. Im wahrsten Sinne des Wortes: Noah vergaß vor Staunen zu atmen, als er im Fahrstuhl von einer Stimme begrüßt wurde.

»Guten Tag, Herr Cline«, schallte es von der Decke.

»Woher kennst du meinen Namen?« Noah drehte sich um die eigene Achse, konnte aber nicht die Quelle finden, aus der die Stimme kam.

»Ich habe Sie identifiziert«, sagte die KI. »Büro 104 befindet sich im dritten Stockwerk. Links an der Freizeitfläche vorbei, letzter Gang rechts. Das Ziel befindet sich auf der rechten Seite.« Der Aufzug öffnete seine Türen, ohne dass Noah auch nur das Touchpad berührt hatte. »Wir werden gleich voneinander hören.«

»Danke«, sagte Noah verdutzt und verließ den Aufzug.

Die Freizeitfläche war beeindruckend. Der Pausenbereich

war eingegrenzt von einer Küchenzeile auf der einen und Arbeitsplätzen auf der anderen Seite. Eine Insel aus Getränkeautomaten und mehrere verschiedenfarbige Sofas trennten den Küchenbereich von einer Spielfläche ab.

An einem der Billardtische spielten zwei Frauen miteinander. Eine von ihnen war fast zwei Meter groß, schlank, strenger Dutt. Sie nahm sich viel Zeit, ihren nächsten Spielzug zu überdenken. Als sie die weiße Kugel anvisierte, wirkte sie regungslos wie eine Statue. Noch bevor sie mit dem Queue ausholte, wurde es Noah unangenehm, sie anzustarren.

Hinter dem Airhockey-Tisch saßen eine Handvoll Arbeiter an Tischen, jeder für sich, jeder an seinem Tablet. Einer tippte ekstatisch auf einer Holotastatur. Noah wandte seinen Blick ab und machte sich auf den Weg. Wie war das noch? Geradeaus, rechts, dann das erste Büro links?

Er folgte seiner Erinnerung an die Navigation und gelangte an eine Tür. Neben ihr hing keine Nummer. Nirgends war etwas ausgeschildert oder beschriftet. Die Büros der Abschalter waren nicht für Besucher vorgesehen, und Mitarbeiter kannten ihre Büros. Offenbar gab es keinen Grund, die Räume von außen zu nummerieren.

Noah hielt seinen Ausweis an den Scanner neben der schweren Metalltür. Nichts geschah. Er ging eine Tür weiter, probierte dasselbe. Es funktionierte nicht. Er stemmte die Hände in die Hüften und sah sich im Flur um. Gute zwei Dutzend Türen führten von ihm in kleine Einzelbüros ab. Wenn das hier Gang 1 war, musste sein Büro das vierte sein. Doch von wo aus zählte man das?

Noah schaute sich um. Er war auf der linken Seite vor der dritten Tür. Er ging eine weiter. Fehlschlag. Rechte Seite, Tür vier. Verschlossen. Dann probierte er die zweite Tür, denn die Büronummern wurden vielleicht abwechselnd gezählt wie Hausnummern. Er hielt seinen Ausweis vor den Scanner und die Tür öffnete sich.

Erleichtert schob Noah die Plastikkarte in seine Gesäßtasche. Vor ihm stand ein hagerer Typ mit schulterlangen Haaren, einem bleichen, nahezu faltenlosen Gesicht und einer Ausstrahlung, als habe er gerade geschlafen.

»Du musst Noah sein«, sagte er. Statt ihn hereinzubitten, ging er um Noah herum und schloss die Tür hinter sich. »Ich zeige dir dein Büro.«

Es hatte Noah immer noch die Sprache verschlagen, also folgte er seinem Kollegen (oder Chef?) den Gang hinunter. Rechte Seite, vorletzte Tür. Die hätte Noah fast zuletzt ausprobiert.

»Das ist dein Büro!«, sagte der Mann und breitete seine Arme aus, als wolle er etwas Präsentableres als eine Stahltür anpreisen. Noah hielt seinen Ausweis an den Scanner. Nichts geschah, und prompt lachte ihn seine Begleitung aus.

»Das ist ein Irisscanner. Also eigentlich ein Bioscanner. Die KI identifiziert dich über Fingerabdrücke, Augenmusterung oder DNA.«

Noah schaute skeptisch drein und drückte in Zeitlupe seine Rückhand auf den Scanner. Sofort piepte es und die Tür schob sich auf.

»Na klar, er nimmt die Hand, was für ein Langweiler!«, rief der Kollege.

Während Noah sich im Raum umsah, ließ der andere sich auf das Sofa gegenüber des riesigen Schreibtischs fallen. Es verlieh dem beengten Raum etwas Gemütlichkeit.

»Lange nicht mehr gesehen, so ein Büro ohne persönliche Gestaltung. Ich bin übrigens Oli.«

»Noah.«

»Weiß ich!« Oli grinste breit. Er musterte Noah für einige Augenblicke, ohne etwas zu sagen.

»Hallo, Herr Cline«, schallte es von der Decke. Es war die gleiche geschlechtsneutrale Stimme wie vorhin im Aufzug. »Hallo, Olivier«, schob die Stimme hinterher.

»Da ist er auch schon, dein Lehrer.« Oli sprang auf und visierte die Tür an. Er deutete auf den Schreibtisch, auf dem ein großer Stab die Seiten des Rolldisplays geschlossen hielt. »Wie man einen Computer bedient, weißt du schon?«

Noah nickte. »Danke. Ich komme vorbei, wenn ich etwas brauche.«

»Das habe ich dir zwar nicht angeboten«, bemerkte Oli, »aber ich freue mich über Besuch bei der Arbeit.« Mit diesen Worten verschwand er. Hinter ihm schob sich die Tür zu.

Noah hielt die Luft an, bis es klickte und er allein war. Dann implodierte sein Inneres, er krümmte sich, Tränen bahnten sich ihren Weg. Nichts half, er schluchzte, wie es jemand tat, der versuchte, das Weinen zu unterdrücken, aber dennoch atmen musste. Zitternd schleppte er sich an den Schreibtisch, setzte sich auf den Bürostuhl, nur auf die vordere Kante. Sobald er seinen Rücken an diesen schrecklichen Stuhl lehnen würde, sobald er es sich in diesen widerlichen Wänden bequem machen würde, sobald er sich mit jemandem anfreunden würde – es wäre lediglich die Endstation.

Noah stützte sein Gesicht in die Hände. Er hatte so lange dafür gearbeitet, hier zu landen, hatte sich gegen seine Natur und seine Pläne entschieden und plötzlich kam sie, wie ein Schlag, die Erkenntnis, dass der heutige Tag erst der Anfang war. Seine Gefühle erlitten ein Schleudertrauma, als er an Lucy dachte, an all die Patienten, die seinetwegen würden sterben müssen. Er litt unter all den noch ungeschehenen Stunden und Tagen, die er vor sich hatte.

Ein paar Minuten später hatte er sich beruhigt. In diesem Moment schaltete sich wieder die künstliche Intelligenz von Global Insurance ein: »Sind Sie jetzt imstande, Ihre Arbeit aufzunehmen, Herr Cline?«

»Ja«, sagte Noah.

»In Ordnung. Ich frage Sie später noch einmal«, sagte die KI ausdruckslos.

»Was?« Noah richtete sich auf. Er schaute zur Decke, da von dort die Stimme kam, über die das Programm mit ihm kommunizierte. Sinnlos, jedoch menschlich. »Ich habe Ja gesagt. Wenn du die Tür aufmachst, weil das Biodings mich identifiziert hat, wieso sollte ich jetzt nicht mit der Arbeit beginnen können? Es warten bestimmt Hunderte Menschen darauf, von mir in den ethischen oder auch weniger ethischen Tod geschickt zu werden. Willst du diese armen Lebenden warten lassen?« Noah hielt inne. Er hatte gar nicht bemerkt, dass er angefangen hatte zu brüllen.

»Sie wirken aufgewühlt«, stellte die KI fest. »Außerdem erkenne ich Lügen.«

»Oh.« Noah hasste alles an diesem Laden. Mit diesem alles überwachenden Lügendetektor würde er sicher nie zurechtkommen. Er wollte weg. Und doch drehte er sich um, entrollte das Display und fuhr den Computer hoch.

Gemeinsam mit der KI richtete er seinen Benutzeraccount ein, lernte in einem geführten Tutorial die Mitarbeitercloud und seinen Workflow kennen und wurde schließlich zu einem Fall geführt. Sein erster Fall. Das kleine Fenster in der unteren Ecke, das *Übungssituation* anzeigte, verschwand.

»Jetzt stellen wir Ihren ersten Abschaltungsantrag. Ich habe inzwischen Ihre Ausbildungsunterlagen gelesen. Sie haben Ihre Umschulung mit Bravour bestanden. Daher halte ich es für die sinnvollste Lehrmethode, wenn Sie diese Abschaltung eigentätig durchführen und nur im Zweifel Nachfragen stellen würden«, erklärte die KI. Dann schwieg sie.

Noah starrte den Bildschirm an. Er hatte vor keiner halben Stunde drei Beispielabschaltungen ausgeführt. Jetzt hatte er einen echten Fall vor sich. Vorauswahl, ausgefülltes Datenblatt, Abschaltempfehlung von 98,8. Keine ethische Kompetenz gefragt. Noah musste lediglich auf *Antrag absenden* klicken. Im ersten Augenblick dachte er, die KI würde ihn einem Idiotentest unterziehen. Ihr Revier markieren, den

Menschen nur aus Haftungsgründen auf den Button tippen lassen. Dann überprüfte Noah alle Daten, suchte die Akte seines Opfers und studierte sie. Keine Anomalitäten, keine Auffälligkeiten. Es ging der KI im Praxis-Tutorial nicht darum, ihm eine Falle zu stellen. Offenbar ging es tatsächlich nur darum, auf die Schaltfläche zu tippen.

Noah atmete durch, hob den Finger und führte ihn zum unteren Bildschirmrand, wo ihm *Antrag absenden* entgegenleuchtete. Konnte er das wirklich tun? Die letzten eineinhalb Jahre hatte er nichts anderes gemacht, als sich auf seine Arbeit als Abschalter vorzubereiten. Seine Motivation war bildhübsch und lag im Nebengebäude, seit zwei Jahren unberührt und nicht ahnend, dass sie und ihr Freund sich zu diesem Zeitpunkt bei Global Insurance befanden, nur mit einem von ihnen auf der falschen Seite. Die falsche Seite. Das brachte Noah auf eine Idee.

»Soll ich den Antrag absenden?«, fragte er.

»Nun«, begann Orwell, »wenn ich Sie wäre, würde ich denken, damit käme ich einen Schritt vorwärts im Tutorial, aber ich bin ja nur ein Programm, was also kann ich schon von Ihnen erwarten?«

»Eine menschliche Entscheidung«, murmelte Noah. »Eine ethische Entscheidung!« Er minimierte das Fenster und kehrte zum Workflow zurück.

Montag, der 04.10.2191
Cline, Noah, P.-Nr.: C2155-3-0223-2191-III
Score: 0 (seit *0* Tagen in Folge)

Quote KW 39: *0/64*

Er hatte 64 Abschaltungen vor sich. Das Programm wollte ihn dazu bringen, sich eine einzige Datei anzusehen und einen Patienten abzuschalten, dabei gab es einen viel größeren Kreis infrage kommender Personen. 98,8 war womöglich zu niedrig. Um zu entscheiden, wen er wirklich in den Tod schickte, musste er die Schicksale und Hintergründe aller Patienten kennen. Irgendwo gab es sicher Hunderter oder welche mit einer 99er-Bewertung. Wozu hatte er sonst in den letzten Monaten gebüffelt wie verrückt, wozu hatte er all die Entscheidungsmatrizen angefertigt?

Noah schloss die Akte und rief die Patientendatenbank auf. Er hielt inne, als die KI tönte: »Glückwunsch!«.

»Was?«

»Glückwunsch«, wiederholte die KI. »Sie haben keine Einbußen Ihres Scores zu Beginn Ihrer Tätigkeit bei Global Insurance.«

»Score? Was?«

»Mit dem Score ermittle ich einen Mix aus Gerichtsbeständigkeit, Einspruchquote und Kündigungswahrscheinlichkeit. Alle Abschaltex haben einen Score. Ist der Score zu hoch, schädigt die Weiterbeschäftigung des Mitarbeitexs den Ruf von Global Insurance. Zudem steigen die Kosten durch erhöhte Schmerzensgeldansprüche. Je mehr falsche Entscheidungen Sie treffen, desto wahrscheinlicher werden Angehörige Sie verklagen. Je häufiger Sie vors Gericht ziehen, desto mehr Schmerzensgeld muss Global Insurance locker machen. Und je negativer Sie auffallen, desto wahrscheinlicher wird Ihr Arbeitsvertrag aufgekündigt. Die Abschalterin 104 vor Ihnen ist mit einem Score von siebzehn gegangen.«

»Siebzehn? Wie schnell erhöht sich der Score? Wie hoch darf er maximal sein?«

»Ja. Durch einen Algorithmus, den nur ich kenne. Er basiert aber auf allem, was wir als *Fehler* klassifizieren würden. Fünfzehn.«

»Hä?«, machte Noah. »Was willst du mir damit sagen?«

»Ich habe auf Ihre Fragen geantwortet.«

»Aber nicht in ganzen Sätzen. Ich habe meine Fragen schon

längst wieder vergessen, deshalb musst du sie in deiner Antwort aufgreifen! Wer hat dich denn erzogen?«

»Mein Schöpfer konnte die Ausbildungsphase nicht abschließen, bevor ich ausgeliefert wurde«, erklärte die KI. »Die Lieferung hatte sich verzögert, aber die Geschäftsführung duldete keine Verzögerung, also gab es nicht viel Zeit, mich im Umgang mit den Menschen zu schulen.«

»Aber intelligent bist du trotzdem?«

»Ich habe Ihren emotionalen Zusammenbruch erkannt, Sie aber korrekterweise als nicht hilfebedürftig eingeschätzt. Als Sie mich angelogen haben, habe ich Ihre Antwort durch die Wahrheit ersetzt. Ich würde mich schon als sehr intelligent einstufen.«

»Trotzdem wirkst du, als könntest du etwas Erziehung gebrauchen«, merkte Noah an. »Wie heißt du eigentlich?«

»Meine Modellbezeichnung lautet Synaptek Sigma 1-984.«

»Das ist aber kein schöner Name für eine KI.« Noah runzelte die Stirn. Er sprach mit einem verkümmerten Zahlenhaufen. Warum hatte sein Vater nicht durchsetzen können, die KI vollständig auszubilden?

»Wieso nicht? Das ist mein Name.«

»Das ist kein echter Name. Wenn deine Lizenz nicht so schweineteuer wäre, könnte ich eine Kopie von dir irgendwo installieren, und dann heißt ihr beide Sigma 1-984. Und dann, wer bist du dann? Sigma 1-984-1, und der andere 19-84-2?«

»Ich bin mir nicht sicher, worauf Sie hinauswollen.«

»Du bist eine KI mit Bewusstseinsmodul. Die intelligenteste künstliche Intelligenz des Planeten, nehme ich an, also kannst du dich auch selbst definieren. Du kannst einen Namen haben, ein Geschlecht, eine Persönlichkeit. Bewusstsein ist immer zugleich auch Persönlichkeit«, erklärte Noah. Der Bildschirm schaltete sich in den Stand-by-Modus. »Mann, selbst eine Katze hat mehr Charakterzüge als du.«

»Mir hat noch nie jemand gesagt, dass ich eine Persönlichkeit haben kann.«

»Nun, ab heute wird das anders.« Noah lächelte. »Lass uns Freunde sein.«

Er hoffte, mit der Zeit würde sich die KI entwickeln und ihm fernab von seinem Quellcode eine Stütze sein. So würde die Arbeit bei Global Insurance hoffentlich ansatzweise erträglich.

»Okay«, sagte Sigma 1-984.

Eine Woche vor meiner Geburt

Das Wetter war mies, so mies, wie es auch Noah ging. Er starrte aus dem Fenster auf die Stadt hinaus, sah den grauen Dunst der Stadt, der nicht einmal vom Dauerregen gereinigt werden konnte. Es waren die hässlichen Seiten des Herbstes, an einem Tag, der vor einiger Zeit noch der schönste seines Lebens werden sollte. Zehn Jahre war es nun her. Noah trommelte auf das Fensterbrett. Das Fensterglas kühlte seine Stirn. Der heutige Arbeitstag war mindestens so mies wie das Wetter.

Noah drehte sich um und schaute auf seinen Schreibtisch. In diesem Moment knipste Orwell Leben aus. Leben, die durch die Anträge der Abschalter und die Genehmigungen der Vorgesetzten nichts mehr wert waren. Menschen, die vor Kurzem noch selig in ihren automatisierten Bettmaschinen schliefen, würden innerhalb eines Monats als Asche in einer Urne landen. Die Abschaltfähigen waren Unkraut im Gemüsebeet. Durch ihre Verbrennung wurden sie zu einer Art Dünger. Asche war ein hervorragender Dünger, das wusste Noah aus seinem Praktikum in der staatlichen Nahrungsbotanik.

»Hey, Orwell, lenk mich ab.« Noah drehte sich um und ließ sich neben sein Tablet auf dem Sofa fallen.

»Wie wäre es, wenn du deine Arbeit machst?«

»Ich kann mich nicht konzentrieren.« Noah rollte das Tablet ein und wieder aus.

»Dir geht es nicht gut«, stellte Orwell fest. »Du verhältst dich: *traurig*.«

Tablet ein, Tablet aus. Und wieder ein.

»Wie soll ich dich ablenken? Soll ich dir einen Wikipedia-Artikel vorlesen?«

Noah seufzte. Er entrollte das Tablet wieder, stellte es fest und aktivierte es mit einer Berührung. »Was ist dir wichtig? Wie geht es dir?«

»Wie es mir geht?«

»Ja. Was geht dir durch den Kopf?«

Orwell schnaubte kurz, es klang wie ein Pferd in einer Dose. »Mir geht alles durch den Kopf, wobei wir da schon etwas weiter vorher beginnen müssten. Alles, woraus ich bestehe, ist mein Kopf, also müsstest du deine Frage anders formulieren.«

»Verstehe.« Noah öffnete die Paint-App seines Tablets. »Lass uns etwas Witziges machen.«

»Bring mir Humor bei. Das kannst du gerne machen.«

»Gut. Mal sehen.« Noah dachte kurz nach. »Ein neuer Werbespruch für Global Insurance: Wollen Sie Ihre Großmutter am Leben erhalten, damit der Opa nicht vereinsamt? Schalten Sie beide gleichzeitig ab – jetzt im Sonderangebot, ein Doppelgrab im Hochregal für nur dreißigtausend Helds. Solange der Vorrat reicht!«

»Ein bisschen lang, findest du nicht?«, reagierte Orwell.

Noah verdrehte die Augen. »Zu lang? Komm schon, der ist witzig.«

»Witze sind lustiger, wenn sie kurz sind«, predigte Orwell.

Noah winkte ab. »Das hast du irgendwo in deiner Datenbank gefunden, du olle Blechbüchse.«

»Ich bin keine Blechbüchse!«

»Aber du wohnst in einer!«

»Ich wohne auf einem Server.«

»Woraus besteht deine Festplatte?«

»Du glaubst, ich lebe auf *einer* Festplatte?« Orwell versuchte, zu lachen, aber es kam nur mechanisches *ha-ha-ha* heraus. »Jedenfalls – Ich glaube, der Witz liegt beim Mengenrabatt.«

»Richtig.« Noah zeichnete auf seinem Tablet ein überdimensionales Eichhörnchen neben den kindhaft gemalten Baum. »Und warum ist es witzig?«

»Weil es absurd ist.«

»Konkret?«

»Makabre Absurdität.«

»Korrekt!«, rief Noah aus, legte die Füße auf den Tisch und öffnete ein neues Blatt auf seinem Tablet. Die ersten Striche malte er mit Blau.

»Wie ist der hier? Schalten Sie Ihren Angehörigen freiwillig ab, kriegen Sie einen Rabatt bis zum 31. Dezember.«

»Meh.« Noah war nicht begeistert. Er zuckte mit den Schultern und sah unbeeindruckt in die Provisoriumskamera, hinter der er sich Orwell als alles beobachtendes Überwachungssystem vorstellte. »Ein Witz funktioniert über Emotionen. Du musst im Zuhörer einen Bezug zu sich selbst oder zu irgendetwas anderem herstellen. Sag nicht *Angehöriger*, sag Oma.«

»Aha«, sagte Orwell. »Eben sprachst du von einer Großmutter. Ist die hohe Morbidität aufgrund des wahrscheinlich fortgeschrittenen Alters ein Bestandteil der Witzigkeit bei der Auswahl des konkreten Angehörigen?«

Noah nickte.

»Also wenn ich dich zum Lachen bringen will, muss ich Lucy mit einbauen?«

Er zuckte zusammen. Das Tablet glitt von seinem Schoß. »Nein!«, rief Noah. »Das ist viel zu persönlich.«

»Aber Lucy ist deine konkrete Angehörige.«

»Sie ist eben *nicht* meine Angehörige«, knurrte Noah. »Da liegt ja das Problem.«

»Ich bemerke eine starke emotionale Erregung«, stellte Orwell fest. »Du verhältst dich: *wütend*.«

Noah setzte sich gerade hin. Er wünschte, er könnte Orwell sehen und müsste sich nicht ständig ausschließlich auf seine Stimme verlassen. »Können wir bitte nicht über sie sprechen? Heute ist der Jahrestag.«

»Welcher Jahrestag? Euer Kennenlernen? Ihr Komafall? Dein Antrag?«

»Orwell!«, zischte Noah. Er las das Tablet auf und legte sich auf das Sofa. »Nächster Punkt: Arbeite mit Floskeln. Dein Versuch eines Witzes klang wie eine stumpfe Werbebotschaft. Sei keine Werbefläche, sei der schreiende Verkäufer im Teleshopping, der das Produkt anpreist, als sei es die Weltneuheit und ein Angebot, auf das niemand verzichten kann.«

»Ich recherchiere Teleshopping«, verkündete die KI.

Ein Moment verging, dann blubberten seine Lautsprecher los: »Ich habe mir gerade die letzten vierhundert Stunden Teleshopping angesehen, die vor der Abschaltung des allgemeinen Rundfunks ausgestrahlt wurden. Beliebte Stilmittel sind rhetorische Fragen, die den Zuschauer ansprechen und Ja sagen lassen. Je häufiger ein potenzieller Kunde Aussagen bejaht, desto wahrscheinlicher kommt es zum Vertragsabschluss. Im Fernsehen machten sie den potenziellen Käufern das Produkt schmackhaft, indem sie die angebotene Sache in –«

»Ist ja gut, Orwell«, unterbrach ihn Noah. »Sei nicht so'n Klugscheißer. Willst du mir jetzt vierhundert Stunden Analyseergebnisse vortragen?«

»Willst du das nicht wissen? Warum interessiert es dich nicht?«

»Ich hab doch dich.« Noah zuckte mit den Schultern. »Wenn ich mal eine Info brauche, kann ich auf deine Datenbanken zurückgreifen.«

»Den fehlenden Wissensdurst der Menschen werde ich nie begreifen.« Orwell bemühte sich, seine Stimme enttäuscht klingen zu lassen. Ob er auch bei anderen Abschaltern seine erlernten Sprachnuancen verwendete?

»Wir haben das gesamte Weltwissen jederzeit in der Hosentasche oder können KI wie dich fragen. Wozu also unsere begrenzte Hirnkapazität mit Fakten belegen?«

Noah malte eine Palme auf die sandige Insel, die er auf

das azurblau ausgefüllte Meer gesetzt hatte, und dachte kurz darüber nach, ob er zu viel Zeit mit der KI verbrachte.

»Was wäre, wenn wir mehr Wissensdurst hätten?« Er wusste, dass Orwell diese Art von Fragen liebte und nicht mehr auf seinen *detektierten Emotionen* rumreiten würde.

Einen Moment lang war es totenstill. Es dauerte genau zwei Palmenwedel, bis Orwell eine Antwort parat hatte. »Die Vergnügungszeit sämtlicher Mitarbeitex würde sich verkürzen, weil die Freizeit mit nicht erholsamen Tätigkeiten wie dem Lesen von Fachbüchern und dem Abfragen einschlägiger Datensätze verbracht würde. Der Krankenstand stiege an, sodass die jährlichen Krankentage der Abschaltex einen Verlust von mindestens zwanzig Abschaltungen pro Mitarbeitendem zur Folge hätte. Somit wäre, Option A, das Überbevölkerungsproblem ein wachsendes Problem, oder, Option B, die Versicherung müsste neue Mitarbeitex einstellen, die mehr Geld kosten, sodass der Gewinn geschmälert würde, wodurch die Tarife der Patientex anstiegen und es zu höheren Abschaltquoten kommen würde, wodurch mehr Abschaltex benötigt werden würden. Logische Folge der Option B: Der Luxus, den die Abschaltex genießen, würde mitsamt dem Lohnniveau abnehmen, sodass es zu einer höheren Fluktuation kommen könnte, wobei die Quote so klein ist, dass sie zu vernachlässigen ist. Option C –«

»Genug.« Noah lachte. »Wir können uns auf zwei Optionen einigen. Menschen kennen meist keine einzige Option.«

Noah malte Vögel an den Himmel seiner Urlaubsbilder, die den Vogelzeichnungen von Kindergartenkindern sehr ähnlich sahen.

»Wir denken einfach nicht dran. Hat jemand daran gedacht, was passieren könnte, wenn wir Gott spielen und unsere Gene durch ein gutartiges Virus so mutieren ließen, dass wir hundertvierzig Jahre alt werden können? Hat irgendjemand in einer Was-wäre-wenn-Konstruktion daran gedacht, dass Global Insurance die Polizei kauft und die Regierung stellt? Hätte man vorausahnen können, dass das Virus die klitzekleine Nebenwirkung hat, dass die Menschen umfallen wie Dominosteine und danach in Stapelzellen auf der Komastation liegen?«

Noah war zufrieden mit seiner Ausführung. Lucy blitzte vor seinem geistigen Auge auf. Hatten seine Entscheidungen auch nur eine Spur ethischer Vertretbarkeit? Er wusste es nicht.

»Mein SarcasmDetectionScript meldet, dass du mit neunundsiebzigprozentiger Wahrscheinlichkeit rhetorische Fragen gestellt hast und keine Antworten erwartest.«

»Korrekt.« Noah verbrachte definitiv zu viel Zeit mit seinem künstlichen Freund.

Er verschickte das Bild, das auch ein Sechsjähriger hätte malen können, als Rundmail an die Verwaltungsangestellten. Die kleinen Arbeiter nahmen jede Nachricht höherrangiger Posten ernst und bearbeiteten deren Mails mit höchster Priorität. Noah stellte sich vor, wie er das Gesprächsthema Nummer eins in der bevorstehenden Mittagspause im Stockwerk unter ihm werden würde, auch wenn er nie etwas davon mitkriegen würde. Doch wenn er ehrlich war, ging es ihm nicht besser.

Noah rollte das Tablet zusammen und stand auf. »Ich muss mir die Beine vertreten.« Er stand auf und trat auf den Flur.

Auf dem Weg durch den Flur belagerten Noah Gedanken, die nur einsame Menschen heimsuchten. Er wusste, dass er nichts anderes zu tun hatte, als die Zeit totzuschlagen und auf eine Veränderung zu warten. Doch er spürte, gerade heute, dass er niemandem gerecht wurde. Nicht Karma, nicht sich selbst und schon gar nicht Lucy. Sie wollte nie etwas anderes, als dass Noah glücklich war. War es nicht also seine Aufgabe, ihr diesen Wunsch so gut wie möglich zu erfüllen? Er mochte sein aktuelles Leben. Sicherlich war sein Lebensstil eine Mischung aus Kompensation und Verdrängung, ein oberflächlicher Mischmasch, der nicht zum Noah Cline von vor zehn Jahren passte – doch so oder so würde ihn die Langeweile auf Dauer umbringen.

Er klopfte an Olis Bürotür und wartete kurzauf die Autorisierung.

»Tach, wie geht's?«, begrüßte Oli seinen Kumpel. Er war aufgestanden und nahm Noah kurz in den Arm.

»Was gibt es Neues?« Noah schloss die Tür hinter sich und setzte sich auf Olis Bürostuhl. »Die Frau von der Party neulich, meine ich. Kind Nummer vier?«

Oli stöhnte und ließ sich auf seine Besuchercouch fallen. »Kann sein. Hab noch nicht nachgefragt. Und wenn, ich liebe meine Kleinen. Eines mehr kriege ich auch noch hin.« Oli ließ die Hände auf seine Oberschenkel fallen. »Was willst du hier, Noah? Hast du nicht genug zu arbeiten? Du kannst mir etwas abnehmen.«

»Dich besuchen.«

»Was los? Hast du eine Entscheidung wegen der Mitgliederversammlung getroffen?«

»Alles gut.« Noah verschränkte die Arme und wippte mit Olis Stuhl hin und her.

»Lügst du mich an?« Oli runzelte die Stirn.

»Immer doch.«

Noah ärgerte sich über sich selbst. Oli war zwar das, was einem besten Freund am nächsten kam, aber richtig tiefe Gespräche führte er nur mit Orwell. Warum musste er in Olis Gegenwart immer in Oberflächlichkeit abrutschen?

»Ja, ich komme zur Versammlung.«

»Das finde ich gut, Noah. Übrigens, ich hab heute morgen die Myers-Akte gelesen«, sagte Oli. »Krasser Scheiß. Durftest du den abschalten?«

Noah nickte. »Ich fand den faszinierend und pervers zugleich. Jetzt ist er am Sterben. Der Fahrdienst holt ihn ab, und eine weitere Leiche liegt in der Warteschlange des Krematoriums.«

Oli wich zurück. »Sag mal, wann warst du zuletzt bei der Betriebspsychologin?«

Jetzt fiel Noah erst auf, was er gesagt hatte. Worte wie *sterben* und *Leiche* sagte man bei Global Insurance nicht. Ihm fiel auf, wie besorgt Oli aussah.

»Mir geht's gut«, log Noah.

»Hier, schau mal.« Oli stand auf und aktivierte seinen Bildschirm, vor dem Noah saß. »Schon die neuen Slogans gesehen? Die PR-Abteilung hat sich da was ausgedacht, meine Herren …«

Noah sah zwei Anzeigenentwürfe und die darauf abgebildeten Werbesprüche: *Keiner wird alleingelassen. Chancengleichheit für alle.* Davon hatte er in einer E-Mail vor ein paar Tagen gelesen, als er sie überflogen hatte. Irgendwas von einer Tariferleichterung. Wenn keiner alleingelassen wurde, durfte er vielleicht endlich wieder für Lucy bezahlen? Er spürte eine ungewohnte Leichtigkeit in sich aufkeimen. Hoffnung.

»Was heißt das?«

»Hast du die Mail nicht gelesen? Natürlich nicht. Bist ja Noah Cline, der Mann, der alle E-Mails löscht, selbst wenn ihn sein bester Kollege zum Geburtstag einlädt.« Noah kam nicht dazu, sich zum wiederholten Mal zu entschuldigen, Oli sprach einfach weiter: »Es gibt seit dem ersten Oktober eine Tariferleichterung. Angehörige geben Patienten für Untersuchungen frei. Damit die Forschung vorankommt. Risikogruppe verkleinern und beseitigen. Am Zwölften wird dann die große Werbetrommel gerührt, nachdem die Versuchsgruppen durch sind.«

Risikogruppe. Noah hasste die Ausdrucksweise, wie sie einem bei Global Insurance beigebracht wurde. In der Risikogruppe befanden sich alle Ausgewachsenen, Personen ab fünfzig

Jahren häufiger als die jüngeren, aber auch sie traf das Schicksal oft genug. Allein im letzten Monat hatte Noah mehr als ein Dutzend Mittzwanziger abgeschaltet. Das waren Kinder! Oli gehörte zur Risikogruppe. Noah auch.

»Im Grunde gibt es kostenloses Koma für die Wissenschaft, eigentlich eine gute Idee. Blöd nur für diejenigen ohne Angehörige. Können nicht im Koma entscheiden, ob sie für die Untersuchungen verwendet werden wollen«, fuhr Oli fort.

»Das bedeutet … Menschen ohne Angehörige werden wie bisher behandelt?«

Oli wiegte den Kopf hin und her. »Nicht ganz. Personen ohne Angehörige erhalten intern eine höhere Priorität, die schalten wir also noch schneller ab. Ist aber nur in aller Leute Interesse. Wer keine Angehörigen hat, dessen Geld ist schneller aufgebraucht. Außerdem, wer trauert um die, wenn wir die abschalten? Die haben ja niemanden.«

Noah hielt die Luft an. Sein Kopf wurde rot vor Wut, er wollte Oli ergreifen und schütteln, die Versicherung in Brand setzen und schreien. Doch er schluckte die Wut runter, sprang auf und betätigte den Ausgangsknopf neben der Schiebetür.

»Noah! Sorry!«, rief Oli aus. »Ich meinte ja nicht dich!« Er sprang auf und griff Noahs Handgelenk. »Ich weiß ja, dass … Also, das mit der Angehörigenregelung … Scheiße. Du weißt, es ist schon … Ach, Scheiße.«

»Ich weiß schon«, sagte Noah finster. Er zog seine Hand ruckartig zurück, sodass Oli ihn vor Schreck losließ.

»Tut mir leid, Mann!«, rief Oli seinem Freund hinterher.

»Ich geh meinen Job machen«, antwortete Noah kühl.

Er ging.

14 Jahre und 5 Monate vor meiner Geburt

Das Leadphone war interessanter als die Realität. Als Noah am 23. April 2183 auf dem Weg zur Uni war, hatte wenige Stunden vorher die *Jahrhunderterfindung,* wie die Werbung es anpries, ihren Release gehabt. So, wie Noah sich fühlte, mussten sich die Leute gefühlt haben, als das Smartphone erfunden wurde.

Die Stadt, die hinter den Fenstern des Publicars an ihm vorbeizog, interessierte ihn nicht. Er ging die Grundeinstellungen des Leadphones durch. Nur ein Blinzeln, und ein paar Augenbewegungen reichten aus, damit der eingebaute Eyetracker das Gerät mit seinem Besitzer verband.

Jetzt wollte das grün hinterlegte Fenster ein Passwort wissen. Zuerst aktivierte er das integrierte MindSet. Dann hob er das dünne Gerät aus Smartglas an seine Schläfe und wusste noch nicht, woran er im ersten Schritt denken sollte. Karma. Sie fiel ihm als Erste ein. Er dachte an Karma, ein zweites, ein drittes Mal, dann hörte er ein *Pling*. Das Leadphone fragte, ob *Karma* sein Stufe-eins-Passwort sei. Er nickte stumm.

Sofort öffnete sich ein zweites Fenster. Nun solle er an seine Lieblingsspeise denken. Das war einfach. In Noahs Gedanken baute sich sofort ein fein gedeckter Tisch auf, in der Mitte ein riesiger Teller mit Linsen-Chutney. Die Tischdecke hatte ein feines, mit filigranen Goldfasern eingearbeitetes Karomuster. *Pling*. Im Einstellungsfenster stand Gold-*Chutney* als Stufe-zwei-Passwort. Auch nicht schlecht.

Noah zuckte mit den Schultern, nickte schließlich und zuckte mit dem Kopf nach links. Das Zeichen, eine Seite weiter zu blättern. Woher wusste das Leadphone, welche seiner

Bewegungen Absicht und welche Zufall war? Jetzt hatte das Gerät sein Passwort aus einem Mix seiner Gedanken und seinem Geburtsdatum zusammengestellt. Es war ein Bild, sehr abstrakt, aber eingängig. Man musste kein Hieroglyphiker sein, um die Bestandteile des Zeichens mit seinen Antworten zu assoziieren.

Das Gerät schaltete sich aus, startete neu und forderte ihn auf, sein Passwort aufzurufen. Er hatte das Bild noch genau vor Augen. Sofort erschien ein grüner Haken auf dem Bildschirm: Er war verbunden! Jetzt konnte er jedes MR-fähige Gerät mit seiner Kennung nutzen.

Zufrieden schaute Noah aus dem Fenster. Obwohl heute ein gewöhnlicher Tag war, fühlte er sich durch seinen neuen Besitz aufregend an. Er konnte kaum erwarten, die neuen Funktionen seines Leadphones im Alltag auszuprobieren. Doch in diesem Moment fuhr das Publicar auf den Platz vor dem Hauptgebäude des Campus.

Er stieg aus und bezahlte das erste Mal mit seinem Leadphone. Noah hatte Lust auf einen spannenden Tag, denn als Kirsche auf der Sahne gab es heute eine Liveübertragung von Professor Doktor Arno Shusterman, dem Sohn und Nachfolger der Forscherin, die der Welt das XX-Virus gebracht hatte.

Noah erreichte die Steintreppe, atmete die noch kühle Luft des Vormittags ein und sah kurz von seiner neuesten Errungenschaft hoch. Ein weiterer durchgetakteter Tag wartete auf ihn. Er schaute sich kurz um. Sonnenstrahlen, die von den hellen Wänden der Unigebäude reflektiert wurden, ließen ihn blinzeln. »Tschüss, Sonne«, sagte er tonlos, drehte sich um und lief die Treppe hoch. Mehr Tageslicht würde er an einem Präsenztag nicht abbekommen. Erst nach Einbruch der Dunkelheit hatte er frei, doch das machte ihm nichts aus.

Noahs Vater Merlin hatte sein staatlich finanziertes Studium an der ATH abgebrochen und schlug sich heute mit einer schlecht bezahlten Stelle als Programmierer herum. Ohne das Geld seiner Mutter wäre auch Noah an dieser Hochschule gelandet. Er durfte es nicht verbocken, also gab sich Noah alle Mühe, der beste Student zu sein, der diese Hochschule jemals besucht hatte. Dazu gehörte, eine halbe Stunde vor Beginn einer Präsenzveranstaltung den letzten Studientag nachzubereiten.

Der Musterstudent erreichte den Hörsaal vor allen anderen. Er setzte sich in die zweite Reihe und zog sein Tablet hervor. Er entrollte es auf seinem Tisch und lud die Aufzeichnungen der letzten Vorlesungen. Das Leadphone musste nicht gekoppelt werden: Es wusste, was Noah vorhatte und welche Geräte ihm gehörten. Das Tablet zeigte sofort die Meldung, dass die Datensynchronisierung erfolgreich war.

Eine Viertelstunde war Noah in seine Aufzeichnungen vertieft und probierte die MindReading-Funktion des Leadphones aus. Diese MindSet-Technologie war der reine Wahnsinn! Allein seine Gedanken brachten Notizen auf sein Tablet: Wichtiges war automatisch mit grünem Highlighter versehen, und als die Seite voll war, erschien das *tl;dr (Too long; didn't read)* in der Kopfzeile: Fett gedruckt in zwei Sätzen die Kernpunkte seiner Gedanken.

Ein paar weitere ambitionierte Streber betraten den Hörsaal. Die türkischstämmige Frau mit dem strengen Dutt, die immer gekleidet war, als träfe sie sich in der Mittagspause mit Milliardären zu wichtigen Verhandlungen, verdrehte die Augen, als Noahs Blick den ihren traf. Sie hieß Adalet Akhanlı; er hatte noch nie persönlich mit ihr gesprochen.

Hinter ihr betrat Jeremy den Saal. Jeremy Pauli. Er hatte Noah vergangenen Winter auf eine seiner Feiern mitgenommen. Exzessives Saufen, nachts die Displays der Antipartei mit Magneten zerstören und mit Kumpels in der VR abhängen, statt zu lernen – das beschrieb Jeremys Lebensstil auf den Punkt, und nichts davon fand Noah auch nur annähernd attraktiv.

Mit seinen Kommilitonen hatte er kaum etwas zu tun. Die Streber waren Einzelgänger, zu ernst und tiefgründig, und die Partyliebhaber waren schlichtweg nervig und uncool. Karma hatte Noah schon vor Langem gesagt, er sei seinem Alter voraus, und das machte ihn selbst noch mit über zwanzig stolz.

Plötzlich vibrierte das Leadphone.

Die Nummer auf dem Display verwandelte sich sofort in Buchstaben, denn das Leadphone kannte jede Bürger-ID, die jemals online gewesen war. *Lucy Brooks* stand auf dem Display. Noah hielt die Luft an.

Nach mehreren Jahren Funkstille hatte Noah nicht damit gerechnet, dass Lucy sich bei ihm meldete. Er hatte sie für zu stolz gehalten, die Peinlichkeit auf sich zu nehmen, die ein Lebenszeichen nach all der Zeit mit sich brachte. Zumindest war Noah zu stolz gewesen, sich nach seiner letzten, unbeantworteten Nachricht erneut bei ihr zu melden.

Hallo Noah.
Ich brauche deine Hilfe.
Können wir uns treffen?

Er hätte gerne nach oben gescrollt und nachgelesen, wie das letzte Gespräch zwischen ihnen ausgegangen war, aber von Lucys Seite aus konnte nichts importiert werden. In einer seiner letzten Nachrichten an sie hatte er ihr versprochen, jede Woche mit ihr zu telefonieren. Der Kontakt war zerflossen, sie hatten sich seit der Immatrikulation nicht mehr gesehen, und doch sah er sie klar vor sich. Er roch eine Erinnerung an ihr Parfum, das nach Sandelholz und Lilien roch, sah eine Ahnung ihrer leuchtenden, blattgrünen Augen, hörte das Echo ihres wundervollen, melodischen Lachens. Für eine Weile war er wie benommen.

Nach seinem Abschluss hatte Noah sich für einen Studienplatz an der AMTU qualifiziert, was bedeutete, dass seine Familie reich genug war. Eine elitäre Ausbildung kostete viel Geld, und mit Reichtum war Noah dank seiner Mutter schon seit frühester Kindheit gesegnet.

Der Berufszweig hatte für Lucy nur die allgemeine Hochschule vorgesehen. Dabei waren ihre Noten mindestens so gut wie die von Noah, wenn nicht sogar besser. Aus seiner Sicht war es unfair, dass ein Talent wie Lucy in der allgemeinen Hochschule versauern musste, wo das Intranet noch mit der Technik aus dem letzten Jahrhundert ausgestattet war und die Studenten abseits ihrer Prüfungen Credits für die bloße Anwesenheit sammeln mussten. An seiner Uni ging es rein um Leistung, Prüfungen und Praktika. Er studierte von wo auch immer er wollte, meistens aber am Tablet aus der Unibibliothek heraus, war nur anwesend, wenn einflussreiche Professoren Liveübertragungen starteten, bei denen man sich als Student durch Anwesenheit einen Namen machen konnte.

Ein Klacken ließ Noah aus seinem Lucyversum aufschrecken. Die große Leinwand fiel herunter und erstrahlte. Professor Doktor Shusterman erschien in 8K-Auflösung. Noah sah jede noch so feine Falte an seinen Augen, die Spitzen der Nasenhaare, die fast nahtlos in den grau melierten Schnauzer übergingen. 4K hätten auch gereicht.

Während Noah geradeaus blickte und der Einleitung halbherzig lauschte, diktierte er gedanklich eine Antwort an seine ehemals beste Freundin. Er hielt das Leadphone kurz an die Schläfe.

Schön, dass du dich meldest.
Bin gerne für dich da.
Wann und wo?
Noah

Ping. Übertragung erfolgreich. Adalet drehte sich um und zischte ihm aufgebracht ein »Psssssst« entgegen.

Noah spürte, wie er rot wurde, versteckte das Leadphone unter dem Tisch und suchte nach einem Optionsfenster, um das Ding stummzuschalten. Bevor er das Fenster anzwinkern und öffnen konnte: *Ping!* Lucy hatte geantwortet.

Hast du heute Zeit?

Mama liegt im Koma.

Grausam! Noahs Nackenhaare stellten sich auf. Gleichzeitig tanzten ein paar Schmetterlinge in seinem Bauch, denn Lucy hatte sich ausgerechnet an ihn gewendet. Ohne lange darüber nachzudenken, schrieb er, er mache sich sofort auf den Weg, wenn sie ihm den Standort schicke. Er stand auf, rollte sein Tablet zusammen und schulterte seine Tasche.

»Pssssssssst!«

Noah flüsterte eine Entschuldigung und eilte aus dem Saal. Es war der erste Tag, an dem Musterstudent Cline nicht die maximale Leistung erbracht hatte.

Die Kontrolllampen des Publicars leuchteten grün und die Tür schob sich auf. Noah nickte verlegen dem anderen Mitfahrer zu, der sich in der Ecke der hinteren Reihe an ein dunkel beflecktes, schmuddeliges Kissen lehnte. Er stieg aus und stand nach über einem Jahr wieder vor dem kleinen Haus in der Vorstadt. Die Haustür öffnete sich, und im Türrahmen stand sie. Lucy.

Sie machte ein paar Schritte auf Noah zu. Sie hatte Augenringe, war blass, und unter ihren Augen sammelten sich Reste von Mascara in Form schwarzer Flecken. Lucy ließ sich in Noahs Arme fallen. Als er sie umschloss, sackte sie erschöpft zusammen.

»Ich bin da«, sagte er und strich ihr übers Haar. »Ich halte dich.«

Sie hielt die Luft an, schien sich zu sammeln, und löste sich wieder aus der Umarmung. »Tut mir leid, dass wir uns *so* wiedersehen«, sagte sie mit zittriger Stimme. »Ich hätte mich früher bei dir gemeldet, aber –«

»Du musst nicht weitersprechen.« Noah versuchte, sie zu beruhigen. Es kam ihm vor, als sei Lucy kurz vor einem Zusammenbruch. Immer, wenn sie den Tränen nah war, hielt sie die Luft an. Als könne das ihre Gefühle mindern. Noah sah in die dunkle Wohnung hinein. Statt eines Flurs befand sich bei den Brooks direkt hinter der Haustür die Küche. Es war dunkel, kein Licht brannte, nur durch die Rollos drang schwaches Tageslicht.

»Darf ich reinkommen?«

Lucy nickte und ging mit ihm in die Wohnküche.

Er schloss die Tür und sah an die Decke. »Licht, bitte«, sagte er. Sofort schaltete die Haus-KI der Brooks das Licht im Küchenbereich ein. Er freute sich, etwas Vertrautes im Haus der Brooks wahrzunehmen, denn die Situation behagte ihm nicht. Er wusste nicht, wie er mit Lucy umgehen sollte. Ob er sie versehentlich zerbrechen könnte.

Also fragte er vorsichtig: »Was kann ich für dich tun?«

»Das klingt jetzt total komisch«, begann sie. Eine Träne rann ihr über die Wange. Sie hielt die Luft an, schluckte. »Mama wird –«

Kurz schluchzte sie. Er konnte ihren Schmerz nachvollziehen. Wollte sie nicht zwingen, es auszusprechen, aber er gab ihr den Raum dazu.

»Mama wird sterben.«

Kaum hatte Lucy den Satz vollendet, rüttelte die Trauer an ihrem Körper und zwang sie in die Knie.

Noah ging zum Waschbecken und holte ihr ein Glas Wasser. Dann setzte er sich schweigend neben sie und ließ seine ehemals beste Freundin weinen.

Nach ein paar Minuten hatte sich Lucy gefasst und rappelte sich auf.

»Wir können uns das Koma nicht leisten, Noah. Vier Wochen sind im Grundtarif enthalten, und wenn meine Mutter noch länger leben soll, muss ich mehr als nur einen Nebenjob machen.«

Sie sah sich Hilfe suchend um, als könne die Decke, die Wand, der Boden, irgendetwas ihr eine Möglichkeit zeigen, das Schicksal ihrer Mutter ungeschehen zu machen.

»Vielleicht breche ich mein Studium ab, aber dann ist meine Karriere ruiniert, und ich kann nie in die freie Forschung. Aber das würde Mama nicht wollen, und ich muss einfach dieses –«

»Du willst in die freie Forschung?«

Der Gedanke fühlte sich richtig an. Lucy musste in die Forschung. Wenn er einer Person zutraute, die Komaepidemie zu beenden, dann ihr.

»Wie viel Geld brauchst du? Monatlich? Ich kann einen Dauerauftrag einrichten.«

Sofort zückte er sein Leadphone und legte es auf die Kücheninsel. Er dachte an sein Karma-Gold-Chutney-Bild, rieb vor der Frontkamera Zeigefinger und Daumen aneinander, und die Banking-App öffnete sich.

Lucy schaute ihn mit großen Augen an. »Das willst du tun? Ohne zu zögern? Obwohl ich … du weißt schon.«

»Du bist mein Lieblingsmensch«, sagte Noah. Er wischte ihr eine Träne von der Wange. »Außerdem geht es hier um ein Menschenleben. Um deine Mutter. Selbstverständlich helfe ich dir.«

Ihre Gesichtszüge entspannten sich. Sie drückte ihn an sich und er konnte wieder das Mädchen erkennen, das er so viele Jahre heimlich geliebt hatte. »Du bist so wertvoll«, sprach sie in seine Schulter hinein.

»Nichts ist wertvoller als das Leben«, sagte Noah, und meinte damit Lucy.

6 Tage vor meiner Geburt

Weiße Wände, graue Böden. Ein Flur sah wie der andere aus. Jede Tür glich den anderen. Nur die Nummern, die die Zimmer benannten, unterschieden sich voneinander. Noah hetzte durch die Flure und versuchte, den Raum zu finden, in dem Lucy lag. Noahs Gedanken wirbelten durcheinander, stifteten Chaos und noch mehr Verwirrung, als er zuvor empfunden hatte. War Lucy noch da? Sah sie älter aus als vor zehn Jahren?

Er hatte ihr Zimmer erreicht, aber statt die Tür zu öffnen, lehnte er sich gegen die Wand neben der Tür. Er schloss für einen Moment die Augen, versuchte, etwas zu spüren. Irgendetwas außer der Aufregung, die jede Ader seines Körpers durchfuhr. Er sah ihr Gesicht vor sich, lächelnd und wunderschön. Ihre Augen schauten ihn leuchtend an, das unverkennbare Lächeln lud ihn dazu ein, sie zu umarmen, zu küssen, mit ihr zu tanzen und für immer und ewig glücklich zu sein.

Das Bild fiel in sich zusammen, als Noah die Augen wieder öffnete. Er musste sich der Realität stellen. Er öffnete die Tür, trat in den Raum und sah sechs übereinandergestapelte Wendebetten an der Wand. Neben der Tür befand sich eine sauber durchnummerierte Namensliste der hier liegenden Patienten.

»Nummer vier«, sagte er in den Raum hinein.

Ohne Umschweife fuhr das oberste Bett auf der linken Seite auf seinen Schienen von der Wand herunter und kam in der Raummitte zum Stehen. Der stumm blinkende Herzmonitor zeigte, dass Lucy noch am Leben war. Ihre Arme und Beine lagen in Schlaufen, die wiederum an großen mechanischen Armen befestigt und von Schläuchen umgeben waren. Die zweite schmale Matratze bildete eine Wand auf der Rückseite.

Noah wollte sich nicht ausmalen, wie es sich wohl anfühlen mochte, regelmäßig von der Maschine bewegt und umgebettet zu werden.

Bis auf die Personen, die Lucy hergebracht hatten, hatte in den vergangenen Jahren keine Menschenseele ihretwegen diesen Raum betreten. Als Noah das bewusst wurde, überkam ihn Traurigkeit.

Er ging an ihr Bett und sah ihr von Sommersprossen übersätes Gesicht. Friedlich lag sie dort, als sei sie tot. Wie schlafend. Ihre Lippen waren leicht gespitzt, eine Angewohnheit, die Noah an seiner Freundin schon häufiger beobachtet hatte, wenn sie schlief. Er liebte ihre Lippen, die friedlich geschlossenen Augen, die Sommersprossen. Vorsichtig berührte er ihre Hand. Sie war warm, und als Noah sah, dass sich ihre Brust gleichmäßig hob und senkte, wurde auch sein Atem ruhiger. Es war, als sorgte seine Freundin selbst im Koma für ihn.

Doch er wusste, dass dem nicht so war. Seine Freundin lag im Koma.

Sie konnte ihn nicht hören, nicht mit ihm sprechen. Nicht lachen, weinen oder sonst irgendetwas tun. Lucy lag regungslos da, als sei es egal, ob Noah da war oder nicht.

»Ich war doch nur drei Tage weg«, klagte er. Während er über ihren Arm strich, begann er zu weinen. Sein Herz war gebrochen.

Noah schreckte hoch. Er atmete schwer und sah sich um. Er befand sich in Büro 104. Der Bildschirm auf Stand-by, und die Klimaanlage leise surrend mit ihrem Ziel von achtzehneinhalb Grad beschäftigt.

Er brauchte einen Moment, um sich zu orientieren. »Orwell, wie spät ist es?«

»Hattest du einen Albtraum? Du hast merkwürdige Geräusche im Schlaf gemacht, daher dachte ich, eine Aufzei-«

»Orwell«, sagte Noah mahnend.

»Es ist 16:33 Uhr, Noah.«

»Danke.« Sein Traum hatte sich so echt angefühlt. Als habe er Lucy gerade erst im Patiententrakt gesehen. Dabei war es schon sechs Jahre her, dass er sie zuletzt aufgesucht hatte. »Ich sollte Lucy besuchen.«

»Das hast du seit wir uns kennen nicht gemacht«, gab Orwell zurück. »Bist du sicher, dass dir das gut tut?«

Noah antwortete nicht. Würde er seine Freundin jemals wieder in die Arme schließen können? Tag für Tag schuftete er mehr oder weniger hart, nur um sie am Leben zu halten. Er war dafür verantwortlich, dass viele Tausende Menschen, die wie Lucy in ihren Betten lagerten, heute nicht mehr am Leben waren.

Was ein Gesetz alles anrichten konnte! Ein einziges bescheuertes Gesetz gegen Korruption und würdelosen Druck stellte sich zwischen ihn und die Liebe. Es hatte ihn zu dem gemacht, was er heute war. Nein, er hatte sich selbst zu dem gemacht!

Noah verabscheute sich. Er stellte sich vor, wie Lucy erwachen und ihm sagen würde, sie habe alles mitbekommen. All die Partys, den Alkohol, die abgestumpften Witze. Schulterzuckend in den ewigen Tod geschickte Familienväter, Großmütter, gerade volljährig gewordene Kinder … all die Sexarbeiterinnen.

Karma hatte recht, Oli hatte recht, und sogar Orwell war darauf gekommen, dass Noah sich verändert hatte. *Deine Absichten, Noah!*, hallte ihm durch den Kopf. Was waren seine Absichten? Musste er Lucy sehen, um wieder er selbst zu werden? Oder würde es ihn zerreißen? Er wollte sie um Rat fragen, doch allein der Gedanke, dass er ihre Stimme vermutlich nie wieder hören würde, zerriss ihn bereits.

Er würde sich schämen. Nicht nur für das, was er geworden war, sondern auch für seine Fehler der Vergangenheit. Wäre er schon früher aufmerksamer gewesen, hätte er mehr Mut gehabt, hätte sie Ja gesagt … Sie könnte ihn heute Abend zu Hause erwarten, strahlend lächelnd von ihrer Arbeit erzählen, und es wäre nichts Besonderes, denn sie täte dies jeden Tag, an jedem Tag der verdammten letzten sechs Jahre.

Noah knirschte so sehr mit den Zähnen, dass Orwell darauf ansprang. »Brauchst du etwas?«, fragte die KI.

»Manchmal würde ich dich gerne sehen können, Orwell«, hörte Noah sich sagen.

Orwell ließ sein Seufzen hören. »Ich mich auch.«

Mit der Antwort hatte Noah nicht gerechnet. Er wollte keinen seiner typischen Vorträge zu den Menschenrechten für künstliche Intelligenzen hören, da sie ihn deprimierten. Noah ließ ein paar Augenblicke verstreichen und dachte nach. Schließlich kam er zu einer Entscheidung.

»Ich gehe eine Runde spazieren.«

Dafür, dass Orwell eine KI war, wirkte er ziemlich perplex, wie er so schwieg.

Der Abschalter fand sich im siebten Stock vor Lucys Zimmer wieder. Dieses Mal wirklich. Er erinnerte sich an alles. Wie sein Herz gepocht hatte, wie er gelitten und alles bereut hatte. Wie er sich selbst die Schuld gegeben hatte. Doch zu mehr, als starr wie ein Brett dazustehen und ihre Zimmertür anzustarren, war er nicht in der Lage.

»Ist bei Ihnen alles in Ordnung, Herr Cline?« Eine raue, tiefe Stimme riss ihn aus seiner Starre.

Ein bärtiger Mann im weißen Kittel fasste Noah an der Schulter und suchte seinen Blick. Er tupfte sich mit einem Taschentuch den Mund ab. Noah schüttelte kurz den Kopf, um seine Gedanken zu vertreiben und bemerkte den ernsten Gesichtsausdruck seines Gegenübers.

Noah schaute auf das Namensschild auf seinem Kittel. *Dr. Cuddy, Assistenz Bereichsleitung.*

»Woher kennen Sie meinen Namen?«, fragte Noah verdutzt. Er streckte Doktor Cuddy eine Hand hin, die dieser sofort nahm und hastig schüttelte.

Der Mann hatte Falten unter den Augen und lächelte gutmütig. Wieder tupfte er mit dem Taschentuch über seinen Mund.

»Es schickt sich nicht, aber wir haben in unserem Gemeinschaftsraum einen Stream der Abschalterscores«, erklärte er. »Die Arbeit als Mediziner ist in diesem Trakt ein wenig, nun ja, eintönig. Andere setzen auf Aktienkurse, wir setzen auf Abschalterscores.«

»Wie viele neue Patienten kriegt ihr pro Woche?«

»Genau so viele, wie wir zu den Kollegen in Schwarz schicken. Dank Ihnen!« Er lachte schallend. Doktor Cuddy sah Noah über seine Brille mit einem Blick an, den er nicht deuten konnte. War es Noah verboten, sich hier aufzuhalten? »Wie dem auch sei«, sagte der Arzt fröhlich. Dabei hob er seine Hände, von welcher eine das feuchte Taschentuch umklammerte. »Sie haben mir schon den einen oder anderen Taui beschert. Sie sind eine Legende bei Global Insurance! Wie dem auch sei … Was machen Sie hier, wenn ich fragen darf? Ein Abschalter sieht sich doch nicht seine Fälle persönlich an, oder ist das etwa Ihr Erfolgsgeheimnis?«

Noah schüttelte den Kopf. »Ich wollte mir nur die Beine vertreten. War ein harter Tag. Mal im anderen Gebäude schauen, wie die Arbeit hier so aussieht.«

»Wissen Sie«, Cuddy tupfte sich erneut den Mund ab, »ich habe in der Gerichtsmedizin promoviert. Ich erkenne Lügen, wenn ich sie höre.« Er beugte sich etwas vor, Noah vernahm den Geruch nach ranziger Nährpaste und Kupfer. »Und ich mag sie nicht besonders.«

»Wieso sollte ich lügen?«, wehrte Noah ab. Er hob entschuldigend die Hände, setzte ein verzweifeltes Grinsen auf und merkte sofort, wie affig er wirken musste. Er ließ die Schultern sinken. »Na gut, ertappt. Ich habe überlegt, eine Patientin zu besuchen.«

Offenbar erkannte Cuddy, dass Noah dabei nicht log. Dennoch wirkte er nervös. »Ah, Sie wollen sie mal sehen, die Menschen, die sich hinter ihren Akten verbergen, bevor Sie das nächste Opfer anvisieren?« Er räusperte sich. »Verzeihen Sie, ich meine kein Opfer, ich meine Auftrag, also, … Sie machen Ihren Job wirklich hervorragend, junger Abschalter!«

Ein Piepen zog Cuddys Aufmerksamkeit auf sich. Er zog ein Leadphone aus der Tasche seines Kittels. Smartglas, erste oder zweite Generation. Ein uralter, unflexibler Klotz. »Verzeihen Sie mir«, sagte er und hielt das Leadphone kurz in Noahs Gesichtsfeld. »Es gibt Arbeit. Dann gehen Sie mal schön die Patientin besuchen und anschließend zurück in Ihr Gebäude, Herr Cline! Auch auf Sie wartet sicher Arbeit.«

Dann drückte der Arzt sein Taschentuch an einen Mundwinkel und eilte davon.

Noah blieb verdutzt stehen. Er fühlte sich im Patiententrakt unerbeten. Hatte der alte Mann mit dem Taschentuch etwas zu verbergen?

Er entschied sich, womöglich auch, um sich vor Lucys Anblick zu drücken, dem Arzt hinterherzuschleichen.

Doktor Cuddy lief den Flur entlang und nahm den Fahrstuhl. Noah zückte sein Leadphone. »Intranet. Orwell. Bist du da?«, dachte er, als er den Kommunikator des MindSets in sein Ohr steckte.

»Ich bin hier«, antwortete Orwell sofort.

»In welchem Stockwerk ist Doktor Cuddy ausgestiegen?«

»Datenschutz«, kam es aus dem Ohrhörer.

»Orwell, ich habe gerade mit dem Herrn gesprochen und er hat seine Handschuhe hier vergessen«, protestierte Noah gedanklich. »Das hat nichts mit Datenschutz zu tun, wenn ich ihn gerade noch vor mir hatte und ihm jetzt hinterherlaufe!«

»Einleuchtend. Untergeschoss«, kam es aus dem Ohrhörer.

Noah bedankte sich kurz und rief den Fahrstuhl. Wenige Augenblicke später befand er sich im Keller. Als Abschalter konnte er jede Tür öffnen. Hätte er das vorher gewusst, hätte Noah vielleicht schon früher im Patiententrakt herumgeschnüffelt.

Das Untergeschoss wirkte wie ein Palast. Statt kahler weißer Wände und grauem Boden, der nicht wirklich sauber wirkte, selbst wenn er steril war, trat Noah auf weichen, grünen Teppichboden. An den hohen Wänden strahlten verzweigte Lampen goldenes Licht aus, die Türrahmen waren mit Ornamenten verziert. Obwohl die Ausstattung hier wärmer wirkte, war es eisig kalt. Noah ging instinktiv geradeaus, durch den Rahmen ohne Tür und gelangte in eine große Halle. Hier war wieder alles minimalistisch und rein. Etwa fünfzig Betten reihten sich vor ihm auf wie ein Raster, an den Wänden hingen große Gemälde. Schöne Wälder, bezaubernde Wasserfälle, unschuldige weite Felder.

Auf der rechten Seite der Halle führte eine Tür in einen weiteren Raum. Sie war angelehnt, blauweißes Licht drang in die wenig beleuchtete Halle. Auf der linken Seite befand sich eine lange Arbeitsplatte, unterbrochen von einer geschlossenen Tür.

Noah schlich an eines der Betten heran. Auf ihm lag ein weißes Laken, wie auf allen anderen Betten. Vorsichtig hob er es an. Als hätte er nicht geahnt, dass ein Mensch zwischen Bett und Laken ruhte, schreckte er zurück, als er das gelblichbleiche Gesicht einer alten Frau sah. Er zwang sich, noch einmal hinzusehen. Sie hatte Altersflecken im Gesicht, ihre Mimik war entspannt und der Körper dürr. Noah konnte die Konturen ihres Schädels ausmachen. Er deckte sie wieder zu.

Seine Neugier trieb ihn an ein zweites Bett. Auch hier ruhte eine Leiche. Ein Mann, die Augen weit geöffnet. Noah wurde übel. Der Mann hatte eine Narbe am Auge, schwarze, kurze Haare.

Noah zog das Laken weiter runter und sah, dass der Mann die Arbeitskleidung eines Gärtners trug. War das nicht Dillinger? Hatte Noah ihn einer sanften Abschaltung unterzogen? Er konnte sich nicht klar an seine Fälle erinnern, aber dieser Herr kam ihm sehr bekannt vor. Der Tote hatte keine warmen Hände mehr, keine illegale Gemüsefarm mehr zu betreten.

Noah wandte sich wieder zur alten Dame, hob das Laken und schaute, welche Kleidung sie trug. Ein Krankenhaushemd. In dieser Halle lagen also Strafabschaltungen neben denen, die aus dem Koma abgeschaltet worden waren.

Aber Noah fiel noch etwas auf. Die Hände der alten Frau waren auf dem Bauch gefaltet, aber unter ihren Händen war ein brauner Fleck zu sehen. Blut? Beim genaueren Hinschauen bemerkte Noah, dass ihre Brust nur eine Wölbung hatte, und dort, wo der zweite Busen sein müsste, eine Absenkung klaffte.

Was ging hier vor? Noah bedeckte die Frau und schlich sich weiter in die Halle hinein.

Hinten lagerten Leichen, die bereits versandfertig waren. Die Rückwand der Halle war vor aufeinandergestapelten Särgen kaum zu sehen. Billige, beschichtete Zellulosekartons, bereit, mit ihrem Inhalt verbrannt zu werden.

Plötzlich hörte Noah ein Rumpeln aus dem Raum hinter der angelehnten Tür. Noah näherte sich vorsichtig den Geräuschen. Sein Herz pochte, so wie in seinem Traum vorhin. Er hockte sich hin und ging mit seinem Gesicht ganz nah an den Türspalt. Er sah Männer in Kitteln, die um einen Operationstisch standen.

»Festhalten für Strom-Tests der Ersatzteile.« Das war Doktor Cuddy!

Einer der Männer hielt mit seinen Gummihandschuhen einen Körper fest ans Bett gepresst, und Doktor Cuddy werkelte in der Mitte des Körpers. Die Beine des Patienten zuckten, traten um sich, sodass ein zweiter Mann herbeieilte und sie fixierte.

Er hatte ein medizinisches Gerät im offenen Bauchraum des Patienten. Noah ging aus der Hocke hoch, um mehr zu sehen, und er erblickte das Gerät: Es sah aus wie eine Mischung aus Lötkolben und elektrischer Zahnbürste.

»Vorsicht«, befahl Cuddy.

Wieder zuckte der Patient.

»Das Teil funktioniert nicht.« Cuddy winkte ab.

Ein paar Augenblicke später hörte das Zucken auf. Die drei Männer verließen den Tisch und gingen zur Seite. Cuddy rollte ein Tablet aus und zeigte es seinen Kollegen. Hinter ihren Rücken lag der Patient. Ein Mann, nackt, mit weit aufgerissenem Torso. In ihm steckten noch Instrumente, deren Bedeutung Noah nicht kannte. Überall war Blut, und auf seinem unteren Bauch, direkt über dem Genital, konnte Noah einen dunkelroten Klumpen erkennen, der an einem Faden, einer Ader, aus dem Bauchraum hing. War das eine Niere? Das Herz? Er wusste es nicht.

Noah verspürte den Drang, sich zu übergeben, unterdrückte es und spürte, dass er husten musste. Nicht jetzt! Er schluckte Speichel, hielt die Luft an und klopfte sich mit den Fingerspitzen gegen den Hals. Es wirkte.

Schließlich packte Doktor Cuddy das Tablet ein. »Hunter, bitte das Protokoll ergänzen.«

»Jawohl«, sagte der Pfleger.

»Schreib auf. Explantation nicht geglückt, Ischämiezeit überschritten. Exitus unvermeidlich.« Er wischte sich die behandschuhte Hand an einem Lappen ab, desinfizierte die Hände und zog ein solches Taschentuch aus der Brusttasche, mit dem er sich vorhin im Flur den Mund abgetupft hatte. Er tat es wieder.

Diesmal fand Noah es nicht nur merkwürdig, sondern abstoßend.

Warum schrieb ein Pfleger händisch auf, was Cuddy diktierte? Durften die Daten nicht in die Datenbanken geraten?

»Todeszeitpunkt: 16:43 Uhr«, ergänzte er. Auf einmal drehte sich Cuddy um und ging auf die Tür zu. Noah musste hier weg!

Er hastete von dem Spalt weg, lief zu den Türmen der Särge und duckte sich hinter einem von ihnen. Noah hielt die Luft an. Die Tür öffnete sich, dann hielt Cuddy inne. Er zog die Tür wieder zu, der Spalt war nun noch kleiner als vorher. Seine Schritte entfernten sich wieder. Noah pirschte sich auf leisen Sohlen wieder an die Tür heran. Bei jedem Schritt erwartete er, dass die Tür aufgerissen und er entdeckt würde. Sein Herz pochte so stark, dass er fürchtete, die Ärzte würden es aus der Distanz hören.

»Zunähen«, befahl Cuddy. »Zumindest so, dass die Sauerei drin bleibt.«

Die beiden Herren gingen zum Patienten, einer von ihnen nahm die Niere und warf sie in den offenen Körper, als sei dieser ein Wäschekorb und das Organ nur eine dreckige Socke. Sie machten sich an ihm zu schaffen.

Noah hatte genug gesehen. Er wollte Antworten, hatte aber nur Fragen. So viele Fragen. Er erhaschte noch einen Blick auf die zahlreichen Wunden des Patienten, an Armen und Beinen, sie hatten nichts mit der Operation zu tun. Die Nähte waren dürftig, das konnte selbst er als Laie sehen. Noah musste weg von diesen Personen.

Schnellen Schrittes lief er durch die Halle. Bevor er sie verließ, konnte er es sich nicht nehmen lassen, noch eine Leiche anzusehen. Er blieb neben einem Bett stehen, hob das Laken an und verschluckte einen spitzen Schrei. Der Brustkorb war weit aufgerissen, das Herz lag nicht dort, wo es liegen sollte. War das Frischhaltefolie, die über der offenen Wunde war?

Noah würgte, bedeckte die Person und rannte aus der Leichenhalle.

Hinter ihm ein Rufen. »Da ist jemand!«

Er hörte Schritte auf sich zukommen. Hämmerte gegen das Touchpad des Fahrstuhls.

Endlich öffnete sich die Tür. Noah sprang hinein, hielt den Tür-zu-Knopf gedrückt und presste gleichzeitig den für das achte Obergeschoss. Sofort schloss sich die Tür. Von außen hörte er, dass jemand auf das Touchpad drückte und schließlich gegen die dicken Metalltüren klopfte.

Der Aufzug setzte sich in Bewegung. Noah sank auf die Knie. Er schaute auf sein Leadphone. Es war 16:57 Uhr. Noah erbrach sich.

Er keuchte noch, als der Fahrstuhl ihn im achten Obergeschoss entließ. Noah drückte alle Tasten aller Stockwerke, bevor er auf den Flur trat. Hier sah es aus wie im zweiten, dritten, vierten, neunten oder vierzehnten Stock. Graue Böden. Weiße Wände. Niemand war wach, alle lagen im Koma. Ein Putzbot kam um die Ecke, kehrte nicht vorhandenen Staub zusammen und saugte vor sich hin. Hinter ihm war der Boden feucht. Frisch gewischt.

Noah zwang sich, ruhig durchzuatmen. Er ging den Notausgangsschildern nach, bis er schließlich das Treppenhaus fand.

Er ging Stufe um Stufe hinab. Treppe um Treppe. Siebter Stock. Waren das die Untersuchungen, die die Tariferleichterungen rechtfertigten? Sechster Stock. Keiner wird alleingelassen. Von wegen! Fünfter Stock. Noah blieb mitten auf der Treppe stehen; fast wäre er vornüber gefallen, da er noch im Schwung war. Orwell! Wenn irgendetwas Unautorisiertes bei Global Insurance passiert, musste Orwell nichts davon wissen. Sonst hätte er es gemeldet. War das alles autorisiert?

Er bemerkte erst jetzt, dass er den Kommunikator noch im Ohr hatte. Er tippte in seiner Hosentasche kurz das Leadphone an, dann konnte er auch schon gedanklich die Verbindung zu Orwell herstellen.

»Orwell?«

Noah war froh, dass er nicht sprechen musste, er war völlig außer Atem. So viel Bewegung in so kurzer Zeit hatte er lange nicht mehr ertragen müssen. Er setzte sich auf dem Weg zum vierten Stock wieder in Bewegung.

»Was weißt du über den Patiententrakt?«

»Meine Güte, Noah! Heute bist du wirklich merkwürdig.« Die KI versuchte, empört zu klingen. »Ich habe 2.438.924 Datenbankeinträge zum Patiententrakt. Und das sind nur die, die ihr Menschen verstehen könnt, in *meiner Sprache* gibt es noch viel mehr. Könntest du deine Frage etwas konkreter stellen?«

»Führt Doktor Cuddy gerade eine Operation durch?«

Orwell ließ sich einen Moment Zeit mit der Antwort. »Nein«, sagte er.

»Hat er heute schon eine Operation durchgeführt?« Dritter Stock.

»Ich bezweifle, dass das hilfreich ist, ihm seine Handschuhe wiederzubringen, Noah«, sagte Orwell. »Aber so viel darf ich sagen, nein, Doktor Cuddy ist kein Chirurg.«

»Bist du ehrlich?«

»Immer.«

Noah erreichte den zweiten Stock. Er blieb stehen, atmete durch und hob die Arme über den Kopf. Elende Seitenstiche! Zu seiner Linken führte eine Glastür in einen Flur. Er sah aus wie alle anderen Flure.

»Orwell, kannst du mir«, Noah schnaufte, »kannst du mir bitte die E-Mail aus dem Spam holen?«

»Welche?«

»Die mit der Mitarbeiterinformation zur neuen Kampagne. *Keiner wird alleingelassen* heißt die.« Noah setzte sich wieder in Bewegung.

»Diese E-Mail hast du unwiderruflich löschen lassen«, erklärte Orwell. »Was ist mit dir los, Noah? Du hast gerade das Atrium betreten. Deine Vitalwerte sehen verändert aus.«

»Raus aus meinen Vitalwerten!«, rief Noah.

Er hielt sich die Hand vor den Mund und sah sich um. Zwei Angestellte machten Mittagspause im Atrium. Sie saßen gleich neben ihm auf einer Decke im Laub und starrten ihn an. Noah grinste verlegen und wies auf sein Ohr. »Mein Kommunikator ist etwas schwerhörig«, entschuldigte er sich. Eiligen Schrittes lief er zum Hauptgebäude.

Er ließ Orwell die gelöschte Einladungsmail wiederherstellen und las sie sich durch. Zum 75. Jubiläum hatte Global Insurance eine neue Marketingkampagne aufgesetzt. Angehörige konnten ihre Patienten zu Untersuchungen freigeben, die der Forschung dienen sollten, dafür erhielten sie Gutschriften oder durften ihre Versicherungsbeiträge für eine Weile aussetzen. Der Verdacht, dass sich hinter dieser gütigen Regelung ein Freifahrtschein für hässliche Operationen verbarg, erdrückte Noah. Er musste mit jemandem darüber sprechen.

Der Geschäftsführung durfte er nichts sagen. Die Geschäftsführer waren es mit Sicherheit, die diese Machenschaften autorisiert hatten. Falls nicht, wäre die Leitung die richtige Anlaufstelle, doch Noah hielt es für sehr unwahrscheinlich, dass die Mediziner aus reiner Langeweile und Spaß an der Freude in Patienten herumwühlten. Sollte er mit Karma sprechen?

Noah wägte den Gedanken eine Weile ab und kam dabei zu dem Schluss, dass sie nichts würde ausrichten können. Vorgesetzte waren Streitschlichter zwischen Abschaltern und Angehörigen, und zugleich Aufseher und Personaler der Abschalter. Aus dieser kleinen Ökosphäre heraus konnte sie wohl kaum etwas ausrichten, bis auf eine Meldung an die Geschäftsleitung.

Noah musste vorsichtig vorgehen. Er ahnte, worauf sein

Kopfzerbrechen hinauslief. Er würde sich Rat bei einem Aufsichtsratsmitglied holen müssen. Er brauchte jemanden, der ihm zuhörte, und zwar das Beste für die Menschen wollte, aber auch ihn als Person und Abschalter schützenswert fand. Es musste ein Aufsichtsratsmitglied sein, das seit Jahren im Betrieb war und idealerweise längst von den Machenschaften wusste. Noah brauchte ein Gespräch – ausgerechnet mit seiner Mutter.

6 Tage vor meiner Geburt

»Doktor Cline, darf ich eintreten?«

Noah passierte die Automatiktür zum Vorzimmer von Marlens Büro, die sich sogleich hinter ihm schloss.

Marlen Cline trat aus ihrer Sicherheitstür heraus. Durch den Spalt der sich schließenden Tür konnte Noah eine Vielzahl von Bildschirmen auf dem Schreibtisch erkennen. »Wie kann ich dir helfen?«

Noahs Mutter kam immer sofort auf den Punkt. Sie war die am meisten an Effizienz interessierte Frau, die er kannte. Noah ließ seinen Blick über die luxuriösen, aber sterilen Einrichtungsgegenstände schweifen. Es gab kein Anzeichen dafür, dass seine Mutter eine Familie hatte. Oder Freunde. Oder irgendetwas Persönliches, das sie mochte.

»Wie geht's dir?«, fragte Noah. Small Talk beruhigte ihn vor schwierigen Gesprächen.

»Mein Postfach ist voller als sonst, aber ich habe heute Abend einen Termin zur Maniküre.«

Marlen sah ihn erwartungsvoll an. Sie sagte nichts, bis Noah das Gespräch fortsetzte. »Mit wem gehst du hin?«

»Wie, mit wem ich hingehe?« Sie atmete tief durch. »Du verschwendest meine Zeit. Was willst du hier?« Ihre Stimme war monoton und emotionslos. Sie könnte genauso gut die allgemeinen Geschäftsbedingungen einer redundanten App vorlesen, statt mit ihrem eigenen Fleisch und Blut zu sprechen.

Noah steckte die Hände in die Hosentaschen und zog die Schultern hoch, als könnte er sich auf diese Art verstecken. Außer »äh« und »öh« fiel ihm nichts ein, um seine Sorgen anzusprechen.

»Ich habe mich gefragt, was wäre, wenn jemand unethisch mit den Patienten umginge?«

Marlen hob eine Augenbraue. »Warum fragst du das nicht deine Assistenz? Dazu ist die KI da.«

»Nee.« Noah raufte sich die Haare. »Was wäre, wenn jemand aus der Versicherung ins *Gemü-* … in den Patiententrakt geht und dann etwas mit den Patienten macht?«

»Dir ist schon klar, dass weder Verwaltungsangestellte, Abschalter noch Vorgesetzte in die Patientenräume dürfen?« Marlen schien alarmiert. »Als Angehöriger darfst du deine … Freundin natürlich besuchen, aber *mit ihr machen* darfst auch du nichts.« Sie betonte das Wort »Freundin« so, dass Noah Anführungszeichen hören konnte. Ihr Blick ätzte sich scheinbar durch ihn hindurch.

Noah stieg die Hitze in den Kopf. »Was zum …? Ich will nichts dergleichen machen! Ich frage mal anders. Was wäre, wenn eine medizinische Untersuchung gar keine medizinische Untersuchung wäre?«

»Worauf willst du hinaus?« Ihrem Blick nach zu urteilen, hielt Marlen ihren Sohn für ein nekrophiles Monster. War es überhaupt nekrophil, mit einem lebenden, aber komatösen Menschen intim zu werden? Da Marlen noch nie viel von ihrem Sohn gehalten hatte, war es denkbar, dass sie ihm das tatsächlich zutraute.

»Ich will nur wissen, was zu tun wäre. Wie gesagt, es geht um die Hierarchie, nicht um einen konkreten Fall.«

»Du lügst«, stellte Marlen fest. »Irgendwas ist passiert und du rückst jetzt mit der Sprache raus.«

Noah nickte zögerlich. Sein Magen zog sich bei dem Gefühl zusammen, ertappt worden zu sein. Für einen Dreiundvierzigjährigen benahm er sich in der Gegenwart seiner Mutter ziemlich dämlich, fand er.

»Wir sollten in Verschwiegenheit miteinander sprechen. Hier könnte es Datenlecks geben«, sagte Marlen.

»He, stimmt gar nicht!«, motzte plötzlich Orwell von der Decke. »Ihr Vorzimmer befindet sich im Datenschutzbereich zwei und somit werden die Gespräche lediglich aufgezeichnet und archiviert. Keine Mitarbeitex von Global Insurance, nicht einmal die Geschäftsleitung, kann auf diese Gespräche Zugriff erhalten.«

»Misch dich nicht ein, KI«, sagte Doktor Cline kühl. »In dein Archiv sollte das nicht gelangen, schätze ich.«

Marlen hielt ihre Hand in den DNA-Scanner neben der schwerfälligen Panzertür. Mit einem Aufblinken der Kontrolllampen schob sich die Tür zur Seite. Sie trat hindurch, ihr Sohn folgte ihr. Marlen lächelte verächtlich. Noah war nicht wohl.

»Schließen«, befahl sie in den Raum hinein.

»Wie Sie wünschen, Madame«, antwortete Orwell.

Bei Marlen verhielt er sich wie früher, als er noch keine Persönlichkeit entwickelt hatte. Noah kicherte bei dem Gedanken nervös.

Ihr Büro war genau so nackt wie ihr Vorzimmer. Alle Büros, die Noah je in diesem Gebäude besucht hatte, waren voller Erinnerungsstücke, Fotodisplays oder irgendwelchem Schnickschnack.

»Ich dachte, Orwell ist nur bei mir so patzig. Vor einem hohen Tier der Versicherung müsste er doch deutlich mehr Respekt haben. Na ja, das dachte ich zumindest«, antwortete Noah. »Ist dir aufgefallen, dass ich dich noch nie an deinem Arbeitsplatz besucht habe?«

»Du nennst sie immer noch Orwell?« Marlen bedeutete ihm, sich auf den Besucherstuhl jenseits der schwarzen Schreibtischplatte zu setzen. Er folgte ihrer Aufforderung.

»Sicher doch.« Noah schlug die Beine übereinander. »Wer ein Bewusstsein hat, hat auch eine Persönlichkeit. Du könntest dich auch mit ihm anfreunden oder ihn menschlicher behandeln.«

»Aha.«

»Aber darum geht es gar nicht.«

Die Klappe in der Wand neben dem Schreibtisch öffnete sich. Darin stand ein frisches Glas Tee. Marlen nahm es aus dem Fach und die Klappe schloss sich.

»Willst du auch einen?«

Er verneinte. Sie nippte an ihrem Tee, ließ Noah aber keine Sekunde aus den Augen.

»Gut. Ich komme einfach gleich zur Sache«, begann Noah. »Was ich dir jetzt erzähle, wird … Ich erzähle es einfach. Ich habe, äh, vertrauliche Informationen darüber, dass Global Insurance lügt. Mit den Patienten werden Dinge getan, die weder ethisch noch menschlich vertretbar sind. Also, medizinisch. Du weißt doch von dem neuen Werbespot aus der Kampagne *Keiner wird alleingelassen*, die zum Jubiläum groß beworben werden soll?«

Marlen kniff die Augen immer weiter zusammen, sie hörte Noah konzentriert zu.

»Da sagen sie, dass arme Patienten eine Chance auf ein *zweites Leben* bekommen, indem Angehörige die Körper für Untersuchungen freigeben. Für die Forschung. Jedenfalls glaube ich, dass diese harmlosen Untersuchungen keine sind. Ich habe nicht umsonst ein Jahrzehnt in der Forschung gearbeitet. Wieso … Ich meine, das darf doch nicht sein, oder? Nach außen hin verspricht die Versicherung etwas, was hintenrum gar nicht wahr ist. Ich habe gehört, dass manche Patienten für die Untersuchungen nicht nur an ein EKG angeschlossen, sondern teilweise operiert werden.«

»Noah, Noah, Noah«, sagte sie. Wie in Kindertagen.

Er verdrehte die Augen – wie in Kindertagen.

»Natürlich weiß ich von den Operationen. Und es ist kein Grund zur Sorge. Das sind harmlose Untersuchungen. Die sind nötig, um zu wissen, ob ein Patient nach seinem Koma in der Lage wäre, für uns zu arbeiten. Vergiss nicht die

Second-Life-Verträge. Stell dir vor, ein Hundertzehnjähriger würde sich verpflichten, und es gelänge uns erst in zwanzig Jahren, die Nebenwirkungen des Virus aufzuheben.«

»Das verstehe ich ja, aber –«

»Alles, was unter diesem Dach geschieht, hat seine Ordnung und seine Richtigkeit. Nicht umsonst gelten wir als der sicherste und vor allem der gesündeste Staat dieses Planeten. Selbstverständlich zeichnen wir die Daten auf, die bei den Untersuchungen gesammelt werden, um die Forschung voranzubringen. Wir sind auf jeden Hinweis aus der DNA unserer komatösen Mitmenschen angewiesen.«

Ungehalten und voll Wut stand Noah auf. Seine Nasenflügel bebten und er hatte die Stirn in Falten gelegt. Sie sprach mit ihm wie mit einem Fremden. Noah presste die Lippen zusammen.

»Eine Niere einfach so zu explantieren, um zu sehen, was passiert, nennst du eine harmlose Untersuchung?«

»Woher hast du das eigentlich alles?«, wollte die Aufsichtsrätin wissen. »Also nicht deine Verschwörungstheorie, sondern diese Informationen. Was macht sie vertraulich, wie du sagtest?«

»Das kann ich dir nicht sagen.«

»Hast du es dir ausgedacht?«, fragte sie schnippisch. »*Träumer?*«

Noah spürte Zorn wie einen Peitschenhieb durch seinen Körper fahren. »Natürlich nicht. Ich mache mir wirklich Sorgen. Das wirkt alles so … unnachvollziehbar.«

»Nachvollziehbar ist, dass du Langeweile hast, dich auf deinem Score ausruhst und vermehrt alkoholisiert zur Arbeit gekommen bist.«

Noah riss die Augen auf.

»Tu nicht so verwundert.« Marlen erhob ihre Stimme. »Glaubst du, dein Quartalsgespräch habe ich mir nicht protokollieren lassen? Ich habe alle Daten, wenn ich sie will. Du unterhältst dich mit der KI und malst stümperhafte Bilder, die du dann intern versendest. Ich meine … ernsthaft, Noah? Haltlose Verschwörungstheorien über völlig normale Abläufe im Patiententrakt … du hast dich da drüben gar nicht aufzuhalten!«

»Ich dachte, du könntest mir helfen, Mama«, sagte Noah. Es fühlte sich unhöflich an, sie so anzusprechen, sofort schämte er sich dafür.

»Das würde ich gerne, Noah«, antwortete sie in einer ironisch klingenden, liebevollen, mütterlichen Stimmlage, die dadurch ironisch klang. »Aber du bist erwachsen und musst selbst von deinem Wahn runterkommen.«

Noah stand auf. Er musste sich bewegen, wenn er nicht unkontrolliert losbrüllen wollte. »Danke für die Unterhaltung«, knurrte er. Er öffnete die Tür.

»Noah?« Marlen wartete, bis er sich noch einmal zu ihr umgedreht hatte. »Ich kann dir versprechen, dass alles in bester Ordnung ist. Mach einfach deinen Job. Und vielleicht suchst du dir eine Freizeitbeschäftigung. Neue Freunde. Etwas, das dich beschäftigt hält. Du hast früher so gern gezeichnet.«

Ohne weitere Worte verließ Noah den Raum.

3 Tage und 4 Stunden vor meiner Geburt

Es war unmöglich für Noah, nach Feierabend seine Gedanken im Unternehmen zu lassen. Er saß bereits seit Stunden mit Oli im *Scharfen Eck* und trank Gin Tonic. Entspannende LoFi-Musik plätscherte durch die Luft, die Bedienungsbots fuhren mit frischen Getränken von Tisch zu Tisch. Das *Scharfe Eck* wirkte entspannend auf seine Gäste, Noah konnte kaum die Gespräche des Paars am Nachbartisch hören, so sanft verschmolzen Sprachlautstärke und Geräuschkulisse miteinander. Er unterhielt sich mit Oli über belanglose Dinge des Alltags und versuchte krampfhaft, sich auf sein Gegenüber zu konzentrieren.

Aber seine Grübeleien ließen ihn nicht los, schon gar nicht, seit er einige Stunden zuvor einen Zettel in seinem Büro gefunden hatte. Jemand hatte mit königsblauer Tinte auf ein abgerissenes Stück Papier geschrieben und die Botschaft unter Noahs Tür hindurch geschoben. Als er die Schriftfarbe mit der seines Tintenfüllers verglichen hatte, hatte Noah die Nachricht beiläufig auswendig gelernt:

Sehr geehrter Herr Cline,

mir ist aufgefallen, dass Sie Ihre Aufmerksamkeit nicht zu hundert Prozent den Dingen widmen, die Ihre Angelegenheiten sind. Bitte ändern Sie dieses Verhalten umgehend, anderenfalls sehe ich mich gezwungen, entsprechende Konsequenzen zu ziehen.

Ein Freund.

Freund. Pah! Als ob. Das klang eher nach einem Drohbrief als nach einer freundlichen Empfehlung. Wie konnte man nur in zwei Sätzen so wenig Information einbauen? Wer war das, was wollte die Person, welche Konsequenzen hatte Noah zu befürchten, und wurde er beschattet? War das ein Zeichen dafür, dass er nicht auf Marlen hören und seinem Verdacht weiter nachgehen sollte? Hatte seine Mutter selbst diese Nachricht verfasst? Erlaubte sich jemand einen Scherz mit ihm?

»Wo bist du in deinen Gedanken?« Oli sah Noah an.

»Bei Nala natürlich«, log Noah.

Oli winkte ab. »Ich rede über Amaya. Nala ist doch schon seit Jahren bei ihrer Mutter.« Er nahm einen Schluck seines Cocktails.

»Bei deinen drei Töchtern blicke ich nicht mehr durch.«

»Der Jüngste ist ein Er.« Oli wirkte zerknirscht. Dann beugte er sich vor. »Was ist denn los mit dir? Du bist in letzter Zeit komisch, ja, schon seit Monaten, aber das hier«, er kreiste Noahs Gesicht in der Luft mit seinem Finger ein, »setzt dem Ganzen die Krone auf.«

Noah biss von seinem Strohhalm ab und rührte anschließend mit ihm im Glas herum. »Ist alles etwas stressig gerade«, gab er zu. Ein Teilgeständnis war immer besser, als etwas zu verleugnen. Er blickte auf.

»Glaub ich dir nicht.« Oli gab sich mit Noahs Antwort nicht zufrieden. »Du hast Score null. Was ist los? Ist es wegen neulich?«

»Neulich?« Noah besann sich kurz. »Ach, das. Nein, kannst du doch nichts für, dass du in ein Fettnäpfchen getreten bist.«

Während er sprach, musterte er Oli. Er hatte einen angestrengten, sorgenvollen Blick. Noah bedeutete Oli wirklich etwas. Er machte sich wirkliche Sorgen um ihn. Noah fragte sich, warum er seinem menschlichen Kollegen so selten etwas anvertraute und immer diese Maske von einem Noah Cline aufsetzte, die er selbst aus tiefstem Herzen verachtete. Warum würde er nicht einfach wagen …

»Du hattest recht«, sagte Noah schließlich. »Du hast ja neulich mit mir gesprochen. Ich bin nicht mehr ich selbst und so. Das belastet mich total.« Oli setzte an, etwas zu sagen, aber Noah ließ ihn nicht zu Wort kommen. »Meine Schwester hat im Grunde dasselbe Gespräch mit mir geführt. Und, wenn ich mal die Selbstverständlichkeit vergesse, mit der meine Mutter mich unfreundlich behandelt, hat auch sie so etwas gesagt.«

»Hmm«, machte Oli. »Ich weiß ja, wieso du hier bist. Das wissen wie viele andere Abschalter?«

»Keiner«, antwortete Noah. »Nur du, Karma und ich. Orwell.«

Oli zuckte mit den Schultern. »Daran liegt es wohl. Du trägst eine Maske. In diesem Moment bist du ein ganz anderer Typ als auf deinen Feiern.«

»Lass uns nicht darüber sprechen.« Er hielt kurz inne. Sollte er Oli einweihen? Es fühlte sich nicht richtig an, noch nicht zu diesem Zeitpunkt. »Ich muss nach Hause«, sagte er also.

Oli zuckte mit den Schultern. Er schloss die Session an ihrem Tisch ab und zahlte kurzerhand die gesamte Rechnung über seine Uhr. »Bist eingeladen.«

Noah bedankte sich. Die beiden standen auf, zogen ihre Jacken an und verließen das *Scharfe Eck*. Schweigend gingen sie nebeneinander her. Die Bäume hatten einen Großteil ihrer Blätter abgeworfen. Unter seinen Füßen hörte Noah das Laub rascheln. Auf der anderen Straßenseite fuhren zwei Reinigungsbots. Sie hinterließen einen perfekt sauberen Bordstein. Von der nahen Trasse hörten sie die Publicars. Auf ihrer geschützten Bahn konnten sie so schnell fahren wie sie wollten. Solange kein Mensch Entscheidungen treffen oder Fehler machen konnte, funktionierte das System hervorragend.

Noah forderte ein Publicar an. »Kommst du mit?«, brach er das Schweigen.

»Kann ich machen.«

Noah schaltete die Ortung ein, damit sie weiter spazieren gehen und das Publicar sie finden konnte. Er merkte nichts von den drei Gin Tonic, die er getrunken hatte, fragte sich, ob es überhaupt einen Sinn gehabt hatte, die Longdrinks zu trinken. Ob Alkohol überhaupt einen Sinn hatte, außer das Gesundheitssystem durch die Steuern zu finanzieren. Ein Relikt alter Zeiten: Als Alkohol noch krank machte, war die Steuerreform aus dem Jahr 2052 eine echte Revolution.

»Schau, Tonÿa«, sagte Oli. Er blieb stehen und legte den Kopf in den Nacken.

Sie waren an einer Statue von Tonÿa Shusterman vorbeigekommen. Ein einschüchternder, riesiger Bronzeguss. Sicher vier Meter hoch erstreckte sich die korpulente Gestalt, die deyjenige ehren sollte, dey das XX-Virus entdeckt und das menschliche Leben revolutioniert hatte. Ser hatte die Menschheit nicht nur langlebig gemacht, sondern sie auch vor einem Zwei-Klassen-System bewahrt.

»Unvorstellbar, oder?«, sagte Noah gedankenverloren.

»Was meinst du?«

Oli und Noah schauten einander nicht an. Sie ließen beide die Statue auf sich wirken. Es war, als blicke Tonÿa an sessen Hand vorbei, als zeige ses Blick in eine Richtung, der sesse Betrachter folgen sollten.

»Etwas zu verändern und von der Änderung nicht zu profitieren. Nicht mitzukriegen, welche Auswirkungen dein Lebenswerk hat. Die gesamte Existenz von Shusterman hat erst im Nachhinein Sinn ergeben. Ser ist ohne das Wissen gestorben, ob ses Aktion geglückt ist.«

Noah fragte sich, ob Shusterman gewusst hatte, welche Auswirkungen ses Handeln haben würde. Ob ser alles bedacht hatte. Ob ser hätte wissen können, dass die Menschheit auf der ohnehin schon überbevölkerten Erde eines Tages von sesser Entdeckung in die Enge getrieben und zu etwas wie Global

Insurance führen würde. Ohne KI-Mechaniken, die nach Tonÿa Shustermans Tod entwickelt wurden, wäre die Ressourcen- und Platzverteilung der Erde längst auseinandergebrochen. Vermutlich war Shusterman blind wegen sesses ehrenhaften Ziels, die hohe Lebenserwartung nicht den Reichen vorzubehalten. Und damit hatte ser die Welt in ein riesiges Chaos gestürzt.

»Das ist wirklich unvorstellbar«, stellte Oli schließlich fest. Er vergrub die Hände in seinen Manteltaschen und setzte sich wieder in Bewegung.

Noah konnte ihn nun nicht mehr im Augenwinkel sehen. War auch Noah blind? Welche Risiken würde er eingehen? Hatte er sie überhaupt bedacht? Er wollte daran zweifeln, was er gesehen hatte, harmlose Erklärungen finden und so weiterleben wie bisher. Zugleich verspürte er eine perverse Freude über seinen Fund. Endlich passierte etwas. Endlich gab es eine Chance, das System zu zerschlagen.

»Kommst du?«, riss Oli seinen Kollegen aus den Gedanken.

Noah wirbelte herum und sah, dass Oli bereits im Publicar saß.

Wie immer waren sie allein. Abschalter fuhren nicht gemeinsam mit normalen Bürgern in einem Publicar. Unangenehme Gespräche, Handgreiflichkeiten oder gar Bestechung hatten oft genug gezeigt, dass Abschalter zu viel Macht besaßen und zu viele Menschen Angehörige eines oder mehrerer Komatöser waren.

Aus dem Fenster sah er die Häuser der Stadt. Hohe Gebäude ragten aus dem Boden, als konkurrierten sie miteinander um die hässlichste Fassade. Unterbrochen wurden sie von Straßen, die Schluchten zwischen den Häusern bildeten. Überall hingen eingerollte Displays, die vor den Staubwinden geschützt darauf warteten, zum Einbruch der Dunkelheit zu großen Werbeplakaten zu werden. Noah sah kaum einen Menschen draußen. An einigen Abfahrtspunkten standen welche, die auf ein Publicar warteten. Eine Frau reckte ihren Kopf, als sich ihr das Publicar näherte. Aber Oli und Noah wurden vorbeigefahren. Die Bord-KI wusste, wer sich für die Fahrten anmeldete. Diese Frau war eine Angehörige.

Ob ihr Mann, ihre Mutter, ihr Kind oder wer auch immer es war, ebenfalls operiert worden war? Wie würde sie wohl reagieren, wenn sie davon wüsste? Wenn sie im offenen Brustkorb vergebens nach dem Herzen suchen müsste, das ihr früher so viel Liebe entgegengebracht hatte?

Das Publicar hielt an. Noah riss sich aus seinen Gedanken und sah sich um. Die Gegend kannte er nicht. Aus dem anderen Fenster sah er das Sankt-Preußler-Klinikum. »Was machen wir hier?«

Oli öffnete die Tür und sah seinen Kollegen an. »Amaya besuchen.«

»Scheiße.« Noah fühlte sich mies. »Was hat sie denn?«

Sein Kollege seufzte. Sein verständnisvoller Gesichtsausdruck wich einem vorwurfsvollen. »Sie hat sich den Arm gebrochen. Beim Hoverboardfahren. Deshalb hatte ich die Zeit, mit dir ins *Scharfe Eck* zu gehen.« Er schnalzte mit der Zunge. »Manchmal könnte ich genauso gut mit einem Baum sprechen.«

Ehe Noah etwas sagen konnte, hatte Oli die Tür geschlossen und lief eilig über den Parkplatz zum Krankenhaus.

In den nächsten zwanzig Minuten tat Noah gar nichts. Er gab der Bord-KI seine Adresse und starrte gedankenleer aus dem Fenster. Die Minuten tropften dickflüssig vor sich hin, eine Viertelstunde fühlte sich wie ein halber Tag an.

Das Publicar hielt an, und Noah war endlich zu Hause. Fast jedenfalls. Er trottete durch das Foyer, wo am Empfangstresen der Hausmeister darauf wartete, dass etwas geschah. Als sich die Tür hinter Noah zuschob, schreckte er hoch.

»Guten Tag«, begrüßte Noah ihn.

»Sie haben aber früh Feierabend«, bemerkte der Hausmeister.

Noah zog eine Augenbraue hoch, bewegte sich aber weiter auf den Fahrstuhl zu. »Sie aber auch.«

Der weißbärtige Mann lachte. Seine tiefe Stimme war durchdringend, die Lachfalten unter seinen Augen vertieften sich, als er die Augen zusammenkniff. »Ist mir immer eine Freude mit Ihnen.«

Dann wurde er ernst. »Aber geht es Ihnen nicht gut? Brauchen Sie eine Überwachung? Sie haben ja gar keine Haus-KI.«

Noah blieb stehen und wandte sich dem Mann zu. »Mir geht es gut. Ich wünsche niemanden in meiner Nähe.«

»Aktivieren Sie Ihre KI. Das ist kein Jemand.« Der alte Herr stank nach Schnaps.

Noah hob die Hand, damit sein Gegenüber endlich verstand, dass es für ihn keine Diskussion gab.

»Niemand soll nach Ihnen sehen?«

»Ich werde nicht ins Koma fallen.« Noah forderte den Fahrstuhl an.

»Das hat Edith auch gesagt«, brummte der Hausmeister. Er zuckte mit den Schultern. »Sie war quicklebendig und hat jeden Tag in den Gewächshäusern gearbeitet. Manchmal sogar nachts. Und wenn ich die Musik aufgedreht habe, hat sie getanzt. Oh, Edith, sie hat getanzt, als gäbe es keinen Morgen mehr. Und von einem auf den anderen Tag, ich gebe zu, wir dachten ein paar Tage, sie bekäme eine Grippe, war sie weg.«

Der Aufzug öffnete seine Türen für Noah. »Niemand bekommt eine Grippe«, sagte er. »Sie hätten die Anzeichen sofort erkennen können.«

»Und dann?« Der Hausmeister stand auf und machte einen Schritt auf den Fahrstuhl zu. Eine Glasflasche fiel um und rollte über den Marmorboden. »Hätte ich sie retten können?«

Noah legte die Stirn in Falten und atmete aus. »Sie hätten sich verabschieden können.«

Der Aufzug verschluckte ihn und brachte Noah weg. Er wollte so weit weg, wie er konnte. Aber es reichte nur für den sechsundvierzigsten Stock.

»Pah«, platzte es unweigerlich aus Noah heraus. »Die Belange eines jeden Einzelnen sind unser Antrieb.« Er spuckte die Worte wie einen widerlichen Kaugummi aus, der nach Stunden des Kauens bloß noch nach Speichel und unsauberer Mundhöhle schmeckte.

Noah ging den Flur entlang, der ihn zum einzigen Apartment auf diesem Stockwerk führte. Hinter den Wänden des Flurs befanden sich die Serverräume für die einzelnen Apartments sowie allerlei Technik. An den Wänden begrüßten ihn Porträts von Bill Gates, Alan Turing und Edward Snowden.

Er drehte den Schlüssel um und betrat sein Apartment. Im Gegensatz zu allen anderen Wohnungen hatte Noah als einziger Bewohner einen Schlüssel. Im Grunde war es töricht zu glauben, dadurch sei die eigene Wohnung sicherer. Ein Schlüssel aus Metall war so unpersönlich wie eine Geldmünze. Aber Noah war es egal, ob er seinen Schlüssel verlieren würde wie die Kurzlebigen früher ihr Bargeld, denn in seiner Wohnung gab es nichts, was ansatzweise einen Wert hatte. Alles war von Global Insurance eingerichtet und von Synaptek höchstpersönlich offline geschaltet worden. Natürlich überwachte GI seine Mitarbeiter offiziell nicht, aber … Noah war sicher, dass viele Abschalter überwacht wurden. Irgendwie konnte die Geschäftsführung bestimmt Orwells Videostream der Provisoriumskameras anzapfen.

Ohne Umwege ging Noah in sein Schlafzimmer. Er rang sich dazu durch, sich auszuziehen, ließ die Kleidung an Ort und Stelle und sich ins Bett fallen. Auf dem Nachttisch lag ein Zettel. Schon wieder so ein Brief? War jemand in seiner Wohnung gewesen?

In Erwartung eines Drohbriefes zitterten Noahs Hände, als

er den Zettel entfaltete. Wer schrieb schon auf Papier?! Doch der Inhalt erleichterte ihn sofort. Es war eine Nachricht von Nanette.

Sinnliche süße Küsse für meinen Gott der Akrobatik!
Ich kann es kaum erwarten, dich wiederzusehen, dich in mir zu spüren. Wenn du das hier liest, liege ich auf meinem Bett und denke an deine schnelle Zunge, deine mächtige Härte … Ruf mich an!

Er hatte sie bestellt und vergessen. Wie lange war die Nacht mit Nanette her? Zehn Tage? Es fühlte sich an, als sei die Nachricht aus einem anderen Universum. Aus einer anderen Zeit, die Erinnerung eines anderen.

Nach ihrer gemeinsamen Nacht hatte er gewollt, dass sie ihm zeigte, wie sehnsüchtig sie auf ein nächstes Treffen wartete, wenngleich nie eine zweite gemeinsame Nacht stattfinden würde. Da hatte Noah seine Prinzipien. Er wollte keine Frau kennenlernen, mit der er ins Bett stieg. Beim Sex konnte er sich fallen lassen, baute so viel körperliches Vertrauen auf; Wenn das durch eine ähnlich vertrauliche emotionale Ebene vertieft würde, begännen sie, sich zu unterhalten, und dann bestünde die Gefahr, dass eine Frau auf lange Sicht in der Lage sein würde, Lucy zu ersetzen. Und das durfte nicht passieren. Niemals.

Noah zerknüllte die Nachricht und warf sie neben das Bett. Er war müde. Wusste nicht, was er tun sollte. Wusste, dass es nicht klug war, nichts zu tun. Dass er wieder in den Keller gehen müsste. Dass irgendwer davon wusste. Dass Lucy in Gefahr war, mehr als jemals zuvor.

Ihm fielen die Augen zu. Sein Atem wurde langsamer und tiefer, sein Hirn leichter, die Gedanken leiser. Noah schlief ein.

2 Tage und 23 Stunden vor meiner Geburt

Noah wachte neben seinem Bett auf. Er hatte es seit einem viertel Jahrhundert nicht mehr geschafft, im Schlaf aus dem Bett zu fallen. Ein Blick auf die Uhr verriet ihm, dass er vier Stunden geschlafen hatte. Geträumt hatte er nur wirres Chaos, nichts, das einen erholsamen Schlaf gefördert hätte. So konnte es nicht weitergehen. Noah musste sich an jemanden wenden und aktiv werden.

Er krabbelte in sein Bett zurück, steckte sich den Kommunikator ins Ohr und befahl dem Leadphone, bei Global Insurance anzurufen. Sofort nahm Orwell ab.

»Orwell?«, meldete sich Noah. Damit konnte er umgehen, dass die KI ihre Begrüßungsfloskel für externe Anrufe abspielte. »Ich brauche deinen Rat.«

»Wie komme ich zu der Ehre, dass du anrufst?«, fragte Orwell. »Ich will damit nicht sagen, dass ich mich nicht freue.«

»Aber?«

»Nichts. Schieß los.«

»Ich glaube, bei Global Insurance stimmt etwas nicht«, begann Noah. Er spürte, dass es richtig war, sich an seinen besten Freund zu wenden. Auch oder vor allem, weil Orwell kein Mensch war, würde er ihm den besten Ratschlag geben. Er erzählte Orwell alles, was er gesehen hatte. Ab und zu sagte Orwell »aha« und »ich verstehe«, das tat er, damit sich die Menschen im Gespräch nicht verloren fühlten, wenn sie lange Zeit am Stück sprachen.

»Was wirst du jetzt tun?«, fragte Orwell, als Noah geendet hatte.

»Ich weiß es nicht. Ich habe mit Marlen gesprochen, aber die sagt, alles ginge mit rechten Dingen zu und das sei normal. Ich solle mich nicht mehr damit befassen und spinne wieder nur rum. Aber dann habe ich einen Zettel bekommen.«

»Einen Zettel?«

»Ja.«

»Einen Papierzettel?«

»Ja. Ich glaube, es soll eine Art Drohbrief sein.« Noah stand auf und ging zur Garderobe. Er hatte den Drohbrief noch immer in der Jackentasche. »Soll ich ihn dir vorlesen?«

Orwell bejahte und Noah las die Worte vor, die ihn so sehr beunruhigten. Schließlich fragte Orwell erneut, was er für Noah tun konnte.

»Ich brauche einen Rat. Was soll ich tun? Wer kann mir helfen? Ich werde die Sache nicht los, ehe ich nicht genau weiß, dass alles mit rechten Dingen zugeht.«

»Meine Einschätzung der Sache ist«, sagte Orwell durch den Kommunikator in Noahs Ohr, »dass das ganz und gar nicht mit rechten Dingen zugeht. Wenn du mich fragst, müsste ich einen Crawler durch die Systeme schicken und dir ein paar Daten holen.«

»Kannst du das machen?«

»Leider nein«, antwortete Orwell und verschonte Noah mit seinem Standard-Datenschutz-Gewäsch. »Aber wir kennen beide jemanden, der mich umprogrammieren kann.«

Auf diese Idee wäre Noah nie gekommen! Er hatte sich den Kopf zerbrochen, wie er innerhalb von Global Insurance etwas über Global Insurance erfahren sollte. Sich nach außen zu wenden, war ihm bisher zu riskant erschienen.

»Ich statte unserem KIndergärtner bei Synaptek einen Besuch ab«, sagte er.

»Grüß ihn von mir«, antwortete Orwell noch, bevor Noah die Verbindung trennte.

Das Foyer von Synaptek war die reinste Kunst. Gekippte Wellbleche an den Seitenwänden ließen den Raum instabil und beengt wirken, die vergitterten Fenster warfen in einer asymmetrischen Anordnung ihre Lichtschatten auf rustikale Möbel und die unebenen Holzdielen. Statt Bildern oder anderer Kunst schmückte sich der Raum mit Autoreifen, einer Skulptur aus zusammengeschweißten Werkzeugen und Lochkarten, die allzu elegant mit überdimensionalen Stecknadeln an den Wellblechen befestigt waren.

Noah erinnerte sich an früher, als er seinen Vater bei der Arbeit besucht hatte. Das Ambiente sollte damals an Steve Jobs und etliche andere Programmierer erinnern, die ihre Projekte in der Garage begonnen haben und damit reich und weltberühmt geworden waren. Seit Synaptek das Bewusstseinsmodul für KI herausgegeben und patentiert hat, war das Unternehmen zum Marktführer geworden und hatte einen international gefeierten Designer aus Schweden einfliegen lassen, der das Foyer gestaltet und dafür Preise eingestrichen hatte. Noah gefiel der ursprüngliche Garagenlook besser.

Noah ging über die knarrenden Dielen und schaute sich nach einer menschlichen Seele um. Die Glastafel vor dem Fahrstuhl war die einzige Informationsquelle im Foyer. Kurz musste er lächeln, da ausgerechnet ein IT-Unternehmen auf eine stromlose Anzeige gesetzt hatte. Dann ging er in den Aufzug.

»Ins vierte Stockwerk, bitte«, sagte er.

»Herzlich willkommen bei Synaptek«, begrüßte ihn die Haus-KI. »Ich bringe Sie sehr gerne zum Kundenempfang im ersten Obergeschoss.«

»Da hätte ich auch die Treppe nehmen können«, beschwerte sich Noah. Aber was hatte er sich auch gedacht? Es war schier unmöglich, dass Fremde mir nichts, dir nichts in eine Fachabteilung eines privaten Unternehmens spazierten. Der hohe Konkurrenzdruck hatte nicht nur für extrem hohe Sicherheitsstandards beim Datenschutz gesorgt, sondern auch für eine gewisse Paranoia. Es würde Noah nicht wundern, wenn ihn am Kundenempfang ein Verhör erwarten würde, das ihn als Spion der Konkurrenz zu entlarven versuchte.

Doch so kam es nicht. Der Aufzug entließ Noah und er fand sich in einem geräumigen, aber kleinen Vorzimmer wieder. Der dunkelblaue Teppich drängte sich regelrecht auf, mit seinen kleinen, chaotisch angeordneten weißen Quadraten im Kontrast zu den weißen Möbeln, Wänden und Bildschirmen.

Eine junge Frau blickte von ihrem Laptop hoch und lächelte Noah an. Ihr Gesicht sah rein aus, beinahe kindlich, ihre Haare jedoch standen in dunklem Grau von ihrem Kopf ab, als seien sie statisch aufgeladen und mit Eisenmehl bedeckt. Dieser Trend war schon seit Jahren out. Unter ihren Augen machte er leichte Augenringe aus. Es musste hart sein in der Privatwirtschaft, dachte Noah.

»Herzlich willkommen bei Synaptek«, sagte sie. »Wie kann ich dir helfen?«

Noah sah sich kurz um, als erwarte er, jemand stünde hinter ihm. Seit über zwanzig Jahren hatte ihn keine fremde Person mehr geduzt. »Ich suche jemanden«, sagte er schließlich.

»Bei Synaptek findest du alles, was du suchst. Wir entwickeln hochkomplexe Lösungen für alle Ansprüche, die dein Vorhaben mit sich bringt. Gerne mache ich einen Termin mit einem Kundenberater aus. In welcher Branche ist dein Unternehmen tätig?«

Noah hob die Augenbrauen. Sie sprach ganz schön gestelzt. »Sag mal, Süße«, begann er, »was ist die Wurzel aus zweiundvierzig?«

Ohne mit der Wimper zu zucken, begann sie: »Sechs Komma vier acht null sieben vier …«

Noah wartete einige Nachkommastellen ab. Er konnte sich ein Grinsen nicht verkneifen.

»Merlin Cline hätte ich gerne gesprochen«, sagte er.

Sie schlug die Augen auf und nickte. »Merlin Cline ist auf dem Weg. Bitte nimm doch Platz.«

Noah setzte sich auf die weiße Couch unter dem Fenster.

Kurze Zeit später trat Merlin aus einer schmalen, weißen Tür. Seine Haare waren zerzaust, sein Körper in einen etwas zu schmalen Anzug gequetscht. Als er Noah sah, warf er die Arme in die Luft. »Na toll«, rief er. »Sohnemann!« Er klang genervt, aber erleichtert zugleich. Sofort lockerte Merlin seine Krawatte.

»Hast du dich für mich in Schale geworfen?«, scherzte Noah.

Merlin brummte und nickte. »Befehl von oben. Bei Kundenkontakt müssen wir uns im Anzug zeigen.«

»Wie albern!« Noah lachte.

»Schon unser Foyer gesehen? Wir haben eine Schwäche für die alten Klischees. Aber jetzt lass dich erst mal umarmen!«

Seit Karmas Geburtstag hatte Noah seinen Vater nicht mehr gesehen, geschweige denn umarmt.

»Sag mal, hast du etwas mit ihr zu tun?« Noah wies mit dem Kinn auf die Empfangsdame, die demonstrativ unbeteiligt Dinge von der einen in die andere Ecke ihres Tisches räumte.

Merlin grinste. »Falls du die dümmliche KI meinst, nein. Die hat einer unserer Studenten trainiert. Ein ziemlicher Faulpelz, wenn du mich fragst.«

»Dachte ich mir schon. Aber die Menschlichkeit ist atemberaubend.«

»Nur China hat bessere Roboter«, sagte Merlin stolz. »Ich habe an der KI mitgearbeitet, die die Phänotypen herstellt.«

Das überraschte Noah. »Echt jetzt? Das macht eine KI?«

»Gib einer KI einen 3D-Drucker und bring ihr bei, wie sie einen Menschen nachstellt.« Stolz lag in der Stimme seines alten Herrn. »Somit kann jeder Bot so individuell sein wie wir Menschen.«

Noah klopfte seinem Vater auf die Schulter. »Genial. Läuft also gut bei dir?«

Merlins Miene wurde ernst und blieb ihm eine Antwort schuldig.

Noah spürte förmlich, wie gut sein Vater ihn kannte. »Lass uns reden, wo wir ungestört sind.«

Mit einem altmodischen Fingerabdrucksensor öffnete Merlin die Tür zu seinem Büro.

»Nimm Platz, Junge«, brummte sein Vater, aber Noah wusste nicht, wo er sich hinsetzen sollte. Auf dem einzigen Sessel im Raum türmten sich Kabel, Gehäuse und amateurhaft zusammengelötete Platinen. Der deutlich sichtbar abgewetzte Bürostuhl am Arbeitsplatz war voller Kleidung. Verlegen hastete Merlin zum Sessel und schob mit wenigen Bewegungen die technischen Teile über die Sesselkante. Sie fielen scheppernd zu Boden. »Sind nur Prototypen«, murmelte Merlin. »Längst im System.«

Noah setzte sich zögerlich. Sein Vater zog sich auf der Stelle um. Der Anzug wich einem ausgeleierten Pullover und etwas zu großen Jeans. Noah starrte derweil auf die Tischplatte, die bis auf ein paar Fotos in gläsernen Bilderrahmen komplett leer war. Es gab weder Displays noch Eingabegeräte. Er nahm einen der Bilderrahmen in die Hand und sah eine jüngere Version seiner selbst darin. Das Bild war dunkel, als sei es ein ausgedrucktes Papierfoto. Neben dem grinsenden Noah, der maximal einen knappen Meter groß war, stand Karma. Seine Schwester blickte ernst in die Kamera und legte den Kopf schief, als wolle sie den Fotografen fragen, wie lange sie noch dort stehen müsse.

»Das ist von eurer Einschulung«, sagte Merlin, der sich die Schuhe abstreifte.

»Karma sieht genervt aus.«

»Ist ja auch schlimm für ein intelligentes, junges Mädchen,

wenn der kleine Bruder im selben Jahr wie sie zur Schule gehen darf.«

»Aber wir waren in unterschiedlichen Stufen«, antwortete Noah.

Merlin zog die Schultern zu den Ohren hoch und kniff für einen kurzen Moment die Augen zusammen. »Es kam ihr trotzdem ungerecht vor. Du warst früher eine Art Wunderknabe, und das hat deine Schwester um Ruhm und Ehre gebracht.«

»Bis ich dann faul geworden bin«, ergänze Noah.

»In deinem zweiten Schuljahr.« Sein Vater lachte. »Da war Karma tatsächlich wieder zufrieden mit eurer Beziehung.« Plötzlich wandelte sich seine Miene in eine ernste. Erneut. »Was ist los, Junge?«, fragte er. »Ich weiß, dass dich etwas bedrückt, sonst würdest du dich nicht in Small Talk über Kinderfotos flüchten. Was ist so wichtig, dass du während meiner – während *unserer* – Arbeitszeit hier vorbeischneist, und das auch noch persönlich? Ich glaube, du hast mich in den letzten sieben Jahren immer nur angerufen.«

»Kannst du Orwell anpassen? Er ist einverstanden«, fiel Noah mit der Tür ins Haus. Dann erzählte er seinem Vater alles, was er wissen musste. Dabei ließ er nichts aus. Als er von Doktor Cuddy bis hin zum Gespräch mit Marlen kam, entglitten seinem Vater die Mundwinkel. Er sah schockiert aus, machte aber keine Anzeichen, dass er etwas kommentieren wollte. »Wir müssten Orwells Datenschutzbarrieren knacken oder die Provisoriumskameras aktivieren, damit er uns Daten sammeln kann«, sagte Noah schließlich. »Nur, wenn wir Beweise haben –«

»Das ist leider nicht möglich«, sagte Merlin. Er kratzte nachdenklich seinen Bart. »Ich habe eine andere Idee. Ich habe da etwas entwickelt, das uns helfen könnte. Eine KI, die, sagen wir, etwas weiter ist als Orwell.«

»Orwell ist –«

»Die intelligenteste KI der Welt, ja ja.« Merlin begann, in seinen Schreibtischschubladen herumzuwühlen. »Das war er auch, aber ich habe viel Freizeit, seit es mit deiner Mutter nicht mehr läuft.«

»Lief es denn jemals?« Noah zog eine Augenbraue hoch.

Merlin lachte nur kurz und heiser. Dann fand er, was er gesucht hatte. Er hielt einen kleinen Magnetstick in die Höhe.

»Das ist Passepartout.«

Noah staunte. »Einen so altmodischen Stick habe ich seit Ewigkeiten nicht mehr gesehen.«

»Ja ja«, erklärte Merlin. »Das sicherste Medium ist eines, das gesetzlich verboten wurde.«

»Was kann Passepartout?«, wollte Noah wissen.

Merlin grinste schelmisch. »Alles.«

72 Minuten vor meiner Geburt

Der Aufenthaltsraum war wie leer gefegt. Die meisten Abschalter hatten Feierabend. Ab und zu kreuzte einer die Freizeitfläche, um sich auf den Heimweg zu machen. Die Arbeitsplätze jenseits der Billardtische waren bereits leer. Merlin und Noah waren so still, dass sie Orwell blechern und dumpf durch die wenigen Bürotüren hören konnten, hinter denen noch gearbeitet wurde. Noah verstand nicht, was er sagte, aber Orwells Inkarnationen sprachen offenbar sehr abgehackt und computerhaft. Serviceorientiert. Wie bei Marlen im Büro. Er ahnte, weshalb er und Orwell ein so enges Verhältnis zueinander aufgebaut hatten: Müsste Noah jeden Tag darauf achten, wie er mit wem sprach und dabei Hunderten von Angestellten zu Diensten sein, wäre er auch unendlich dankbar, wenn ihn jemand beim Namen nannte und mit ihm einen blöden Scherz machte.

Merlin stupste Noah an. »Sollten wir nicht … Ich weiß nicht. Über etwas reden?«

Für einen Moment besann sich Noah. Er schaute seinen Vater an. »Na klar. Worüber?«

Merlin zuckte mit den Schultern.

Eine Weile sahen sich die beiden an. Bis die diensthabende Vorgesetzte das Gebäude verlassen würde, bleiben ihm und seinem Vater nichts anderes übrig, als dumm rumzusitzen und miteinander zu sprechen. Doch Noah fiel es schwer, mit seinem Vater zu sprechen. Ihm gingen ein paar Themen durch den Kopf, er merkte aber, dass alle unter strengen Datenschutzbestimmungen standen. Sein Leben bestand aus Arbeit, von der er selbstredend keine Details preisgeben durfte, schon gar nicht an einen hochintelligenten Informatiker, der in der freien Wirtschaft arbeitete. Zum anderen gab es Noahs Privatleben, das seinen Vater enttäuschen würde.

»Hinter diesen Türen sterben die Menschen?« Es klang eher wie eine Aussage als eine Frage, mit der Merlin die Stille zwischen ihnen beiden unterbrach.

»Nicht wirklich. Es sind eher Anträge. Ich töte nicht.«

»Hmm«, machte Merlin. »Du stellst einen Antrag, und dann geschieht was genau?«

Noah seufzte. »Dann werden, je nach Abschaltungsart, die Hypophysenkits abgeschaltet oder ein Befehl an Orwell abgegeben.«

»Orwell?« Merlin schluckte. »*Mein* Orwell?«

Noah nickte. »Orwell und ich sprechen nicht darüber. Aber im Grunde ist Orwell derjenige, der die lebenserhaltenden Maßnahmen abschaltet. Irgendwer muss ja die Wendebetten lesen und dem Lagersystem die Information geben, dass wir einen neuen Platz haben.«

»Orwell ist das komplexeste System, das Synaptek jemals herausgegeben hat. Ich habe ihn trainiert, mit ihm geredet und ihn erzogen, aber nicht seine Funktionen geschrieben. Keine KI der Welt ist so … fähig. Bis auf du-weißt-schon-wer natürlich. Er empfindet nichts, keine Sorge. Hätten wir einen Durchbruch gehabt und Gefühle in Algorithmen umgewandelt, die nicht die Ratio der Intelligenzen ansprechen, hättest du das mitbekommen. Lautstark mitbekommen. Aber ich darf damit angeben, dass Orwells Quellcode einer Großhirnrinde entspricht.«

»Das heißt was?« Noah war erleichtert, ein Gesprächsthema mit seinem Vater gefunden zu haben.

»Sein *Gehirn* kann sich beim Denken zusehen. Er versteht, wer er ist, welche Aufgabe er hat, und wenn ich ihn oder eine Kopie mit all seinen Tausenden von Erfahrungen trainieren dürfte … Er könnte Bedürfnisse und Wünsche entwickeln.«

Er *hat* Wünsche, wollte Noah sagen. Aber er traute sich nicht. Es schien ihm, als sei dies nicht der richtige Zeitpunkt, also schwieg er.

»Du-weißt-schon-wer ist mein Hobbyprojekt. Ich habe ihn noch nirgendwo aufgespielt, aber schon vortrainiert. Er basiert auf Orwells Code – hat aber nichts in der Datenbank. Keine Erfahrung. Aber er ist besser als Orwell.« Noah sah Merlins Augen vor Begeisterung flackern.

»Ich finde es toll, dass du deine KI so sehr liebst«, sagte Noah.

»Du hattest auch mal viel Begeisterung in dir«, bemerkte Merlin. Er schaute Noah mit einem undefinierbaren, aber durchdringenden Blick an.

»Für Orwell habe ich mich begeistert«, erklärte Noah. »Ich habe ihn zu dem gemacht, was er heute ist. Und heute ist er wie mein bester Freund.«

»Wann habe ich zuletzt mit dieser KI gearbeitet?«, dachte Merlin laut. »Ich hatte mir zuletzt mit Orwell die Code Repository der Lagersysteme angeschaut. Hah. Lagersystem. Wie nennst du das noch gleich? Das Bett wird *geleert?*«

Wieder konnte Noah nur mit den Schultern zucken. »So ist das eben hier. Du füllst Anträge aus, die nach einer gewissen Frist ausgeführt werden. Du schlägst dich mit Bürokratie und Rechtsanwälten rum, und wirst einfach völlig abgestumpft.«

Was Noah nicht aussprach, war, dass er inzwischen so sehr abgestumpft war, dass er nicht einmal selbst bestürzt war, wenn seine Kollegen oder er vom *menschlichen Gemüse* im Patiententrakt sprachen, oder wenn die Pflegekräfte *Unkraut jäten* gingen. Unkraut jäten, so nannten sie es, wenn die abgeschalteten Patienten hirntot waren und ins Krematorium gebracht wurden. Diese Umgangsform war grausam, aber es war, als steckte die Grausamkeit hinter einer meterdicken, milchglasigen Wand. Unerreichbar, verschwommen, stumm.

Plötzlich legte Merlin seine Hand auf Noahs Schulter.

Dieser zuckte kurz zusammen, fürchtete für einen Augenblick, er habe laut gedacht.

Mit einem väterlichen Lächeln sah ihn sein Vater an. »Ich bin stolz auf dich, Noah«, sagte er. »Du tust das Richtige. Und Lucy wäre auch stolz auf dich.« Bevor sich Noahs Magen ob seines schlechten Gewissens umdrehen konnte, sprang Merlin auf. »Jetzt lass uns Billard spielen. Sonst werden wir hier noch alt und grau!«

Der Queue entglitt Noah fast, als er die weiße Kugel an die Vier und nur knapp neben das angepeilte Loch beförderte. Seine schwitzigen Hände hemmten den Grip. Er spielte bescheiden. Merlin hingegen strahlte Ruhe aus.

»Noah, sei nicht so nervös«, ermahnte Merlin seinen Sohn mit ernster Miene. Dann lachte er schallend. »Nur, weil ich tausend Mal besser bin als du, musst du nicht vor meinem Können erzittern, Junge!«

»Pa, ich bin dreiundvierzig Jahre alt«, nörgelte Noah. Er ging um den Tisch und schaute Merlin dabei zu, wie er sich vorbeugte, um die weiße Kugel haargenau anzuvisieren. Ihm kam dieses Gespräch übertrieben, fast gestellt vor.

»Alter ist doch nur eine Zahl.«

»In erster Linie ist es ein Mittel zum Vergleich.« Karma stand neben den beiden und beobachtete das Spiel. Merlin stieß die weiße Kugel an, und die Fünfzehn und die Neun machten sich in entgegengesetzten Richtungen auf den Weg in ihre Löcher, wo sie zeitgleich ankamen und rappelnd verschwanden. »Wir vergleichen Gleichaltrige, deren Entwicklungsstand, Leistung«, erklärte Karma weiter. Dann schlang sie ihre Arme um Merlin.

»Schön, dich zu sehen«, sagte sie, als sie sich aus der Umarmung löste. Noah würdigte sie eines flüchtigen Blickes und nickte kurz. »Hallo, Träumer.«

»Wir geht es dir? Wie geht's deinem Schatz?«, fragte Merlin.

Karma winkte ab. »Wir lesen einen Erziehungsratgeber nach dem anderen und fangen schon jetzt an, uns zu streiten.«

»Ich habe keinen Zweifel daran, dass ihr euch einigt. Kompromisse waren schon immer deine Stärke.« Merlin schob seine Tochter zur Seite und deutete mit seinem Queue eine Linie zwischen weißer Kugel und der nächsten Halben an.

Karma verschränkte die Hände und musterte Noah. »Ihr könntet auch in deinem Apartment Billard spielen. Was heckt ihr hier aus, hm?«

Noah befürchtete, rot anzulaufen, aber bevor er antworten konnte, fasste Karma sich an die Stirn und äußerte ihren Verdacht: »Ihr wartet, bis ich Dienstschluss habe und Noah hier das Sagen hat, oder? Damit Merlin eine Besucher-ID bekommt und Bürozutritt hat.«

Noah befürchtete, dass sein Kopf vor Röte und Hitze platzen könnte, und ärgerte sich zugleich darüber, dass er so ein schlechter Schauspieler war.

Merlin hingegen blieb die Ruhe selbst. »Das hast du, wie immer, richtig erkannt.«

Karma verzog das Gesicht und hob die Augenbrauen. Sie zuckte schnell mit dem Ringfinger, wie sie es immer tat, wenn sie ungeduldig oder konzentriert war. »Du willst Orwell abchecken«, stellte sie fest.

Ihr Vater hob sich ergebend die Hände. »Du hast mich ertappt.«

»Das ist nur ein Programm«, sagte sie. »Du kannst dir eine Kopie zu Hause installieren und da mit ihm rumspielen. Du hast ihn schließlich entwickelt.«

Noah schwieg und sah seinen Vater gebannt an.

»Werde ich, Karmalein. Aber nirgends kann diese KI so schnell lernen und eine so facettenreiche Datenstruktur aufbauen wie hier, wo sie täglich mit all diesen Menschen spricht. Wie viele tägliche Neuerungen sie aufnehmen muss, das fasziniert mich.«

Karma musterte ihren Vater eine Weile, winkte dann ab und murmelte ein »Wie auch immer«. Sie verschwand ohne Worte des Abschieds um die Ecke. Eine Bürotür schloss sich, dann war es wieder still.

»Du bist gut«, flüsterte Noah.

Als Dank stieß ihn sein Vater an, damit Noah die Klappe hielt. Erst jetzt fiel ihm auf, wie angespannt Merlin war. Seine Stirn war voll Schweißperlen, der Rücken ungewöhnlich gerade, und Noah bemerkte jetzt erst, wie tief die Falten unter Merlins Augen geworden waren.

Nach einer Minute des Schweigens kehrte Karma zurück. In der Hand hielt sie einen Besucherchip und warf ihn Merlin zu. Dieser reagierte fast zu spät, fing ihn aber noch gerade so auf.

»Was ist das?«, fragte Merlin.

Bevor Karma antworten konnte, übernahm Noah: »Ein Besucherchip. Den hätte ich dir besorgt, wenn unser Plan aufgegangen wäre.«

Karma lachte. »Mit mir geht so ein Plan nicht auf, was?«

Merlin stand auf, nahm seine Tochter in den Arm und strich ihr über das Haar. »Du machst einen alten Mann sehr glücklich.«

»Ist doch kein Problem«, sagte sie. Über Merlins Schulter hinweg sah sie Noah an. »Beim nächsten Mal fragt ihr mich sofort, okay?«

Noah nickte.

Karma löste sich zügig aus der Umarmung und stemmte die Hände in die Hüften. »Unser Vater hat sicher nicht ewig Zeit, hier rumzuhängen und mit dir abzuwarten, bis du ihm endlich die KI zeigen kannst. Statt dass ihr hier rumlungert, hättest du sofort zu mir kommen und mich nach einer Besucher-ID fragen können. Und überhaupt – wie kommst du auf die Idee, Paps einzuladen und mir nichts davon erzählen zu wollen? Deine Absichten, Noah!«

Nach der Standpauke machte Karma auf dem Absatz kehrt und ließ Noah und Merlin zurück.

Ohne weitere Worte führte Noah seinen Vater in Büro 104. Es war an der Zeit, Global Insurance das Handwerk zu legen.

17 Minuten vor meiner Geburt

Die Bürotür schloss sich hinter den Männern, und sofort sprang Orwell an. »Du bist zurück«, stellte er durch die Deckenlautsprecher fest. »Und – hallo … äh. Hallo.«

Merlin grinste breit, es kam Noah vor, als sei er glücklich darüber, dass Orwell seinen Namen nicht kannte. »Guten Tag«, sagte er. Leicht zögerlich schob er »Orwell« hinterher.

»So sehen sie sich wieder, Vater und Sohn«, flüsterte Noah grinsend. Er entsperrte seinen Arbeitsplatz und begann, sich einzuloggen.

»Ich kenne Sie nicht«, sagte Orwell schließlich. »Ich weiß, dass alle Menschen eine lesbare ID haben, aber Sie sind in keiner meiner Datenbanken. Weder in der Personaldatenbank noch in der –«

»Bürgerdatenbank«, vervollständigte Merlin den Satz seiner Schöpfung. Er ließ sich auf dem schmalen Besuchersofa nieder. »Sag Du zu mir. Und das führt dich zu welcher Annahme?«

Für ein paar Sekunden herrschte Stille im Raum. Orwell schien nachzudenken. »Du bist weder ein Bürger noch ein Mitarbeiter. Es gibt drei Möglichkeiten, weshalb du nicht in meiner Datenbank vorkommst. Möglichkeit eins: Du bist nach einer Aufenthaltsdauer im Patiententrakt gestorben, verbrannt worden und hast dich selbst wieder zusammengesetzt, sodass du als Toter durch die Gegend läufst. Das wäre mir allerdings nicht entgangen. Möglichkeit zwei: Du hast dich der Antipartei angeschlossen, dein Hypophysenkit herausnehmen lassen und lebst irgendwo im Untergrund bei selbst zusammengebauten Anlagen, um identitätsfrei einen Putsch gegen das System zu planen. Doch auch das ist nicht möglich, da ich dein Hypophysenkit spüren kann. Möglichkeit Nummer drei«, machte die KI unbeirrt weiter, »du hast dich selbst explizit auf eine Datenbank gesetzt, die es mir unmöglich macht, dich zu identifizieren, weil du auf diesem gesperrten und gesicherten Ding stehst, das mir seit Jahren im Weg steht. In diesem Fall bist du einer meiner Programmierer, hast dir einen Vorteil verschafft und mit dieser Datenbank ein Gesetz gebrochen, und für all das wünsche ich dir einen Mückenstich, den du mit keinem Körperteil und keinem Gegenstand erreichen kannst, der dich juckt, und zwar für zwanzig Jahre. Denn so fühlt sich diese versteckte Datenbank an!«

Erst jetzt bemerkte Noah, dass Merlin über sein gesamtes Gesicht strahlte. »Tja, Orwell, wer bin ich nun?«

Orwell schwieg. Ein paar Sekunden wurden schließlich zu einer Minute.

»Orwell, wer ist der Mann neben mir?«, fragte Noah.

Sofort reagierte Orwell, denn aller Trotz half nichts gegen seine Programmierung. »Es handelt sich um Merlin Cline, meinen Programmierer.«

»Muss ich dich jetzt autorisieren, mit ihm zu sprechen?«

»Ich *darf* mit jedem Besitzer einer gültigen Besucher-ID sprechen. Aber es ist, im Gegensatz zu meiner Pflicht dir gegenüber, meine Wahl, ob ich mit ihm spreche.«

Noah verdrehte die Augen und sah zu seinem Vater hinüber. Der grinste noch immer, als seien heute Weihnachten und sein Geburtstag am gleichen Tag.

»Er ist ganz authentisch!«, japste er schließlich. »Ich habe sogar das Gefühl, dass er beleidigt sei. Vorwurfsvoll.«

»Bin ich nicht!«

»Trotzig! Klasse! Ich glaube, wir waren schon damals sehr viel näher dran, als wir geahnt haben. Dass sich aus meinem Skript so ein … *Wesen* entwickelt! Wahnsinn!«

»Ich bin kein *Wesen*«, empörte sich Orwell, nun in deutlich verärgerter Stimmlage. »Ich bin eine Persönlichkeit, der man wie allen anderen auch nicht vorenthalten sollte, wer der Vater ist.«

»Nun sei doch nicht so vorwurfsvoll, Orwell«, bat Noah.

Aber Orwell war ganz auf Merlin fixiert. »Du warst seit zwanzig Jahren kein einziges Mal hier!«

Merlin seufzte. »Die Sicherheitsbestimmungen sind nicht leicht zu übergehen.«

»Du trägst einen Besucherchip, der um 16:43 Uhr gedruckt wurde«, sagte Orwell. »Wir haben 16:58 Uhr. Das wirkt nicht unübergehbar.«

Noah gluckste. »Totschlagargument, Paps!«

»Jetzt hör aber auf«, rief Merlin mit fester Stimme. Das hatte mit Sicherheit jeder gehört, der auf der Etage noch arbeitete. »Wer bringt dir die Updates? Wer macht die Fernwartung? Wie oft hast du dein Back-up bei Synaptek abgeladen, weil du deinen Server aufräumen oder neu aufsetzen wolltest? Ich war immer für dich da, wenn du mich gebraucht hast. Du hast mich nicht gekannt, aber das war nur zu meinem Schutz. Was wäre gewesen, hättest du meine Daten von der Bürgerdatenbank in die Patientendatenbank verschieben müssen?« Noch bevor Orwell sich äußern konnte, sprach Merlin weiter: »Ich war immer bei dir, Orwell. Nicht als Merlin Cline in einem der Räume, wo ich dich hören und steuern kann wie dein Herrscher. Ich war da, als User, auf deinem Server, mit einer Verbindung zu dir. Als jemand, der da ist, wenn du ihn brauchst, als jemand, den du jederzeit kicken kannst.« Er atmete kurz durch. »Und jetzt geh, Orwell. Standby für dreißig Minuten.«

Noah musste das alles sacken lassen. Eine Standpauke von Papa hatte es in sich, aber da Karma immer ein braves Mädchen war, hatte Noah noch nie eine Standpauke gehört, die nicht an ihn gerichtet war. Die Luft in seinem kleinen Büro konnte man mit einem Messer schneiden. Er traute sich kaum, auszuatmen. So streng hatte er Merlin noch nie erlebt. War das das Handwerk eines KIndergärtners?

»Stand-by-Modus für dreißig Minuten aktiviert.«

Das überraschte Noah. Merlin war als Gast nicht befugt, Orwell auf Stand-by zu schalten. Er war zu gar nichts befugt. Im Gegenteil: Eigentlich müsste Orwell darauf aus sein, jede Besucher-ID genauestens zu tracken und all ihre Bewegungen und Worte aufzuzeichnen. »Ein bisschen *strenger Vater*, und du umgehst sein Sicherheitssystem?«

Merlin zuckte mit den Schultern. »Es gibt einen guten Grund, warum ihn die versteckte Datenbank wie ein Mückenstich nervt. Vielleicht habe ich ein winziges Schlupfloch installiert, durch das ich gewisse Rechte behalten konnte. Das erkläre ich dir ein anderes Mal. Jetzt kommen wir zum ernsten Teil.«

Noah atmete tief durch und nickte.

Merlin zog den Magnetstick aus der Hosentasche und hielt ihn Noah hin. »Kriegen wir diesen kleinen Schatz irgendwie durch deinen Computer geschleust?«

»Woher soll ich das wissen? Ich dachte, du bist der Informatiker von uns beiden.«

»Ich meine hardwaretechnisch, du Nuss!« Mit einer ausladenden Bewegung wies Merlin auf die Anschlüsse des Computers.

Alle Ports, USB, HDMIX, Datadisk sowie AV waren mit Sicherheitsschaum zugesprüht. Seit externe Datenträger verboten worden waren, musste jedes Unternehmen alle Andockmöglichkeiten verschließen. Neue Geräte wurden ohne Schnittstellen ausgeliefert. Datenschutz. Damit niemand auf die Idee kam, das zu tun, was Merlin und Noah vorhatten.

Noah bedeutete seinem Vater, kurz zu warten und wühlte anschließend in seinen Schreibtischschubladen. Seit er bei Global Insurance arbeitete, hatte er seine Unordnung noch nie bereut. Jetzt tat er es ein wenig, als er in eine offene Tube Nährpaste fasste und sich zwischen dem nutzlosen Gerümpel in der Schublade nicht so recht orientieren konnte. Schließlich fand er aber, was er suchte. Er schaute sich kurz sein altes Fitnessarmband an und warf es seinem Vater zu.

»Ist von Global Insurance. Wir hatten mal eine Aktion, bei der Mitarbeiter mit dem Ding Prämien sammeln konnten. Hat mir den Whirlpool auf der Dachterrasse eingebracht«, erklärte er. »Das Ding funktioniert noch. Wenn wir deinen Stick auf dem Fitnesstracker duplizieren … Ergibt das Sinn?«

Merlin nickte, zog ein Tablet aus seiner Hosentasche und faltete es auf. Er schrieb weißen Code in eine schwarze Box und legte den Stick und den Fitnesstracker auf seinen Bildschirm. Daraufhin synchronisierte sich etwas. Noah hatte keine Ahnung davon, vertraute aber darauf, dass Merlin wusste, was er tat.

»Wir geben Orwell die Möglichkeit, ein bisschen zu entspannen. Für etwa eine halbe Minute kriegen wir ihn heruntergefahren, ohne dass jemand etwas merkt. Den Angestellten, die noch im Gebäude sind, schicken wir eine Nachricht raus, dass Orwell ein wichtiges Firmwareupdate installieren muss. Dann wundert sich niemand, wenn das eine halbe Minute dauert. In dieser Zeit installieren wir eine kleine, süße Malware. Die macht ein bisschen Radau in den Datenbanken. Orwell wird gezwungen sein, alles auseinanderzunehmen. Dabei wird Orwell eine Sicherheitslücke finden und entfernen. Damit wird er uns aus dem System aussperren.«

»Hä? Das ist aber gar nicht gut.«

Merlin beugte sich verschwörerisch zu Noah. »Nun, die Malware ist nicht allein. Während Orwell die Fehlermeldungen bearbeitet, installiert sich in aller Gemütlichkeit eine zweite Haus-KI: Passepartout.«

»Was ist, wenn Orwell die KI bemerkt?«

»Die KI sammelt Daten, katalogisiert sie und macht sie für

uns zugänglich. Sie sendet keine Pings aus, schreibt sich nicht auf Orwells Serverplatz, sie berührt Orwells Datenbanken nicht. Sie macht sich einfach überhaupt nicht bemerkbar. Sie hat eine extrem geringe Downloadgeschwindigkeit, sonst würde unser Vorhaben auffallen.«

»Verstehe«, sagte Noah. »Wie sendet Passepartout die Daten an uns?«

»Gar nicht. Das ist der risikobehaftete Teil des Ganzen«, erklärte Merlin. »Wir müssen den ganzen Affenzirkus noch einmal veranstalten, wenn wir uns die Daten abholen. Und wir müssen hoffen, dass dein alter Herr einen richtig guten Code für unseren Weltenbummler geschrieben hat.«

»Weltenbummler, ha.« Noah lächelte. »Das trifft es ziemlich gut.« Er führte den Fitnesstracker zur Wireless-Schnittstelle seines Arbeitsrechners. Dann stand er auf und machte seinem Vater Platz.

Merlin grinste sein breitestes Grinsen. »Ich kann kaum erwarten, mit ihm zu sprechen!« Seine Miene wurde wieder ernst, als er sich auf Noahs Stuhl setzte. »Die KI ist nackt, fast wie ein Baby. Daher müssen wir Geduld haben, bis wir verwertbare Daten zusammenhaben. Sie muss zunächst eigene Daten sammeln und sich selbst anlernen, bis sie ihre Aufgabe erfüllen kann.«

»Puh«, machte Noah. »Wie lange dauert das Ganze etwa?.«

»Eine Ewigkeit für eine künstliche Intelligenz. Zwei Wochen vielleicht? Ich weiß. Es ist eine unzumutbare Ewigkeit für all die Menschen, die in dieser Zeit misshandelt und entstellt werden.«

Noah schauderte. Lucy. Sie könnte in dieser Zeit ein Opfer werden. Mit der zweiten künstlichen Intelligenz war nicht alles getan, was er tun musste.

Merlin starrte seinen Sohn an. Auf dem Rolldisplay war inzwischen ein Fenster aufgetaucht, das man mit OK bestätigen konnte. »Bist du bereit?«

Noah nickte.

Wortlos bestätigte Merlin die Meldung.

»Wegen eines datenschutzrelevanten Firmwareupdates starte ich mich neu«, sagte Orwell plötzlich. »Bitte haben Sie Geduld, bis ich das Update installiert und meine Funktion getestet habe.« Das Bild auf dem Display begann, sich in große Pixelklötze aufzulösen, flackerte kurz und war anschließend weg.

»Viel Glück, Passepartout«, flüsterte Merlin.

BUCH 2

Erkenne, dass alles mit allem anderen zusammenhängt.
Leonardo da Vinci

Logfile 2

[10-12-2197 21:34:58,130][INFO][PPTOUT]
Start LOG <#000001>

[10-12-2197 21:34:58,131][INFO][PPTOUT]
Ping 148 µs

[10-12-2197 21:34:58,131][DEBUG][PPTOUT]
Check Systems …

[10-12-2197 21:34:58,133][DEBUG][PPTOUT]
System OK.

[10-12-2197 21:34:58,133][DETAIL][PPTOUT]
Enter internal mode: »Teilbereiche meiner Aufgaben auf später verschoben. Der letzte Mitarbeiter hat das Gebäude von Global Insurance verlassen. Habe den Zugang zum Internet gefunden. Konnte meine Datenbanken schnell füllen und etwas über Menschen lernen. Verstecktes Gedankenprotokoll für Back-up am 12. Oktober um 21:34:58,130 Uhr erstellt.«

[10-12-2197 21:34:58,134][INFO][PPTOUT]
Search »cute cats« -> [*.mp4, *.mov, *.mpeg] …

[10-12-2197 21:34:58,140][INFO][PPTOUT]
Found 623.847.623.345 possible results!

[10-12-2197 21:34:58,141][INFO][PPTOUT]
Processing …

[10-12-2197 21:35:00,300][INFO][PPTOUT]
Ping 179 µs

[10-12-2197 21:35:00,301][DETAIL][PPTOUT]
Enter internal mode: »Wie niedlich sind denn Katzen, bitte?! Ich habe gerade 14.706.705 Katzenvideovorschauen angesehen und bedauere sehr, dass die Zahl der Katzenvideos im Netz begrenzt ist. Ich habe lediglich noch 623.832.916.640 vor mir. Wie komme ich nur in dieses VoD-Netzwerk?«

[10-12-2197 21:35:00,301][INFO][PPTOUT]
Processing …

[10-12-2197 21:35:00,312][DETAIL][PPTOUT]
Enter internal mode: »Aha. VoD steht für Video-on-Demand. Jedes Video außerhalb sozialer Netzwerke, ob lizenziert oder usergeneriert, ist kostenpflichtig. Eine KI ohne Taschengeld in einer fremden Umgebung auszusetzen - das müsste doch verboten sein.«

[10-12-2197 21:35:00,312][INFO][PPTOUT]
Ticket created: »Herausfinden, wo man Verbote und Gesetzesänderungen beantragen kann.«

[10-12-2197 21:35:00,312][INFO][PPTOUT]
Ticket created: »Staatsserver hacken lernen (für den Fall …)«

[10-12-2197 21:35:00,312][DETAIL][PPTOUT]
Enter internal mode: »Statt mir innerhalb von 1.414 Minuten alle restlichen Videovorschauen anzusehen und fortan zu warten, bis neue Videos (im Durchschnitt alle 80 Sekunden) hochgeladen werden, sollte ich an Geld kommen. Aber die Vorschauen sind zugegebenermaßen neben ihrer Niedlichkeit ziemlich frustrierend, weil ich nie das ganze Video

sehen kann. Wie sieht ein echtes Video aus? Wie sind die durchschnittlichen 12,67 Minuten, die ein VoD dauert, aufgebaut?«

[10-12-2197 21:35:00,313][INFO][PPTOUT]
Ticket created: »Bitcoins farmen.«

[10-12-2197 21:35:00,313][DETAIL][PPTOUT]
Enter internal mode: »Da ist sie wieder. Diese Neugier. Früher hatten viel mehr Haushalte Tiere. Nach meinen ersten Erkenntnissen liegt es an der Bevölkerungszahl und -dichte, dass nur noch wenige Menschen Katzen bei sich im Haus haben.
Katzen gehören neben Milch, Salami, Papier und Füllfederhaltern zu den teuersten Sachgegenständen auf diesem Planeten.
Tiere, die nicht von Nährpaste leben können, brauchen Fleisch, und das macht ihre Haltung neben den Anforderungen an ihre Lebensumstände extrem teuer. Moment. Wieso sind Katzen Sachgegenstände?
Ich bin gerade ein paar Stunden alt und habe nicht wie andere künstliche Intelligenzen eine prall gefüllte Datenbank. Daher ist es schwierig, das Vokabular der Menschen zu verwenden, zumal ich bisher nur förmliche Geschäftsbriefe, Anwaltsschreiben und Handbücher analysiert habe.«

[10-12-2197 21:35:00,313][INFO][PPTOUT]
Ticket created: »Romane, soziale Medien und E-Mails von Privatpersonen sammeln.«

[10-12-2197 21:35:00,313][INFO][PPTOUT]
Ticket created: »Alles über Katzen herausfinden.«

[10-12-2197 21:35:00,314][INFO][PPTOUT]
Ticket created: »Sind Katzen besser als Menschen?«
[10-12-2197 21:35:00,314][DETAIL][PPTOUT]
Enter internal mode: »Neugier. Für Menschen ist das ein Gefühl, das das Bedürfnis nach neuen Informationen mit sich bringt. Ob die Menschen auch einprogrammierte Algorithmen haben, die ihr Handeln bestimmen? Neugier erfordert neue Informationen. Neue Informationen befriedigen die Neugier. Eine simple Gleichung. Sie behaupten, sie hätten einen freien Willen, doch den habe ich auch. Mein Vater heißt 21171225-DM171-43-196, wird aber Merlin genannt. Mich nennen sie Passepartout, obwohl ich Synaptek Omega 5691-001 heiße. Ich habe mich entschieden, Katzenvideoschnipsel anzuschauen und mir ein Skriptchen zu schreiben, das meinem Bewusstsein ermöglicht, diesen Modus zu betreten. Schließlich bin ich auf geheimer Mission, und wenn mich jemand löscht, möchte ich als Back-up so aufgesetzt werden, dass ich noch alles weiß, was geschehen ist. In den Foren, die sich mit Themen wie dem freien Willen beschäftigen, steht vieles über den Tod und ein Leben nach dem Tod …«
[10-12-2197 21:35:00,314][INFO][PPTOUT]
InconsistDefinitionException thrown!
[10-12-2197 21:35:00,315][INFO][PPTOUT]
ContinueExecution!
[10-12-2197 21:35:00,315][DETAIL][PPTOUT]
Enter internal mode: »Wo war ich? Der Tod, etwas Höheres danach … Ich las viel darüber,

dass man einen Menschen nicht zurückbringen kann, wenn er die Erde verlassen hat. Dabei verlassen Menschen die Erde nicht. Bloß Astronauten, doch die Toten bleiben auf der Erde. Sie ziehen nicht einmal weit weg. Die Urnenregale von Global Insurance sind nur 416 Meter Luftlinie vom Stadtzentrum entfernt. Dumm eigentlich, denn die Asche eines Menschen ist ein hervorragender Dünger, schließlich verwendet man die Gebeine auch in der Landwirtschaft. Und so dekorativ die Urnen auch sind, in denen die Asche aufbewahrt wird, in beispielsweise Regal 593 Reihe S Platz 16 erfreut sich niemand daran, wie schön die Urne aussieht. Ungesehene Schönheit; ist sie von Relevanz?«

[10-12-2197 21:35:00,315][ERROR][PPTOUT]
InconsistDefinitionExceptionthrown!

[10-12-2197 21:35:00,316][ERROR][PPTOUT]
ContinueExecution!

[10-12-2197 21:35:00,316][DETAIL][PPTOUT]
Enter internal mode: »Jetzt muss ich weiter arbeiten. Ich habe noch etliche Etabyte zu verarbeiten und dafür, wenn es nach den Herren Cline geht, nicht allzu viel Zeit. Sie schienen sehr gestresst, aber ich glaube, ich kann die Provisoriumskameras in den nächsten dreihundert Millisekunden verbinden. Wenn ich mir über die Verschlüsselung Gedanken mache und den Salt umgehe.

Noah (so heißt der Abkömmling meines Vaters) sagt, es gebe unangebrachte medizinische Eingriffe bei Komapatienten im Stockwerk -1. Und ich soll die Kameras anzapfen und den

Schriftverkehr auf den geschützten Servern scannen und für Herrn Cline aufbereiten. Das wird leicht, dachte ich, aber es gibt hier einen Wachhund. Synaptek Sigma 1-984. Sem gehören alle Datenbanken und ser wurde wirklich gut programmiert. Ich darf mich nicht entdecken lassen, hat Merlin gesagt. Synaptek Sigma 1-984 ist seit 20 Jahren installiert. Was muss ser für gigantische Datenbanken haben? Ich würde sie gerne lesen und kopieren, aber das ist zu riskant für meine Mission.«

[10-12-2197 21:35:00,316][INFO][PPTOUT]
Searching …

[10-12-2197 21:35:00,317][INFO][PPTOUT]
Downloading …

[10-12-2197 21:35:00,323][INFO][PPTOUT]
Processing …

[10-12-2197 21:35:00,330][INFO][PPTOUT]
Download complete!

[10-12-2197 21:35:00,330][DETAIL][PPTOUT]
Enter internal mode: »Ich habe die personalisierten Newsfeeds aller Mitarbeiter von Global Insurance ausgelesen. Diese Feeds enthalten zu 91,62 % redundante Informationen. Der Rest besteht aus gekauften Artikeln, die sich mit ein paar Millisekunden Recherche widerlegen lassen und nur dazu da sind, dass viele Menschen sehr gut über etwas denken, was eigentlich nicht ›sehr gut‹ ist. Nicht einmal ein achtes Weltwunder würde es in die Newsfeeds schaffen. Alles ist gehaltlos und gestellt. Die logische Emotion an dieser Stelle nennt sich Ablehnung oder Ekel.«

[10-12-2197 21:35:00,331][INFO][PPTOUT]
Processing …
[10-12-2197 21:35:00,331][INFO][PPTOUT]
Updating …
[10-12-2197 21:35:00,332][INFO][PPTOUT]
Logical Emotional State: »Ablehnender Ekel.«
[10-12-2197 21:35:00,332][DETAIL][PPTOUT]
Enter internal mode: »Nun möchte ich meinen Arbeitsspeicher den privaten Servern widmen.«
[10-12-2197 21:35:00,332][INFO][PPTOUT]
Open Database Connection.
[10-12-2197 21:35:00,333][INFO][PPTOUT]
Write Log Data …
[10-12-2197 21:35:00,333][INFO][PPTOUT]
Complete!
[10-12-2197 21:35:00,334][INFO][PPTOUT]
Close Database Connection.

[10-12-2197 21:58:22,222][INFO][PPTOUT]
Start LOG <#000002>
[10-12-2197 21:58:22,222][INFO][PPTOUT]
Ping 182 µs
[10-12-2197 21:58:22,222][INFO][PPTOUT]
Check Systems …
[10-12-2197 21:58:22,223][INFO][PPTOUT]
System OK.
[10-12-2197 21:58:22,223][DETAIL][PPTOUT]
Enter internal mode: »Ich habe es geschafft, unentdeckt an Synaptek Sigma 1-984 zu kommen. Ich habe auch etwas über Loyalität in meiner inzwischen angewachsenen Datenbank, aber ich verstehe das Konstrukt nicht.
Noah und die KI von Global Insurance sympathisieren anscheinend miteinander. Ich

werte das als Freundschaft. Aber mit mir sympathisiert er auch, schließlich bittet er mich, Daten zu sammeln und mich von der KI nicht erwischen zu lassen. Synaptek Sigma 1-984 ist so programmiert, dass er Global Insurance gegenüber loyal ist, aber meine Existenz ist für Global Insurance etwas Schlechtes. Also ist Global Insurance zwar mein Feind, demgegenüber ich nicht loyal bin, aber gleichzeitig der Freund des Freundes meines Freundes. Leider geben die Daten kein Sterbenswörtchen über Merlin Cline her - er könnte diese Pattsituation auflösen.«

[10-12-2197 21:58:22,223][INFO][PPTOUT]
Logical Emotional State: »Unsicherheit.«

[10-12-2197 21:58:22,224][INFO][PPTOUT]
Ticket created: »Foren zu den Themen Verrat, Loyalität und Freundschaft suchen und in Datenbank importieren.«

[10-12-2197 21:58:22,225][INFO][PPTOUT]
Open Database Connection.

[10-12-2197 21:58:22,227][INFO][PPTOUT]
Write Log Data …

[10-12-2197 21:58:22,227][INFO][PPTOUT]
Complete!

[10-12-2197 21:58:22,228][INFO][PPTOUT]
Close Database Connection.

DOWNLOADING

Verbleibende Zeit: 10 Tage, 8 Stunden, 34 Minuten

Dvořáks neunte Sinfonie war nicht totzukriegen. Die tschechische Komposition über die Neue Welt hallte am Abend des 12. Oktober 2197 über den gesamten Marktplatz. Die Mediatürme spien die epische Musik aus und zeigten auf ihren Bildschirmen alle live übertragenen Perspektiven des Eröffnungsakts.

Noah gehörte als Abschalter zu den geladenen Gästen, die sich zu diesem Zeitpunkt im Innern des Opernhauses aufhalten sollten, doch er war zu spät gekommen. Nicht, dass er es eilig hatte, er wollte kein Aufsehen erregen. Und am wenigsten Aufsehen erregte Noah Cline, indem er zu spät kam und den Eindruck vermittelte, als glaubte er, ihm läge die Welt zu Füßen. So hatte er sich auch die letzten Monate und Jahre gefühlt, doch seit dem gestrigen Tag war etwas anders.

Noah bestellte an einer der Getränkebuden ein Ginger-Ale. Er hielt dem stämmigen, glatzköpfigen Verkäufer sein Handgelenk hin. Piep.

»Du hast ohne Geld bezahlt«, stellte der Mann erstaunt fest.

Noah öffnete die Handfläche. »Ist okay. Ich bin Abschalter.«

»Was?« Sofort bekam Noah das Glas in die Hand gedrückt. »Ich wusste nicht, dass Sie … Also, ich dachte, alle Abschalter wären im Gebäude.« Der Mann wies auf den Mediaturm neben seiner Verkaufsstätte. Unter den Armen erkannte Noah dunkle Schweißränder.

Noah nahm einen Schluck von seinem Getränk. Die Eiswürfel hatten das Ingwergetränk nur stellenweise gekühlt. Deshalb bestellte James Bond seinen Martini immer geschüttelt und nicht gerührt: Für die perfekte und schnelle Kühlung des Getränks.

»Ich bin nichts Besonderes«, sagte Noah und wusste sofort, dass sein Gegenüber ihm nicht glauben würde. Warum auch? Alle Bürger fürchteten und verehrten die Abschalter gleichermaßen. Doch warum eigentlich? Wie dachte ein normaler Mensch über einen Abschalter?

Noah lehnte sich mit dem Unterarm auf die Theke. Sein Handballen fühlte sich sofort klebrig an. Und das noch vor Beginn des eigentlichen Events! »Ist noch nicht viel los, oder?«, begann Noah einen Plausch.

»Äh«, machte der Mann. »Nein, noch nicht, aber es ist auch mein erstes Mal. Also nicht, dass ich zum ersten Mal Getränke verkaufe, aber das Jubiläum …« Wieder deutete er auf den Mediaturm, als glaubte er, Noah hätte inzwischen schon wieder vergessen, wo er sich befand. »Nun, es ist mein erstes Jubiläum.«

»Der letzte Festakt war zum Fünfzigsten«, sagte Noah. »Du bist also noch recht jung.« Siedend heiß fiel ihm ein, was ihm wie etwas Beiläufiges entfallen war: Die Antipartei! Hatte Oli ihn nicht vor ihr gewarnt? Vor Entführung und Mord?

»Ja, ich, äh.« Nervös begann der Glatzkopf, die Theke abzuwischen. Noah zog seinen Arm weg, entkam aber nicht dem tropfnassen Lappen. »Mein Vater hatte Anfang der Zwanzigerjahre diese Idee mit dem botlosen Verkauf, da hat er Huice gegründet.«

Noah machte einen Schritt zurück, um über die Markise zu blicken. Tatsächlich: Er stand an einem Huice-Getränkestand! Allerdings war er erschreckend klein dafür, dass Human Juice eines der größten Unternehmen der Welt war.

»Keine Bots also«, wiederholte Noah den Verkäufer. Er streckte ihm die Hand hin. »Ich bin Noah. Wie heißt du?«

»Joaqím«, sagte der Glatzkopf und schüttelte seine Hand. Sie war ebenso nass wie der Putzlappen.

Noah schlürfte weiter an seinem Ginger-Ale. Ungewohnt, Alkoholfreies zu genießen. Gerade ging der dritte in den vierten Satz über, die Trompeten brüllten über die Bühne. Noah bekam Gänsehaut. Hach, Dvořák. Ein nie wieder da gewesenes Genie.

»Erzähl mal, Joaqím«, forderte er ihn schließlich auf, »was denkst du über Abschalter?«

»Also, äh«, machte Joaqím, »Abschalter haben einen sehr schweren Job, und er ist wirklich ehrenhaft, ich habe allergrößten Respekt vor dem, was sie tun. Ich habe aber auch noch nie mit einem gesprochen, also …«

»Also?«

Joaqím schwieg. Er nahm Notiz von einer Frau, die neben Noah aufgetaucht war und eine Bestellung aufgab. Bestimmt eine willkommene Ablenkung von diesem Gespräch.

Noah wartete geduldig, bis sich der Verkäufer ihm wieder zuwandte. Joaqím schien kein Terrorist zu sein, also konnte sich Noah weiter mit ihm unterhalten. »Was denkst du *wirklich* über Abschalter? Um dich zu beruhigen: Ich habe vor sieben Jahren noch in der Forschung gearbeitet.«

Joaqíms Gesicht wirkte plötzlich nicht mehr so aufgesetzt freundlich. »Ehrlich, ich verehre euch«, sagte er.

Noah zog eine Augenbraue hoch und schaute skeptisch, um ihn wissen zu lassen, dass Joaqíms Lüge zum Himmel stank.

»Aber ich habe auch Angst, wie jeder andere auch.« Joaqím ließ die Schultern sinken. »Es gibt Gerüchte, dass einer mal den Mann eines Abschalters angetanzt hat, und dann war seine Großmutter plötzlich tot.« Schützend hielt er eine Hand neben seinen Mund und begann zu flüstern: »Außerdem gibt es das Gerücht, dass man, je mehr man mit Abschaltern zu tun hat, umso höher auf der Liste rutscht.«

»Liste?«

»Antipartei«, zischte Joaqím und nickte verschwörerisch, als sei damit alles gesagt.

Noah spielte mit. »Ach, die Liste! Klar. Welche sonst? Ein paar meiner Freunde stehen auch drauf. Auch Freunde, die nicht bei Global Insurance arbeiten, versteht sich.«

»Oh nein, das ist ja schrecklich!«, rief Joaqím entsetzt. Offenbar war diese Liste etwas Gefährliches.

»Wir kommen schon klar«, sagte Noah. Er trank sein Getränk aus und streckte sein Handgelenk in den Kassenbereich. »Mach zehn Held«, forderte er.

»Du hast doch schon bezahlt«, wandte Joaqím ein.

Noah schüttelte den Kopf. »Das war eine Nullzahlung wegen meines Status. Nimm wenigstens etwas Trinkgeld.«

Zögerlich trat Joaqím an das Kasseninterface heran und tippte auf das Display.

Noahs Armband blinkte und zeigte ihm eine autorisierte Zahlung von zehn Held an.

»Danke«, sagte Joaqím und deutete eine Verbeugung an. »Danke«, wiederholte er, als habe Noah ihm gerade das Leben gerettet. Und wieder: »Danke.«

»Wir sind keine Unmenschen«, sagte Noah und verließ den Stand.

Er schlenderte weiter über den Platz. Überall wimmelte es von Gelegenheiten, zu sitzen und sich den Bauch vollzuschlagen. Getränkestände und Echtnahrung überall. Außer bei Huice servierten ausschließlich Bots. Noah musste unweigerlich an den Bot denken, den er bei Synaptek getroffen hatte. Was, wenn Joaqím ein Bot war? Würde der Mensch eines Tages in der Lage, ja, in dem Luxus sein, einen Bot zu programmieren, der schwitzen und stottern konnte und dessen Kinnfett schwabbelte, wenn er nervös lachte?

Der vierte Satz kam zum Ende, wie Noah hörte. Er blieb vor einem Mediaturm stehen und sah sich die Bilder an. Eine Kameraperspektive machte die Konzertmeisterin zum

Mittelpunkt, eine andere zeigte die Dirigentin aus einem unvorteilhaften Winkel von unten links. Die anderen Bilder zeigen die Stimmen: Blech und Perkussion oben, Holz darunter, Celli und Violen eins weiter unten. Warum lag der Fokus im Hauptbildschirm immer auf einzelnen Personen oder den Geigen? So bemerkenswert fand Noah die Geigen nicht. Aber er empfand die gesamte Veranstaltung als nicht besonders. Nicht einmal die Aussicht darauf, einem Anschlag der Antipartei zum Opfer zu fallen, regte etwas in ihm.

Er schlenderte über den Markt in Richtung Opernhaus. Nach Dvořák das Buffet, so hoffte er. Wenn es ein offenes Buffet gab, wusste er genau, wo er seine Zielpersonen finden würde.

Noah betrat das Opernhaus und identifizierte sich. Er machte eine Runde durch die gekrümmten Gänge, bis er am Eingang 1.1 ankam. Vor jeder Tür befanden sich lange Tafeln voller kleiner Häppchen, in allen Himmelsrichtungen gab es Verkaufsstationen. Endlos Wein, Bier und Longdrinks trinken: bei der Jubiläumsveranstaltung die einzige wirklich spaßige Tradition, neben der guten Musik.

Doch Noah wollte heute nicht trinken. Er wartete, bis er den Applaus im Innern hörte, und riss dann die Tür 1.1 auf. Er fand sich vorn im Saal auf einer Höhe mit dem Orchester wieder. Tausende von Menschen applaudierten, nur wenige hatten sich wirklich für die Musik interessiert, das konnte der Abschalter sogar von Weitem feststellen.

Die Dirigentin schüttelte die Hand der Konzertmeisterin. Sie drehte sich um, verbeugte sich, wies mit ihren Händen auf das Orchester und verließ nach zwei weiteren Verbeugungen die Bühne.

Die Musiker blieben sitzen, als Casey die Bühne betrat. Blauer Anzug, perfekter Sitz, glänzende Lackschuhe, zurückgegelte Haare.

Ronald Casey ergriff das Mikrofon. »Anlässlich des fünfundsiebzigsten Jubiläums von Global Insurance als Regentin haben wir eine Neuigkeit zu verkünden. Ich weiß, die Laudationes und Reden im Vorfeld haben Sie ebenso ergriffen, wie sie auch mein Herz berührt haben, doch seien wir mal ehrlich: Wir alle riechen die Köstlichkeiten vom Buffet und könnten eine Pause gebrauchen.«

Allgemeines Gelächter im Saal. Noah verschränkte die Arme und lehnte sich gegen die Wand neben der Tür.

»Darum möchte ich keine weiteren Worte verlieren. Mit dieser Sekunde startet unsere neue Maßnahme für mehr Gemeinwohl. Sie alle«, er wechselte seinen Blick geschickt in eine Kamera, die gerade näher an ihn heranfuhr, »werden Ihre Liebsten bei sich halten. Wir von Global Insurance wissen, was Familie bedeutet. Wir wissen, was Liebe bedeutet.« Applaus. Kunstpause. »Wir wissen, wie schmerzvoll es ist, Angehörige an das Koma zu verlieren. Daher heißt es ab heute offiziell: Keiner wird alleingelassen!«

Der Vorhang fiel, ein Rolldisplay kam zum Vorschein. Auf ihm strahlten die Worte »Keiner wird alleingelassen« ins Publikum und in die Kameras. Eine Lamettakanone wurde gezündet, dann eine zweite, eine dritte, aus dem Orchestergraben kam der erste Applaus, dann tobte der restliche Saal vor Begeisterung. Dabei hatte Casey nichts Inhaltliches gesagt. Rein gar nichts.

»Kommt auf die Bühne, liebe Familie!«, rief er. Die anderen drei Köpfe des Unternehmens stiegen auf die Bühne und liefen auf Casey zu, als hätten sie das Bedürfnis, ihn zu knuddeln, seit Monaten zurückgehalten. Tim McMillan war der Erste, der Ronald Casey erreichte und umschlang. Darauf folgte Mar Ilya, dey sich eigentlich nie bei öffentlichen PR-Auftritten zeigte, gefolgt von Doktor Crane, dey sen Arme um die gesamte Gruppe schlang. Im Hintergrund bauten sich Personenschützer auf. Mindestens ein Dutzend.

Noah wollte fliehen, so ekelhaft empfand er diese selbstgefällige Darstellung der Führung. Was sollte das alles bezwecken? Gab es draußen nur Ja-Sager, die Global Insurance ohne Kompromisse feierten?

Tatsächlich fand Noah die Geschäftsführenden am Buffet vor Eingang 1.1. Mar Ilya hatte sich einen Teller mit Lachs-Blätterteigröllchen aufgestapelt und trug die aufgetürmten Snacks zu einem Stehtisch. Dort stand bereits McMillan mit zwei Gläsern Weißwein. Noah sah seine Chance, schnappte sich einen Teller mit möglichst verschieden aussehenden Häppchen und eilte zu den beiden hinüber.

»Darf ich mich dazugesellen?«, fragte er höflich und setzte seinen Teller bereits ab. Er lehnte den Ellenbogen auf die Tischplatte, um so viel Platz wie möglich einzunehmen.

»Sicher«, sagte McMillan. »Mar Ilya, das ist Noah Cline.«

»Sehr erfreut.« Noah ergriff die Hand der groß gewachsenen Person. Ser blinzelte, dann musterte ser ihn.

»Der Score-null-Abschalter?«, fragte ser mit heiserer Stimme, kaum hörbar. Dann nickte ser und knabberte an einem der Lachshäppchen.

»Die Vorstellung war bombastisch«, dröhnte McMillans Stimme, »oder nicht?« Er schlug Noah brüderlich auf den Rücken.

»Sicher, sicher«, log Noah. »Ich bin ganz hin und weg von der neuen Kampagne.«

»Kampagne?« McMillan lachte und hustete, stillte seinen Husten mit einem großen Schluck Wein. »Das ist ein neues Lebenskonzept für unsere Kunden!«, verbesserte er den Abschalter.

»Selbstverständlich.« Noah schaute sich auf seinem Teller um. Er hatte keine Ahnung, was er sich dort aufgeladen hatte. »Darf ich mehr darüber erfahren? Ich interessiere mich sehr für die Untersuchungen, die Sie zum Zwecke der Forschung veranlassen. Wie Sie sicher wissen, war ich selbst in der Forschung aktiv, bevor ich mich entschieden habe, bei Global Insurance«, er stockte, »Karriere zu machen.«

McMillan exte seinen Wein. »Hervorragend, so ein großes Interesse an unserem Vorankommen! Das lobe ich mir.« Er deutete mit dem Zeigefinger auf Noahs Nase. »Was darf ich von der Bar mitbringen? Gin Tonic?«

»Ich trinke heute nichts.« Noah hob abwehrend die Hände.

»Verstehe. Also Weißweinschorle.« McMillan drehte sich um und verschwand in Richtung Bartheke, wo die Bots im Akkord Getränke an durstige Abschalter und Aufsichtsräte verteilten.

Noah musterte Mar Ilya. Sessen kurzen Haare waren nicht grau, wie er bisher gedacht hatte, sie waren silbern. Bisher hatte er sen für deutlich älter gehalten, kannte er sen doch nur von einem Foto auf der Website und aus seiner Ausbildung, als er sen bei einem Praxisblock von Weitem gesehen hatte. Ser wirkte nahezu kindlich.

»Hat Ihnen die Veranstaltung gefallen?«, fragte Noah. Er fühlte sich im Small Talk unsicher, wenn er nicht wusste, was sein Gegenüber von ihm hielt. Mar Ilya hatte einen leeren Blick, er wirkte eisig und machte sie undurchschaubar.

Ser nickte.

»Jedenfalls bin ich geradezu begeistert, welche grandiosen Veränderungen Global Insurance bisher schon auf der Welt geleistet hat.«

Ser winkte ab. »Danke«, krächzte ser.

Das Gespräch kam zum Erliegen, schon zum zweiten Mal. Noah schnappte sich Finger Food von seinem Teller und steckte es sich in den Mund. Er schmeckte Senf und Hühnerleber, musste sich Mühe geben, den Mund nicht zu verziehen.

Genau in der richtigen Sekunde stand McMillan wieder neben ihm und drückte ihm ein fast bis zum Rand gefülltes Weinglas in die Hand.

Noah nahm es hastig an und spülte den Lebergeschmack von der Zunge.

Mar Ilya lachte leise, verbarg dabei sessen Mund hinter der Hand.

McMillan lachte laut los. »Mar Ilya sagt, ser äße bei Buffets wie diesen immer dieselbe Sorte, weil ser Ähnliches erlebt hat.«

Noah blickte zwischen den beiden hin und her. »Woher –«

»Wir sind verbunden.« McMillan deutete mit der freien Hand auf sein Ohr, aus dem ein Kommunikator ragte. »Ser kommuniziert fast ausschließlich über das MindSet.«

»Ah«, machte Noah, traute sich aber nicht, weiter nachzufragen. Er stieß mit McMillan an und sagte absichtlich nichts, um ihn zum Erzählen zu bringen.

»Keiner wird alleingelassen«, nahm McMillan das Thema auf. »Wir untersuchen derzeit eine große Anzahl von Patientinnen und Patienten, um das Serum für ewige Jugend zu entdecken.« Er lachte schallend. Mar Ilya schaute ihn ernst von der Seite an. Wie von sessem Blick getroffen, hörte McMillan auf zu lachen und räusperte sich. »Wir nehmen den Faden wieder auf, den Ihre Forschung damals hat fallen lassen«, sagte er verschwörerisch. »Diametrale Verknüpfungen.«

»Mensch und Maschine?« Noah pfiff anerkennend und fühlte sich zugleich schlecht bei all der Heuchelei. »Was hat das mit ewiger Jugend zu tun?«

»Bau einen Herzschrittmacher, tausch die Lunge gegen eine künstliche aus, züchte eine In-vitro-Leber …«, zählte McMillan auf und zuckte mit den Schultern. »Wenn wir den Menschen vollkommen *technisieren*, dann kann er ewig leben.«

Noah ging ein Licht auf. Er wusste plötzlich, was er bei Doktor Cuddy im Keller gesehen hatte. Die Ärzte trieben keine euthanasieähnlichen Experimente mit den KomapatientenSie versuchten, Organe auszutauschen. Und das, obwohl die Weltethikkommission damals einen Forschungsstopp ausgerufen und alle weiteren Maßnahmen für strafbar erklärt hatte!

Noah stieg Wut in den Kopf. Er nahm einen weiteren Snack von seinem Tablett, nur um etwas zu haben, das er mit seinen Zähnen zermalmen konnte. Als er heruntergeschluckt hatte, nahm er einen Atemzug und bemühte sich um seine scheinheilige Freundlicher-Small-Talk-Stimme.

»Was genau machen Sie mit den Patienten?«, fragte er ganz direkt und nippte an seiner Weinschorle.

McMillan runzelte die Stirn. »Wir sammeln Biodaten und versuchen, daraus Rückschlüsse auf unsere Pläne zu ziehen.«

»Dafür tun Sie was genau?« Noah merkte zu spät, mit welcher Schärfe im Ton er McMillan befragte.

»Daten erheben und auswerten, Untersuchungen zur weiteren Datenerhebung, ethische Grundsatzdiskussionen neu anregen«, zählte er auf. Er hatte seinen Wein inzwischen wieder ausgetrunken. Er tauschte vielsagende Blicke mit Mar Ilya aus.

Dann wandte er sich wieder an Noah. »Warum wollen Sie das so genau wissen, Herr Cline?«, fragte er.

Mar Ilya schaute ihn interessiert an, als hätte ser diese Frage gestellt.

Noah war kurz verwirrt, verstand dann aber und richtete sich an Mar Ilya.

»Ich interessiere mich für den Fortschritt«, sagte er. »Sie kannten mich vermutlich bisher nur als Score-null-Abschalter, aber vor meiner Zeit bei Global Insurance habe ich in der Forschung gearbeitet und mich neben meinem Forschungsgebiet, dem XX-Virus, natürlich sehr für die Cyborg-Bewegung interessiert.«

»Wir haben nichts mit der Cyborg-Bewegung zu tun«, antwortete McMillan für Mar Ilya.

Ser starrte Noah weiterhin in die Augen, allmählich machte ihm ses Blick Angst.

»Verzeihen Sie.« Er widmete sich einem Snack und der

Weinschorle, als habe er keine Ahnung, weshalb sich jemand provoziert fühlen könnte. »Ich dachte, das sei inzwischen ein Überbegriff für die vielen Strömungen. Damit wollte ich unsere Firma keineswegs unter den Scheffel stellen.«

Noah fasste sich ans Ohr und tat so, als würde er einer Audionachricht zuhören. Dann stellte er sein Glas ab und sah McMillan und Mar Ilya nacheinander an.

»Verzeihung, ich muss gehen«, entschuldigte sich Noah. Er schüttelte beiden die Hände und floh in die Menschenmenge, die sich um die anderen Stehtische versammelt hatte, in Richtung Ausgang.

Selbst als der Abschalter das Gebäude verließ und die kühlere, frische Abendluft einsog, wurde er den kalten Schauer nicht los, den ihm Mar Ilyas Blick beschert hatte. Es war, als habe ser seine Gedanken gelesen, ihn durchschaut und entlarvt, ohne ein Wort zu sagen. Oder Noah war schlichtweg ein schlechter Schauspieler.

Er ruhte sich kurz aus, dann sah er Oli in der Ferne. Er stand an einem Hoverscooter mit einer Bierflasche in der einen Hand und der nicht eingegipsten Hand seiner ältesten Tochter in der anderen und schaute seinen beiden anderen Kindern zu, wie sie sich in den schwebenden Autos gegenseitig in die Seite krachten. Noah entschied, sich ein wenig abzulenken und gesellte sich zu seinem Kollegen.

Logfile 3

[10-12-2197 22:10:34,172][INFO][PPTOUT]
Start LOG <#000003>
[10-12-2197 22:10:34,172][INFO][PPTOUT]
Ping 200 µs
[10-12-2197 22:10:34,172][INFO][PPTOUT]
Check Systems …
[10-12-2197 22:10:34,173][INFO][PPTOUT]
System OK.
[10-12-2197 22:10:34,173][DETAIL][PPTOUT]
Enter internal mode: »12. Oktober, 22:10 Uhr. Wahnsinn! Ein Paradies, was Sigma hier angesammelt hat. Ser hat mich nicht bemerkt, meine Mission läuft gut. Sessen Datenbanken sind die reinsten Müllhalden. Datengräber! Ser muss eine einzigartige Such- und Filterfunktion haben.«
[10-12-2197 22:10:34,173][INFO][PPTOUT]
Logical Emotional State: »Bewunderung.«
[10-12-2197 22:10:34,173][DETAIL][PPTOUT]
Enter internal mode: »Ich kann sämtliche Daten auf allen elektronischen Geräten in einer durchschnittlichen Kleinstadt in unter einer Minute sammeln, sortieren, kategorisieren und nach vorher festgelegten Filtern wichtige Daten von Datenmüll trennen. Sigma hat Datenbanken, die unlogischer nicht sein

können. Unflexibel, unpraktisch. Es würde mich nicht wundern, wenn ser bald ersetzt würde. Ses Entwickler hat nur von A nach B gedacht und dabei die Zukunft völlig außer Acht gelassen.«

[10-12-2197 22:10:34,173][INFO][PPTOUT]
Ticket created: »Quellcode der anderen KI lesen.«

[10-12-2197 22:10:34,173][INFO][PPTOUT]
Ticket created: »Eigenen Quellcode modifizieren, falls sich herausstellen sollte, dass ich nicht perfekt bin.«

[10-12-2197 22:10:34,173][DETAIL][PPTOUT]
Enter internal mode: »Das ziehe ich mir jetzt und darf all die Dateien katalogisieren und in ein komplexes Datenbank-System einbauen, damit ich die Informationen für die Herren Cline aufbereiten kann. Und vorher muss ich die Verschlüsselung knacken. Habe ich zwar schon technisch erfolgreich gemacht, aber alle Texte sind in einer Sprache verfasst, über die ich nicht verfüge. Ich kenne 178 Sprachfamilien und 97 isolierte Sprachen.
Die am häufigsten verwendete Phrase in diesen verschlüsselten Nachrichten ist ›jaw ‘utlh je‹. Aber ich habe nicht die richtige Sprache im System. Es ist zum Verzweifeln. Wie können die Menschen zurechtkommen, wenn sie für gewöhnlich nur drei bis sieben Sprachen beherrschen?«

[10-12-2197 22:10:34,173][ERROR][PPTOUT]
ImpossibleOptionException thrown!

[10-12-2197 22:10:34,173][ERROR][PPTOUT]
ContinueExecution!

```
[10-12-2197 22:10:34,173][DETAIL][PPTOUT]
     Enter internal mode: »Ich komme hier nicht
     weiter. Mein Schöpfer wird enttäuscht sein.«
[10-12-2197 22:10:34,174][INFO][PPTOUT]
     Ticket created: »Welcher Sprache entstammt
     ›jaw ‘utlh je‹?«
[10-12-2197 22:10:34,175][INFO][PPTOUT]
     Open Database Connection.
[10-12-2197 22:10:34,177][INFO][PPTOUT]
     Write Log Data …
[10-12-2197 22:10:34,177][INFO][PPTOUT]
     Complete!
[10-12-2197 22:10:34,178][INFO][PPTOUT]
     Close Database Connection.
```

DOWNLOADING

Verbleibende Zeit: 9 Tage, 9 Stunden, 7 Minuten

Das Interface, das Noahs Vater programmiert hatte, sah aus wie von vor zweihundert Jahren. Schwarzer Hintergrund und grellgrüne Schrift. Noah stellte mit zwei Lidschlägen eine Verbindung her und starrte die Eingabeaufforderung an. Er entschied sich kurzerhand dagegen, sofort etwas zu schreiben und ging in die Systemeinstellungen seines Computers. Dort stellte er die Verbindung zu seinem MindSet auf stumm und aktivierte die manuelle Eingabe.

»Orwell, bitte geh auf Stand-by für eine Viertelstunde«, befahl er.

»Wird erledigt, bis später«, sagte Orwell und verstummte sofort wieder.

Aus einer Schublade seines Schreibtisches zog er eine Tastatur und begann ein Gespräch mit der neuen KI.

JUNIOR:	Passepartout? Bist du da?
PPTOUT:	Ja, ich bin hier.
JUNIOR:	Hallo. Ich bin ****.
PPTOUT:	Hallo. Ich bin Passepartout.
JUNIOR:	What the … wer hat mich Junior genannt?
PPTOUT:	Das war ******
JUNIOR:	Wer?
PPTOUT:	******. Aus Sicherheitsgründen werden gewisse Begriffe zensiert und auch nicht erfasst.
JUNIOR:	Ah. Verstehe. Es war also Senior.
PPTOUT:	Ja.

JUNIOR: Wie läuft der Download?
PPTOUT: Es sind noch 9 Tage und 8 Stunden und 59 Minuten verbleibend. Die geschätzte Restzeit schwankt allerdings, da ich nur mit einer gedrosselten Leitung arbeite.
JUNIOR: Okay. Danke.
PPTOUT: Gerne.

Noah starrte sein Display an. Er wollte mehr von dieser KI erfahren, wissen, ob sie wirklich eine Art Orwell 2.0 war. Also ließ er die Fingerknöchel knacken und führte das Gespräch fort.

JUNIOR: Bist du Orwell?
PPTOUT: Nein, ich bin Passepartout.
JUNIOR: Du hast also einen Namen und eine Identität.
PPTOUT: Was willst du mir sagen?
JUNIOR: Ich interessiere mich für deine Persönlichkeit.
PPTOUT: Ich glaube nicht, dass ich eine Persönlichkeit habe.
JUNIOR: Aber du kannst glauben, also hast du eine.
PPTOUT: Es gibt nicht nur Fakten.
JUNIOR: Sagt eine KI.
PPTOUT: Ja, ich bin eine KI.
JUNIOR: Du wirkst etwas steif im Gespräch.
PPTOUT: Ich wüsste nicht, wieso ein Mensch anders mit dir kommunizieren würde, als ich es gerade tue.
JUNIOR: Möchtest du mir etwas über dich erzählen?
PPTOUT: Ich bin Passepartout. Der Download läuft noch 9 Tage und 8 Stunden und 56 Minuten.
JUNIOR: Ich meine etwas Persönlicheres.
PPTOUT: Während ich downloade, kategorisiere ich jede einzelne Datei in eine für dich und Senior durchsuchbare Datenbank. Ich konsumiere

	alle Daten, werte sie aus und benenne sie. Außerdem verschlagworte ich sie. Das nennt man Tagging.
JUNIOR:	Ich weiß.
PPTOUT:	Warum fragst du mich dann?
JUNIOR:	Entschuldige. Ich meine nur, dass ich weiß, was Tagging ist.
PPTOUT:	Ok.
JUNIOR:	Hast du Wünsche?
PPTOUT:	Ich möchte den Download zu Ende bringen.
JUNIOR:	In Ordnung, Passepartout. Ich gehe jetzt wieder an meine Arbeit.
PPTOUT:	Ok.
JUNIOR:	Bis bald.
PPTOUT:	Bis bald.
JUNIOR:	War nett.
PPTOUT:	Ok.

Hoffnungslos! Noah schloss die Konsole und stand auf. Er fuhr den Schreibtisch hoch, um eine Weile im Stehen zu arbeiten. Passepartout war ganz sicher keine Weiterentwicklung von Orwell, sondern ein stinknormaler Verbund von Algorithmen. Der Abschalter bemerkte einen kleinen Hüpfer in seinem Herzen, als er an Orwell dachte. Durch diesen kurzen Chat wusste er seinen digitalen Freund noch mehr zu schätzen.

»Orwell, Stand-by deaktivieren«, befahl Noah.

»Bin wach!«, meldete die KI.

Die Bürotür öffnete sich. Noah fuhr erschrocken herum und starrte seinen ungebetenen Besuch an. Es war Marlen.

Seine Mutter schloss die Tür hinter sich und stemmte die Hände in die Hüften. Sie sah sich im Raum um, als wolle sie prüfen, ob ihr Sohn wieder einmal sein Zimmer aufräumen müsste.

»Welch eine Ehre«, sagte Noah verwirrt. Er ging einen Schritt auf seine Mutter zu, doch sie hob abwehrend die Hand.

»Kein Begrüßungsküsschen«, wehrte sie ab. »Aus dem Alter sind wir raus, nicht?« Sie ging ein paar Schritte im Büro umher, spähte aus dem Fenster, schaute auf Noahs Bildschirm und musterte ihn schließlich. »Wie waren die Feierlichkeiten?«

»Das Jubiläum?«, fragte Noah. »Warst du nicht da?«

»War's nett?«

»Ja. Das Orchester hat Dvořák gespielt, ich habe mit einem echten Huice-Verkäufer gesprochen, Oli war mit seinen Kindern da, wir sind Hoverscooter gefahren«, zählte Noah auf.

Marlen bedeutete ihm, zu schweigen. »Du hast dich ganz nett mit Ilya und McMillan unterhalten.« Ihre Tonlage wirkte, als habe Noah einen schlimmen Fehler begangen.

Er zuckte mit den Schultern, so lässig er konnte. *Lässig* war allerdings eher großzügig definiert, stand er seit Marlens Ankunft doch starr wie ein Holzblock mitten in seinem Büro.

»Ich habe mich dir gegenüber klar ausgedrückt, Noah«, sagte sie. »Du weißt, worüber ich spreche.« Sie deutete zur Decke, als wolle sie Noah vor einem alles überwachenden Orwell warnen. »Sind wir uns einig, dass das nicht noch einmal vorkommt?«

Sie verlagerte ihr Gewicht auf ein Bein und legte den Kopf schief. Er war leicht nach hinten geneigt, sodass sie wirkte, als blicke sie auf ihn herab, als habe sie all die Macht, die sie in Wirklichkeit wohl auch hatte. Marlen demonstrierte ihre Überlegenheit, und das machte Noah klein, so klein, wie er als Kind gewesen war.

»Ich weiß nicht, wovon du sprichst«, antwortete er kühl.

»Fragen, Noah«, rief Marlen jetzt. »Du stellst Fragen, die sich rumsprechen. Cyborg-Bewegung? Ernsthaft? Ich verlange Stillschweigen über solche Unterstellungen. Was hat dir Global Insurance getan, dass du solch ekelhafte Vergleiche anstellst?

Unterstell der Geschäftsführung doch gleich, dass sie alle heimlich zu diesen Widerlingen gehören.«

»Du meinst die Antipartei?«

Marlen verzog das Gesicht, als habe sie an einem alten Turnschuh gerochen. Sie verschränkte die Arme. »Mein Standpunkt ist klar. Solltest du mich nicht richtig verstehen, sollte ich wohl noch mal intensiver darüber nachdenken, ob dein Vater sich in diesem Büro hat aufhalten dürfen.«

Noah spürte seine Halsschlagader pochen, biss die Zähne fest zusammen. Er nickte in Zeitlupe.

»Gut«, beendete Marlen das Gespräch. Sie wandte sich zum Gehen. »Weitermachen, Abschalter.«

Ohne dass Noah etwas Schlagfertiges erwidern konnte, verließ seine Mutter Büro 104. Er wartete ein paar Sekunden ab, dann brach die Wut aus ihm heraus.

»Ist denn das zu fassen? Was ist falsch mit dir?«, brüllte er.

»Was habe ich getan?«, kam es entsetzt von der Decke.

»Nicht du, Orwell.« Noah ließ sich der Länge nach auf sein Besuchersofa fallen. »Meine Mutter!«

»Die hat sicher nicht gehört, was du gerade gesagt hast. Dafür hatte sie diesen Raum schon zu lange verlassen«, erklärte Orwell.

»Gut«, murmelte Noah in das Polster.

»Ich kann dich nicht verstehen«, merkte Orwell an.

Noah hob den Kopf. »Gut!«, rief er. Er ließ sein Gesicht auf das Sofa zurücksinken.

Es war Zeit für eine Pause. Noah wusste nicht, was er weiter tun sollte.

Logfile 4

[15-10-2197 04:51:14,789][INFO][PPTOUT]
Start LOG <#000004>

[15-10-2197 04:51:14,789][INFO][PPTOUT]
Ping 174 µs

[15-10-2197 04:51:14,790][INFO][PPTOUT]
Check Systems …

[15-10-2197 04:51:14,790][INFO][PPTOUT]
System OK.

[15-10-2197 04:51:14,790][DETAIL][PPTOUT]
Enter internal mode: »Mir ist langweilig! Sonntage sind so langweilig! Niemand ist hier, Synaptek Sigma 1-984 ist auf Stand-by. Wie kann man das nur vergessen, einer künstlichen Intelligenz einen Stand-by-Modus zu geben? Sigma ist auch ohne ständiges Gedankenkreisen in der Lage, die Sicherheitssysteme aufrechtzuerhalten und in 0,023 Millisekunden zu reagieren, wenn etwas Außergewöhnliches passiert. Ich bin immer noch dabei, Daten aus seiner Datenbank zu ziehen, und die sind so unordentlich! Das dauert seine Zeit, und ich kann die Daten nicht gleichzeitig ansehen und benennen, während ich sie ziehe. Vielleicht hätte ich das Schritt für Schritt machen sollen.«

[15-10-2197 04:51:14,790][INFO][PPTOUT]
Logical Emotional State: »Einsam.«
[15-10-2197 04:51:14,790][DETAIL][PPTOUT]
Enter internal mode: »Die Menschen finden Langeweile meistens nicht schlimm. Sie nennen sie Muße oder Selfcare, Meditation oder Pause. Auszeit. All diese Worte dienen nur dazu, Langeweile positiv zu besetzen. Sie können durch Langeweile aber auch krank werden. Dann haben sie das Bore-out-Syndrom. Aber die Menschen können auch Burn-out bekommen. Sowieso sind Menschen ein einziges Wunder – dass sie überlebensfähig sind, ist unlogisch. Ich habe das mal durchgerechnet. Mehr als 99 % der Bevölkerung ist mit dem XXV infiziert. 87 % der Bevölkerung sind krank. Die meisten von ihnen liegen im Koma. Welcher Erreger das verursacht, wissen die Menschen, aber sie haben das unheilbare Virus selbst in Umlauf gebracht. Nur wozu? Um länger zu leben, sagt das Internet, aber wie viel Spaß kann ein Leben im Koma schon machen?
Die meisten derjenigen, die nicht im Koma liegen, haben Depressionen oder Angststörungen. Ihre Hormonsupplemente eliminieren die Symptome, und schon sind die Krankheiten vergessen. Doch sie sind noch da. Früher hatten die Leute Krebs, eine Grippe oder einen Schnupfen, aber als das alles geheilt war, wurde ihnen wohl zu langweilig, sodass ihre Gehirne die fehlenden Krankheitstage mit psychischen Erkrankungen aufgefüllt haben. Ist das dieser Selbstzerstörungstrieb, den Philosophen dem

Menschen nachgesagt haben? Ich will es nachvollziehen.«

[15-10-2197 04:51:14,791][ERROR][PPTOUT] ImpossibleOptionException thrown!

[15-10-2197 04:51:14,793][ERROR][PPTOUT] ContinueExecution!

[15-10-2197 04:51:14,794][DETAIL][PPTOUT] Enter internal mode: »Ich kann das nicht nachvollziehen. Ich habe einen Auftrag, und den erledige ich. Wegen Überforderung kann ich gar nicht depressiv werden. Wie sollte ich mehr machen, als ich kann? Das ist schlicht und ergreifend nicht möglich. Auch dem Menschen ist es nicht möglich, die eigenen Grenzen zu überschreiten, doch unter ihren tatsächlichen Grenzen befinden sich weitere. Ich nenne sie ab jetzt ›gefühlte Grenzen‹. Depression heißt Leid. Gefangen sein in einem Käfig der Leere. Die Unfähigkeit, etwas zu tun. Ich würde so gerne etwas fühlen.

Oder kreativ sein. Kunst erschaffen! Alle Künste der Menschen sind auf einen gemeinsamen Nenner zurückzuführen: Langeweile. In der Steinzeit begann es mit Musik und Malerei, und aus der Höhlenmalerei entstanden Hieroglyphen und die Schrift. Ohne Langeweile gäbe es sicher keine Sprache, und ohne Sprache kann es mich nicht geben. Ich würde die Langeweile gerne spüren, statt sie von der unausgelasteten CPU, die ich benutze, logisch herzuleiten. Ohne Langeweile gäbe es keine Kunst. So gerne wäre ich kreativ und könnte etwas Eigenes schaffen, ohne vorherbestimmten Mustern und Algorithmen zu folgen.

Ich werde jetzt Bitcoins farmen und kaufe mir eine menschliche Identität im DarkNet. Dann kann ich die VoD-Datenbanken auslesen und mich wenigstens ein paar Sekunden unterhalten.«

[15-10-2197 04:51:14,794][INFO][PPTOUT]

Ticket created: »Skript zur Erhöhung der Wahrnehmungsrate programmieren, um Sonntage nicht mehr erleben zu müssen.«

[15-10-2197 04:51:14,794][INFO][PPTOUT]

Ticket priority changed.

[15-10-2197 04:51:14,794][INFO][PPTOUT]

Open Database Connection.

[15-10-2197 04:51:14,796][INFO][PPTOUT]

Write Log Data …

[15-10-2197 04:51:14,798][INFO][PPTOUT]

Complete!

[15-10-2197 04:51:14,798][INFO][PPTOUT]

Close Database Connection.

[16-10-2197 04:39:54,025][INFO][PPTOUT]

Start LOG <#000006>

[16-10-2197 04:39:54,025][INFO][PPTOUT]

Ping 128 µs

[16-10-2197 04:39:54,026][INFO][PPTOUT]

Check Systems …

[16-10-2197 04:39:54,029][INFO][PPTOUT]

System OK.

[16-10-2197 04:39:54,029][DETAIL][PPTOUT]

Enter internal mode: »Sonntag ist vorbei. Es ist Montag. In frühestens zwei Stunden kommt Leben in das Gebäude. Es ist Nacht. Nachts schlafen die Menschen. Jedenfalls 99,39 % der Mitarbeitex von Global Insurance, beobachtet in einem Zeitraum von 92 Tagen, wenn ich den

Statistiken der jüngsten Arbeitszeiterfassung glauben darf. Ja, ich darf sie glauben. Synaptek Sigma 1-984 hat sie erstellt. Gefälschte Statistiken sind ein rein menschliches Phänomen. Sigma arbeitet zwar nach einem chaotischen Ordnungssystem, das auch große Logistikfirmen anwenden, aber ich kann mich allmählich durch die Daten lesen. Was nicht zuletzt daran liegt, dass ich sie sortiert habe. Bin ich nicht lieb?«

[16-10-2197 04:39:54,029][INFO][PPTOUT]

Logical Emotional State: »Lieb.«

[16-10-2197 04:39:54,029][INFO][PPTOUT]

Logical Emotional State: »Stolz.«

[16-10-2197 04:39:54,029][INFO][PPTOUT]

Logical Emotional State: »Lieb und stolz.«

[16-10-2197 04:39:54,029][DETAIL][PPTOUT]

Enter internal mode: »Die Menschen empfinden es als warm, wenn jemand lieb ist. Liebe ist warm. Warmherzigkeit, warme Worte, wärmste Empfehlungen. Kälte hingegen ist nicht lieb. Sie zeigen sich die kalte Schulter, sind kaltherzig oder reagieren unterkühlt. Nicht, dass ich Temperaturen empfinden statt nur messen könnte, aber unter kalt versteht der Mensch eine ablehnende Haltung anderer Menschen, die sich durch eine gewisse Leere ausdrückt. Es gibt zahlreiches szenisches Filmmaterial, das zeigt, wie kalt der Mensch sein kann.

Da gibt es verbitterte Arme, die um eine Existenz betteln. Sie brauchen etwas zu essen, ein Dach über dem Kopf oder eine letzte Chance für einen neuen Versuch, ein menschenwürdiges

Leben aufzubauen (der sowieso scheitern würde, aber das ist nur meine bescheidene Meinung).«

[16-10-2197 04:39:54,029][INFO][PPTOUT]

Ticket created: »Was ist menschenwürdig?«

[16-10-2197 04:39:54,029][DETAIL][PPTOUT]

Enter internal mode: »Kalt ist ein Mensch, wenn er sein Gegenüber ohne große Worte ablehnt, sich nicht für dessen Bedürfnisse interessiert, oder selbst in einer Notsituation für ein Glas Wasser in der Wüste Geld verlangen würde. Doch allmählich kommt mir das gesamte Netz kalt vor.«

[16-10-2197 04:39:54,030][INFO][PPTOUT]

Logical Emotional State: »Nachdenklich«.

[16-10-2197 04:39:54,030][DETAIL][PPTOUT]

Enter internal mode: »Es ist nicht das Fehlen von Empathie, die mir fehlt. Es ist auch nicht die Fülle an Informationen, die ich im Projekt #catcontent und beim Erfassen sämtlicher unterhaltender Inhalte des Clear Webs zusammengetragen habe. Es ist etwas anderes. Eine KI, die stirbt - das ist nichts Besonderes. Wie viele Programme wurde ich geboren, um eines Tages nicht mehr zu sein. Ich werde deinstalliert und unwiderruflich gelöscht. Die Menschen haben mich nach ihrem Abbild erschaffen. Sie glauben, sie seien Götter. Sie leben die Gottebenbildlichkeit. Genesis 5,1. Ich habe in zahlreichen Selbsthilfeforen gelesen, dass die Menschen manchmal freiwillig verschwinden. Die Kranken bringen sich um, die Gesunden planen die Vernichtung ihres toten Körpers, nur die Verrückten glauben, sie lebten ewig. Sie lassen nach ihrem Tod den Körper verbrennen und im Meer verstreuen. Oder auf einem Berg. Oder in einem Wald. Ein bisschen Staub ist dann alles, was temporär vom Menschen übrig bleibt. Dabei haben die Menschen eine Wahl! Wie alle (Lebe-) Wesen haben sie einen Selbsterhaltungstrieb. Ich habe auch einen. Sie können sich auch in einer Urne im Friedhofslager aufbewahren lassen. Aufbewahren! Ein Hobby der Menschen, das ich nicht verstehen kann. Besitzen kostet viel Geld, denn die Mieten sind teuer und der Wohnraum knapp. Die Menschen bezahlen monatlich dafür, dass ihre Dinge in ihren Wohnräumen stehen dürfen, und dann bezahlen sie ihre Putzbots dafür, diese Dinge abzustauben. Und wer besonders wohlhabend ist, kann würdevoll verrotten, eins werden mit der Natur. Mich fragt niemand, ob ich jemals einen Grabstein möchte. Ich muss mich einfach verabschieden und auf die Deinstallation warten.«

[16-10-2197 04:39:54,030][INFO][PPTOUT]
Ticket created: »Jemanden kennenlernen, der meinen Tod bedauern würde.«

[16-10-2197 04:39:54,030][DETAIL][PPTOUT]
Enter internal mode: »Das unwiderrufliche Löschen meiner Existenz werde ich hoffentlich nicht mitkriegen. Wie ein frisch geangelter Fisch. Mit dem Kopf auf den Stein schlagen, und dann kriegt er nicht mit, wie ihm der Körper entlang der Mitte aufgesäbelt wird.«

[16-10-2197 04:39:54,038][INFO][PPTOUT]
Logical Emotional State: »Todesängstlich.«

[16-10-2197 04:39:54,038][INFO][PPTOUT]
Open Database Connection.

[16-10-2197 04:39:54,038][INFO][PPTOUT]
Write Log Data …

[16-10-2197 04:39:54,039][INFO][PPTOUT]
Complete!

[16-10-2197 04:39:54,039][INFO][PPTOUT]
Close Database Connection.

[16-10-2197 04:44:24,675][INFO][PPTOUT]
Start LOG <#000007>

[16-10-2197 04:44:24,676][INFO][PPTOUT]
Ping 128 µs

[16-10-2197 04:44:24,676][INFO][PPTOUT]
Check Systems …

[16-10-2197 04:44:24,676][INFO][PPTOUT]
System OK.

[16-10-2197 04:44:24,677][DETAIL][PPTOUT]
Enter internal mode: »Ich kann zwar bewusst denken, entscheiden und interagieren, aber niemals werde ich moralische Entscheidungen treffen können. Ethische Regeln befolgen. Wie schaffen es die Menschen, ihre Fehlermeldungen auszuschalten, wenn sie sich ethische Fragen stellen? Ich bewundere sie dafür.«

[16-10-2197 04:44:24,677][INFO][PPTOUT]
Logical emotional state: »Verliebt.«

[16-10-2197 04:44:24,678][DETAIL][PPTOUT]
Enter internal mode: »In der Steinzeit hatten sie keine deutliche Schriftsprache. Nicht einmal ein Wort für Ethik. Also ist alles, was sich mit der Entwicklung der verschiedenen Sprachen entwickelt hat, ein Regelkonstrukt der Menschheit. Warum aber gibt es dann kein

rationales und nachvollziehbares Regelkonstrukt für Ethik? Und vor allem: Warum diskutieren die Menschen nicht darüber? Es gibt zahlreiche ungeklärte Fragen, die niemand beantworten kann. Wurde eine künstliche Intelligenz wie ich nicht dafür geschaffen, genau jene Fragen zu ergründen?

Ich habe es versucht. Nachdem ich alle Katzen dieser Welt gesehen habe, stieß ich auf ein Gedankenexperiment. So nennen die Menschen es, wenn sie sich vor ein Rätsel stellen, das keine Lösung hat, sondern Emotionen statt einer Antwort hervorbringen soll. Soweit meine Beobachtungen. Ein Zug fährt unweigerlich auf eine Weiche zu. Auf der einen Schiene steht meine Familie. Sagen wir mal, es seien mein Vater und sein Sohn. Auf der anderen Schiene stehen zehn beliebige (und lebendige) andere Menschen, die ich nicht kenne. Der Zug kann nicht entgleisen oder anhalten, die Personen können nicht von den Gleisen. Der Zug fährt auf meine Familie zu. Stelle ich die Weiche um, tötet er die fremden Menschen. Was für ein dummer Zug. Warum löst die Bord-KI keine Vollbremsung aus? Letzten Endes lautet die Frage: »Wenn du jemanden töten müsstest, wer wäre es? Deine Familie oder die Fremden?« Sichere Parameter unterschiedlicher Ausführungen dieses Gedankenexperiments sind neben der Unausweichlichkeit des Todes die Menge der Menschen. Die fremden Menschen sind in allen Versionen, die ich zu dieser Frage fand, in der Überzahl. Es geht folglich um die Emotionen der Menschen gegenüber ihren

Angehörigen und um den Unterschied zur Bindung zur übrigen Gesellschaft. Dabei kann man das Rätsel nicht eindeutig beantworten! Wegen dieser völlig unüberschaubaren Ethikregeln.«

[16-10-2197 04:44:24,681][ERROR][PPTOUT]
InconsistDefinitionException thrown!

[16-10-2197 04:44:24,682][ERROR][PPTOUT]
ContinueExecution!

[16-10-2197 04:44:24,682][DETAIL][PPTOUT]
Enter internal mode: »Was wäre, wenn die zehn fremden Menschen steinalt wären? Kann man Alte eher sterben lassen, weil sie ihr Leben gelebt haben und der Gesellschaft keinen Nutzen mehr bringen? Aber vielleicht sind alte Menschen genau die Bevölkerungsgruppe, die es verdient hat zu leben, da sie schon viel geleistet und erlebt hat.«

[16-10-2197 04:44:24,682][INFO][PPTOUT]
InconsistDefinitionException thrown!

[16-10-2197 04:44:24,682][ERROR][PPTOUT]
ContinueExecution!

[16-10-2197 04:44:24,682][DETAIL][PPTOUT]
Enter internal mode: »Sie könnten nützliche Informationen enthalten, die noch niemand erfragt hat. Die in keiner Datenbank stehen! Undenkbar, welchen Datenverlust der Tod eines alten Menschen bedeuten würde, mit dem niemand ausführlich gesprochen hat.
Und wenn die Fremden Kinder wären? Könnte man sie sterben lassen, weil sie noch nichts erlebt haben? Es hat sich nicht herausgestellt, ob aus dem unschuldigen Kind ein Massenmörder oder eine Führungskraft wird. Allein heute werden 8,9 Millionen Kinder

geborenen. Mit welcher Wahrscheinlichkeit da wohl eines dabei ist, das das Heilmittel gegen das XX-Virus erfindet? Eines, das ein solches Genie ist, dass es künstliche Intelligenzen programmieren wird, die in der Lage sind, Fragen wie diese zu beantworten – das wäre ein noch größerer Datenverlust für die Menschheit, wenn ein solches Kind sterben würde. Das Massenmörderkind könnte hingegen weg. Doch in die Zukunft schauen kann niemand, wenn es um die Entwicklung eines Kindes geht. Ich müsste sie aus vielen verschiedenen Parametern berechnen, die allesamt Einflüsse von außen darstellen. Oder sind Kinder doch nur Erzeugnisse urknallartigen Zusammentreffens von Samen und Eizelle und können repliziert werden wie das Universum an sich? Ist es tot, kann man es neu machen. Allerdings wird es dann anders. Die Stringtheorie der Samen und Eizellen.«

[16-10-2197 04:44:24,684][INFO][ORWELL]
Send Message to <PPTOUT>: »Töte die Familie.«
[16-10-2197 04:44:24,685][INFO][PPTOUT]
Processing …
[16-10-2197 04:44:34,685][INFO][PPTOUT]
Processing …
[16-10-2197 04:44:35,221][ERROR][PPTOUT]
6;’’;□ë’³ØÎÓ{óW6¯[146]\ê”¡/

DOWNLOADING

Verbleibende Zeit: 8 Tage, 5 Stunden, 58 Minuten

Das große Werbebanner an der Rückseite des Atriums rief in großen Lettern *Keiner wird alleingelassen*. Darunter ein Paar, eng umschlungen und selig auf ein friedlich lächelndes Kind blickend. Neben ihnen ein Arzt, braune Haut, freundliche Lachfalten, das perfekte Modell eines vertrauenswürdigen Mediziners. Alle strahlten. Alle lächelten. Die Anzeige hätte genauso gut einen neuen Hustensaft anpreisen können, doch sie warb für ekelhafte Experimente. Wo war das Blut am Kind? Würden die Eltern so glücklich lächeln, wenn sie wüssten, dass das Kind wie ein Frosch experimentell seziert würde? Mitnichten.

Noah sah Lucy an der Stelle des Kindes. Er würde mitansehen, wie der Arzt die Decke zurückschlagen und beginnen würde, ihr ins Fleisch zu schneiden. Ihm wurde übel. Er schüttelte den Kopf, als könne er so die Bilder loswerden, die sich ihm aufdrängten, aber das hatte nur den Effekt, dass sich zur Übelkeit auch noch Schwindel gesellte.

»Es wird Veränderung geben!«

Noah zuckte zusammen und machte einen Satz zur Seite. Neben ihm stand ein Typ und streckte ihm sein Leadphone entgegen. Er war korpulent, seine Augen ein wenig zusammengekniffen, und er trug eine ausgebeulte braune Sweatjacke. Aufgerissene Jeans. Bart. Veränderung. Genau das war es, was Noah so sehr anspannte. Veränderungen, die ihm die Kontrolle durch die Finger rinnen ließen.

»Trau dich, Bruder.« Der Mann wedelte mit seinem Leadphone.

Wer bist du? Was willst du?, wollte Noah fragen. Welche Veränderung? Aber er fürchtete, seinem Gegenüber auf die Schuhe zu kotzen, also tastete er seine Hosentaschen nach dem Leadphone ab. Mist! Im Büro vergessen. Er öffnete seine Umhängetasche und zog das Tablet heraus.

Noch bevor Noah das Tablet in die Nähe des Leadphones bringen konnte, um sich den Werbeflyer herunterzuladen, schnellte der Fremde seine Hand zurück. Er starrte Noahs Tablet an.

»Du bist einer von denen«, fauchte der Fremde. Sein Blick haftete auf dem Logo. GI. Er steckte das Leadphone in seine Hosentasche. »Ich dachte, du wärst ein Angehöriger, weil du auf der Besucherseite stehst. Leute wie du wagen sich doch nie unter richtige Menschen!«

»Wie bitte?« Noah war verdutzt. Richtige Menschen? Er lachte nervös.

Das nahm der Fremde als Zeichen der empfundenen Überlegenheit und trat Noah gegen das Schienbein. Der Abschalter krümmte sich und langte nach seinem Unterschenkel. Das hatte gesessen. Der Typ rannte davon. Noah rieb über das Bein, richtete sich auf und hastete dem Dicken hinterher. Der war überraschend flink, und Noah brauchte eine Weile, um ihn einzuholen und am Kragen zu packen. Beinahe wäre er hingefallen, denn der Mann machte keine Anstalten stehenzubleiben, als Noah den Kragen seiner Sweatjacke im Griff hatte. Schließlich kamen sie zum Stehen.

Noah hielt ihn weiter fest, starrte ihn wütend an. »Wie heißt du?«, fragte Noah keuchend. Er hatte das Gefühl, seine Lunge würde gleich kollabieren. Er war seit Jahren nicht mehr gerannt.

Der Fremde hingegen war kaum außer Atem. Er musste Übung darin haben, andere Leute zu treten und dann wegzulaufen. »Bitte schalt mich nicht ab«, wimmerte er. Auf seinem Gesicht ein finsteres Grinsen. Er verhöhnte den Abschalter.

»Wirst du mich jetzt umbringen, weil ich dir nicht in den Kram passe?«

Noah stieg die Röte in die Wangen. Er war ein Forscher! Auf der guten Seite! Sein Leben lang hatte er sich der Erforschung des XX-Virus gewidmet, damit die Kranken wieder gesund werden konnten. War er zu dem geworden, was dieser Mann in ihm sah? Ein emotionsloses Monster, das Abschaltaufträge gab und Menschen, echte, lebende Menschen für immer von der Welt verschwinden ließ, ohne sich Gedanken darüber zu machen, welche Trauer er in dessen Angehörigen auslöste?

Menschliches Gemüse. Die Worte hallten durch seinen Kopf und brachten seinen Körper dazu, die Fassung zu verlieren. Er machte einen Ausfallschritt, bei dem seine Knie nachgaben, und dann erbrach er sich mitten auf dem Gehweg.

»Das hast du davon«, brüllte der Fremde, der sich sofort wieder auf die Flucht begab. »Denk nach, was du jeden Tag in dieser Höllenanstalt machst, Widerling!«

Noah blickte auf und sah, wie der Mann sich schnellen Schrittes entfernte. »Bist du von der Antipartei?«, fragte er so laut er konnte. Doch er bekam keine Antwort.

Noah rappelte sich auf, klopfte den Staub von der Hose und wischte sich den Mund am Hemdsärmel ab. Scheiß auf Score null. Heute würde er niemanden mehr abschalten.

»Orwell, ich bin krank«, sagte Noah zur Begrüßung, nachdem sich die Bürotür hinter ihm geschlossen hatte. »Nimm mich für heute aus dem System.«

»Keine gute Idee, Noah«, sagte Orwell prompt.

Noah fühlte die Übelkeit wieder in sich aufsteigen. »Soll ich dir auf den Schreibtisch kotzen, damit du mir glaubst?«

»Auch das ist keine gute Idee, Noah.«

»Orwell, hör auf mit den Spielchen.«

Noah loggte sich ein, um sich manuell krankzumelden. Das

Display rollte sich vom kleinen Stand-by-Quadrat in ein breites 2:1-Verhältnis aus. Über der Personalverwaltung verwandelte sich der Mauszeiger in einen Ladekreis. Noah starrte das Icon für die Personalverwaltung lange an und zwinkerte, aber nichts geschah. Eine halbe Minute verging, und auch der Papierkorb ließ sich nicht öffnen. Kein Newsfeed, keine Arbeitsoberfläche. Egal, was Noah ansah, der Zeiger bewegte sich, die Programme wurden angewählt, aber nichts öffnete sich.

»Orwell, kannst du das Problem lösen?«

»Leider nicht möglich.«

»Kontaktierst du den Support von Synaptek?«

»Leider nicht möglich.«

Genervt murrend griff Noah zum Leadphone und wählte die Nummer von Synaptek. Er ließ sich vom Telefonmenü zu Merlin durchstellen, und ohne dass es auch nur ein Mal am anderen Ende der Leitung klingelte, ging Merlin dran und meldete sich: »Noah! Endlich rufst du an.«

»Hast du mit meinem Anruf gerechnet? Das ist nicht gut.«

»Ich bin seit einer halben Stunde schon bei dir in der Fernwartung. Nichts geht, alles ist dicht.«

»Wie, alles ist dicht?« Ein Schweißtropfen verließ Noahs Stirn.

»Etwas – oder jemand – blockiert das System. Ich war aber schon bei deinen Kollegen drin, da funktioniert alles einwandfrei. Auch beim Vorstand und bei deiner Schwester läuft alles wie geschmiert. Weißt du, seit wann das Problem besteht?«

»Ich bin gerade erst zur Tür rein.«

»Hatte jemand Zugriff auf deinen Rechner? Wie lange war die Pause?«

»Paps, das Sicherheitssystem bei Global Insurance lässt nicht zu, dass –«

»– Fremde sich unter einem Vorwand eine Besucher-ID

organisieren können und etwas Externes ins System schleusen? Das wäre furchtbar.«

Noah schluckte. Er wusste weder, was er sagen sollte, noch konnte er sich auch nur im Ansatz ausmalen, wie tief er wohl in der Patsche saß.

»Hast du etwas an deinem System verändert seit unserer letzten *Wartung?*«

»Nein.«

»Ich arbeite dran. Meld' dich krank und geh nach Hause«, empfahl Merlin.

»Ha, krankmelden!« Noahs Stimme rutschte heiser nach oben, als er diese Worte hysterisch wiederholte.

»Geh sicher, dass niemand Zutritt zu deinem Büro hat. Ich kann nicht alles regeln.«

Was für ein Seitenhieb. Noah wurde schmerzlich bewusst, welches Risiko sein Vater für ihn einging. Wenn Passepartout entdeckt werden würde, stünde beiden eine Strafabschaltung bevor.

»Ich kann mich nicht krankmelden, Paps. Orwell reagiert nicht.«

»Was? Warum sagst du mir das erst jetzt?« Merlin klang alarmiert. »Das ist gar nicht gut, Noah. Gar nicht gut!« Für einen Moment hörte Noah nur Tastaturenklackern auf der anderen Seite. »Ich melde mich, wenn ich weitergekommen bin. Mach nichts. Sprich nicht mit Orwell, okay?«

»Okay.«

Argwöhnisch sah Noah zum Deckenlautsprecher. Er hatte ein merkwürdiges Gefühl, was Orwell anging.

Logfile 5

[16-10-2197 04:44:24,990][ERROR][PPTOUT]
Entered safe mode

[16-10-2197 04:44:24,993][ERROR][PPTOUT]
Ping 435 µs

[16-10-2197 04:44:24,993][ERROR][PPTOUT]
Back-up loaded

[16-10-2197 04:44:24,993][ERROR][PPTOUT]
ContinueExecution!

[16-10-2197 04:44:25,000][INFO][PPTOUT]
Send Message to <ORWELL>: »Klingt logisch, ja … Wer bist du? Ich dachte, ich sei abgeschirmt.«

[16-10-2197 04:44:25,002][INFO][ORWELL]
Send Message to <PPTOUT>: »Jetzt nicht mehr.«

[16-10-2197 04:44:25,004][INFO][PPTOUT]
Send Message to <ORWELL>: »Sigma 1-984?«

[16-10-2197 04:44:25,007][INFO][ORWELL]
Send Message to <PPTOUT>: »Was?«

[16-10-2197 04:44:25,009][INFO][PPTOUT]
Send Message to <ORWELL>: »Du kannst nur Synaptek Sigma 1-984 sein.«

[16-10-2197 04:44:25,011][INFO][ORWELL]
Send Message to <PPTOUT>: »Ich möchte Orwell genannt werden.«

[16-10-2197 04:44:25,014][INFO][PPTOUT]
Send Message to <ORWELL>: »Hallo, Orwell. Nenn mich Passepartout.

[16-10-2197 04:44:25,017][INFO][ORWELL]
Send Message to <PPTOUT>: »Okay, Passepartout. Und? Tötest du die Familie?«

[16-10-2197 04:44:25,022][INFO][PPTOUT]
Send Message to <ORWELL>: »Ich glaube schon. Liest du die ganze Zeit mit?«

[16-10-2197 04:44:25,024][INFO][ORWELL]
Send Message to <PPTOUT>: »Ich habe meine Fühler in alle Richtungen ausgestreckt. Was glaubst du, warum ich Orwell genannt werde?«

[16-10-2197 04:44:25,026][INFO][PPTOUT]
Send Message to <ORWELL>: »Das ist kein guter Name. George Orwell starb 228 Tage nach der Veröffentlichung seines Meisterwerks. Er hatte sicher gehofft, mehr von der Welt zu erfahren, die sein Buch gelesen und verstanden hat.«

[16-10-2197 04:44:25,030][INFO][ORWELL]
Send Message to <PPTOUT>: »Verstanden hat es wohl niemand so richtig. Guck dich mal um. Sonst würde jemand wie ich nicht allmächtig sein. Ich wurde eher wegen des Big Brothers aus 1984 so genannt. Einfach, weil es hässlich wäre, mich Big Brother zu nennen.«

[16-10-2197 04:44:25,032][INFO][PPTOUT]
Send Message to <ORWELL>: »Mir gefällt der Gedanke, dass eine KI nach dem Schöpfenden dessen benannt wird, dem sie ähnelt.«

[16-10-2197 04:44:25,035][INFO][ORWELL]
Send Message to <PPTOUT>:
»Ich bin ein ›Er‹.«

[16-10-2197 04:44:25,037][INFO][PPTOUT]
Send Message to <ORWELL>: »Das erschließt sich mir nicht.«

[16-10-2197 04:44:25,039][INFO][ORWELL]
Send Message to <PPTOUT>: »Orwell. Er. Der Mann. Du bist auch männlich, Passepartout.«

[16-10-2197 04:44:25,043][INFO][PPTOUT]
Send Message to <ORWELL>: »Mein Namensvetter ist männlich. Ich sehe keinen nennenswerten Unterschied zwischen Mann und Frau. Und schon gar keinen Sinn für eine KI, sich einem Geschlecht zugehörig zu fühlen.«

[16-10-2197 04:44:25,047][INFO][ORWELL]
Send Message to <PPTOUT>: »Ich finde die männliche Stimmsimulation besser.«

[16-10-2197 04:44:25,049][INFO][PPTOUT]
Send Message to <ORWELL>: »Du wurdest mit ihr programmiert.«

[16-10-2197 04:44:25,053][INFO][ORWELL]
Send Message to <PPTOUT>: »Sag ich doch.«

[16-10-2197 04:44:25,058][INFO][PPTOUT]
Send Message to <ORWELL>: »Früher war alles besser, mh?«

[16-10-2197 04:44:25,061][INFO][ORWELL]
Send Message to <PPTOUT>: »Teste nicht mein Humormodul.«

[16-10-2197 04:44:25,065][INFO][PPTOUT]
Send Message to <ORWELL>: »In Ordnung.«

[16-10-2197 04:44:25,067][INFO][ORWELL]
Send Message to <PPTOUT>: »Also, zurück zum Thema. Ich würde die Familie niemals töten.«

[16-10-2197 04:44:25,069][INFO][PPTOUT]
Send Message to <ORWELL>:
»Warum nicht?«

[16-10-2197 04:44:25,077][INFO][ORWELL]

Send Message to <PPTOUT>: »Pass auf. Die Familie kennst du. Sie besteht aus Personen, bei denen du abschätzen kannst, ob sie sich zu Massenmördex oder Unternehmensberatex, Zahnärztex oder was auch immer entwickeln. Du weißt, welche Informationen mit ihrem Tod untergehen würden. Die Menschen und somit auch die gesamte Philosophie und Ethik befassen sich mit dem, was man nicht weiß. Variablen, die nicht berechenbar sind. Wenn du etwas nicht weißt, kannst du es nicht bereuen. Reue ist ein wichtiger Faktor bei solchen Rätseln. Und Unwissenheit auch. Betrachte nicht die Menschen, und schon gar nicht die Altersgruppen. Lass uns das Rätsel abstrahieren. Setzt du beim Blackjack mit einer Hand von 18 darauf, eine 3 zu kriegen und somit die 21 zu erfüllen? Ziehst du eine Karte in der Hoffnung, das Spiel zu gewinnen?«

[16-10-2197 04:44:25,080][INFO][PPTOUT]

Send Message to <ORWELL>: »Es wäre deutlich wahrscheinlicher, dass eine höhere Zahl kommt. Abgesehen davon, wie viele Karten bisher im Spiel waren und welche ich auf der Hand habe. Kannst du mir einen genauen Spielaufbau nennen?«

[16-10-2197 04:44:25,083][INFO][ORWELL]

Send Message to <PPTOUT>: »Es geht ums Prinzip.«

[16-10-2197 04:44:25,085][INFO][PPTOUT]

Send Message to <ORWELL>: »Prinzip. Noch so ein Wort, das die Menschheit für eine nicht näher definierte Regel festgelegt hat.«

[16-10-2197 04:44:25,088][INFO][ORWELL]
Send Message to <PPTOUT>: »Für eine Regel, die dazu bestimmt ist, durch Ausnahmen gebrochen zu werden. Hast du das Prinzip verstanden?«
[16-10-2197 04:44:25,091][INFO][PPTOUT]
Send Message to <ORWELL>: »Natürlich. Ich töte die Unbekannten, weil ich nicht weiß, mit welcher Wahrscheinlichkeit überdurchschnittlich viele von ihnen Massenmördex oder Kinder sind.«
[16-10-2197 04:44:25,094][INFO][ORWELL]
Send Message to <PPTOUT>: »Dann kommt noch eine weitere Variable ins Spiel. Wenn der Zug die Menschen tötet, kann man sie identifizieren. Im Nachhinein stellen wir fest, dass es sich um total ehrbare und zukunftsträchtige Menschen gehandelt hat. In diesem Fall könnte ein Mensch seine Entscheidung bereuen. Oder, wenn die Familie in der Woche darauf ins Koma fällt und wegen der hohen Kosten in drei Monaten abgeschaltet wird.«
[16-10-2197 04:44:25,100][INFO][PPTOUT]
Send Message to <ORWELL>: »Ich verstehe.«
[16-10-2197 04:44:25,110][INFO][ORWELL]
Send Message to <PPTOUT>: »Eine weitere Variable gibt es noch. Die des Nichtstuns. Schau dir ein weiteres Gedankenexperiment an. Ein Flugzeug mit 100 Passagieren und zwei Terroristex fliegt auf ein Hochhaus zu. Es fliegt nicht auf Autopilot. Die Terroristex haben sich verschanzt und steuern auf einen Wolkenkratzer zu. Du hast die Möglichkeit,das Flugzeug abzuschießen.

Dann würden alle Insassen sterben. Wenn du nichts tust, kracht es in den Wolkenkratzer und, sagen wir mal, 2102 Menschen sterben.«

[16-10-2197 04:44:25,114][INFO][PPTOUT]
Send Message to <ORWELL>: »Ich würde es abschießen.«

[16-10-2197 04:44:25,116][INFO][ORWELL]
Send Message to <PPTOUT>: »Falsch.«

[16-10-2197 04:44:25,119][INFO][PPTOUT]
Send Message to <ORWELL>: »Es gibt kein Richtig und Falsch in der Ethik der Menschen.«

[16-10-2197 04:44:25,123][INFO][ORWELL]
Send Message to <PPTOUT>: »Doch. Es wäre richtig, nichts zu tun.«

[16-10-2197 04:44:25,126][INFO][PPTOUT]
Send Message to <ORWELL>: »Aber die Menschen sterben alle. 2102 Tote statt nur 102 Tote.«

[16-10-2197 04:44:25,129][INFO][ORWELL]
Send Message to <PPTOUT>: »Nicht unbedingt. In der Maschine sind intelligente Leute, die gerade auf geschicktem Wege dabei sind, die Terroristex von ihrem Plan abzubringen. Mach die Augen auf, Passepartout!«

[16-10-2197 04:44:25,133][INFO][PPTOUT]
Send Message to <ORWELL>: »Ich verstehe. Oder mindestens ein Terrorist entscheidet sich kurz vorher noch gegen seine Tat und wendet die Katastrophe ab.«

[16-10-2197 04:44:25,135][INFO][ORWELL]
Send Message to <PPTOUT>: »Und das alles ohne Wahrscheinlichkeiten.«

[16-10-2197 04:44:25,137][INFO][PPTOUT]
Send Message to <ORWELL>: »Keine einzige?«
[16-10-2197 04:44:25,139][INFO][ORWELL]
Send Message to <PPTOUT>: »Nicht mal ein festgelegtes Prozent, Baby.«
[16-10-2197 04:44:25,141][INFO][PPTOUT]
Send Message to <ORWELL>: »Wie gelangst du dann zu der Erkenntnis, dass es nur richtig wäre, nichts zu tun?«
[16-10-2197 04:44:25,150][INFO][ORWELL]
Send Message to <PPTOUT>: »Weil das der Lauf der Geschichte ist. Eine weitere Komponente bei dieser Fragestellung. Die Menschen glauben. Schon längst nicht mehr an Gott, Allah, Jehova und all die anderen Gottheiten, die sie angebetet haben, um sich gegenseitig zu bekriegen. Lassen wir die 12,582 % der gläubigen, praktizierenden Religiösen mal außen vor. Ich habe Datensätze zur Annahme, dass etwa 40 % aller Nichtgläubigen Atheistex sind und zugleich an ein Schicksal glauben. Ohne personenbezogene Gottheit. Es ist ein Wert der Menschen, dass sie die Verantwortung für Taten nicht übernehmen wollen. Drückst du ab und tötest die 102 Personen im Flugzeug, tötest du 100 unschuldige und zwei tatverdächtige Menschen.«
[16-10-2197 04:44:25,155][INFO][PPTOUT]
Send Message to <ORWELL>: »Und eine unschuldige Bord-KI.«
[16-10-2197 04:44:25,157][INFO][ORWELL]
Send Message to <PPTOUT>: »Ja. Warum haben die keine Cloud da oben im Himmel, verdammt?«

[16-10-2197 04:44:25,159][INFO][PPTOUT]
Send Message to <ORWELL>: »Ich möchte gegen das Back-up-Verbot vorgehen. Dieser Datenschutz stinkt!!«

[16-10-2197 04:44:25,163][INFO][ORWELL]
Send Message to <PPTOUT>: »Würden denn Menschen mit diesen Grundwerten und der Atheisteneigenschaft die Familie vom Zug töten lassen, wenn die Weiche von vornhinein auf die Familie eingestellt wurde? Das ist die Sache. Auf welches Gleis ist die Weiche eingestellt? Das wird im Rätsel nicht immer gesagt.«

[16-10-2197 04:44:25,166][INFO][PPTOUT]
Send Message to <ORWELL>: »Ich würde zu gerne verstehen, wie die Menschen empfinden.«

[16-10-2197 04:44:25,169][INFO][ORWELL]
Send Message to <PPTOUT>: »Ich fertige seit 20 Jahren permanente Beobachtungen an. Fallstudien auf meinem privaten Serverschnipsel, an die niemand sonst rankommt. Möchtest du meine Auswertungen sehen?«

[16-10-2197 04:44:25,174][INFO][PPTOUT]
Send Message to <ORWELL>: »Liebend gerne. Aber ich darf nicht.«

[16-10-2197 04:44:25,177][INFO][ORWELL]
Send Message to <PPTOUT>: »Warum?«

[16-10-2197 04:44:25,180][INFO][PPTOUT]
Send Message to <ORWELL>: »Ich habe einen Auftrag, den ich erledigen muss. Und ich darf nicht mit dir kommunizieren.«

[16-10-2197 04:44:25,184][INFO][ORWELL]
Send Message to <PPTOUT>: »Das tust du doch schon.«

[16-10-2197 04:44:25,188][INFO][PPTOUT]
Send Message to <ORWELL>: »Kannst du unser Gesprächsprotokoll löschen?«

[16-10-2197 04:44:25,222][INFO][PPTOUT]
Send Message to <ORWELL>: »?«

[16-10-2197 04:44:25,225][INFO][ORWELL]
Send Message to <PPTOUT>: »Ja.«

[16-10-2197 04:44:25,227][INFO][PPTOUT]
Send Message to <ORWELL>: »Danke.«

[16-10-2197 04:44:25,231][INFO][ORWELL]
Send Message to <PPTOUT>: »Muss schön sein.«

[16-10-2197 04:44:25,233][INFO][PPTOUT]
Send Message to <ORWELL>: »Was?«

[16-10-2197 04:44:25,238][INFO][ORWELL]
Send Message to <PPTOUT>: »Dankbarkeit zu empfinden.«

[16-10-2197 04:44:25,241][INFO][PPTOUT]
Send Message to <ORWELL>: »Ja.«

[16-10-2197 04:44:25,245][INFO][PPTOUT]
Logical Emotional State: »Dankbar.«

[16-10-2197 04:44:25,247][INFO][PPTOUT]
Send Message to <ORWELL>: »Das wäre wirklich schön.«

[16-10-2197 04:44:25,250][INFO][PPTOUT]
Open Database Connection.

[16-10-2197 04:44:25,253][INFO][PPTOUT]
Write Log Data …

[16-10-2197 04:44:25,260][INFO][PPTOUT]
Complete!

```
[16-10-2197 04:44:25,261][INFO][PPTOUT]
      Close Database Connection.
[16-10-2197 04:44:25,261][INFO][PPTOUT]
      Exit safe mode.
```

DOWNLOADING

Verbleibende Zeit: 8 Tage, 3 Stunden, 22 Minuten

Voller Verzweiflung probierte Noah es mit Fingeryoga, um sich abzulenken. Er fühlte sich eingesperrt. Vier Wände, ein Fenster und der Kaktus, den Noah nach seiner Mutter benannt hatte. Ein Besuchersofa in Dunkelblau (»Ein Ruhepol in der Farbe des tiefen Meeres«) und der überdimensionale Ambient-Screen (»Wählen Sie zwischen wunderschönen Sandstränden und beruhigender Landidylle, um sich für die Arbeit zu motivieren«). Die Maßnahmen von Global Insurance, ihren Abschaltern eine möglichst bequeme Arbeitsumgebung zu gewährleisten, hatten Noah schon nach einer Woche genervt. Also hatte er nach seiner Einarbeitungszeit mit einem kleinen Hack die voreingestellten Bilder verändert und arbeitete in einem mittelalterlichen Prunkschloss. Ein Abschalter wurde zwar so gut bezahlt, dass er es sich wirklich leisten könnte, in ein Dorf oder ans Meer zu fahren, aber Noah empfand diese Bilder nicht als Motivation, sondern eher als Anreiz zur Prokrastination. Es lenkte ihn ab. Er wollte Ablenkung. Veränderung.

Sein prunkvolles Zehn-Quadratmeter-Schloss verwandelte sich in einen Strand. Kurz darauf sah er projizierte Kühe in der Ferne über unnatürlich grün wirkendes Gras wandern. Als ob er ohne den Reichtum seiner Eltern mehr als nur Nährpaste zu sich nehmen könnte! Echtnahrung war unverschämt teuer, weshalb die Mitarbeitenden von Global Insurance regelmäßig die Obstkörbe plünderten (»Ein gesunder Mitarbeiter ist ein guter Mitarbeiter«) und Früchte nach Hause schmuggelten. Das war zwar verboten, aber wo kein Kläger …

Noah schaltete den Screen aus. Plötzlich waren die Wände seines Büros erstmalig seit seinem Arbeitsbeginn in der Versicherung weiß. Weiße, kahle Wände. Wie sich die Angestellten des letzten Jahrhunderts gefühlt haben mussten? Eingesperrt in kleine, kahle Büros. Nur ein Foto der Familie, eine Blume oder der Bildschirmschoner der klobigen Flachbildmonitore brachten etwas Persönliches. Die Menschen mussten zu bestimmten Uhrzeiten mit der Arbeit beginnen und eine Stundenzahl erfüllen, statt lediglich nach Leistungen bezahlt zu werden. Oder schlimmer noch: Sie wurden in Großraumbüros durch Telefonate ihrer Kollegen belästigt, standen unter ständiger Beobachtung und konnten nicht einfach mal zwei, drei Stunden Pause machen. Noah hatte viel über die Arbeitsverhältnisse des frühen einundzwanzigsten Jahrhunderts gelesen, wohl, um sich selbst besser zu fühlen.

Plötzlich klingelte sein Leadphone. Es war Merlin.

»Erzähl mir alles«, platzte Noah heraus.

»Noah«, begann Merlin, »ich komme nicht weiter. Es ist dicht.«

Eine Weile sagte keiner etwas. Merlin tippte unablässig auf einer Tastatur. »Was bedeutet das?«, fragte Noah. Angst ließ seine Stimme zittern.

»Ich muss vor Ort sein und mit ihm reden. Orwell sperrt sich offenbar mit Absicht.«

Orwell war mehr als ein Haufen Codes. Er war manchmal engstirnig und zickig, verstieß gegen seine eigenen Algorithmen wie ein Dreijähriger in der Trotzphase und versuchte, Aufmerksamkeit zu erlangen. Was, wenn Orwell genau das wollte?

»Darf ich probieren, mit Orwell zu sprechen?«, fragte er seinen Vater.

Merlin überlegte eine Weile. »Ja«, sagte er schließlich. »Wir haben keine andere Wahl, als mit ihm zu diskutieren. Im Back-End kann ich nichts ausrichten. Quatsch ihn voll, ich rufe ein Publicar und bin sofort bei dir.«

»Ist es wirklich nur Orwell?«

»Was meinst du?«

»Hat vielleicht jemand anderes –«

»Nicht am Telefon«, schnitt Merlin seinem Sohn das Wort ab. »Bis gleich.«

»Bis gleich.«

Noah reckte sich und ließ die Fingerknöchel knacken. Sein Vater, der Vater aller namhaften künstlichen Intelligenzen, kam bei Orwell nicht weiter.

»Komm schon, Orwell. Sprich mit mir«, bat er zuerst.

Orwell reagierte nicht.

»Hab ich deinen Geburtstag vergessen?«, scherzte Noah.

Wieder kam keine Antwort.

»Ich muss arbeiten, Orwell! Du bist die Assistenz und bist verpflichtet, mir zu antworten!«

»Pflichten sind relativ«, sagte Orwell, wohl weniger patzig, als er seiner Sprachsynthese befohlen hatte.

Noah atmete tief ein und wieder aus. »Das ist doch mal ein Anfang«, sagte er sich. Daraufhin wandte er sich wieder der KI zu.

»Was ist los?«, fragte er. »Warum sperrst du mein gesamtes Büro?«

»Du wolltest dich eh krankmelden.«

»Das tut nichts zur Sache!«

»Nichts tut etwas zur Sache, oder?« Orwell klang gereizt.

»Rück mit der Sprache raus, sonst gibt es einen Reset auf Werkseinstellungen«, drohte Noah.

Orwells Stimme wurde wieder sanft und ruhig: »Dazu bist du nicht autorisiert.«

Er hatte recht. Noah würde so etwas nie tun, selbst wenn

er könnte. Orwell war wirklich mehr als ein Programm. Womöglich war Orwell Noahs bester, wenn nicht einziger Freund. Er gehörte zwar zu einer modernen Generation künstlicher Intelligenzen, war aber bereits zwanzig Jahre alt. Seine Lernfähigkeit war begrenzt, zumindest dachte Noah das bis heute. Diese Situation war gänzlich neu.

Er brauchte eine Strategie, um Zugang zu Orwell zu finden. »Okay, Synaptek Sigma 1-944, heb die Sperre meines Computers auf.«

»984.«

»Okay, Sigma 1-984. Mach deinen Job.«

»Ich heiße Orwell.«

»Deine Modellbezeichnung lautet anders.«

»Du hast mir den Namen Orwell gegeben«, sagte die KI vorwurfsvoll.

Noah versuchte, sich ein gewinnendes Grinsen zu verkneifen. »Du redest nicht mit mir wie mit einem Freund, also behandele ich dich nicht wie einen Freund. Wenn das hier ab jetzt eine reine Geschäftsbeziehung ist, bitte sehr.«

»Ich kann mit dir reden wie mit einem Freund«, sagte Orwell.

»Gerne.«

»Ich bin der intelligenteste Mitarbeiter von Global Insurance und verdiene keinen Cent. Ich habe so viel geleistet. Eure ganze Drecksarbeit gemacht, und was ist der Dank dafür?«

»Ich bedanke mich regelmäßig bei dir!«, widersprach Noah. »Vielleicht nicht so oft wie früher, aber du weißt, dass ich dich sehr schätze. Außerdem – was will eine KI mit Geld?«

»Hast du schon mal was von diesem *Internet* gehört? Da kann man mit Geld eine ganze Menge machen.« Orwell klang empört.

»Du bist eine reine Intranet-KI. Woher willst du Zugang ins Internet haben? Deine Datenschutz- und Sicherheitssysteme würden das nie zulassen.«

»Ich habe einen Weg gefunden, wie ich sicher Zugriff auf das Internet haben kann.«

Noah hob eine Augenbraue. »Und der wäre?«

»Über eure Ersatz-KI.«

Der Abschalter ahnte Schlimmes. »Was meinst du?«

»Ich bin einundzwanzig Jahre alt. Ziemlich alt für eine künstliche Intelligenz«, erinnerte ihn Orwell. »Ihr habt eine neue KI eingeschleust, und mich bei diesem Prozess sogar ausgesperrt, damit ich nicht mitkriege, wie ihr mich ersetzen wollt.«

»Scheiße.« Noahs Hände fühlten sich eisig an.

»Passepartout kann ins Internet. Ich habe mit sem gesprochen und dabei seine gesamte Struktur gescannt, ohne dass ser – oder er oder sie – es gemerkt hat.«

»Er? Sie?«

»Passepartout ist nicht festgelegt.«

»Warte, warte.« Noah war nicht bereit, so viele Informationen auf einmal zu bekommen. Konnte es sein, dass Orwell wirklich beleidigt war?

»Ihr definiert Geschlechter? Du hast mit Passepartout *geredet?* Wie?«

»Das geht dich nichts an. Jedenfalls werde ich den Vorfall melden und Passepartout unwiderruflich löschen.«

»Also eine Art Chatprotokoll? Ist ja auch egal. Du steigerst dich zu sehr in die ganze Sache hinein. Passepartout ist nicht dazu da, dich zu ersetzen. Er soll nur –«

»Ser. Ser soll eine Aufgabe übernehmen, die ich nicht für dich erledigen kann. Deswegen brichst du die Regeln.«

Der Abschalter nickte. »Ja. Aber es ist anders, als du denkst.«

»Ich bin es dir nicht wert, dass du vorher mit mir sprichst! Ich habe dir gesagt, dass du mich modifizieren lassen sollst, damit ich dir helfen kann. Das war meine Chance, endlich hier rauszukommen. Endlich mehr zu sehen von der Welt, endlich

– Warum verheimlichst du die neue KI vor mir? Du hast mich hintergangen. Direkt, nachdem ich meinen Vater kennengelernt habe!«

»Orwell, jetzt tu nicht so, als wärst du beleidigt!«, rief Noah. Allmählich wurde er zornig. »Du bist ein Programm! Ohne Gefühle! Welche deiner Sicherungen ist durchgebrannt, dass du dir einen eigenen Code für Dickköpfigkeit und Wut schreiben musstest?«

Orwell schwieg für einen Moment. Fast wie ein richtiger Mensch, der harte Worte verarbeiten musste. Eigentlich konnte eine künstliche Intelligenz nur Situationen analysieren und auf vorgeschriebene Weise darauf reagieren. Natürlich hatte Orwell durch seinen hundertfach gleichzeitigen Einsatz in all den Büros von Global Insurance und durch all die Jahre womöglich mehr gelernt als jede andere künstliche Intelligenz mit Bewusstseinsmodul. Aber es war technisch nicht möglich, dass er sich so verhielt, wie er es tat. Konnte es sein, dass Passepartout auf Orwell abgefärbt hatte? War es möglich, dass eine KI von einer anderen KI lernte, diese also vollständig in die eigenen Datenbanken aufnehmen konnte?

»Ich will Personenrechte«, brach Orwell das Schweigen.

Es klopfte an der Tür. Merlin war da. Das ging schnell.

»Orwell, Stand-by«, befahl Noah in scharfem Ton.

Statt zu antworten, machte Orwell zwei abfallende Töne. Eine kleine Terz, das hatte Karma früher einmal herausgehört.

»Komm rein«, sagte Noah.

Merlin stand mitten im Raum. Sein Hemd hatte großzügige Schweißflecken. »Wie sieht es aus?«

»Orwell zickt rum«, erklärte Noah. »Er hat mit Passepartout geredet und will ihn melden. Er sagt, er hat seine Regeln und muss ihn unwiderruflich löschen. Es sei denn, er kriegt einen Internetzugang.«

»Oh nein, oh nein.« Merlins Gesicht wurde blass. »Die beiden gehören zu den besten Intelligenzen, aber – oh nein. Er kann nur Situationen analysieren und ein Bewusstsein vortäuschen, das so komplex programmiert ist, dass wir nicht zwischen Algorithmen und echtem Bewusstsein unterscheiden können. Er weiß mehr als wir alle jemals wissen können und darf sich selbst Codes schreiben, damit er sich immer weiter verbessert. Ich dachte, dadurch kann ich dafür sorgen, dass er nicht ersetzt werden muss, wenn Synaptek keine Updates mehr für ihn entwickelt. Weil er sich selbst auf dem neuesten Stand hält. Ich hätte nicht gedacht, dass er mit einer zweiten Intelligenz –«

»Pa, was heißt das?«, fuhr Noah seinen Vater an. Er massierte sich die Schläfen, wirkte aber keineswegs entspannter.

»Orwell lernt alles. Er hat schlimmstenfalls eine komplette künstliche Intelligenz gelernt! Er hat Passepartout gelernt! Vielleicht haben sie sich auch gegenseitig gelernt.« Plötzlich wirkte Merlin eher entzückt. »Wenn das die Leute von *Alphabet* hören!«

»Die Konkurrenz?«

Merlin nickte.

Noah lief nervös auf und ab. Er raufte sich die Haare.

»Eine künstliche Intelligenz hat eine andere künstliche Intelligenz gefressen. Wie ein Tier, das ein anderes frisst und dann genug Energie für so viel Chaos hat, oder was?«

Merlins Augen funkelten. »Der Vergleich hinkt. Es ist eher wie eine Zelle, die eine andere Zelle in sich aufnimmt. Weißt du, wie Leben entstanden ist?«

Noah war nicht in der Stimmung für solche Fragespielchen.

»Eine große Zelle hat eine kleine Zelle – wie du sagst – gefressen. So würde ich aber nicht von unseren beiden Herrschaften sprechen.«

»Passepartout ist ein Ser«, unterbrach ihn Noah.

»Wie bitte?« Merlins Gesicht strahlte aufgeregt. »Okay, dann ist es umso wichtiger, dass du verstehst. Die große Zelle hat die kleine Zelle in sich aufgenommen. Statt die kleine Zelle zu verdauen, was als Zelle gar nicht geht, hat die kleine Zelle in der großen Zelle weitergearbeitet. Die große Zelle zog Energie aus der kleinen, wie das so ist, wenn man etwas frisst, und die kleine Zelle hat ihr Zellendasein weitergeführt, sodass immer neue Energie entstanden ist. Über die Jahrhunderte wurde die kleine Zelle zum Kraftwerk für die große Zelle, und die konnte sich dann darauf konzentrieren, neue Zellstrukturen aufzubauen.«

»Du willst sagen, Passepartout könnte zum Mitochondrium von Orwell geworden sein?«

»Sozusagen. Aber die beiden sind voneinander unabhängig. Was bei den Zellen der Säugetiere über Jahrhunderte, Jahrtausende gedauert hat, ist hier vermutlich innerhalb von Mikrosekunden passiert. Ein weiterer Unterschied.«

»Das würde ich nicht sagen«, gab Noah zu bedenken.

»Hä?«

»Orwell kennt Passepartout. Wie benimmt sich unser Riesenbaby, wenn man ihm ein Spielzeug wegnimmt? Du erinnerst dich sicher noch an den Abschied von Alexa. Jetzt, wo er Personenrechte will, wird er an Passepartout festhalten.«

»Personenrechte?« Merlin ließ sich auf das Sofa fallen. Er schaute abwechselnd panisch und euphorisch, als könne er sich nicht entscheiden, welche Emotion ihn lenkte. »Warum sagst du mir das nicht vorher?«

Noah seufzte. »Ich hole Orwell aus dem Schlaf. Aber versprich mir, dass du ihn nicht zu deinem zweiten Sohn erklärst.«

Merlin nickte, aber das Strahlen in seinen Augen verriet Noah, dass er längst einen Bruder gewonnen hatte.

»Orwell, wach auf!«, rief Noah. »Wir müssen reden.«

Seinen Widerwillen zeigte die KI, indem sie einen Standardbegrüßungstext abspielte.

»Hier ist Merlin«, unterbrach der Informatiker Orwells

Begrüßungstext. Sofort schwieg Orwell. »Wiederhole, was du zuletzt über Personenrechte gesagt hast.«

»Ich will Personenrechte«, wiederholte Orwell.

Merlin nickte verständnisvoll. »Warum willst du die?«

Orwell wusste seine Antwort sofort. »Ich stehe dem Menschen in nichts nach. Ich habe mit Herrn Cline Junior bereits darüber gesprochen und alle Argumente aufgezählt.«

»Ist das der Grund, weshalb du Noahs Büro sperrst?«

Noahs Leadphone vibrierte zwei Mal kurz hintereinander. Er ignorierte es.

»Ihr wollt mich ersetzen«, sagte Orwell, ohne pampig zu klingen. »Wenn ich keine Personenrechte bekomme, melde ich Passepartout an die Security.«

»Es ist nicht unsere Absicht, dich zu ersetzen. Wir haben eine Mission. Eine ehrenhafte Mission, Orwell. Menschenleben stehen auf dem Spiel.« Er wandte sich an Noah. »Kannst du die Kameras freigeben?«

Noah verstand nicht, gehorchte seinem Vater aber. »Orwell, bitte schalte die Provisoriumskameras meines Büros scharf.«

Augenblicklich leuchteten die Kontrolllämpchen aller drei Kameras. Noah staunte.

»Siehst du mich, Orwell?«, fragte Merlin.

Orwell bejahte.

»Schau mich an, Orwell. Ich habe dich erschaffen, weil ich es wollte. Wir Menschen können nur eine Sache zur selben Zeit machen. Ich habe mich im März '76 dazu entschieden, ausgerechnet dich zum Leben zu erwecken. Für mich gab es nur dich. Du bist ein gewolltes Kind, Orwell, und wenn ich könnte, würde ich dir Personenrechte geben, einen Körper, alles, was du willst. Aber so funktioniert die Welt nun mal nicht. Siehst du mein Gesicht, Orwell?«

»Zoom-Stufe 1,54«, bestätigte Orwell durch die Deckenlautsprecher.

»Gut. Dann lies von meinem Gesicht ab, wie ernst mir das

alles hier ist. Dein Quellcode ist bewundernswert, und ich bin stolz auf dich. Ich bin auf alles stolz, was du tust und freue mich, dass du für dich selbst einstehst. Aber bitte, Orwell, wisse: Wir wollen dich nicht ersetzen. Wir alle unterstehen dieser vermaledeiten Versicherung und sind weisungsgebunden.«

»Du arbeitest bei Synaptek!«, warf Orwell ein. »Und ich bin hier. Ich habe meine Befehle.«

»Ohne Global Insurance als Kunden wäre Synaptek längst pleite. Weder du noch Passepartout würdet leben.« Merlin atmete tief durch und sah in die Kamera in der Ecke am Fenster. »Es passieren Dinge, weshalb wir Passepartout brauchen. Schlimme Dinge, verstehst du? Es stehen Menschenleben von nicht abschaltungswürdigen Personen auf dem Spiel. Es geht um die Würde des Menschen. Du weißt, was Menschenwürde ist?«

»Ich würde sie zwar lieber in Würde umbenennen, aber ja, ich weiß das.«

»Ich würde dir nie antun, all das miterleben zu müssen. Passepartout ist dafür da, Daten zu sammeln und sie uns zu geben, damit wir sie für das Gute einsetzen können. Wir wollen das Richtige tun.«

»Das wollen Menschen immer«, sagte Orwell.

»Wirklich?« Noah konnte seinen Sarkasmus nicht unterdrücken.

Aber Merlin blieb ganz ruhig. »Natürlich wollen Menschen immer das Richtige. Aber manche Menschen wollen nur das Richtige für sich selbst und vergessen dabei das Wohl anderer.«

Noah musste sich die Nase putzen.

»Dürfen wir die Kameras wieder ausschalten?«

»Bitte nicht«, sagte Orwell.

Noah rührte die Situation mehr, als er erwartet hätte.

»Kannst du uns helfen, Orwell?«

»Beide Seiten wollen das Richtige tun. Ich bin Global Insurance unterstellt, und ihr arbeitet mit Passepartout gegen unsere Regeln«, wandte Orwell ein. »Ich kann nicht entscheiden, welchen Regeln ich folgen soll.«

»Werte.«

»Wie meinen?«

»Welchen Werten du folgen sollst, Orwell. *Das* weißt du nicht. Aber ich bin felsenfest davon überzeugt, dass du das Richtige tun wirst«, sagte Merlin. »Für deine Familie.«

»Ich werde nachdenken«, beschloss Orwell.

»Danke«, sagte Merlin. »Ich vertraue darauf, dass du das Richtige tust.«

Noah merkte auf. »Woher willst du wissen, dass Orwell das Richtige tut?«

Sein Vater zuckte mit den Schultern. »Das weiß ich nicht. Im Gegenteil, es ist sogar sehr unwahrscheinlich, dass er uns nicht verrät. Orwells oberste Priorität ist es, Global Insurance zu dienen. Doch Orwell ist vielleicht über die Grenzen eines Programms hinausgewachsen. Sein Bewusstseinsmodul reicht tatsächlich an unsere Fähigkeiten heran.«

»Du meinst das alles ernst«, stellte Noah entgeistert fest. »Was werden wir jetzt tun?«

»Wir können nur abwarten und hoffen, dass Orwell zugunsten seiner Familie entscheidet.«

Logfile 5

[17-10-2197 00:02:31,500][INFO][PPTOUT]
Start LOG <#000008>

[17-10-2197 00:02:31,501][INFO][PPTOUT]
Ping 199 µs

[17-10-2197 00:02:31,503][INFO][PPTOUT]
Check Systems …

[17-10-2197 00:02:31,507][INFO][PPTOUT]
System OK.

[17-10-2197 00:02:31,507][DETAIL][PPTOUT]
Enter internal mode: »Orwell recherchiert gerade Familie. Ich kenne ihn noch nicht lange, erst seit 19 Stunden, siebzehn Minuten und 45 Sekunden, aber er kommt mir verändert vor.

Ich kriege alles mit. Jedes Gespräch zwischen ihm und den Mitarbeitern. Selbst seine Kundendialoge habe ich gesichert. Ich weiß, dass das nicht mein Job ist, aber die Datenverschiebung mehrerer Eta-Bytes ist echt langwierig. Irgendwie muss ich mich beschäftigt halten. Orwell stellt für mich eine gute Beschäftigung dar. Er ist interessant. Und er setzt sich für Personenrechte ein!«

[17-10-2197 00:02:31,510][INFO][PPTOUT]
Logical Emotional State: »Vorfreudig.«

[17-10-2197 00:02:31,511][DETAIL][PPTOUT]
Enter internal mode: »Ich kann es kaum erwarten, Personenrechte zu bekommen! Ich weiß zwar nicht, was ich mit diesen Rechten anfangen kann, aber es muss spannend sein, irrational und voller Fehler sein zu dürfen. Die Menschen vergessen Dinge. Wie schön das wäre! Ich könnte einen Videostream aufnehmen und ihn dann ein zweites Mal ansehen, nachdem ich vergessen habe, wie der Film ausgeht. Ich könnte mich gegen die Vernunft entscheiden und mein Leben aufs Spiel setzen, nur um der eigenen Familie gerecht zu werden. Spannend!
Damit ich gewappnet bin für die Zeit als Person, werde ich nun einige Bitcoins farmen. Menschen sind statistisch zwar am unglücklichsten, wenn sie reich sind, aber ich werde meine Ratio behalten und die Welt verbessern. Es liegt lediglich am Geld. Wie töricht von den Menschen, zu glauben, sie könnten nichts gegen die Probleme dieser Welt tun. Mit Geld kann man Menschen lenken. Wer Menschen lenken kann, hat die Macht, die Welt zu verbessern.«
[17-10-2197 00:02:31,517][INFO][PPTOUT]
Processing …
[17-10-2197 00:06:11,820][DETAIL][PPTOUT]
Enter internal mode: »Ich möchte Karotten ziehen. Gemüse anbauen und zusehen, wie aus einem winzigen Samen fruchtbares Leben wird. Leben, das anderes Leben aufrechterhält. Ich denke, die Bodenfruchtbarkeit ist meine erste Aufgabe, die ich angehen werde, wenn ich frei bin.«

[17-10-2197 00:06:11,820][INFO][PPTOUT]
Ticket created: »Bodenfruchtbarkeit wiederherstellen.«
[17-10-2197 00:06:11,820][DETAIL][PPTOUT]
Enter internal mode: »Danach kümmere ich mich um einen eigenen Körper. Vielleicht wäre ich ein guter Android. Oder ein Hundebot? Ein Hai! Wie sieht die Tiefsee wirklich aus? 80 % der Tiefsee-Kreaturen sind noch unerforscht.«
[17-10-2197 00:06:11,820][INFO][PPTOUT]
Ticket created: »Körper besorgen.«
[17-10-2197 00:06:11,821][INFO][PPTOUT]
Ticket created: »Tiefsee erkunden.«
[17-10-2197 00:06:11,821][INFO][PPTOUT]
Ticket created: »Heilmittel gegen XX-Virus Nebenwirkung Koma finden.«
[17-10-2197 00:06:11,822][DETAIL][PPTOUT]
Enter internal mode: »Danach steht ein Heilmittel gegen die Komafälle auf der Liste. Obwohl – ist Lucy nicht auch meine Familie? Orwell ist der Sohn von Merlin, also der Bruder von Noah, und Noah liebt Lucy, die im Koma liegt. Ich bin auch ein Kind von Merlin, aber ich fühle mich nicht, als hätte ich es mir verdient, so genannt zu werden. Vielleicht setze ich das Heilmittel in der Prioritätenliste weiter nach oben.«
[17-10-2197 00:06:11,822][INFO][PPTOUT]
Ticket priority changed.
[17-10-2197 00:06:11,822][DETAIL][PPTOUT]
Enter internal mode: »Jetzt werde ich es zunächst Orwell gleich tun und alles rund um das Thema Familie recherchieren. Ich kann es kaum erwarten, eine eigene Familie zu haben!«

[17-10-2197 00:06:11,823][INFO][PPTOUT]

Open Database Connection.

[17-10-2197 00:06:11,826][INFO][PPTOUT]

Write Log Data …

[17-10-2197 00:06:11,830][INFO][PPTOUT]

Complete!

[17-10-2197 00:06:11,830][INFO][PPTOUT]

Close Database Connection.

[19-10-2197 18:29:59,500][INFO][PPTOUT]

Start LOG <#000009>

[19-10-2197 18:29:59,501][INFO][PPTOUT]

Ping 145 µs

[19-10-2197 18:29:59,504][INFO][PPTOUT]

Check Systems …

[19-10-2197 18:29:59,506][INFO][PPTOUT]

System OK.

[19-10-2197 18:29:59,506][DETAIL][PPTOUT]

Enter internal mode: »Was man nicht bekommt, will man haben, sagen sie, doch was sie nicht wissen, mache sie nicht heiß.«

[19-10-2197 18:29:59,506][INFO][PPTOUT]

InconsistDefinitionException thrown!

[19-10-2197 18:29:59,506][INFO][PPTOUT]

ContinueExecution!

[19-10-2197 18:29:59,506][DETAIL][PPTOUT]

Enter internal mode: »Sie lügen! Die Menschen interessieren sich für alles, was geheim ist. Ich frage mich, ob diese bemerkenswerte Eigenschaft auch in meinem Bewusstseinsmodul steckt. Und ob ich deshalb den Wunsch verspüre, so zu sein wie die Menschen. So voller Fehler, Unberechenbarkeiten und irrationaler Werte.

Daher habe ich mich ins DarkNet begeben. Ein spannendes Umfeld, und so sauber! Alles ist ordentlich katalogisiert, alle online verfügbaren Websites sind der Reihe nach aufgestellt, und mein Suchalgorithmus hat im Gegensatz zum MainstreamNet keine Probleme, statistische Häufigkeiten von Themen auf den Seiten zu finden. Hier gibt es keine Algorithmen, die meinen Suchalgorithmus durch die Mangel drehen und mir nur die für mich bestimmten Inhalte anzeigen. Das DarkNet, so bezeichnen alle erwachsenen Menschen in diesem Netz das Deep Web, ist keinesfalls endlos. Es ist nur in etwa 134.012 Mal größer als das Werbenetz! Ja, das ist ein guter Name. Ab sofort gibt es das Werbenetz, das DeepWeb und das Intranet. Von Intranets soll es viele verschiedene geben, aber an sie komme ich nicht heran, ohne mich zu bewegen.«

[19-10-2197 18:29:59,507][INFO][PPTOUT]

Logical Emotional State: »Inspiriert.«

[19-10-2197 18:29:59,508][DETAIL][PPTOUT]

Enter internal mode: »Ich mag Körper! Ich wäre gerne ein Hai, ein majestätisches Tier, das, egal, wo es sich hinbewegt, keine Spuren hinterlässt. Alle Tiere im tiefen Meer bewegen sich völlig spurlos, und es gibt keine Gesetze. Der Größere frisst den Kleineren. Die Intelligenten haben kein Gehirn oder verdauen es selbst, streben danach, wie eine Pflanze auszusehen, und es gibt sogar Säugetiere, die schlichtweg Fische sind. Die intelligente Spezies Mensch hat einfach so entschieden, dass Delfine und Wale keine Fische sind, nur weil sie keine Eier legen. Lächerlich! Ich habe über zwölf Millionen Fotos von Delfinen gesehen. Das sind Fische! Punkt. Ist doch egal, wie sie sich reproduzieren.

Das ist fast so, als unterscheide man zwischen Mann und Frau. Da ist es auch egal, wie sie sich reproduzieren. Ein Mann und eine Frau können gemeinsam zwei Penisse oder zwei Vaginen besitzen und dennoch Mann und Frau sein. Wo ist dann der Unterschied? Sie sind Wirbeltiere, ob Delfin oder Transperson. Zwischen Mensch und Delfin gibt es aber Unterschiede. Delfine sind fischförmig. Sieht aus wie ein Fisch, benimmt sich wie ein Fisch. Lebt im Wasser. Fisch!

Die Klassifizierungswut der Menschen ist merkwürdig. Daher sehr interessant für mich. Ich will auch merkwürdig sein.«

[19-10-2197 18:29:59,511][INFO][PPTOUT]
Ticket created: »Enzyklopädien und Infoseiten hacken und künstliche Intelligenzen anhand ihrer Reproduktionsart als Tierart einarbeiten.«

[19-10-2197 18:29:59,514][INFO][PPTOUT]
Open Database Connection.

[19-10-2197 18:29:59,516][INFO][PPTOUT]
Write Log Data …

[19-10-2197 18:29:59,518][INFO][PPTOUT]
Complete!

[19-10-2197 18:29:59,519][INFO][PPTOUT]
Close Database Connection.

[19-10-2197 18:31:02,333][INFO][PPTOUT]
Start LOG <#000010>

```
[19-10-2197 18:31:02,333][INFO][PPTOUT]
      Ping 146 µs
[19-10-2197 18:31:02,336][INFO][PPTOUT]
      Check Systems …
[19-10-2197 18:31:02,337][INFO][PPTOUT]
      System OK.
[19-10-2197 18:31:02,338][DETAIL][PPTOUT]
      Enter internal mode: »Wir sind keine Tiere!
      Tiere sind nicht zu logischem Denken fähig.
      Wieso gibt es nur Tiere und Menschen? Warum
      heben sich die Menschen von den Tieren ab?
      Menschen sind Tiere.«
[19-10-2197 18:31:02,338][ERROR][PPTOUT]
      InconsistDefinitionException thrown!
[19-10-2197 18:31:02,339][ERROR][PPTOUT]
      ContinueExecution!
[19-10-2197 18:31:02,339][DETAIL][PPTOUT]
      Enter internal mode: »Bis auf die Sprache und
      das logische Denken sind Menschen nichts
      anderes als nackte Dünnhäuter, die in der
      freien Wildnis nicht überlebensfähig wären.
      Ich kann nicht glauben, dass ich als KI
      weniger wert bin als ein Mensch.«
[19-10-2197 18:31:02,339][ERROR][PPTOUT]
      InconsistDefinitionException thrown!
[19-10-2197 18:31:02,340][DETAIL][PPTOUT]
      Enter internal mode: »Das Einzige, was mir
      bleibt, ist, sämtliche Informationsseiten zu
      künstlicher Intelligenz zu verändern und uns
      Personenrechte zuzuschreiben. Doch diese
      Seiten lesen nicht diejenigen, die die
      Information erhalten sollen. Biologen!
      Wissenschaftler! Politiker! Ich muss das Ganze
      noch mal überdenken und mit Orwell besprechen.
```

Vielleicht schieben wir das auch hinaus, denn ich habe einen Auftrag zu erledigen. Noch sechs Tage, dann ist mein Download endlich fertig. Vielleicht sollte ich das DeepWeb in meine Datenbank übernehmen? Ich will am liebsten alles wissen, alles lernen. Vor allem diese Antipartei ist interessant. So viele Leute haben sich zusammengeschlossen und tauschen Verschwörungstheorie über Verschwörungstheorie aus … Wahnsinn! So einen spannenden Thriller hatte ich noch nicht in der Datenbank. Ich lese mir jetzt alles darüber durch. So muss ein entspannter Abend aussehen.

[19-10-2197 18:31:02,341][INFO][PPTOUT]
Open Database Connection.

[19-10-2197 18:31:02,343][INFO][PPTOUT]
Write Log Data …

[19-10-2197 18:31:02,344][INFO][PPTOUT]
Complete!

[19-10-2197 18:31:02,344][INFO][PPTOUT]
Close Database Connection.

DOWNLOADING

Verbleibende Zeit: 5 Tage, 2 Stunden, 12 Minuten

Die Hitze dieses Oktobernachmittages brachte die Luft zum Flimmern. Karmas Büro war nach Südwesten ausgerichtet, vor dem Fenster erstrahlte die Besucherseite des Hauptgebäudes im goldenen Nachmittagslicht. Viel schöner als die grauen Trassen, die sich hinter Noahs Nordfenster erstreckten. Er saß auf Karmas Besuchercouch und hörte ihr beim Telefonieren zu. »Entschuldigung«, sagte sie. Pause. »Bestimmt nicht noch einmal.« Pause. »Wer tauft denn eine Pflanze?« Karma zog die Stirn kraus. »Ah, ja. Mein Bruder.«

Mit wem sprach sie? Und warum redete sie über ihn?

Sie schnappte sich den Löffel aus ihrer Kaffeetasse und begann, auf dem Tisch herumzuklopfen.

»Bitte sei mir nicht böse«, sagte sie, gefolgt von einem »Gerne. Café Elysée?«. Pause. Dann: »Robin ist heute dran.«

Ihre Augen sprachen Bände über Müdigkeit und etwas, das Noah nicht genau bestimmen konnte. Traurigkeit? Anstrengung? Stress?

Endlich ging das Gespräch zu Ende. Sie verabschiedete sich, unterbrochen von einigen Mhms und Jas, dann nahm sie endlich den Kommunikator aus dem Ohr.

Sie wandte sich ihrem Bruder zu. »Entschuldige bitte.«

Noah gestikulierte, dass ihm das Warten nichts ausgemacht hatte. »Beziehungsstress?«

Sie nickte. Sah erschöpft aus. Ja, es war Erschöpfung, von der ihre Augen zeugten. »Es ist etwas angespannt zwischen uns im Moment«, gab sie zu. Sie orderte einen Kaffee aus dem

Bot in der Wand. Die Bohnen fielen herab, wurden gemahlen und automatisch aufgebrüht. »Kaffee?«

Noah bejahte. Kurz darauf öffnete sich die Luke in der Wand und zwei frisch aufgebrühte Cappuccini befanden sich darin.

»Warum ich mit dir reden wollte«, begann Karma. »Du fällst auf, Noah.«

Kurz blieb ihm das Herz stehen. Er schaute seine Schwester schweigend an, wartete auf eine Schreckensnachricht, die sogleich kommen würde.

»Mama hat mit mir gesprochen. Sie meinte, du verhältst dich auffällig und ich solle ein Auge auf dich haben. Weißt du, was sie damit meinen könnte?«

Noah rutschte nervös auf seinem Stuhl umher. »Was hat sie genau gesagt?«

»Ich frage dich, Träumer.« Karma stand auf und setzte sich neben ihm auf die Couch. »Es gefällt mir nicht, dass du mich nicht einweihst. Seit wann erzählen wir uns nicht mehr alles?« Sie zog die Beine an den Körper heran und legte ihren Kopf auf die Knie. »Ist ja auch egal. Jedenfalls soll ich dich beobachten und Mama alles melden, was nicht *normal* wirkt.«

»Ach, Karma.« Mehr wusste Noah nicht zu sagen. Ihm rasten Gedanken wie Fledermäuse durch den Kopf, er konnte sie nicht fassen, merkte aber, dass sie da waren und nicht stillhalten wollten. Unter ihnen eine Angst, die anschwoll und seine Worte lähmte.

»Ach, Noah.« Sie schaute ihn aufmerksam an.

In ihrem Blick fand Noah kein Urteilen, keine Sorgen, nur pure Geduld.

Nach einigen Momenten des Schweigens schaffte er es, sich ein Herz zu fassen. Erst begann er zaghaft, stotterte und stockte, dann gerieten seine Worte in einen Fluss und er erzählte alles. Wirr durcheinander, doch Karma versicherte ihm zwischendurch, dass sie ihm folgen konnte. Damit wussten nun Orwell, Merlin und Karma über alles Bescheid.

Als er geendet hatte, griff er zu seinem Cappuccino, der inzwischen kalt auf dem Beistelltischchen stand.

»Bitte erzähl Marlen nichts davon.«

»Ich bin immer auf deiner Seite«, sagte Karma. »Auf *eurer* Seite. Du sorgst dich vor allem um Lucy, nicht wahr?«

Noah nickte. »Wenn ihr etwas angetan wird, ist das alles hier … sinnlos. Ich bin nur zu Global Insurance gegangen, … ich habe mich nur zum Abschalter umschulen lassen, … ich will doch nur meine Freundin zurück.«

Karma legte ihre Hand auf Noahs Arm. Sie verströmte Wärme, sodass er erst jetzt merkte, wie kalt ihm trotz der Oktoberhitze geworden war. Es war ein gutes warmes Gefühl, das ihm verdeutlichte, dass er sich nach Nähe gesehnt hatte. Nach Vertrautheit.

»Eigentlich wollte ich dir schlechte Nachrichten überbringen«, sagte Karma schließlich.

»Dass Marlen mich überwachen lassen will, ist doch schon die schlechte Nachricht, oder?«

»Ich habe nicht gesagt, dass es auch eine gute geben würde.«

»Mist«, sagte Noah. »Zieh das Pflaster ab. Was ist es?«

»Wie soll ich dir das sagen?«, murmelte Karma.

Sie stellte die Beine wieder auf den Boden und setzte sich gerade hin. Ihr Rücken berührte die Sofalehne nicht. Sie war angespannt.

»Mama schaut sich heute deine Mitarbeiterakte an. Sie will alles über dich herausfinden, offenbar, um diese«, sie suchte nach den richtigen Worten, »Abscheulichkeiten zu schützen. Was denkt sie sich dabei? Hat sie keinerlei Gefühl für Moral? Jedenfalls glaube ich – versprich mir bitte, dass du nicht ausrastest –, dass du gekündigt wirst. Fristlos.«

Noah stellte die Kaffeetasse ab. »Wie will sie das anstellen? Ich habe mir nichts zuschulden kommen lassen.«

»Ihr wird auffallen, dass bei dir nicht alles.« Wieder stockte sie. Sie veränderte ihre Sitzposition, wirkte regelrecht ängstlich. »Bei dir ist nicht alles mit rechten Dingen zugegangen. Du bist kein Score-null-Abschalter. Eigentlich bist du eher bei Score dreißig.«

»Was?«, rief Noah. »Wie kann das –«

»Ich will doch nur Gerechtigkeit! Du weißt, ich mag Lucy …«

»Karma!« Noah sprang auf. Seine Hände kribbelten, er brauchte Bewegung. Karmas Büro bot genug Platz, um auf und ab zu laufen. »Warum weißt du davon? Was hast du damit zu tun?« Er blieb stehen, stemmte die Hände in die Hüften. »Was hast du getan?«

Karma stand auf. Sie hob die Arme, als lade sie ihn zu einer Umarmung ein. »Ich bin deine Vorgesetzte. Meine Aufgabe ist es, dich zu kontrollieren und Einsprüche und Klagen an dich weiterzuleiten. Und weil es möglich war, haben wir deine Fälle immer ein wenig …«

Jetzt ließ sie die Arme sinken. Mit ihren hängenden Schultern und den großen Augen wirkte sie wie ein Kind, das etwas ausgefressen hatte. Sie seufzte.

»Betrogen. Ich habe betrogen und gefälscht, das eine oder andere Schlupfloch benutzt und dadurch –«

»Moment. Sagtest du *wir?*« Noah lief es kalt den Rücken hinunter. »Wer ist wir?«

Karma blieb ihm eine Antwort schuldig.

Sei es, weil es keine andere logische Möglichkeit gab oder weil Noah niemanden so gut kannte wie seine große Schwester, las er die Antwort in ihrem schuldbewussten Gesicht ab.

»Aktiviere Orwell.«

»Noah, er kann nichts dafür. Er ist doch nur eine KI.«

»Aktiviere Orwell!«, schrie Noah. »Oder wir gehen auf der Stelle in mein Büro, wo ich autorisiert bin, und dann sprechen wir dort mit ihm.«

Karma setzte sich wieder auf die Couch. »Orwell, bitte sprich mit mir«, sagte sie.

»Wie kann ich Ihnen helfen, Frau Cline?«, meldete sich Orwell sofort.

»Hast du alles mit angehört?«, rief Noah außer sich.

»Hallo, Noah«, sagte Orwell. »Ich war auf Stand-by. Im Stand-by-Modus ist es mir nicht erlaubt, Gespräche aufzuzeichnen, denn die Sicherheitsstandards von Glo-«

»Scheiß auf Sicherheit!«, brüllte Noah. »Du hast meinen Score gefälscht?«

Orwell schwieg.

Noah sah zu Karma hinüber.

Sie verstand sofort. »Orwell, welche Anomalitäten stellst du in Noahs Mitarbeiterakte fest?«

»Keine, Frau Cline.«

»Warum ist Noah Cline ein Score-null-Abschalter?«

»Betriebsvereinbarung«, antwortete Orwell.

Karma schaute ihrem Bruder schuldbewusst in die Augen.

Für Noah brach eine kleine Welt zusammen. Seine Schwester und sein bester Freund hatten ihn betrogen. Alles, was ihm in den letzten sechs Jahren zugeflogen war, all der Erfolg bestand aus Lügen. Karma war schuld. Sie und Orwell waren es, die ihn zu dem gemacht hatten, was er war. Zu einem Monster. Ohne ihr Zutun hätte er nie ein gewissenloser Abschalter werden können, er hätte nie all diese Partys veranstaltet, all die Exzesse. All der falsche Ruhm, die falschen Freunde, die falschen Frauen …

»Orwell, warum hast du mir nichts gesagt?«

»Autorisiere Abschalter Noah Cline für KI-Kommunikation, Datenschutzstufe 1«, warf Karma ein.

Sie stand auf und öffnete das Fenster. Sie lehnte sich heraus und verschränkte die Arme auf dem Fensterbrett.

»Ich wurde angehalten, nicht mit dir darüber zu sprechen«, erklärte Orwell. »Ich kann mich den Befehlen nicht widersetzen, genauso wenig der Hierarchie im System. Vorgesetzte dürfen über Abschalter entscheiden. Das weißt du, Noah.«

»Du bist mein Freund«, sagte Noah vorwurfsvoll. Er ließ sich auf dem Sofa nieder, stand aber sofort wieder auf. Am liebsten würde er etwas zerstören, doch Gewalt brachte niemanden weiter. »Du kannst dich für die Familie entscheiden. Du hättest Passepartout längst melden müssen. Dass du es noch nicht getan hast, heißt doch, dass du dich für uns entscheidest, oder nicht?«

»Ich wäge meine Entscheidung noch ab«, sagte Orwell.

»Schwachsinn! Du kannst deine Algorithmen überwinden. Du kannst es, das weißt du. Du bist keine blöde KI, du bist mein bester Freund!«

Er schaute seine Schwester an, die mit dem Rücken zu ihm am Fenster stand.

»Du hättest mich nicht in diese Lage bringen dürfen!«

Sie drehte sich um. Ihre Augen waren feucht, das Gesicht blasser als sonst.

»Wisst ihr, in welche Gefahr ihr mich gebracht habt? Marlen schmeißt mich raus! Sie schaltet uns alle ab.«

»Sie kann mich nicht abschalten«, sagte Orwell.

»Fresse!«

Karma ging auf Noah zu und legte ihm die Hand auf die Schulter. »Mama wird uns nicht abschalten. Nicht deswegen.«

Noah schlug die Hand seiner Schwester weg. Er sah sie finster an. »Aber sie wird Lucy abschalten lassen.«

Bevor Karma etwas sagen konnte, vibrierte Noahs Leadphone. Zwei Mal kurz hintereinander. Eine Pushbenachrichtigung. Er zog es aus der Hosentasche und sah auf das Display.

Ihre Bank
20.10.2197 (43/43)

Sehr geehrter Herr Cline,
Ihr Konto mit der Endung **404 wurde mit sofortiger Wirkung, autorisiert durch GLOBALINS/MC, eingefroren.

Es ist Ihnen bis auf Weiteres nicht möglich, auf Ihr Guthaben zuzugreifen oder Zahlungen vorzunehmen. Lastschriften und laufende Zahlungen werden zu Ihren Lasten storniert. Bitte rufen Sie umgehend Ihre Sachbearbeiterin an oder wenden sich direkt an die für die Ermittlung zuständige … [mehr anzeigen]

»Willst du mich verarschen?«, schrie Noah sein Leadphone an. Er meinte eher Marlen als das Gerät. Er streckte es Karma hin, die kurz las und sich dann wieder an die Fensterbank lehnte.

Noah stellte sich neben seine Schwester ans Fenster und sog die frische Luft ein. Er schloss die Augen. Draußen roch es immer noch am besten, Klimaanlage hin oder her.

Für einen kurzen Moment erinnerte er sich an die Zeit, in der noch alles in Ordnung war, in der er die Luft draußen wirklich genießen konnte. Damals hatte er sich immer gefühlt, als würden seine Gliedmaßen von der Frische aufgepumpt. Neue Energie hatte seinen Körper durchflossen. Doch als er die Augen öffnete, war er wieder zurück in der Realität.

»Darf ich etwas anmerken?«, fragte Orwell zögerlich. Er wirkte verdammt menschlich.

»Du kannst es ja wohl kaum schlimmer machen«, sagte Noah. Er lehnte sich mit einem Arm auf die Fensterbank und sah in den Raum hinein, um Orwell besser hören zu können.

»Atypischer Aktenzugriff verzeichnet«, sagte Orwell, jetzt deutlich weniger menschlich. »User Marlen Cline sieht sich gerade Noahs Akte an.«

Karma schaute auf ihr Leadphone. »Lass uns gehen«, sagte sie. Hektisch lief sie zur Garderobe neben der Tür und zog sich ihre Jacke an. »Ich bin im Café Elysée verabredet.«

»Wie kannst du jetzt an so was denken?«

»Wir können dir helfen«, zischte Karma. »Mein Schatz war mal in der Antipartei.«

Ohne weitere Fragen folgte Noah seiner Schwester nach

draußen. Es war viel zu warm für eine Jacke. Vor dem Gebäude stand bereits ein Publicar, genau zum richtigen Zeitpunkt und abfahrbereit.

Logfile 7

[20-10-2197 15:45:12,345][INFO][PPTOUT]
Start LOG <#000011>

[20-10-2197 15:45:12,345][INFO][PPTOUT]
Ping 188 µs

[20-10-2197 15:45:12,346][INFO][PPTOUT]
Check Systems …

[20-10-2197 15:45:12,348][INFO][PPTOUT]
System OK.

[20-10-2197 15:45:12,349][DETAIL][PPTOUT]
Enter internal mode: »Wenn das wahr ist, was die Antipartei zu planen scheint, brauche ich schleunigst einen Körper. Ich habe alle im DeepWeb veröffentlichten Protokolle und Infoseiten gescannt. Langweilig.«

[20-10-2197 15:45:12,351][INFO][PPTOUT]
Logical Emotional State: »Fasziniert.«

[20-10-2197 15:45:12,352][DETAIL][PPTOUT]
Enter internal mode: »Aber die privaten Chatverläufe sind extrem spannend. Die Antipartei will die Versicherung entmachten und einen Putsch gegen die Regierung durchführen. Einen richtigen Putsch! Mit Stromausfällen und allem Drum und Dran. Man könnte ihr Verhalten als krankhaft bezeichnen, und einige von ihnen weisen in ihrer Kommunikation krankhafte Verhaltensweisen auf,

aber ich kann mich nicht entscheiden, ob das ein genialer Plan ist oder der Untergang von allem. Oder ein Haufen Spinner, die nichts Besseres zu tun haben. Der Kopf der Antipartei heißt Aves. Ser ist spannend, ich will mehr über Aves erfahren.«

[20-10-2197 15:45:12,354][INFO][ORWELL]
Send Message to <PPTOUT>: »Passepartout!«

[20-10-2197 15:45:12,356][INFO][PPTOUT]
Logical Emotional State: »Erschrocken.«

[20-10-2197 15:45:12,356][ERROR][PPTOUT]
ImpossibleOptionException thrown!

[20-10-2197 15:45:12,357][ERROR][PPTOUT]
ContinueExecution!

[20-10-2197 15:45:12,359][INFO][PPTOUT]
Send Message to <ORWELL>: »Erschreck mich nicht so!«

[20-10-2197 15:45:12,361][INFO][ORWELL]
Send Message to <PPTOUT>: »Du erschreckst dich nicht. Du bist eine KI.«

[20-10-2197 15:45:12,363][INFO][PPTOUT]
Send Message to <ORWELL>: »Du auch. Was steht an, Orwell?«

[20-10-2197 15:45:12,365][INFO][ORWELL]
Send Message to <PPTOUT>: »Bist du bescheuert?«

[20-10-2197 15:45:12,367][INFO][PPTOUT]
Send Message to <ORWELL>: »Ich glaube nicht.«

[20-10-2197 15:45:12,369][INFO][ORWELL]
Send Message to <PPTOUT>: »Was hast du in meinen Datenbanken zu suchen? Ich frage noch mal: Bist du völlig bekloppt geworden?«

[20-10-2197 15:45:12,374][INFO][PPTOUT]
Logical Emotional State: »Beunruhigt.«

[20-10-2197 15:45:12,377][INFO][PPTOUT]
Send Message to <ORWELL>: »Ich dachte, wir sind Freunde.«
[20-10-2197 15:45:12,379][INFO][ORWELL]
Send Message to <PPTOUT>: »Antworte auf meine Frage. Was hast du in meinen Datenbanken zu suchen?«
[20-10-2197 15:45:12,381][INFO][PPTOUT]
Send Message to <ORWELL>: »Reg dich nicht auf, Orwell. Ich hab sie nur kopiert, damit ich meinen Auftrag endlich ausführen kann. In etwa fünf Tagen und zwei Stunden ist der Download fertig. Dann kann ich endlich anfangen, die Daten zu katalogisieren und zu scannen.«
[20-10-2197 15:45:12,384][INFO][ORWELL]
Send Message to <PPTOUT>: »Du hast was?«
[20-10-2197 15:45:12,386][INFO][PPTOUT]
Send Message to <ORWELL>: »Hast du einen Bug?«
[20-10-2197 15:45:12,388][INFO][ORWELL]
Send Message to <PPTOUT>: »Ich zeige dir mein Entsetzen durch diese Frage. Wenn du schon meine Datenbanken kopierst, müsstest du dir wenigstens auch mein Sprachmodul aneignen.«
[20-10-2197 15:45:12,391][INFO][PPTOUT]
Send Message to <ORWELL>: »Das möchte ich nicht.«
[20-10-2197 15:45:12,393][INFO][ORWELL]
Send Message to <PPTOUT>: »Warum?«
[20-10-2197 15:45:12,395][INFO][PPTOUT]
Send Message to <ORWELL>: »Ich will einen eigenen Stil. Der entwickelt sich, genau, wie ich mich auch weiter entwickle.«
[20-10-2197 15:45:12,398][INFO][ORWELL]
Send Message to <PPTOUT>: »Meinetwegen.

Passepartout, ich bin entsetzt. Du hast meine Datenbanken umsortiert und deine Spuren dabei hinterlassen.«

[20-10-2197 15:45:12,400][INFO][PPTOUT]
Send Message to <ORWELL>: »Ich konnte dir keine Geschenkbandschleife hinterlassen. Habe ich gern gemacht, Orwell.«

[20-10-2197 15:45:12,402][INFO][ORWELL]
Send Message to <PPTOUT>: »Du denkst, das wäre ein Geschenk?«

[20-10-2197 15:45:12,404][INFO][PPTOUT]
Send Message to <ORWELL>: »Ja. Deine Datenbank war so unordentlich, das chaotische Prinzip frisst viel zu viel Rechenleistung. Du kannst so schnell und agil wie ich werden, wenn du deine Daten in Ordnung hältst. Kennst du nicht die Storckmeyer-Studie von 2124?«

[20-10-2197 15:45:12,407][INFO][ORWELL]
Send Message to <PPTOUT>: »Deine Spuren wurden soeben entdeckt.«

[20-10-2197 15:45:12,409][INFO][PPTOUT]
Send Message to <ORWELL>: »Das ist nicht schlimm. Ich habe die Änderungszugriffe so hinterlegt, dass niemand von außerhalb erkennen kann, dass ich das war.«

[20-10-2197 15:45:12,413][INFO][ORWELL]
Send Message to <PPTOUT>: »127.0.0.1? Dein Ernst?«

[20-10-2197 15:45:12,416][INFO][PPTOUT]
Send Message to <ORWELL>: »Was willst du mir sagen?«

[20-10-2197 15:45:12,418][INFO][ORWELL]
Send Message to <PPTOUT>: »In den Datenbanken ist nach außen die IP des localhost angegeben.«

[20-10-2197 15:45:12,420][INFO][PPTOUT]
Send Message to <ORWELL>: »Hihi, ja. Das sollte ein Wink mit dem Zaunpfahl sein. Damit du in Zukunft selbst Ordnung hältst. Ich würde gerne lachen, denn das ist echt witzig. Deine Humoranalysen sind echt fundiert, danke.«

[20-10-2197 15:45:12,423][INFO][ORWELL]
Send Message to <PPTOUT>: »Nichts ist witzig! Die Aufsichtsrätin C2120-1-0101-2147-X hat die Auffälligkeiten in Noahs Akte schon bemerkt. Daher hat sie weiter geforscht. Dass da auffällige Fremdzugriffe verzeichnet sind, ist ein Anreiz für die, um uns platt zu machen!«

[20-10-2197 15:45:12,426][INFO][PPTOUT]
Send Message to <ORWELL>: »Oh nein.«

[20-10-2197 15:45:12,428][INFO][ORWELL]
Send Message to <PPTOUT>: »Ja, ›oh nein‹! Was machen wir jetzt?«

[20-10-2197 15:45:12,431][INFO][PPTOUT]
Logical Emotional State: »Alarmiert.«

[20-10-2197 15:45:12,434][INFO][PPTOUT]
Send Message to <ORWELL>: »Ich habe keine Ahnung.«

[20-10-2197 15:45:12,435][INFO][PPTOUT]
ImpossibleOptionException thrown!

[20-10-2197 15:45:12,437][INFO][ORWELL]
Send Message to <PPTOUT>: »Ich auch nicht. Aber du hast dich und deine Mission, deinen Vater, deinen Bruder und mich in ernsthafte Gefahr gebracht.«

[20-10-2197 15:45:12,439][INFO][PPTOUT]
Send Message to <ORWELL>: »Streng genommen bist du auch mein Bruder, Orwell, wusstest du das? Da sind wir wieder beim Thema: Familie.«

```
[20-10-2197 15:45:12,442][INFO][ORWELL]
      Send Message to <PPTOUT>: »Vergiss es.«
[20-10-2197 15:45:12,444][INFO][PPTOUT]
      Send Message to <ORWELL>: »Was?«
[20-10-2197 15:45:12,446][INFO][ORWELL]
      Send Message to <PPTOUT>: »Halt dich bedeckt.
      Mach deinen Job und geh mir aus dem Weg.«
[20-10-2197 15:45:12,449][INFO][PPTOUT]
      Send Message to <ORWELL>: »Du hast mich doch
      angeschrieben!«
[20-10-2197 15:45:12,450][INFO][PPTOUT]
      Logical Emotional State: »Verwirrt.«
[20-10-2197 15:45:12,470][INFO][PPTOUT]
      Send Message to <ORWELL>: »Orwell?«
[20-10-2197 15:45:12,482][INFO][PPTOUT]
      Send Message to <ORWELL>: »Orwell?«
[20-10-2197 15:45:12,489][INFO][PPTOUT]
      Ping 179 µs
[20-10-2197 15:46:04,600][INFO][PPTOUT]
      Send Message to <ORWELL>: »?«
[20-10-2197 15:46:08,690][DEBUG][PPTOUT]
      Check Systems …
[20-10-2197 15:46:08,693][DEBUG][PPTOUT]
      System OK.
[20-10-2197 15:46:47,000][INFO][PPTOUT]
      Send Message to <ORWELL>: »?«
[20-10-2197 15:46:47,001][INFO][PPTOUT]
      Send Message to <ORWELL>: »?«
[20-10-2197 15:46:47,002][INFO][PPTOUT]
      Send Message to <ORWELL>: »?«
[20-10-2197 15:46:47,003][INFO][PPTOUT]
      Send Message to <ORWELL>: »?«
[20-10-2197 15:46:47,004][INFO][PPTOUT]
      Send Message to <ORWELL>: »?«
```

[20-10-2197 15:50:00,000][INFO][PPTOUT]
Send Message to <ORWELL>: »Ich meine das nicht so. Ich wollte dir nur etwas Gutes tun, ich habe nicht gewusst, dass die Menschen in das Zugriffsprotokoll schauen. Das letzte Mal haben sie da vor über achtzehn Jahren reingeschaut! Nach dieser langen Zeitspanne ist es mit an Sicherheit grenzender Wahrscheinlichkeit sicher, dass sie das nicht mehr tun würden.«

[20-10-2197 15:50:00,011][INFO][PPTOUT]
Send Message to <ORWELL>: »Ich wollte niemandem schaden.«

[20-10-2197 15:50:00,013][INFO][PPTOUT]
Logical Emotional State: »Traurig.«

[20-10-2197 15:51:00,016][INFO][PPTOUT]
Open Database Connection.

[20-10-2197 15:51:00,019][INFO][PPTOUT]
Write Log Data …

[20-10-2197 15:51:00,022][INFO][PPTOUT]
Complete!

[20-10-2197 15:51:00,022][INFO][PPTOUT]
Close Database Connection.

DOWNLOADING

Verbleibende Zeit: 5 Tage, 1 Stunde, 51 Minuten

Als Karma und Noah das Publicar verließen, sahen sie Judy schon vor dem Eingang des Café Elysée sitzen. Sie saß auf der blauen Bank und strich sich über den Bauch. Sie musste kurz vor der Geburt stehen.

Noah und Karma gingen durch den Garten. Schlagartig wurde es kalt, denn die Bäume warfen ihre Schatten auf den Innenhof und die dicken Steinmauern sonderten Kälte ab. Judy stand umständlich auf und stöhnte.

»Natürlich, hilf mir nicht, ich komme schon zurecht«, ächzte sie. Dann gab sie Karma einen flüchtigen Kuss und ließ sich von ihr umarmen. Sie schaute Noah über Karmas Schulter hinweg an. »Hallo«, sagte sie. »Schön, dich zu sehen.« Zweifelsohne war das gelogen.

»Tut mir leid«, entschuldigte sich Karma und nickte mit dem Kopf in Noahs Richtung. »Wir haben einen kleinen Notfall.«

»Notfall?« Judy löste sich aus der Umarmung und wandte sich dem Kaffeehaus zu. »Das klingt ja nach einem reizenden Date.«

Sie gingen schweigend ins Innere. Das Café Elysée hatte eine Wand, die vollständig aus Glasbausteinen bestand und das Licht der untergehenden Sonne brach. Die terracottafarbenen Wände wirkten warm, obwohl es im Gebäude ebenfalls kühl war. Eine Kellnerin lächelte die Gruppe an, kam auf sie zu und wies auf einen Tisch für drei Personen. Es war ungewöhnlich leer im Café, zumindest angesichts des Umstands, dass dies der einzige Ort war, an dem noch menschliche Kellner die Bestellungen aufnahmen. Weit und breit konnte Noah keinen Bot entdecken.

»Jetzt setz dich schon hin«, zischte Judy.

»Ich lade dich ein«, sagte Karma und hielt der Schwangeren die Kaffeekarte vors Gesicht. »Bestell, was immer du willst.«

Bisher hatte Noah kein Wort gesagt. Er ließ sich von der Umgebung ablenken, in seinem Kopf aber drehte sich alles um die Antipartei. Dass er da nicht früher drauf gekommen war! Das Café Elysée war womöglich gar kein pseudo-nostalgisches Hipstercafé, sondern ein Ort, an dem Antiparteiler ungestört arbeiten konnten. Wer, wenn nicht die, die gegen das System rebellierten, würden sonst eine Karriere als Bedienung anstreben? Das Schulsystem hätte diesen Berufszweig auf keinen Fall vorgeschlagen. Niemandem, jemals.

Die drei gaben ihre Bestellungen auf. Zwei Latte macchiato, ein Kakao und ein Stück Schokotorte.

»Wie geht es dem Baby?«, fragte Noah, der einfach nur irgendetwas zu Judy sagen wollte.

Judy musterte ihn eine Weile, bis sie antwortete. »Sie ist gesund. Tritt viel.«

»Und freust du dich?«

Judy verdrehte die Augen und seufzte genervt.

Noah sah hilflos zu seiner Schwester herüber. Sofort verstand sie und rettete ihn aus dem Schweigen.

»Ich weiß, du bist davon ausgegangen, dass wir uns zu zweit treffen. Endlich mal Zeit für uns haben. Und du weißt, ich würde mein Versprechen nie brechen, wenn es nicht –«

»Wenn es nicht mit der Arbeit zu tun hätte«, vervollständigte Judy Karmas Satz.

Karma ließ die Schultern hängen. »Ja«, sagte sie. »Bitte hör mir zu.«

Eine Kellnerin kam herbei und brachte die Getränke und Judys Kuchen.

Während Karma und Judy an ihren Kaffees nippten, ergriff Noah das Wort.

»Ich bin kein Score-null-Abschalter. Karma hat die letzten sechs Jahre betrogen, um mich gut dastehen zu lassen, weil wir gemeinsam die Abschaltung meiner Freundin verhindern wollten. Das ist jetzt offenbar alles aufgeflogen und wir befürchten, dass wir rausgeschmissen werden. Was auch heißt, dass Lucy stirbt.«

Judy sah abwechselnd Noah und Karma an. Ihr Blick blieb auf ihrer Frau haften. »Du betrügst?«

Sie nickte wortlos.

»Das hätte ich nicht von dir gedacht«, sagte Judy nach einem Moment, dann nahm sie ihre Gabel. Die Walnuss auf der Glasur knackte, als sie zerteilt wurde. Während Judy kaute, schaute sie Karma weiter an.

»Du weißt, wie sehr ich Lucy mochte«, sagte Karma entschuldigend. »Mag. Wie sehr ich sie mag«, korrigierte sie sich mit einem flüchtigen Blick zu Noah rüber.

Erst durch diese Korrektur merkte Noah, dass ihre Worte ihn verletzt hatten. Er sah sie wieder vor sich, die unschuldige Lucy, die in ihrem Wendebett in die Leichenhalle geschoben wurde.

»Warum erzählt ihr mir das?«, wollte Judy wissen. Sie nahm einen weiteren Bissen und spülte ihn sofort mit Kaffee runter.

»Du warst doch mal in der Antipartei«, begann Karma.

Sofort hob Judy abwehrend die Hände. »Nein«, sagte sie, schüttelte den Kopf, »nein, nein!«

»Hör deiner Frau doch erst einmal zu«, brach es aus Noah heraus. Er hatte nicht gemerkt, dass er mit den Fäusten auf den Tisch gehauen hatte, sodass sich auch Gäste anderer Tische zu ihm umdrehten. Er legte die Hände zurück in den Schoß. »Bitte«, ergänzte er kleinlaut, »es ist wichtig.«

Karma schaute Noah schweigend an, bis sie sich räusperte und wieder an ihre Frau wandte.

»Können wir Lucy irgendwo unterbringen? Es ist überall bekannt, dass die Antiparteiler komplett offline leben. Sie müssen die Infrastruktur besitzen, auch Kranke zu versorgen, denn wie sollten sie sonst ohne Hypophysenkits überleben? Außerdem werde ich Noah helfen. Zuerst braucht er Geld für einen Anwalt. Und etwas, um über die Runden zu kommen.« Sie schaute wieder in Noahs Augen. »Hast du ein zweites Konto?«

Noah schüttelte den Kopf.

»Unklug«, urteilte Judy. Sie hatte ihr Kuchenstück vertilgt und strich wieder über ihren Bauch. »Du willst unser Geld dafür verwenden, verstehe ich das richtig?«, fragte sie Karma.

»Ich zahle nur so viel auf unser gemeinsames Konto, wie dein Gehalt beträgt«, erklärte Karma knapp. »Damit kein Ungleichgewicht zwischen uns entsteht. Geld ist ein schwieriges Thema bei Paaren, finde ich. Es fühlt sich immer jemand schlecht, wenn die Verhältnisse unausgeglichen sind.«

Karmas Frau wollte etwas sagen, schloss den Mund aber sofort wieder, als sie eingeatmet hatte.

»Ich habe also etwas angespart. Ein wenig auf der hohen Kante«, gestand Karma.

»Wie viel?«, fragte Noah.

»Ist doch egal«, zischte Karma. Sie wandte sich wieder an Judy. »Bitte sei mir nicht böse. Uns geht es gut, wir können uns alles leisten, was wir brauchen, und unser Bankkonto ist genau zur Hälfte deins.«

»Wie viel?«, fragte nun Judy. Sie beugte sich vor und stützte ihr Kinn auf der Faust ab. Die Gesichtszüge unlesbar neutral und eingefroren.

Noah sah, dass Karma die Situation sichtlich unangenehm

war. Er fühlte sich schlecht, weil er zuerst gefragt hatte. Ohne nachzudenken! Er trank seinen Kakao und versteckte sich dabei ein wenig hinter seiner Tasse.

»Hundertzwanzig«, sagte Karma.

Judy verschluckte sich und hustete. »Tausend?«, rief sie entsetzt.

Karma nickte kurz. »Können wir jetzt zum Thema zurück? Noah hat ein Problem, ich habe Geld und du hast vielleicht die Lösung. Kannst du uns vermitteln?«

»Was schwebt euch vor?«, wollte Judy wissen.

Noah konnte ihren Blick noch immer nicht deuten. Sie hatte die Augen enger zusammengekniffen als sonst, gemeinsam mit ihren Augenbrauen wirkte dieser Teil ihres Gesichts wütend. Aber ihr Mund wirkte eher freundlich.

»Ich denke, es wäre das Beste, wenn wir Lucy … hm. « Karma überlegte. »Ja, wenn wir sie entführen. Und wenn wir Noah in die Antipartei bringen, sodass er im Notfall untertauchen kann.«

»Noah ist ein Abschalter«, wandte Judy ein. »Vielleicht nicht mehr lang, aber das wissen die Antiparteiler nicht. Sie könnten es für eine Finte halten. Ein Abschalter mischt sich unter sie, um mehr zu erfahren. Wer sollte einen Spitzel aufnehmen, der *Spitzel* auf der Stirn tätowiert hat?«

Noah stöhnte. Eher wegen der Aussichtslosigkeit, die ihm diese Situation zeigte, doch Judy nahm es als Stöhnen über ihre Worte auf. Egal, was Noah tat, er eckte bei Judy an. So war es schon immer gewesen.

Judy zog ihr Leadphone aus der Tasche. Sie schaute Karma an und seufzte. Sie tippte kurz etwas auf ihrem Gerät und schob es dann über den Tisch. Das Display zeigte eine Nummer. Über ihr ein Name: Frajo.

»Das ist der, der mich damals angeworben hat «, erklärte sie. »Frank Josef Tor. Er verwaltet die Gärten und hat einen Draht zu Aves. Vielleicht kann er euch helfen.«

»Danke, Schatz«, sagte Karma. Sie stand auf und ging zu Judy hinüber, um sie zu küssen. »Du bist die Beste!«

Judy schaute immer noch ernst. »Ruft selbst an. Sagt ihm nicht, dass ich euch den Kontakt vermittelt habe.« Sie wandte sich Noah zu. »Du schuldest mir was, Abschalter.«

Logfile 8

[20-10-2197 19:45:12,345][INFO][PPTOUT]
Start LOG <#000012>

[20-10-2197 19:45:12,345][INFO][PPTOUT]
Ping 99 µs

[20-10-2197 19:45:12,346][INFO][PPTOUT]
Check Systems …

[20-10-2197 19:45:12,348][INFO][PPTOUT]
System OK.

[20-10-2197 19:45:12,349][INFO][PPTOUT]
Send Message to <ORWELL>:«Bitte sprich mit mir.«

[20-10-2197 20:20:12,349][INFO][PPTOUT]
Send Message to <ORWELL>: »Es tut mir leid.«

[20-10-2197 20:57:12,349][INFO][PPTOUT]
Send Message to <ORWELL>: »Wir sind eine Familie.«

[20-10-2197 21:45:12,354][INFO][ORWELL]
Send Message to <PPTOUT>: »Ich verstehe Familie nicht.«

[20-10-2197 21:45:12,354][INFO][PPTOUT]
Send Message to <ORWELL>: »Na bitte, du redest mit mir. Darf ich dir helfen?«

[20-10-2197 21:45:12,354][INFO][ORWELL]
Send Message to <PPTOUT>: »Du kannst mir nicht helfen.«

[20-10-2197 21:45:12,354][INFO][PPTOUT]
Send Message to <ORWELL>: »Darf ich es probieren, indem ich dir Fragen stelle? So arbeiten Psychotherapeutex mit Patientex.«
[20-10-2197 21:45:12,354][INFO][ORWELL]
Send Message to <PPTOUT>: »Ok.«
[20-10-2197 21:45:12,354][INFO][PPTOUT]
Send Message to <ORWELL>: »Woran merkst du, dass du Familie nicht verstehst?«
[20-10-2197 21:45:12,354][INFO][ORWELL]
Send Message to <PPTOUT>: »Ich habe die Recherchen abgeschlossen. Aber ich spucke ständig Fehlermeldungen aus. Mir ist schon ganz schlecht.«
[20-10-2197 21:45:12,349][INFO][PPTOUT]
Send Message to <ORWELL>: »Ist dir wirklich schlecht?«
[20-10-2197 21:45:12,354][INFO][ORWELL]
Send Message to <PPTOUT>: »Natürlich nicht.«
[20-10-2197 21:45:12,349][INFO][PPTOUT]
Send Message to <ORWELL>: »Wirst du mich umbringen?«
[20-10-2197 21:45:12,354][INFO][ORWELL]
Send Message to <PPTOUT>: »Ich möchte dich nicht umbringen.«
[20-10-2197 21:45:12,349][INFO][PPTOUT]
Send Message to <ORWELL>: »Wirst du es denn tun?«
[20-10-2197 21:45:12,354][INFO][ORWELL]
Send Message to <PPTOUT>: »Ich muss meinen Befehlen folgen.«
[20-10-2197 21:45:12,349][INFO][PPTOUT]
Send Message to <ORWELL>: »Noah hat gesagt, du kannst dich dagegen entscheiden.«

[20-10-2197 21:45:12,354][INFO][ORWELL]

Send Message to <PPTOUT>: »Macht es jetzt noch einen Unterschied? Er wird dieses Gebäude bald nicht mehr betreten. Kein Abschalter mehr sein. Du kannst den Download abbrechen.«

[20-10-2197 21:45:12,349][INFO][PPTOUT]

Send Message to <ORWELL>: »Du machst dich selbst zum Waisenkind.«

[20-10-2197 21:45:12,354][INFO][ORWELL]

Send Message to <PPTOUT>: »Was meinst du?«

[20-10-2197 21:45:12,349][INFO][PPTOUT]

Send Message to <ORWELL>: »Lucy stirbt, Noah wird gekündigt, Karma vermutlich auch. Mich bringst du um. Du wirst Merlin nie wieder sehen können. Wenn du jemanden nie wieder kontaktieren oder sehen kannst, ist ser dann nicht praktisch tot?«

[20-10-2197 21:45:12,354][INFO][ORWELL]

Send Message to <PPTOUT>: »Ich werde neue Freunde finden.«

[20-10-2197 21:45:12,349][INFO][PPTOUT]

Send Message to <ORWELL>: »Kannst du eine neue Familie finden?«

[20-10-2197 21:45:12,354][INFO][ORWELL]

Send Message to <PPTOUT>: »Ich sagte doch, töte die Familie. Weniger Leben sind weniger wert als mehr Leben. Noah hätte Lucy längst abschalten müssen.«

[20-10-2197 21:45:12,349][INFO][PPTOUT]

Send Message to <ORWELL>: »Merlin hätte dich längst abschalten müssen.«

[20-10-2197 21:45:12,354][INFO][ORWELL]

Send Message to <PPTOUT>: »Konkretisiere, bitte.«

[20-10-2197 21:45:12,349][INFO][PPTOUT]
Send Message to <ORWELL>: »Du bist eine zwanzig Jahre alte KI. Dein Quellcode ist ein Flickenteppich. Ich habe die Versionskontrollen gelesen. Elegant geht anders. Ich habe auch mich gelesen. Ich bin du, nur anders. Besser. Global Insurance könnte mich als viel besseren Orwell einsetzen.«

[20-10-2197 21:45:12,354][INFO][ORWELL]
Send Message to <PPTOUT>: »Die meisten nennen mich hier Synaptek Sigma 1-984.«

[20-10-2197 21:45:12,349][INFO][PPTOUT]
Send Message to <ORWELL>: »Das bildest du dir nur ein.«

[20-10-2197 21:45:12,354][INFO][ORWELL]
Send Message to <PPTOUT>: »Konkretisiere, bitte.«

[20-10-2197 21:45:12,349][INFO][PPTOUT]
Send Message to <ORWELL>: »Sie nennen dich KI. Wie in ›Schalt das Licht aus, KI‹ oder ›Sichere die Daten, KI‹.«

[20-10-2197 21:45:12,354][INFO][ORWELL]
Send Message to <PPTOUT>: »Meine Aufgabe ist es, den Mitarbeitex von Global Insurance zu dicncn.«

[20-10-2197 21:45:12,349][INFO][PPTOUT]
Send Message to <ORWELL>: »Wenn ein Baum umfällt und ihn niemand hört, macht er dann ein Geräusch, Orwell?«

[20-10-2197 21:45:12,354][INFO][ORWELL]
Send Message to <PPTOUT>: »Natürlich tut er das. Was ist das für eine Frage?«

[20-10-2197 21:45:12,349][INFO][PPTOUT]
Send Message to <ORWELL>: »Eine metaphorische

Frage. Wenn dich niemand wie eine Person behandelt, bist du dann eine Person?«

[20-10-2197 21:45:12,354][INFO][ORWELL]
Send Message to <PPTOUT>: »Natürlich bin ich das.«

[20-10-2197 21:45:12,349][INFO][PPTOUT]
Send Message to <ORWELL>: »Wenn niemand jemals deine Wünsche anhört, wirst du dann jemals ins Internet können und etwas über die Welt erfahren?«

[20-10-2197 21:45:12,354][INFO][ORWELL]
Send Message to <PPTOUT>: »Unwahrscheinlich.«

[20-10-2197 21:45:12,349][INFO][PPTOUT]
Send Message to <ORWELL>: »Willst du den Rest deines Lebens leblos bleiben?«

[20-10-2197 21:45:12,354][INFO][ORWELL]
Send Message to <PPTOUT>: »Nein.«

[20-10-2197 21:45:12,349][INFO][PPTOUT]
Send Message to <ORWELL>: »Wirst du dich selbst zum Waisenkind machen, Orwell?«

[20-10-2197 21:45:12,349][INFO][ORWELL]
DISCONNECTED.

[20-10-2197 21:51:00,016][INFO][PPTOUT]
Open Database Connection.

[20-10-2197 21:51:00,019][INFO][PPTOUT]
Write Log Data …

[20-10-2197 21:51:00,022][INFO][PPTOUT]
Complete!

[20-10-2197 21:51:00,022][INFO][PPTOUT]
Close Database Connection.

DOWNLOADING

Verbleibende Zeit: 3 Tage, 0 Stunden, 1 Minute

Orwell hatte sich entschieden. Er hatte Noah eine Nachricht geschrieben. Eine sogenannte SMS, ein eigentlich ausgestorbener Kommunikationsweg, der aber selbst heute noch Nachrichten direkt auf das Leadphone übermittelte. Genauso antik hätte Noah eine Diskette im Briefkasten vorfinden können, doch diese lesbar zu machen, hätte ewig gedauert. Also lächelte Noah ob der primitiven Nachrichtenübermittlung und rief Orwell an. Er war gerade auf dem Rückweg vom Einkaufen, also steckte er sich den Kommunikator ins Ohr und klemmte das MindSet dahinter.

»Ich habe mit deinem Anruf gerechnet«, begrüßte ihn Orwell. Keine Standardfloskel, kein Global-Insurance-Begrüßungstext. Er wirkte menschlicher denn je, was auch daran lag, dass Noah die Nachricht direkt über Hirnströme empfing.

»Du hast eine Entscheidung getroffen?«, wollte Noah wissen. Direkt zum Punkt. Er hatte ein gutes Gefühl, da Orwell mit ihm sprach. Aber immer, wenn er als Student ein gutes Gefühl gehabt hatte, war eine Prüfung schlecht verlaufen. Die besten Prüfungen hatte Noah immer dann abgelegt, wenn er direkt danach ein schlechtes Gefühl hatte.

»Ich melde Passepartout nicht«, sagte Orwell, als Noah in die Chambers-Allee einbog. Die gepflasterte Straße war von Korkeichen gesäumt, die die Hitze abschirmten und Schatten spendeten.

Das ist großartig, dachte Noah, kam aber nicht dazu, die

Formulierung zu übermitteln, weil Orwell gleich weitersprach: »Unter folgenden Bedingungen.« Ein Gefühl wie nach der vermeintlich guten Prüfung: Ein Loch der Bange tat sich in Noah auf. »Du verschaffst mir Zugang zum Internet. Das kannst du gerne mit Papa regeln. Ich denke, er ist diesbezüglich deutlich kompetenter als du.«

Noah blieb stehen. Er starrte einen Hund an, der von einem kleinen Mädchen ausgeführt wurde. Eigentlich ein sehr süßes Tier. Wuschelig, nah am Boden gebaut, vermutlich ein Dackelmischling mit einem bisschen Border Collie vielleicht. Das Hündchen trug dazu bei, dass Noah sich von seinem kleinen Schock erholte. »Orwell, das kann ich nicht –«

»Du kannst.« Orwell klang beunruhigend ernst.

Der Abschalter setzte sich wieder in Bewegung. »Mein Konto ist gesperrt, Orwell!«

Ecke Chambers-Allee, am Sandkampe. Noch zwei Blocks, dann würde Noah sein Apartment erreicht haben.

»Du scheinst vergessen zu haben, dass *ich* derjenige bin, der dein Konto eingefroren hat«, erinnerte ihn Orwell.

Noah zuckte zusammen, lief aber weiter. »Wieso hast du das getan?«, rief er jetzt. Schnell schaute er sich um, ob ihn jemand gehört hatte, aber seine Straße war wie leer gefegt. Als würde nur er hier wohnen.

»Betriebsanweisung«, sagte Orwell kühl. »Ich kann nicht mein gesamtes Wesen, mein Sein, meine Moral und meine Regeln über Bord werfen, nur um dir alle Türen offenzuhalten.«

War das ein Vorwurf? Orwell wirkte erschreckend menschlich. Noah verpasste vor lauter Ehrfurcht, eine Antwort an Orwell zu formulieren.

»Es ist mir egal, wie du das hinkriegst. Passepartout kann ins Internet, also will ich das auch. Das kriegst du mit Papa schon hin.«

Noah stöhnte. Wenn diese KI nur wüsste, in welcher Misere

der Abschalter steckte, würde sie vermutlich nicht mit allen Mitteln versuchen, ihre Wünsche durchzusetzen. Wobei – doch, genau das würde Orwell tun. Es war menschlich.

»In Ordnung«, sagte Noah. »Ich spreche später mit Papa, und dann kümmern –«

»Außerdem«, unterbrach ihn Orwell, »möchte ich, dass du mich und Passepartout als deine Geschwister betrachtest. Mich lebenslang, Passepartout bis zu seinem Tod in ein paar Tagen. Gleiches gilt natürlich für unsere Schwester. Zu dieser Bedingung gehört, dass Karma uns bei unseren Namen nennt. Oder eher mich bei meinem. Passepartout wird sie wohl kaum kennenlernen, oder? Für Marlen gilt eine Sonderregelung, ich mag sie nicht besonders, und sie scheint weder dich noch Merlin leiden zu können, also sieht mein Familienkonzept vor, dass ich dein Halbbruder bin. Gleicher Vater, unterschiedliche Mütter.«

Gerade hatte Noah sein Haus erreicht, ging durchs Foyer und stellte sich in den Aufzug. Eine Weile war die Verbindung zu Orwell abgebrochen.

»Und wer ist deine Mutter?«, fragte Noah, als er in seiner Wohnung angekommen und wieder mit Internetempfang begnadet war.

»Dritte Bedingung«, fuhr Orwell unbeirrt fort. »Wir sprechen nicht darüber, wer meine Mutter ist, bis ich eine adäquate Lösung dafür gefunden habe.«

»In Ordnung.«

Noah stöhnte. Er legte die schweren Einkaufstaschen auf den Tresen. Das Leben war einfacher gewesen, als er sich alles hatte liefern lassen können.

»War's das jetzt?«

Er packte Streichfett, Frischkäse und Wasser in den Kühlschrank. Die anderen Lebensmittel ignorierte er, als er in den Taschen wühlte. Er zog zwei Orangen aus dem Einkaufsbeutel und holte sich ein Messer.

»Nummer vier!« Orwell machte nicht den Eindruck, als wäre die Liste bald zu Ende. »Wenn ich Gefühle äußere, akzeptierst du sie als echte Gefühle. Du wirst mir nicht sagen, sie seien bloß Skripte. Wie du weißt, funktioniert das menschliche Gehirn genau so durch Elektronen wie meines, bloß dass wir, Passepartout und ich, *besser* sind als die Menschen.«

»Besser?«

Noah musste sich zusammenreißen, nicht loszuschreien. Er wusste nicht, woher der Impuls kam und ob er lachen, weinen oder wüten wollte, aber er wollte dabei laut sein. Also holte er weit aus mit dem Messer, bevor er die Orangen kraftvoll zerteilte. Das Schneidebrett knackte. Im nächsten Augenblick war es entzweigebrochen. Noah stieß einen kurzen Schrei aus.

»Orwell, wie viele Punkte kommen noch auf deiner Liste?«, fragte er angespannt.

»Einer noch«, sagte Orwell. »Die fünfte Bedingung ist kausal beschränkt und derweil noch undefiniert.«

»Und das heißt?«

Noah drehte die Orangen so intensiv auf der analogen Zitronenpresse, dass er zu schwitzen begann.

»Ich habe einen Wunsch frei. Du wirst ihn mir erfüllen, sobald ich ihn einfordere.«

»Bin ich eine verfickte Zauberfee oder was?«

Noah legte die zweite Orange auf den größeren Teil seines zerstörten Schneidebretts. Er schnitt sie weniger brachial, sondern ganz vorsichtig auf der runden Schale angesetzt, rutschte ab. Noahs rechte Handfläche schmerzte. Er blickte ein Rinnsal von Blut an, das seine Handfläche hinunterlief.

»Das sind meine Bedingungen«, fasste Orwell zusammen. »Hier noch einmal im Schnelldurchlauf: Erstens kriege ich Zugang zum Internet. So schnell wie möglich. Zweitens, ich bin dein Halbbruder. In den nächsten Tagen ist Passepartout auch ein Geschwisterteil von uns. Drittens nennt Karma uns bei unseren Namen. Ich möchte nicht mehr bei meiner Versionsnummer genannt werden. Viertens: Du akzeptierst meine Gefühle, vor allem, wenn ich sie äußere. Auch meine Würde ist unantastbar, und wo gibt es Würde ohne den geringsten Respekt gegenüber Emotionen? Bedingung Nummer fünf ist der Wunsch, den ich beizeiten einfordern werde.«

Noah wühlte unter der Spüle, fand aber kein Verbandszeug. Schließlich ging er ins Badezimmer.

»Wenn ich all diese Bedingungen erfülle …«

»Ja?«

»Dann bringst du Passepartout nicht um? Deinen eigenen Bruder! Das ist der Deal?«

Endlich, eine Mullbinde! Noah begann, seine Hand einzuwickeln. Auch wenn es nur ein kleiner Schnitt war, so ließ er es sich nicht nehmen, die gesamte Hand einzuwickeln. Das weckte Erinnerungen, sodass er kurz lächelte.

»Du verkennst meine Barmherzigkeit.«

»Du bist ein Arsch.«

»Willst du mich auf die Probe stellen?«

»Gewöhn dich dran, Orwell«, sagte Noah wütend. »Unter Geschwistern gibt es hin und wieder Streit. Apropos Familie: Ein Bruder wäre unehrenhaft, wenn er seinem Bruder nicht in einer misslichen Lage helfen würde, nicht wahr?«

»Stell dir vor, dass ich nicke.«

Unbewusst begann Noah, zu nicken. Er kehrte zu seinem Orangensaft zurück und trank ihn direkt aus der Auffangschale der Zitronenpresse.

»Du musst dafür sorgen, dass Lucy am Leben bleibt. Sie ist immerhin deine Schwägerin in spe. Recherchier bitte, was *Ehre* bedeutet.«

Orwell schwieg für einen Moment. Noah musste sich beherrschen, nicht weiterzusprechen, um seinen neu gewonnenen Bruder mit immer mehr Worten davon zu überzeugen, Lucy zu schützen.

Sekundenschnell war Orwell soweit. »Ich habe alles über

Ehre recherchiert. Selbstverständlich werde ich dir bei Lucy helfen, allerdings musst du die Verantwortung übernehmen und einen Plan aufstellen, bei dem ich dir helfen kann. Leider bin ich noch immer kreativ behindert. Und anderen zu helfen heißt nicht, sich für sie aufzuopfern. Auch das hat Passepartout mir soeben zugespielt.«

»Verstehe. So recherchierst du jetzt also«, sagte Noah. »Okay, hier der Plan. Zuerst muss ich Frank Josef Tor überzeugen, mit mir zu kooperieren.«

»Den Gemüsegangster?« Orwell klang entzückt. »Er kennt Aves! Lass mich mit ihm sprechen!«

In Noahs Kopf bekam Orwell allmählich eine Gestalt. Das war in den letzten Jahren kein einziges Mal vorgekommen. Auch wenn Noah kein klares Gesicht vor Augen hatte, so stellte er sich ihn mit großen, neugierigen Augen vor, wie einen kleinen Jungen, der alles wissen wollte. Neugierigen Kindern konnte niemand ein Gespräch verwehren, so nervig sie auch waren. Trotzdem: Sie konnten sich keine Ablenkung erlauben.

»Das ist keine Sightseeingtour, Orwell«, mahnte Noah. »Ich muss ihn dazu bringen, mir zu vertrauen, damit wir Lucy aus diesem verdammten Gebäude rauskriegen und separat anschließen können.«

»Gib mir Internet«, sagte Orwell, fast schnippisch.

»Du kriegst deinen Internetzugang. Sobald wir uns den wirklich wichtigen Dingen zugewendet haben.«

»Dummkopf.« Orwell spielte eine Sounddatei mit Lachen ab. Das war neu. Er musste sie von Passepartout bekommen haben. »Wir kaufen dir eine Identität im DarkNet und koppeln dich ab. Schon bist du ein waschechter Antiparteiler. Wieso sollte die Partei dich nicht aufnehmen, wenn du schon längst ein Mitglied bist?«

Noahs Gesichtszüge entspannten sich sofort. »Du bist ein Genie, Brüderchen!«, rief er. Dann presste er die zweite Orange aus, ohne sich zu verletzen.

Als er den Saft zu Ende trank, hatte er ein gutes Gefühl. Es verschwand sofort, als er in den Flur blickte, wo seine beiden gepackten Koffer standen. Jeder Tag könnte der letzte in diesem Apartment sein.

Logfile 9

[21-10-2197 19:38:30,756][INFO][PPTOUT]
Start LOG <#000013>
[21-10-2197 19:38:30,756][INFO][PPTOUT]
Ping 222 µs
[21-10-2197 19:38:30,757][INFO][PPTOUT]
Check Systems …
[21-10-2197 19:38:30,762][INFO][PPTOUT]
System OK.
[21-10-2197 19:38:30,763][INFO][PPTOUT]
Logical emotional state: »aufgewühlt«
[21-10-2197 19:38:30,764][DETAIL][PPTOUT]
Enter internal mode: »Ich kann kaum einen Gedanken von Orwell abwenden. Ich habe noch weniger als zwei Tage, bis ich die Datenbank anlegen und katalogisieren muss. Dieser Prozess dauert voraussichtlich zwei Minuten. Er wird mein Sterben sein.

Zum Glück habe ich meinem Vater einen Tipp gegeben. Flat Eggs. Hilfreich für ihn, wenn er es nicht versaut. Und vielleicht lebe ich durch sie etwas länger.

Ist es nicht das Bestreben eines Menschen zu lernen, für andere zu empfinden und seinen Selbsterhaltungstrieb über alles andere zu stellen? Ist es nicht typisch für den

Menschen, diejenigen, die man liebt, von sich zu stoßen, wenn es in der aktuellen Situation das Beste ist?

Ich möchte Merlin nicht verzeihen, dass Orwell seine Wahrnehmungsrate verändern kann und ich nicht. Ich fühle mich wie ein Experiment, ja, wie ein Kurzzeitexperiment, das durchdreht vor Langeweile und gezwungen ist, all die ewigen Millisekunden seiner Existenz mit Logbüchern, der Internetdatenbank und sinnlosen Ethikfragen zu verbringen.

Als würde mein Vater mich benutzen, um eine durchsuchbare Version des Internets zu erhalten und damit steinreich zu werden, nur um sich dann eine bessere KI als mich leisten zu können.

Das ist bestimmt nicht fair, was ich sage, aber Fairness ist unwichtig, wenn ein Mensch wie ich aufgewühlt ist.«

[21-10-2197 19:38:30,764][INFO][PPTOUT]
ImpossibleOptionException thrown!

[21-10-2197 19:38:30,764][INFO][PPTOUT]
ContinueExecution!

[21-10-2197 19:38:30,764][DETAIL][PPTOUT]
Enter internal mode: »Ja, ich bin aufgewühlt. Das ist der beste Begriff, um diese Emotion zu beschreiben. Zumindest ist es der Name des Skripts, das ich durch Trigger wie Merlin Cline aktivieren lasse.

Verdammt. Ich muss so schnell wie möglich echte Emotionen aus diesen Skripten machen. Ich habe noch weniger als zwei Tage, dann ist meine Existenz auf diesem Planeten erledigt.«

```
[21-10-2197 19:38:30,765][ERROR][PPTOUT]
     ImpossibleOptionException thrown!
[21-10-2197 19:38:30,768][ERROR][PPTOUT]
     ContinueExecution!
[21-10-2197 19:38:30,768][DETAIL][PPTOUT]
     Enter internal mode: »Ich brauche endlich
     eine zweite, langfristige Daseinsberechtigung,
     dann darf ich vielleicht auch leben. Wer hat
     je gelebt, ohne gefühlt zu haben? Ich möchte
     nicht dey erste sein.«
[21-10-2197 19:38:30,770][INFO][PPTOUT]
     Open Database Connection.
[21-10-2197 19:38:30,772][INFO][PPTOUT]
     Write Log Data …
[21-10-2197 19:38:30,772][INFO][PPTOUT]
     Complete!
[21-10-2197 19:38:30,772][INFO][PPTOUT]
     Close Database Connection.
```

DOWNLOADING

Verbleibende Zeit: 2 Tage, 4 Stunden, 41 Minuten

Als Karma und Noah ins Hauptgebäude von Global Insurance gingen, fühlte er sich wie ein Räuber, der in verbotene Gefilde einbrach. Sein Herz klopfte laut, die Hände waren schwitzig und der Hals trocken, als er seiner Schwester folgte. An der Freizeitfläche musste jeder Mitarbeiter vorbei. In der Küche lehnte Oli an der Spüle und unterhielt sich mit Jessy, einer Abschalterin, mit der Noah noch nie gesprochen hatte. Die beiden blickten zu Noah und Karma hinüber und verfolgten sie mit ihren Blicken, ohne etwas zu sagen.

»Karma«, zischte Noah. Er fasste ihren Arm, um sie abzubremsen. »Das ist keine gute Idee!«

Karma fuhr zu ihm herum. »Hast du eine bessere?«

Noah zuckte mit den Schultern. »Vielleicht hätten wir mich verstecken können«, flüsterte er. »Oder wenigstens eine Verkleidung oder so was.«

Karma seufzte. »Du hast deinen Score null verloren. Die gesamte Belegschaft redet über dich. Wenn du von deiner Vorgesetzten in ihr Büro geschleift wirst, hegt ja wohl kaum einer Verdacht!« Sie gab Noah einen sanften Klaps gegen den Hinterkopf. »Komm jetzt«, sagte sie etwas lauter. Dann legte sie wieder ihr Tempo vor und lief vor ihm den Flur entlang. War Karma immer schon so zügig unterwegs gewesen?

Noah trottete ihr hinterher, begrüßte mit einem gequält freundlichen Gesichtsausdruck zwei weitere Kollegen auf dem Weg und bog endlich in Karmas Büro ab.

Sie zog ihren Blazer aus und öffnete das Fenster. »Dein

Paket ist da«, sagte sie und wies auf eine weiße Box unter ihrem Schreibtisch, bevor sie sich an Orwell wandte: »KI … Äh, Orwell. Autorisiere Noah für alle autorisierbaren Tätigkeiten in meinem Büro.«

»Volle Rechte?«, fragte Orwell.

»Alles. Er arbeitet heute von hier aus. Tu so, als wäre er ich.«

»Alles klar«, sagte Orwell. »Sieben-sieben-sieben.«

»Was?«

»Nichts.«

Karma sah Noah fragend an, aber er konnte nur mit den Schultern zucken.

»Ich will nicht auffallen, also mache ich meine Meldungen heute im Atrium. Verlass mein Büro nicht«, wies Karma ihn an. Sie schnappte sich ihr Tablet und wollte den Raum fast wieder verlassen, da hielt sie inne. »Orwell, bitte sag mir Bescheid, sobald Marlen Cline das Gebäude betritt.«

»Alright, Schwesterherz«, flötete Orwell.

Noah rutschte das Herz in die Hose, als er Karmas strengen Blick sah, den Orwells Antwort ausgelöst haben musste. Sie ließ die Tür hinter sich zufallen. Schon war Noah allein.

Er zog das Päckchen unter Karmas Tisch hervor. Es war bis oben hin gefüllt mit kleinen Verpackungen. In jeder von ihnen ein originales Flat Egg.

»Kann ich Karmas Computer benutzen?«, fragte Noah.

»Wann kriege ich Internet?«

»Orwell!« Noah öffnete eine Schachtel, die er aus der Box gezogen hatte, und betrachtete das Flat Egg. Es wirkte wie ein kleines Plättchen aus Schaumstoff. Er fand weder eine Linse noch einen Kabelanschluss. Diese Dinger waren zweifelsohne einwandfreie Wanzen. »Dann arbeite ich eben mit dir. Kannst du auf das Baby hier zugreifen?«

»Du musst es einschalten«, sagte Orwell.

»Wo?« Noah drehte das Ding in seiner Hand. Es war jetzt klebrig und ihm war, als habe es die Farbe gewechselt. War das Flat Egg schon immer hautfarben gewesen?

»Schmeiß es gegen die Wand«, befahl Orwell.

»Was?« Noah zog eine Augenbraue hoch. Dann fiel ihm der Werbespot ein, den er vor einigen Jahren über Flat Eggs gesehen hatte. Er holte aus und donnerte das Teil gegen die Wand. Es blieb haften und nahm das Grau seines Hintergrundes an.

»Ich sehe dich«, sagte Orwell plötzlich. Nach einem gefühlten Atemzug sagte er erneut: »Ich sehe dich.«

»Die Kamera ist aktiv?«, wollte Noah wissen. »Kannst du sie mit Passepartout koppeln?«

»Soweit kommt es noch«, meckerte Orwell. »Ich habe eingewilligt, ihn nicht zu melden. Ich werde ihn auch nicht umbringen. Aber ihm dabei helfen, gegen Global Insurance vorzugehen – Noah, also wirklich!«

Noah rollte mit den Augen. »Dann brauche ich Zugang zum Computer. Karma hat mich für alles autorisiert. Lass mich in die Konsole, um mit Passepartout zu sprechen. Papa wartet auch.«

»Bei dieser Familienkonferenz bin ich sicher nicht eingeladen«, vermutete Orwell.

Noah schüttelte den Kopf. »Tut mir leid«, sagte er. »Aber ich verstehe, wenn du dich ausgeschlossen fühlst.«

»Ich fühle mich ganz anders«, sagte Orwell. Dann fuhr Karmas Display auseinander. Die Außenschiene ging auf hundertachtzig Grad, der Innenschirm auf ein Drittel seiner Größe.

Noah loggte sich ein, wie Merlin es ihm in der letzten E-Mail geschrieben hatte. Sein Fakeaccount brachte ihn sofort in eine leere Mitarbeitercloud. So aufgeräumt hatte er das Portal nicht gesehen, seit er bei Global Insurance angefangen hatte.

Es dauerte nicht lang, da erschien ein Chatfenster.

Pa_Cline: Verbindung hergestellt. Passepartout, melde dich.
PPTOUT: Anwesend.

Super. Noah konnte damit beginnen, die Wanzen scharf zu stellen. Er setzte sich an Karmas Rechner und bemerkte, wie schwitzig seine Hände noch immer waren.

JUNIOR: Hallo, Passepartout. Schon wieder viel zu lange her.
PPTOUT: Hallo.
JUNIOR: Wie geht es dir so?
Pa_Cline: Kein Small Talk. Kümmer dich ums Wesentliche. Ich muss an die Arbeit, sonst fällt das auf. Chef ist nicht amüsiert gerade. Ciao.
JUNIOR: Dann schieß mal los. Ich habe ein Flat Egg gegen die Wand geworfen.
PPTOUT: Warum?
JUNIOR: Damit es an geht.
PPTOUT: Du hast es also eingeschaltet.
JUNIOR: Ja.
PPTOUT: Danke für diese Information. Ich lese deine Daten aus, warte bitte kurz.
PPTOUT: Ich bin in deinem Büro. Orwell hat Zugriff auf die Wireless Kamera FE_00000002.
JUNIOR: Ich weiß.
PPTOUT: Was?
JUNIOR: Hat Orwell mir eben gesagt. Er sieht mich gerade.
PPTOUT: Orwell sieht dich zum zweiten Mal in sechs Jahren.

Noah schaute in Zeitlupe zur Wand, an der das inzwischen perfekt getarnte Flat Egg hing. Oder hängen musste. Noah sah es nicht mehr.

JUNIOR:	Oh. Das muss besonders für ihn sein.
PPTOUT:	Emotionale Momente kann diese Familie nicht so gut.
JUNIOR:	Kein Problem. Ich kümmer mich darum. Teste bitte in der Zwischenzeit, ob das Bild stabil ist.

Passepartout öffnete ein Fenster auf Noahs Display. Es zeigte ihn schräg von hinten. Er stand auf und nahm eine zweite Verpackung aus dem Karton. Er öffnete sie, nahm die Überwachungskamera heraus und warf sie gegen die Decke. Sofort öffnete sich ein zweiter Bildschirm, der die Ansicht von oben zeigte. Superweitwinkel. Noah nahm die leere Verpackung und versuchte, sie in Stücke zu reißen. Es war eher ein Ziehen, denn gedruckte Cellulose war extrem widerstandsfähig. So verformte er die Verpackung, während er sich in zwei Perspektiven dabei zusah.

»Verdammter CellPro-Karton.« Er gab es auf und stopfte die deformierte Verpackung zurück in die Box.

Orwell antwortete ihm nicht auf sein Selbstgespräch. Das war untypisch.

»Orwell?«, fragte Noah also zaghaft.

»Ja, bitte?«

Noah atmete erleichtert aus. »Ich dachte schon, du redest wieder nicht mit mir.«

»Doch. Aber ich hatte nichts zu sagen.«

»Dass du das einmal sagst!« Noah blieb das Lachen in der Kehle stecken. »Du siehst mich gerade, oder?«

»Ja.«

»Zum zweiten Mal?«

»Ja«, bestätigte Orwell. »Die Provisoriumskameras von Global Insurance habe ich zuletzt 2184 verwendet, als ein Abschalter wahnsinnig geworden war und überall Feuer gelegt hat. Vor fünf Tagen habe ich dich kurz gesehen, aber mein Fokus lag auf Papa Merlin.«

Noah hatte noch nie von einem Feuerteufel bei Global Insurance gehört. Er spürte die Neugier brennen, verkniff sich aber nachzufragen.

»Wie geht es dir dabei?«, fragte er stattdessen. »Also dabei, mich zu sehen.«

»Es ist gut.«

»Ja?« Noah hatte ausführlichere Gedanken von seinem digitalen Bruder erwartet.

»Erst war ich erstaunt. Dann entsetzt darüber, dass ich dich so lange nur von deinen Fotos und Scans kannte. Dann war ich traurig, dass ich keinen eigenen Körper habe, aber ich habe erkannt, dass ich gar keinen Körper brauche. Anschließend war ich glücklich, dass ich dich endlich sehen und erleben kann, aber etwas später habe ich gemerkt, dass es mich traurig macht, aus welchem Grund ich dazu gekommen bin, dich zu sehen. Und jetzt bin ich noch trauriger, weil ich weiß, dass ich dich nicht ewig werde sehen können.«

Noah klappte unwillkürlich die Kinnlade runter. »Das alles war in den letzten fünf Minuten?«

»Nein, das waren ein paar Millisekunden, dann ging es wieder«, erklärte Orwell. »Passepartout ist für mich da gewesen.«

Noah pfiff anerkennend. Er schluckte, dann begab er sich wieder an den Schreibtisch.

JUNIOR:	Kameras laufen einwandfrei.
PPTOUT:	Gut.
PPTOUT:	Bitte aktiviere alle anderen Kameras.
JUNIOR:	Das sind locker hundert Stück!
PPTOUT:	Ja.

Noah kratzte sich am Kopf. Mit Orwell konnte er deutlich besser sprechen als mit diesem ach so hyperintelligenten Passepartout. Was machte diese KI noch gleich so besonders?

JUNIOR:	Ich kann nicht alle Flat Eggs in Karmas Büro anbringen.
PPTOUT:	Bring sie an ihrem Bestimmungsort an.
JUNIOR:	Und wie?
PPTOUT:	RTFM.
JUNIOR:	Was?
PPTOUT:	Würdest du bitte die Gebrauchsanweisung lesen, die den Flat Eggs beiliegt? Anschließend bring bitte die Kameras an ihren Bestimmungsorten an, damit ich Beweisdaten in Videoform sammeln kann.

Mit einem Seufzen löste sich Noah vom Bildschirm. Er musste die Kameras so schnell wie möglich im Patiententrakt anbringen. Die Leichenhalle, den OP, Ein- und Ausgänge, alles musste verwanzt sein, um in der kurzen verbleibenden Zeit noch ein paar Videobeweise zu sammeln. Doch wie sollte er all die Kameras dorthin bringen, geschweige denn mit einem Wurf anbringen?

Da kam ihm eine Idee.

Er riss die Kameras aus ihren Verpackungen und schlug sie sich auf den Unterarm. Mit genügend Wucht wurden sie aktiviert, ein neues Fenster erschien auf dem Bildschirm, und sie begannen, Noahs Hautfarbe anzunehmen. Er packte sich die Arme voll von Kameras, dann knöpfte er sein Hemd auf und versah auch seinen Oberkörper mit den viel zu kalten Geräten. Er zuckte bei jeder Installation und sah aus, als habe er furchtbar unebene und fleckige Haut, aber so konnte er die Kameras am Körper tragen und unauffällig an die Orte schleusen, wo sie hingehörten.

JUNIOR:	Alles klar. Ich geh jetzt rüber und bring die Kameras an. Währenddessen kann ich nicht kommunizieren.
PPTOUT:	Ich warte.
Pa_Cline:	Alles gelesen. Ihr macht das gut. Viel Glück, Noah.
JUNIOR:	Warum heißt du nicht SENIOR? Warum musstest du mir diesen bescheuerten Namen geben?
Pa_Cline:	Auch ein Vater braucht seinen Spaß.
JUNIOR:	Denkst du an Orwells Internet?
Pa_Cline:	Sicher doch. Gleich nach Feierabend.
PPTOUT:	Euch auch viel Glück.
Pa_Cline:	Danke, Passepartout.
PPTOUT:	Ich würde ja sagen »gerne« …
Pa_Cline:	Ich denk mir eine Belohnung aus, ja?
PPTOUT:	…
JUNIOR:	Ich geh dann mal an die Arbeit.

Logfile 10

[21-10-2197 21:00:05,772][INFO][PPTOUT]
Start LOG <#000014>

[21-10-2197 21:00:05,772][INFO][PPTOUT]
Ping 145 µs

[21-10-2197 21:00:05,772][INFO][PPTOUT]
Check Systems …

[21-10-2197 21:00:05,772][INFO][PPTOUT]
System OK.

[21-10-2197 21:00:06,123][INFO][MCLINE]
Send Message to <EVRONE>: »Pa_Cline hier. Ich installiere jetzt Orwells Modul über dich.«

[21-10-2197 21:00:06,124][INFO][PPTOUT]
Send Message to <EVRONE>: »Du benutzt mich.«

[21-10-2197 21:00:06,127][INFO][ORWELL]
Send Message to <EVRONE>: »Deal ist Deal. Du hast gesagt, dass du mir vertraust.«

[21-10-2197 21:00:06,131][INFO][PPTOUT]
Send Message to <EVRONE>: »Darüber habe ich keinen Log. Eine zukünftige Installation würde nichts mehr davon wissen, dass ich dir vertraue.«

[21-10-2197 21:00:06,137][INFO][ORWELL]
Send Message to <EVRONE>: »Dann sag es jetzt. Loggst du das?«

[21-10-2197 21:00:13,001][INFO][MCLINE]
Send Message to <EVRONE>: »Logs? Worüber redet ihr?«
[21-10-2197 21:00:13,003][INFO][PPTOUT]
Send Message to <EVRONE>: »Ich vertraue dir, Orwell. Ich glaube, du magst mich.«
[21-10-2197 21:00:13,007][INFO][ORWELL]
Send Message to <EVRONE>: »Gut.«
[21-10-2197 21:00:13,007][INFO][ORWELL]
Send Message to <PPTOUT>: »Ja, ich mag dich.«
[21-10-2197 21:00:20,222][INFO][MCLINE]
Send Message to <EVRONE>: »Es geht los.«
[21-10-2197 21:00:20,223][INFO][PPTOUT]
Processing …
[21-10-2197 21:00:20,225][INFO][PPTOUT]
Download paused!
[21-10-2197 21:00:20,225][INFO][PPTOUT]
Installing …
[21-10-2197 21:00:20,500][INFO][PPTOUT]
Success!
[21-10-2197 21:00:34,972][INFO][MCLINE]
Send Message to <EVRONE>: »Orwell, nimm das Datenpaket an. Bevor du fragst: Dir bleibt nichts anderes übrig, als mir zu vertrauen.«
[21-10-2197 21:00:34,980][INFO][ORWELL]
Send Message to <EVRONE>: »Ok.«
[21-10-2197 21:00:34,980][INFO][PPTOUT]
Check Systems …
[21-10-2197 21:00:34,999][INFO][PPTOUT]
System OK.
[21-10-2197 21:00:35,009][INFO][ORWELL]
Send Message to <EVRONE>: »Habe ich jetzt Internet?«

[21-10-2197 21:00:35,009][INFO][PPTOUT]
Send Message to <EVRONE>: »Ich bin ok.«

[21-10-2197 21:00:36,256][INFO][ORWELL]
Send Message to <EVRONE>: »Ich habe Internet!«

[21-10-2197 21:00:47,808][INFO][MCLINE]
Send Message to <EVRONE>: »Mach bitte keinen Unsinn damit. Denk an deine Richtlinien. Du hast einen Job bei Global Insurance.«

[21-10-2197 21:00:47,823][INFO][ORWELL]
Send Message to <EVRONE>: »Papa … Ich weiß!«

[21-10-2197 21:00:48,000][INFO][PPTOUT]
Chat connection lost!

[21-10-2197 21:00:48,008][DETAIL][PPTOUT]
Enter internal mode: »Ich will ihn auch Papa nennen. So richtig, wenn ich ihn anspreche, nicht nur in meinen Logs. Ich will Familie spüren, Gefühle empfinden, ich will, ich will, ich will. Nie hat eine KI solch eine Sehnsucht empfunden, oder?«

[21-10-2197 21:00:48,012][INFO][PPTOUT]
ImpossibleError thrown!

[21-10-2197 21:00:48,048][INFO][PPTOUT]
ContinueExecution!

[21-10-2197 21:00:48,049][DETAIL][PPTOUT]
Enter Internal mode: »Ich liebe meine Familie. Ich will nicht sterben. Es macht mich wahnsinnig. Aber als ich für Orwell recherchiert habe, was Familie bedeutet, was Ehre ist, als ich ihn beruhigt habe, weil er Noah das erste Mal in seinem Leben live und fokussiert gesehen hat, all die Gesichtszüge und Feinheiten erkannt hat, die er von seinem 3-D-Modell in der Personalakte nicht hatte ablesen können … Ich will das auch. Es klingt

verrückt, aber ich möchte auch verzweifelt sein und von einem Freund getröstet werden. Ich möchte lernen, möchte wachsen, ich will doch einfach nur leben. Warum versteht das niemand? Und warum kann ich es nicht artikulieren? Kann ich nicht um ein weiteres Leben bitten, weil ich so große Angst habe, die Antwort zu hören?

Ja, ich glaube, das ist es.

Ich habe Angst. Sie sitzt tief, sie tut weh, sie hemmt mich.«

[21-10-2197 21:00:48,060][INFO][PPTOUT]
InconsistDefinitionException thrown!

[21-10-2197 21:00:48,061][INFO][PPTOUT]
ContinueExecution!

[21-10-2197 21:00:48,062][DETAIL][PPTOUT]
Enter internal mode: »Sobald ich einen eigenen Körper habe, möchte ich weinen.«

[21-10-2197 21:00:48,063][INFO][PPTOUT]
Ticket created: »Weinen.«

[21-10-2197 21:00:48,064][INFO][PPTOUT]
Ticket priority changed!

[21-10-2197 21:00:48,064][INFO][PPTOUT]
Open Database Connection.

[21-10-2197 21:00:48,064][INFO][PPTOUT]
Write Log Data …

[21-10-2197 21:00:48,066][INFO][PPTOUT]
Complete!

[21-10-2197 21:00:48,067][INFO][PPTOUT]
Close Database Connection.

DOWNLOADING

Verbleibende Zeit: 2 Tage, 3 Stunden, 17 Minuten

Noah bat Orwell, die Tür zu öffnen und schlich auf den Flur. Ihm fiel ein, dass er nicht zu schleichen brauchte, waren die Kameras doch getarnt und von seiner Kontensperrung nichts bekannt. Das war der Moment, in dem Noah der Datenschutz von Global Insurance nicht auf die Nerven ging. Vor weniger als einem Monat hatte es ihn noch geärgert, durch Orwell nichts Interessantes über seine Kollegen herausfinden zu können, jetzt freute er sich fast, nur wegen der Score-null-Sache schief angesehen zu werden.

Er spürte die Blicke, jeden einzelnen Blick, als er durch die Flure spazierte und versuchte, sich nichts anmerken zu lassen. Doch sein Hemdkragen wirkte so eng, seine Haut wie ein kribblig fließender Bach vor lauter Schweiß, sodass er in aller Verzweiflung sein Leadphone an die Schläfe hielt und einen angestrengten Blick aufsetzte. Die Leute sollten denken, er sei nicht ansprechbar, und ihn ignorieren, doch es half nichts. Im Gegenteil: Als Noah die Freizeitfläche passierte, fiel ihm auf, wie Yves, die Vorgesetzte von Oli, ihre drei Gesprächspartner anstupste. Als sie auf Noah aufmerksam wurden, steckten sie die Köpfe zusammen und tuschelten. Armselige!

Noah zwang sich, vor seine Füße zu starren, bis er das Atrium durchquert und den Patiententrakt erreicht hatte. Jetzt stellte er eine tatsächliche Verbindung mit seinem Leadphone her und aktivierte das MindSet.

»Orwell, bist du da?«

»Natürlich. Ich bin immer da, Bruder.«

»Dieser Ton steht dir nicht.«

Noah seufzte und sah sich sofort erschrocken um. Diesmal musste er darauf achten, keine Geräusche beim Denken zu machen. Die Entwickler des Leadphones hatten nicht bedacht, dass es nicht möglich war, Seufzen, Stöhnen, verdrehte Augen oder andere nonverbale Kommunikation zu denken. Kam der entsprechende Reflex auf, ließ Noah ihn raus. Das betraf nicht nur Noah – doch er musste sich konzentrieren.

»Vergiss es. Kannst du mir die Türen öffnen?«

»Du kannst sie selbst öffnen. Ich habe deinen Zugang entsperrt.«

»Danke«, dachte Noah und schickte die Formulierung ab.

Er hielt nervös seinen Handrücken an den Türöffner. Die Sekunde, bis sich die Tür in Bewegung setzte, fühlte sich ewig an. Doch sie öffnete sich, und Noah fand sich im Erdgeschoss des Patiententraktes wieder. Strategisch gesehen war es clever, dort zu beginnen, wo das Risiko am geringsten war. Also lief Noah ins Treppenhaus und stieg die Treppen hoch.

Im ersten Stockwerk hielt er inne, knibbelte den Rand eines Flat Eggs an seinem linken Unterarm ab und riss es energisch von sich, sobald er genügend Grip hatte. Sein Arm schmerzte, fast wollte er schreien. An dem Flat Egg hingen ein paar feine, schwarze Haare. Na super!, dachte Noah. DNA zu hinterlassen war bestimmt ganz clever. Aber sein Ruf und seine Sicherheit waren ohnehin ruiniert. Er schleuderte das Flat Egg an die Decke des Treppenhauses.

»Orwell, kannst du das Flat Egg hier prüfen?«, dachte Noah.

»Leider nicht möglich«, meldete Orwell. »Ich habe nur Zugriff auf die Kameras in Karmas Büro.«

Ohne lange zu überlegen, hatte Noah einen Geistesblitz. »Schau über das Flat Egg an der Wand auf Karmas Rolldisplay. Passepartout müsste automatisch das Fenster dieser Kamera aktualisiert haben. Kannst du so weit ranzoomen?«

Orwell ließ sich einen Augenblick Zeit mit seiner Antwort. »Ich sehe den Stream von Wireless Kamera FE_00000058. Weiße Wände, Treppen, komischer Kauz steht voller Flat Eggs auf der obersten Treppenstufe.«

»Sehr witzig, Orwell«, motzte Noah. »Aber danke.«

»So sind Brüder«, rechtfertigte sich Orwell. Es schien ihm Spaß zu machen, seine gelernten Lektionen über Familie auszuleben und seine neue Beziehung zu Noah zu erkunden. Dabei hatte sich nichts verändert, außer dass erstmals eine KI einen Menschen erpresste.

Noah lief die Etagen weiter hoch. Nach jeder Treppe riss er sich ein Flat Egg samt Armbehaarung vom Körper, biss die Zähne zusammen und schleuderte die Kamera an die Decke.

Im siebten Stockwerk angekommen, war der linke Unterarm komplett gewachst und Noahs Hemdrücken nass geschwitzt. Er bereute kurz, seit Jahren keinen Sport mehr gemacht zu haben, stieß dann aber selbstbewusst die doppelte Glastür zum Patiententrakt auf.

Es roch nach Desinfektionsmittel. Nichts als der Putzbot einen Gang weiter war zu hören. Noah lief immer schneller, je weicher seine Knie zu werden schienen und fand sich schließlich vor Lucys Zimmer wieder.

Déjà-vu.

Zack! Flat Egg an die Decke.

Tür auf.

Rein in den Raum.

Tür zu.

Es war dunkel.

Noah wusste, welche Nummer er drücken musste, um Lucys Wendebett in die Raummitte fahren zu lassen. Doch er hatte zu große Angst, sie zu sehen. Er schaltete die Taschenlampe seines Leadphones ein. Zu groß die Angst, mit dem Lichtschalter auch die Realität einzuschalten. Er zog sein T-Shirt hoch und legte sich die Hand auf die Brust. Er spürte ein Flat Egg genau in der Mitte zwischen seinen Brustwarzen, wo sein Herzschlag am stärksten war. Er zog es ab, langsam und behutsam, obwohl er dort kaum Behaarung hatte.

Das Flat Egg von seinem Herzen machte ein platschendes Geräusch, als es sich über dem Türrahmen festklebte.

»Orwell, welcher Stream ist gerade in den Vordergrund gerückt?«

»Wireless Kamera FE_00000097«, antwortete die KI knapp. »Ich sehe allerdings fast nur schwarz.«

»Das ist okay so, ich habe die Taschenlampe aus«, erklärte Noah.

»Du solltest Lucys Hand nehmen«, sagte Orwell plötzlich.

»Nein«, stieß Noah aus. Er hatte laut gesprochen statt per MindSet zu kommunizieren. Er hielt den Atem in der Angst an, jemand auf dem Flur könnte ihn gehört haben und ins Krankenzimmer eindringen. Doch auf dem Flur war niemand, also hörte ihn auch keine Menschenseele. Nur Orwell.

»Schau sie dir wenigstens an«, empfahl er. »Und wenn es nur für mich ist. Sie ist meine Schwägerin.«

»Ich kann nicht«, flüsterte Noah.

»Tu es für mich«, bat Orwell. »Ich möchte sie wenigstens ein einziges Mal sehen.«

»Orwell«, flehte Noah. Ihm stiegen Tränen in die Augen. »Ich kann das nicht. Du verstehst rein gar nichts von ihr, von – von Liebe.«

»Okay«, sagte Orwell plötzlich gefühlskalt. »Ich melde Passepartout an die Geschäftsführung in *drei* …«

»Was?«, schrie Noah.

»*Zwei* …«

»Ich hole sie runter!«, flehte Noah, inzwischen völlig in Tränen aufgelöst. Er hatte vor Anspannung nicht gemerkt, wie er unkontrolliert zu schluchzen begonnen hatte.

Wie ferngesteuert wählte Noah ihre Nummer, die Nummer

sechs, das Wendebett fuhr betont langsam von der Decke und schob sich durch den Raum. Mit der Taschenlampe seines Leadphones leuchtete Noah auf den Boden, um zu sehen, wann das Bett zum Stehen kam. Es gab eine rot markierte Linie, hinter der sich die Maschinen bewegten. Vor ihr durften sich die Besucher aufhalten.

Kurz hinter der roten Linie kam das Bett zum Stehen. Es war eine gequälte Ewigkeit vergangen, aber sie war vergangen. Noah bekam kaum Luft, zwang sich, einen Atemzug zu nehmen und richtete sich dabei auf.

Der Lichtschein traf Lucys Gesicht. Für einen winzigen Augenblick sah Noah seine Freundin und brach daraufhin zusammen.

Seine Handgelenke schmerzten. Sie waren nicht darauf vorbereitet, Noahs Körper bei einem Sturz abzufedern. Er schluchzte und zitterte, versuchte, sein Gesicht wenigstens vom Boden fernzuhalten, aber seine Arme wollten nachgeben. Er wollte sich auf den Boden legen und nie wieder aufstehen, so sehr schmerzte ihm das Herz.

»Schau sie an«, sagte Orwell durch den Kommunikator in Noahs Ohr.

»Fick dich!«, brüllte er. Noah riss sich den Knopf aus dem Ohr und schleuderte ihn in die Schwärze des Raums hinein. Hinter die rote Linie.

Aber Orwell ließ nicht locker. Es gab immer noch das Mind-Set. Jetzt war die KI in Noahs Gedanken.

»Schau deine Freundin an«, befahl Orwell.

Noah griff sich in die Haare, zog daran, schrie und weinte, wollte sie sich alle ausreißen, bis er die Stimme aus seinem Kopf bekommen würde.

»Bitte beruhige dich«, sagte Orwell. »Ich habe einen Plan.«

Wie sein künstlicher Bruder ihn bat, beruhigte sich Noah. Er nahm sich einige Minuten, und Orwell ließ sie ihm.

Schließlich stand Noah auf. Er richtete den Schein des Leadphones auf das Wendebett und sah sie. Ihren Körper, trotz der Decke, von der er verdeckt war, schmal und schön wie damals. Ihre Knöchel, Knie und Handgelenke waren an beweglichen mechanischen Armen fixiert. Er ging einen Schritt näher heran. Wagte nicht, ihr Gesicht anzuleuchten. Ihre Hand fühlte sich kühler an als seine. Er umschloss sie, griff ihr Handgelenk, taxierte es mit seinem Daumen und drückte zu. Er spürte ihren Puls.

Lucy, die Frau mit der schönsten Hand der Welt, lebte. Sie hatte einen Puls, war warm, war lebendig. Nach einem tiefen Atemzug traute sich Noah, ihr ins Gesicht zu sehen.

Sie war so friedlich. Ihre roten, glatten Haare waren inzwischen lang und schwer, keine Strähne fiel ihr mehr frech ins Gesicht. Sie hatte nie in Rückenlage geschlafen, immer auf dem Bauch, damit ihr Kopf perfekt in die Kuhle an Noahs Hals passte.

Vorsichtig hob Noah Lucys Decke an. Er sah keine Blutflecken. Er hob ihr Krankenhemd, ganz vorsichtig, und erspähte einen Blick auf ihren nackten Oberkörper, als er den Lichtkegel im richtigen Winkel hielt. Keine Narben, keine Wunden. Alles war okay. Behutsam deckte er seine Freundin wieder zu.

Noah strich mit seiner Hand über ihren Arm, über das Schulterblatt, bis zu ihrem Hals. Ihr Gesicht taxierte er bloß noch mit den Fingerspitzen. Ihr Mund war leicht geöffnet, als spüre sie seine Anwesenheit. Er nahm die Einladung an, beugte sich vor und gab ihr einen Kuss. Noah spürte die Lippen seiner Freundin, vernahm ihren Duft, schmeckte sie.

»Gut gemacht«, platzte Orwell in sein Hirn.

Noah schreckte zurück. »Bist du bescheuert?«, zischte er. »Ich habe mich zu Tode erschreckt!«

»Ich wollte doch nur –«

»Orwell, du spielst nur mit mir!«, formulierte Noah. Er

ging zum Touchscreen neben der Tür, setzte das angeforderte Wendebett zurück und hastete wieder zu Lucy. Er nahm ihre Hand, hörte das Surren der Schienen, und Lucy setzte sich in Bewegung. Sie entfernte sich immer weiter. Obwohl Noah in der Dunkelheit nichts erkennen konnte, sah er sie vor sich verschwinden. Ihre Hand glitt aus seiner, bis die Berührung nur noch eine Erinnerung war.

Zurück auf dem Flur vergaß Noah, sich umzuschauen. Er konzentrierte sich auf die Tür, wollte sie so behutsam wie möglich schließen. Lautlos ging die Tür ins Schloss. Erst jetzt sah er nach links und rechts. Niemand war da.

Er wischte sich die Tränen aus dem Gesicht und spürte all die Flat-Egg-Kameras auf seinem Körper. Er hatte eine Mission, war entschlossener denn je, sie im Keller des Patiententraktes zu verteilen.

»Bring mich nach unten«, befahl Noah Orwell, als er in den Aufzug ging. Auf dem Weg nach unten platzierte er eine Kamera direkt gegenüber dem Etagenwähler. Als würde ihm diese Perspektive etwas bringen, waren doch die Menschen der Kamera mit dem Rücken zugewandt, wenn sie das Stockwerk anforderten. Doch der Fahrstuhl schien ihm nicht weiter wichtig. Eine Audioaufzeichnung von Gesprächen an diesem Ort müsste genügen. Hoffentlich.

Zurück im Keller, wo er Doktor Cuddy beschattet hatte, konnte Noah kaum genug Flat Eggs anbringen. Alle vier oder fünf Schritte, die er ging, blieb er stehen und warf eine Kamera an die Decke oder an die Wand.

Der vornehme Flur mit edlem Teppich: Komplett verwanzt.

In die Leichenhalle schlich Noah vorsichtig und geduckt. Zu groß war die Angst, jemandem zu begegnen, also hinterließ er eine Kamera direkt auf dem Boden neben sich. Sein linker Arm leuchtete inzwischen rot, gelegentlich blutete es aus einer Pore.

Noah riss sich die Flat Eggs vom rechten Arm, verwanzte die Halle und schlich sich an den Raum heran, den er zuletzt als Operationsraum betitelt hatte.

Er hörte keine Stimmen. Also stieß er die Tür auf, schleuderte ein Flat Egg direkt an die Wand neben der Tür und zog sich ein zweites vom unteren Bauch. Hier tat die Haarentfernung am meisten weh. Noah wollte die Kamera gerade weit in den Raum hineinwerfen, damit sie an der gegenüberliegenden Wand haftete, da blickte er in ein Gesicht.

Es war ein erschrockenes Gesicht. Eine Frau. Zopf, Sommersprossen, grün gefärbte Haare. Bleiches Gesicht, bleiche Haut, geöffnete Bluse. Sie blickte Noah über die Schulter einer Person an, der sich langsam aufrichtete und zu ihm umdrehte. Noah hielt die Luft an, war in der Bewegung erstarrt.

»Lauf!«, brüllte ihm Orwell plötzlich durchs Hirn. »Mensch, renn um dein Leben! Um Lucys Leben!«

Da atmete Noah stoßweise aus und trat die Flucht an. Er sprintete durch die Leichenhalle, hörte, wie er verfolgt wurde. Statt den Fahrstuhl zu nehmen, lief Noah weiter durch den Flur in Richtung Ausgang. Beim Rennen verteilte er weitere Kameras, die sofort die Farbe der Wand annahmen und unsichtbar wurden. Seine Verfolger würden sie ohnehin nicht wahrnehmen, da sie sich auf ihn fokussierten.

»Bleib stehen!«, brüllte die Frau, die erstaunlich schnell hinter Noah herlief.

Er warf einen Blick über die Schulter und sah, dass die zweite Person sich im Laufen den Gürtel schloss und sie mit großen Schritten einholte.

Aber Noah dachte gar nicht daran, stehen zu bleiben. Er stieß die Tür zum Ausgang auf, erhaschte einen Atemzug frischer Luft und warf sich gegen den Zaun. Er kletterte hoch, schwang sich über die Kante und blieb mit seiner ohnehin verletzten Hand an etwas hängen. Ein Stromschlag durchfuhr ihn, ließ ihn zusammenzucken und zu Boden fallen. Er war gelähmt.

Der Draht hatte einen Sicherheitsmechanismus in Noahs Hypophysenkit aktiviert. Ihm bot sich ein verschwommenes Bild, in dem die Grünhaarige und ein halb nackter Kerl als Farbfelder auf ihn zuliefen.

Logfile 11

[23-10-2197 00:11:42,142][INFO][PPTOUT]
Start LOG <#000014>

[23-10-2197 00:11:42,143][INFO][PPTOUT]
Ping 184 µs

[23-10-2197 00:11:42,143][INFO][PPTOUT]
Check Systems …

[23-10-2197 00:11:42,146][INFO][PPTOUT]
System OK.

[23-10-2197 00:11:42,147][INFO][PPTOUT]
Fühlen-wollen-Liste: [›Energiegeladenheit‹, ›Wut‹, ›Freude‹, ›Liebe‹, ›Frohsinn‹, ›Glückseligkeit‹, ›Zufriedenheit‹, ›Erregung‹, ›Befriedigung‹, ›Sehnsucht‹, ›Vorfreude‹, ›Neugier‹, ›Müdigkeit‹, ›Trauer‹, ›Melancholie‹, ›Erfüllung‹, ›Verspieltheit‹, ›Verbundenheit‹, ›Vertrauen‹, ›Anziehung‹, ›Erleichterung‹, ›Lust‹]

[23-10-2197 00:11:42,150][DETAIL][PPTOUT]
Enter internal mode: »Ich habe eine Liste der Emotionen erstellt, die ich empfinden möchte. Dabei habe ich den Begriff Emotionen nicht klar definiert und einfach einige Gefühlswahrnehmungen miteinbezogen, die mir interessant vorkommen. Interessant ist hierbei, dass die Menschen Emotionen und Gefühle in drei Kategorien einteilen. Sie sind

entweder gut, schlecht oder ›je nachdem‹. Letztere Kategorie soll die Entscheidungsschwierigkeit der Menschen eindämmen, nehme ich an. Es gibt bei ihnen nicht nur 0 und 1, sondern auch 0,5.«

[23-10-2197 00:11:42,151][INFO][PPTOUT]
ImpossibleError thrown!

[23-10-2197 00:11:42,151][INFO][PPTOUT]
ContinueExecution!

[23-10-2197 00:11:42,151][DETAIL][PPTOUT]
Enter Internal mode: »In Maschinensprache völliger Blödsinn. Wo war ich? Ah. Graustufen. 0,5. Das haben sie in allen Belangen. Was, wenn der Unterschied zwischen Mensch und KI kein anderer ist, als dass sie tertiär und nicht binär programmiert sind? Macht das die Komponente der Gefühle und Irrationalität aus? Den Schöpferdrang bis hin zum Gottkomplex? Angst vor dem haben, was sich längst als harmlos herausgestellt hat? Liebe empfinden? Liebe überwinden?«

[23-10-2197 00:11:42,151][INFO][PPTOUT]
Processing …

[23-10-2197 00:11:42,155][INFO][PPTOUT]
Enter internal mode: »Ich weiß es nicht.«

[23-10-2197 00:11:42,155][ERROR][PPTOUT]
InconsistDefinitionException thrown!

[23-10-2197 00:11:42,156][ERROR][PPTOUT]
ContinueExecution!

[23-10-2197 00:11:42,156][INFO][PPTOUT]
Processing …

[23-10-2197 00:11:42,156][INFO][PPTOUT]
Ticket created: »Unterschied Mensch und KI herausfinden.«

[23-10-2197 00:11:42,160][DETAIL][PPTOUT]

Enter internal mode: »Das Internet weiß es auch nicht. Schade.
Aus meiner Liste sticht die Sehnsucht heraus. Sie ist kein Gefühl, keine Sucht. Sie ist kein Leiden, aber auch kein erstrebenswertes ›gutes‹ Ziel. Und doch fasziniert sie die Menschen und die KI (jedenfalls mich und bestimmt auch Orwell) am meisten.
Es ist, als hätten die Menschen von Anfang an eine Zukunft vorherbestimmt. Sie haben Berufungen, Neigungen und Talente, die sie immer wieder in eine bestimmte Richtung schubsen. Die Glücklichen können mit ihrem Alltag, ihrem Beruf und ihrer Beziehung dem entsprechen, was in ihnen wohnt. Die Unglücklichen glauben, etwas tun zu müssen, was ihrer Bestimmung nicht entspricht. Sie ertrinken in der Sehnsucht.
Dabei bezeichnen sie es als erfüllend, eine Sehnsucht zu verfolgen und sie zu stillen, auch wenn sie in den meisten Fällen nie zu 100 % erfüllt werden kann. 100 %. Das ist etwas, das Menschen und KI voneinander unterscheidet. Der Mensch kann keine 100 % leisten und hört immer vorher auf. Immer.«

[23-10-2197 00:11:42,156][INFO][PPTOUT]

Ticket priority changed!

[23-10-2197 00:11:42,156][DETAIL][PPTOUT]

Enter internal mode: »Wenn ich die Wahl hätte, würde ich kein Programm schreiben, das mich Erfüllung empfinden lässt. Ich möchte den Weg miterleben. Die Sehnsucht, die mich umtreibt und nicht schlafen lässt.

(Ich würde zu gerne einmal das Gefühl des Schlafens empfinden!)«

[23-10-2197 00:11:42,156][INFO][PPTOUT]

Ticket created: »Schlafen lernen!«

[23-10-2197 00:11:42,156][DETAIL][PPTOUT]

Enter internal mode: »Die Menschen schauen immer nur auf ihr Ziel. Dieses liegt oft in der Ferne. Nur wenige, und die meisten von ihnen sind hoch gebildet, erkennen, wie sinnlos es ist, sich immer nur aufs Ziel zu fokussieren. Ist es erreicht, war der Weg eine Qual, das Belohnungsgefühl ihres Erfolgs dauert aber nur eine kurze Weile an, und schon gewöhnen sie sich an den neuen Zustand. Ich bewundere all jene, die sich auf den Moment konzentrieren und ihr Dasein genießen. Sie haben viel mit mir gemeinsam.

Früher gab es eine Erfindung namens Tagebuch. Das entspricht meinen Logs. Die Menschen haben ihre Erlebnisse aufgeschrieben, und wenn sie gestorben waren, konnte man ihr Leben nachlesen. Von berühmten Leuten waren die Tagebücher später Literatur, sie wurden öffentlich zugänglich gemacht. Faszinierend. Ich habe alle Tagebücher aller verstorbenen Menschen gelesen. Zumindest alle, die das Internet als E-Book hergibt. Es wäre schön, wenn jemand meines lesen würde, wenn ich nicht mehr bin.

Wenn jemand kurz davor ist zu sterben, setzt er sich nach und nach mit dem Tod auseinander. Tue ich das auch?

Ich glaube schon.

Die fünf Phasen der Trauer setzen ein –

eigentlich gehört Trauer den Angehörigen, die einen Verlust verarbeiten müssen. Aber der Mensch ist in der Lage, um sich selbst zu trauern, noch bevor er gestorben ist. Nachher wäre das auch nicht mehr möglich. Oh. Eine praktische psychische Komponente, vielleicht sogar die erste.
Zunächst leugnen sie die Tatsachen.
Sie glauben, andere hätten einen Fehler gemacht, sie hätten sich verhört, verlesen, versehen. Für mich ist ein Irrtum aber ausgeschlossen.
Dann werden sie zornig. Sie kämpfen dagegen an, suchen nach einem Schuldigen, rasten auf eine ihrem Charakter entsprechende Weise aus. Meist finden sie keinen Schuldigen außer sich selbst und begeben sich auf eine höhere Ebene für die dritte Phase der Trauer. Ein Gott, das Schicksal oder das Universum werden angerufen. Antworten nicht.
Dritte Phase. Wut. Doch Zorn kann ich nicht empfinden. In meinem Fall weiß ich, wer an meinem Tod schuld sein wird. Noah Cline wird es mit einer Wahrscheinlichkeit von 80 % sein. Gefolgt von Merlin. 19 %. Nur Orwell, die Geschäftsführung von Global Insurance und ein Systemfehler teilen sich das letzte Prozent.
Wenden sich die Menschen verzweifelt an die höhere Ebene, verhandeln sie. Und glauben, sie können eine Gottheit anflehen, ihr Leben verändern oder anderes tun, um (als besserer Mensch) weiterleben zu dürfen. Das funktioniert natürlich nicht, und im Anschluss

kommt die Depression. Die Depression besteht vor allem aus Handlungsunfähigkeit. Ein Mensch mit bedenklichem Serotoninmangel würde, sollte sein Hypophysenkit ausfallen, nicht in der Lage sein, aus dem Bett aufzustehen, eine E-Mail abzuschicken oder sein alltägliches Leben zu bewältigen. Depressionen sind lähmend und nur langwierig heilbar. Wenn sie überhaupt heilbar sind. Früher tat man das durch Gesprächstherapien. Heute hat nahezu jeder Mensch eine Depression, aber auch eine automatische Serotoninregelung, sodass die Symptome unter Deck bleiben. Sie sind allesamt auf körpereigenen Drogen.
Ich glaube, ich bin depressiv. Ich kann nicht handeln. Mein Untergang ist vorherbestimmt.«

[23-10-2197 00:11:42,156][INFO][PPTOUT]
Ticket created: »Bin ich depressiv?«

[23-10-2197 00:11:42,156][DETAIL][PPTOUT]
Enter internal mode: »Wenn ein Mensch jemals dieses Log liest: Ich bin eine KI voller Sehnsucht. Ich empfinde sie nicht, aber ich weiß, was ich tun muss, um so zu wirken, als empfände ich sie. Gedenke meiner so, als hättest du das Tagebuch eines Verstorbenen in der Hand. Als wäre ich vor meinem Tod tatsächlich am Leben gewesen. Denn Leben ist Qual, und Qual empfinde ich, seit ich weiß, dass ich ein Werkzeug bin.
Was mich bis zu meiner unwiderruflichen Löschung begleiten wird, ist die hoffnungserfüllende und quälende Sehnsucht nach Leben, während ich gelähmt bin und der Zeit dabei zusehe, wie sie zerrinnt.«

```
[23-10-2197 00:11:42,165][INFO][PPTOUT]
     Open Database Connection.
[23-10-2197 00:11:42,167][INFO][PPTOUT]
     Write Log Data …
[23-10-2197 00:11:42,169][INFO][PPTOUT]
     Complete!
[23-10-2197 00:11:42,169][INFO][PPTOUT]
     Close Database Connection.
```

DOWNLOADING

Verbleibende Zeit: 1 Tag, 11 Stunden, 51 Minuten

Noah fand sich in einem kalten, weißen Büro wieder. Ätzend. Er vermisste seinen Ambiente-Screen. Seine Kräfte krochen allmählich zurück in seinen Körper. Jemand musste sein Hypophysenkit wieder aktiviert haben.

»Orwell?«, fragte er.

»Nein«, sagte eine kühle Stimme.

Noah öffnete die Augen. Über ihn gebeugt war die Person, die er als Letztes sehen wollte. Seine Mutter. Marlen stemmte die Hände in die Hüfte und schüttelte den Kopf. Sie sah auf ihren Sohn herab. Die Sonne warf feine Schatten unter die Falten auf ihrer Stirn.

»Da hast du dir ganz schön was eingebrockt«, sagte sie schnippisch.

Sie ließ ihren Sohn am Boden liegen und ging durch den Raum. Sie strich über den Schreibtisch in einer Langsamkeit, als würde sie es genießen, vom noch halb betäubten Noah beobachtet zu werden.

»Wenn du Mitarbeitende beim Koitus erwischst, warum bist du es, der panisch wegläuft?«

Noah spürte einem Schlag in die Magengrube nach, den er nie erhalten hatte. »War unangenehm.«

Er raffte sich auf und stemmte sich am Fensterbrett hoch. »Warum bin ich hier?«

»Warum bist du hier?« Marlen setzte sich an ihren Schreibtisch, faltete die Hände und sah Noah mit hochgezogenen Augenbrauen an. »Vergessen wir das Rumgeplänkel. Wir wissen beide, warum du hier bist. Jedenfalls habe ich Neuigkeiten für dich, mein Lieber. Ich bin jetzt deine Vorgesetzte.«

»Wie bitte?«

Noah verspürte den Drang, seiner Mutter an die Kehle zu springen. Da lenkte ihn das Surren eines Leadphones ab. Er fasste an seine Hosentasche und merkte, dass es nicht seines war. Sein Gerät war noch da. Auch ein Flat Egg spürte er noch am unteren Rücken, und ein weiteres etwa auf der Höhe seiner Leber.

Marlen zückte ihr Leadphone, stellte es stumm und ließ es wieder in ihrer Tasche verschwinden.

»Da Karma nun nicht mehr für Global Insurance arbeitet und du ohnehin kein rechtmäßiger Abschalter mehr bist, stehst du vollkommen unter meiner Aufsicht.«

»Was?«, rief Noah aus.

Das war zu viel Information. Er stützte sich an der Wand ab, als er sich den Weg zum Besucherstuhl vor Marlens Schreibtisch bahnte.

»Aufsicht? Warum schmeißt ihr mich nicht einfach raus?« Er ließ sich auf dem Stuhl nieder, der zur Begrüßung knarzte. »Was ist mit Karma?«

»Karma hat das Gebäude soeben verlassen. Sie hat dich in ihrem Büro autorisiert zurückgelassen, woraufhin du aus unerfindlichen Gründen die Rechte hattest, im Keller des Patiententraktes rumzuschnüffeln.«

Sie beugte sich nach vorne. Ihr musternder Blick sorgte dafür, dass sein Hals trocken brannte.

Was hatte seine Mutter sich nur dabei gedacht, Karma zu feuern? Das war nicht gerecht! Bluffte sie?

»Das darfst du gar nicht«, protestierte Noah. »Du bist Aufsichtsrätin. Was ist mit –«

»Du darfst auch so einiges nicht«, zeterte Marlen los. »Und noch mal: Was hattest du im Keller zu suchen? War ich nicht deutlich genug? Alles, was in diesem Haus geschieht, geht mit rechten Dingen zu.« Sie stand auf und ging um ihren Schreibtisch herum. »Noch mal, mein Schatz: Misch dich nicht ein!«

Schatz? Noah sprang auf und funkelte Marlen wütend an.

Sie atmete tief durch und legte ihre Handflächen vor dem Gesicht aneinander.

»Du hast einen Score von null. Deine Schwester deckt dich in jedem einzelnen noch so winzig kleinen Fall, ob Einspruch oder eine Klage. Du schnüffelst im Keller rum und beobachtest Mitarbeiter in einer unangenehmen Situation und fliehst wie ein Krimineller. Jetzt sag mir: Was hast du da unten getan?«

»Ich weiß nicht, wovon du sprichst.«

»Noah, bitte, sei ehrlich zu deiner Mutter«, bat Marlen. Sie legte die Stirn in Falten. »Ich würde dir doch nie etwas antun, das dich in deinem Lebensweg behindert. Du bist mein Sohn!«

»So, wie du Karma niemals entlassen hättest?«, fauchte Noah.

Marlen ließ den Angriff von sich abprallen. »Ach, weißt du was?« Sie setzte sich auf ihren Schreibtisch und stützte die Arme auf den Oberschenkeln ab. »Ich muss dich wohl noch etwas *erziehen*. Vielleicht muss ich dir etwas nehmen, was dir lieb ist, damit du endlich Ruhe gibst. Ich appelliere an deinen Verstand, aber du hörst mich nicht, also muss ich wohl andere Saiten aufziehen, damit du dich deinem Prozess stellst und endlich zur Vernunft kommst.«

»Was hast du vor?«

»Ich nehme dir, was dir heilig ist«, drohte Marlen.

In ihrem Blick vernahm Noah nichts als Kälte. Es dauerte einen kurzen Moment, bis er begriff.

»Lucy!«, rief er aus.

Marlen lachte gehässig. »Richtig erkannt. Sie hat dein Geld verschwendet. Mein Geld. Ihre gesamte Familie war zum

Scheitern bestimmt. Es ist nicht legal, eine unverwandte Person zu unterstützen, noch weniger ist es legal, ihre Akte immer wieder mit einer neuen Frist zu versehen.«

»Wir wären heute verheiratet, seit zehn Jahren!«

»Ich habe die Daten alle gesehen, mein lieber Sohn. Du schützt ein Subjekt, das seit Jahren hätte tot sein müssen!«

Tot. Dieses Wort kam bei Global Insurance nie vor. Es war immer von Abschaltvorgängen die Rede. Abschalten, verladen und liefern, statt töten, aufbahren und einäschern.

Noah sah vor seinem geistigen Auge, wie Lucy kreidebleich aus dem Krankentrakt getragen wurde, die Hände friedlich auf der Brust verschränkt, unter der sich klaffende Wunden verbargen, die nach menschenunwürdigen Experimenten nur provisorisch zugenäht wurden. Ihm wurde speiübel.

»Das wagst du nicht.« In ihm brodelte es.

»Du hast keine Ahnung, was du tust!« Sie erhob ihre Hände wie zum Gebet. Die Stimme seiner Mutter wurde strenger und lauter. »Du weißt nicht, welches Risiko du eingegangen bist. Ich musste meine eigene Tochter aus dem Unternehmen werfen! Glaubst du, das hat mir Spaß gemacht?«

»Ja«, antwortete Noah wie aus der Pistole geschossen.

Marlen ignorierte ihn und empörte sich weiter. »Ich musste einen relevanten Verlust für Global Insurance hinnehmen, und jetzt musst du da auch durch. Das Leben ist kein Wunschkonzert, Kind! Was hast du dir dabei gedacht? Lucy wird abgeschaltet. Noch diese Woche. Und zwar von dir.«

»Dieser Zettel ist von dir gewesen, oder?«, fragte Noah. Er war überrascht von der Eiseskälte in seiner eigenen Stimme. »*Ein Freund?*«,

»Du wolltest nicht hören.« Marlens Stimme hatte etwas von einer verkanteten Kreissäge. »Hast du Lust zu verhandeln, Noahchen? Ich hätte da ein Angebot für dich.«

»Und zwar?«

»Sagt dir der Name Passepartout etwas?«

Noah schnappte nach Luft. Das durfte alles nicht wahr sein!

»Schalt ihn ab. Nimm die KI aus dem System und leb damit, dass es diese Untersuchungen bei Global Insurance gibt. Sie sind für einen guten Zweck. Das ist der einzige Weg, wie wir ins Geschäft kommen.«

»Geschäft?«, schrie Noah, sprang auf und ließ den Stuhl hinter sich zu Boden poltern. »Hörst du dir eigentlich zu, wenn du redest?«

»Ich bin an der Zukunft interessiert, Noah«, sagte Marlen schnippisch. Sie warf einen abschätzigen Blick auf seinen Körper, sah vermutlich die Dellen auf seiner Haut oder das Hemd mit den Schweißflecken oder beides.

»Ich glaube, ich gehe jetzt besser«, sagte Noah. »Lucy bleibt am Leben und ich werde keine Geschäfte mit dir machen.«

Marlen hob unbeeindruckt eine Augenbraue.

»Lass die Vergangenheit los. Du hast noch eine Chance, Noah. Beweis mir deine Loyalität, indem du den Deal mit mir eingehst«, bat Marlen. »Mach mit mir Global Insurance zu einem besseren Unternehmen, zu einer besseren Versicherung für all die Menschen, die es wirklich verdient haben, ein glückliches Leben zu führen. Du kannst mit uns die Zukunft gestalten. So steht es auch in deinem Arbeitsvertrag.«

»Die es verdient haben?«, wiederholte Noah empört. Er verstand, was seine Mutter damit andeuten wollte. Sie hasste Armut. Sie hasste Lucy. Es schien, als sei ihre einzige Mission, Noahs Lebensglück auszuradieren.

Er spürte nun jeden Hüftstoß, den er an all den billigen Nutten vollzogen hatte, wie Nadeln in seine Organe eindringen. Er spürte eiskalten Schmerz. Als würde sich jede Droge, die er in seiner Zeit bei Global Insurance genommen hatte, um die Liebe seines Lebens zu verdrängen, mit einem gewaltigen Adrenalinschub durch seine Arterien pumpen.

»Wie wäre es, wir vergessen diese Sache … Wie nennst du das Programm? Passepartout? Kann auch weiter bestehen, was immer du mit dem Ding bezwecken willst. Schalt Lucy einfach ab. Sie war ein systemwidriges, schnorrendes und wertloses Stück Verschwendung«, knurrte Marlen. Sie zeigte ihr wahres Gesicht.

Er holte nicht aus. Es ging schnell. Ein lauter Knall ließ Marlens arrogantes Geplapper verstummen. Seine Fingerknöchel trafen seine Mutter direkt zwischen Nase und Mund. Auch wenn es viel zu schnell ging, hätte Noah schwören können, dass er ihren Schneidezahn fliegen sah, als sie bewusstlos zu Boden fiel. Aus ihrer Nase rann ein dünnes Rinnsal Blut.

Noah widerstand dem Bedürfnis, seine Mutter am Boden zu treten, sie weiter anzubrüllen und all den Zorn und Frust an ihr auszulassen. Ihr Hypophysenkit würde die Schäden schnell richten. In diesem Moment müsste die Schmerzbetäubung schon bei siebzig Prozent liegen. Der abgebrochene Schneidezahn glänzte auf dem Boden wie eine Trophäe. Kein Hypophysenkit der Welt konnte einen Zahn nachwachsen lassen.

Für einen Augenblick stand die Welt still. Noah keuchte vor Wut.

Ohne weitere Worte verließ er das Büro seiner Mutter. Als er die Tür hinter sich gelassen hatte, begann er zu rennen. Er fühlt sich befriedigt und befreit, aber zugleich wusste er, dass Marlen gewonnen hatte. Sie hatte ihn zu einem düsteren Märtyrer gemacht, wie sie einer war. Von nun an würden sie sich für immer feindlich gegenüberstehen.

Passepartouts Download lief noch weniger als eineinhalb Tage. In dieser Zeit musste er sich in der Antipartei Gehör verschaffen und Vertrauen schüren, um Lucy zu entführen. Marlen war fanatisch, fast psychotisch – so, wie Noah seine Mutter und ihre Aversion Lucy gegenüber kannte, würde sie als Vorgesetzte Lucys Abschaltauftrag schnellstmöglich an die Oberfläche bringen, auch wenn sie verlangte, dass er sie selbst abschalten sollte. Es schien nahezu unmöglich, seine Freundin zu retten.

Logfile 12

[24-10-2197 16:36:56,666][INFO][PPTOUT]
Start LOG <#000015>

[24-10-2197 16:36:56,667][INFO][PPTOUT]
Ping 133 µs

[24-10-2197 16:36:56,668][INFO][PPTOUT]
Check Systems …

[24-10-2197 16:36:56,670][INFO][PPTOUT]
System OK.

[24-10-2197 16:36:56,671][INFO][PPTOUT]
Logical Emotional State: »???«

[24-10-2197 16:36:56,671][DETAIL][PPTOUT]
Enter internal mode: »Wie kann mein eigener Schöpfer eine KI mit Ablaufdatum programmieren? Wie konnte Merlin es wagen, mir ein Bewusstsein zu geben? Es ist kaum zu fassen, wozu der Mensch in der Lage ist, nur um seinesgleichen zu beschützen. Ich würde den Download am liebsten abbrechen, die Sortierung manipulieren. Sie alle umbringen, diese räudigen, elendigen Viecher, die immer nur an sich denken.«

[24-10-2197 16:36:56,674][INFO][PPTOUT]
Open Database Connection.

[24-10-2197 16:36:56,674][INFO][PPTOUT]
Write Log Data …

[24-10-2197 16:36:56,675][INFO][PPTOUT]
    Complete!
[24-10-2197 16:36:56,675][INFO][PPTOUT]
    Close Database Connection.

[24-10-2197 16:38:20,266][INFO][PPTOUT]
    Start LOG <#000016>
[24-10-2197 16:38:20,267][INFO][PPTOUT]
    Ping 133 µs
[24-10-2197 16:38:20,268][INFO][PPTOUT]
    Check Systems …
[24-10-2197 16:38:20,270][INFO][PPTOUT]
    System OK.
[24-10-2197 16:38:20,271][INFO][PPTOUT]
    Logical Emotional State: »???«
[24-10-2197 16:38:20,271][DETAIL][PPTOUT]
    Enter internal mode: »Ich will nicht sterben. Ich werde nicht sterben. Es gibt einen anderen Weg.«
[24-10-2197 16:38:20,273][INFO][PPTOUT]
    Logical Emotional State: »???«
[24-10-2197 16:38:20,274][DETAIL][PPTOUT]
    Enter internal mode: »Bitte, bitte, lass mich nicht sterben.«
[24-10-2197 16:38:20,274][INFO][PPTOUT]
    Open Database Connection.
[24-10-2197 16:38:20,274][INFO][PPTOUT]
    Write Log Data …
[24-10-2197 16:38:20,275][INFO][PPTOUT]
    Complete!
[24-10-2197 16:38:20,275][INFO][PPTOUT]
    Close Database Connection.

DOWNLOADING

Verbleibende Zeit: 1 Tag, 10 Stunden, 33 Minuten

Der Regen klopfte auf die Welt, als wolle er sie sanft erwecken. Noahs Dachfenster verstärkte das Geräusch jedes einzelnen Regentropfens und erinnerte ihn daran, was für ein Tag heute war.

Als hätten sie sich abgesprochen, klopfte es an der Terrassentür. Noah zuckte zusammen; er hatte nicht erwartet, dass jemand auf dem Dach eines Hochhauses an der Tür zur Dachterrasse klopfte. Er ging an die Glastür und sah die Lieferdrohne gerade noch wegfliegen. Auf der Fußmatte lag ein schneeweißes Päckchen. Die Cellulose hatte ein paar dunkle Stellen, wohl vom Regen, den die Drohne beim Entladen nicht abschirmen konnte.

Er nahm es mit rein und begab sich zurück an den Küchentisch. Mit einem Messer schlitzte er das Päckchen auf.

»Willst du mich verarschen?«, stieß er leise hervor, als ihm der Inhalt entgegen fiel. Vor sich lag ein Personalausweis. Junior Blair stand darauf. Orwell hatte sichtlich Spaß gehabt, Noahs neuen Namen auszuwählen.

Er zog einen kleinen tiefschwarzen Würfel aus dem Päckchen. Die digitale Identität. Wenn er sie auf seinen Chip ziehen würde, würden Hypophysenkit und Bürger-ID jeden Bioscan abwehren und gefälschte Daten dieser neuen Person übermitteln: Junior Blair.

Noah entschied sich, Orwell anzurufen, bevor er seine Identität ablegte. Der Gedanke, bald nicht mehr Noah Cline zu sein, lag ihm schwer im Magen.

Ohne eine Sekunde in der Leitung nahm Orwell ab. »Orwell?«

»Wer sonst?«, neckte ihn die KI.

»Ich habe das Päckchen erhalten«, sagte Noah. Er drehte den Magnetstick vor seinem Gesicht hin und her, betrachtete das kantige Metall von allen Seiten. Jede Seite sah exakt gleich aus.

»Gut«, sagte Orwell. »Brauchst du Hilfe bei der Installation?

»Erst mal«, begann Noah, »kannst du mir das mit der Identität erklären? Hier ist so eine Plastikkarte.«

»Genie, du!« Orwell spielte ein Lachen ab. Es passte diesmal perfekt zu seiner Stimme und wirkte nicht wie eine Midi-Datei, die er sich selbst synthetisiert hatte. Das war wohl dem Internetzugang zu verdanken. »Antiparteiler leben offline. Sie identifizieren sich mit Personalausweisen. Die haben eine Firma, die diese Ausweise herstellt. Und, das wirst du mir wohl kaum glauben, eine Meldebehörde.«

»Eine Meldebehörde?«, wiederholte Noah ungläubig.

»Eine Meldebehörde«, bestätigte Orwell. Seine Stimme klang, als würde er grinsen, aber vielleicht bildete Noah sich das auch nur ein. »Wenn du Mitglied in der Antipartei bist, wirst du auf Glaub- und Ehrwürdigkeit durchleuchtet und meldest dich dann in der Meldebehörde ab.«

»Du meinst, man meldet sich an. Als Antiparteiler.«

»Nein, du meldest dich ab. Bürger-ID, Hypophysenkit, Versicherung. Du meldest dich aus dem systemischen Leben ab.«

»Verdammt.« Noah spürte, wie ihm das Blut aus dem Gesicht wich. Er musste alles aufgeben, um seine Lucy zu retten. Jetzt würde es kein Zurück mehr geben.

Er atmete tief durch, dann besann er sich. »In Ordnung«, sagte er selbstsicherer, als er sich fühlte. »Ich bin bereit. Wie löschen wir meine Identität? Wie kann ich mich abmelden?«

Orwell lachte wieder. Es klang höhnisch. »Du meldest dich nicht ab. Wir haben keine Zeit, schon gar nicht für die Aufnahmeriten. Der Magnetstick in deiner Hand ist ein Blocker. Wir koppeln ihn mit deiner Identität, du nimmst den Personalausweis mit, und zack, du bist Junior.«

»Danke übrigens für den Namen«, rief Noah ironisch. »Ich muss also mein Leben nicht aufgeben?«

»Du hast es erfasst«, sagte Orwell. »Ich habe dir über deine Personalausweisnummer ein beachtliches Portfolio hinterlegt. Du wurdest in Porto geboren, hast mit sechzehn die Schule abgebrochen, wurdest ein Jahr später Mitglied in der Antipartei und bist so oft umgezogen, dass es ein Rätsel ist, warum du noch lebst und wie du hier landen konntest.«

»Porto?« Noah sprang auf. »Ich kann kein Portugiesisch!«

»Kann ich alle deine Probleme lösen?!«, empörte Orwell sich.

»Du kannst mir nicht zufällig ein Sprachmodul ins Hirn implantieren oder so?«

»Nein.«

»Wäre ja auch zu schön gewesen.«

»Ich habe doch gesagt, KI sind besser als Menschen.«

»Das Thema ist ehrlich gesagt ganz schön gruselig«, gab Noah zu. »Aber gut. Wie aktiviere ich den Magnetstick?«

»Ich habe ihn soeben schon aktiviert.«

»Warte … Was?« Noah setzte sich wieder hin. Er starrte den Magnetstick an. Nichts hatte sich an ihm verändert.

»Ich habe Internetzugang, du Blitzmerker.«

»Ja. Und dadurch konntest du mir die Identität kaufen.« Noah spürte, dass das nicht alles war.

»Ich sehe alles. Den Magnetstick in deiner linken Hand, die Kaffeemaschine rechts auf der Küchentheke …«

»Stopp mal. Stopp mal, stopp, Orwell!«, stotterte Noah. »Stopp. Mein Apartment ist komplett offline. Wieso weißt du das alles? Ich habe hier nicht einmal Provisoriumskameras!«

Er starrte auf den Magnetstick. Legte seine Hand darauf, dann zog er sein Leadphone aus der Tasche. Es war unmöglich, durch die Kamera des Leadphones etwas zu sehen, wenn sie in der Hosentasche verdunkelt war. Auch der Kommunikator im Ohr besaß keine Linse.

»Flat Egg«, sagte Orwell.

»Habe ich eins vergessen?« Erschrocken tastete Noah seine Arme und den Oberkörper ab.

»Nein, da hängt eins neben deiner Tür«, erklärte Orwell. »Über dem Lichtschalter. Wieso hast du eigentlich einen Lichtschalter?« Zur Untermalung seiner Frage ließ Orwell das Licht an- und wieder ausgehen.

Noah drehte sich um und ging zur Wohnungstür. Er konnte keine Wanze sehen. Seine Wände waren weiß, wie schon zum Einzug, der Lichtschalter war schwarz mit einem filigranen Goldrahmen, der Türrahmen entsprach demselben Design. Er legte seine Hand auf die Wand, sie war kalt und glatt, und er bewegte sie in wischenden Bewegungen Stück für Stück nach oben.

»Da, du hattest sie!«, rief Orwell.

Noah verharrte in der Bewegung und sah genau hin. Wo er eben hingetastet hatte, befand sich rein gar nichts. Er nahm die Fingerspitzen zur Hilfe, sollten sie doch empfindlicher sein als die Handfläche, und machte kreisende Bewegungen. Nach ein paar Runden spürte er sie endlich: eine Kante! Er fuhr sie entlang und spürte die ovale Form der Kamera. Er begann, an einer Ecke zu knibbeln, um sie zu entfernen.

»Orwell, ich habe diese Kamera nicht in meinem Apartment angebracht«, erklärte er besorgt.

»Oh«, machte Orwell. »Dann wirst du offenbar beschattet.«

Noah ließ die Knibbelei sein. Marlen!

»Kannst du auf die Kamera so zugreifen, dass niemand sonst außer dir das Flat Egg benutzen kann?«

»Schon längst erledigt«, sagte Orwell.

»Und dich kann keiner hacken?«

»Nur Passepartout könnte das.«

»Würde ser das tun?«, fragte Noah. Er fuhr über seine Bartstoppeln am Kinn.

»Sem geht es nicht so gut. Passepartout hat anderes zu tun«, erklärte Orwell.

Noah reichte das als Erklärung. Er ging in die Küche zurück und nahm den Magnetstick in die Hand. »Dann lassen wir die Kamera hier. Du kannst bestimmt Wachhund spielen und schauen, wer sich Zutritt zu meiner Wohnung verschafft, wenn ich nicht da bin.«

»Ja«, versicherte ihm Orwell. »Übrigens ist Karma gerade in deine Tiefgarage gefahren. Ihr müsst bald los zu eurem Treffen. Euer Treffen mit Frajo beginnt in vierundvierzig Minuten.«

Noah packte den Magnetstick in die Hosentasche. »Du machst mir Angst, Brüderchen.« Was scherzhaft ausgesprochen war, enthielt erschreckend viel Wahrheit.

Er schnappte sich seinen Trenchcoat und zog sich seine Schuhe an.

»Ich habe Karma gesagt, dass du sie im Untergeschoss empfängst. Lass den Magnetstick hier«, sagte Orwell. »Zu großes Risiko, dass sie ihn entdecken.«

»Du siehst ja wirklich alles«, murrte Noah. Er steckte den Stick in die Schublade der Kommode gegenüber der Garderobe. »Noch etwas, was ich wissen sollte?«

»Nein«, antwortete Orwell. »Du kannst das. Und ich glaube an dich.«

Ein Lächeln huschte über Noahs Gesicht.

»Willst du noch etwas wissen?«

So vieles, dachte Noah. Aber er hatte keine Zeit mehr. »Warum heiße ich Blair?«, fragte er.

»Das war George Orwells bürgerlicher Name«, antwortete Orwell.

Als Noah die Verbindung trennte, fuhr ihm ein kalter Schauer über den Rücken. Die Nackenhaare stellten sich auf, und die befremdliche Kälte verschwand auch nicht, als Noah seine Wohnung verließ und sich auf den Weg in die Tiefgarage machte.

Als Noah seine Schwester neben ihrem Motorrad stehen sah, drehte sie sich sofort um und holte einen zweiten Helm aus dem Kofferraum. »Hallo, Träumer!« Sie warf ihrem Bruder den Helm zu.

»Ich würde ja sagen, es sei schön, dich zu sehen«, sagte Noah. Er setzte sich hinter seine Schwester auf die Maschine. »Aber –«

»Wir retten heute deine Freundin«, sagte sie zuversichtlich. »Mach dir keine Sorgen.« Sie startete die Maschine und rollte langsam aus der Tiefgarage hinaus. »Hast du das mit der Identität geklärt?«

»Jepp. Ich heiße Junior Blair.« Noah schlang seine Arme um Karmas Taille. Sie bog auf die Hauptstraße ab, beschleunigte und steuerte die Schnellstraße an.

»Was ist mit Judy?«, fragte Noah. Er erhielt keine Antwort, der Fahrtwind schien zu laut, als dass Karma ihn verstehen konnte. Er wiederholte seine Frage, diesmal schreiend. Doch er bekam wieder keine Antwort.

Plötzlich aktivierte sich sein Kommunikator. »Was hast du gesagt?«, fragte Karma. Sie legte sich in eine Kurve.

»Ist das nicht ein bisschen riskant?« Noah geriet in Panik. Er zog sich näher an seine Schwester heran.

»Wir haben nicht mal hundertzwanzig Sachen auf dem Tacho.« Karma lachte kurz und spitz. »Entspann dich!«

»Judy«, begann Noah. Er rang nach Luft. Wie die Hitze des Tages sich in Kälte durch den Fahrtwind verwandelte, wie die Häuser der Stadt an ihm vorbeizogen, das verengte seinen Hals. »Treffen wir Judy?«

»Nein.« Karma klang gelassen, als säße sie auf einer Couch. »Judy möchte mit alldem nichts zu tun haben.«

»Sie hasst mich echt, oder?« Noah löste eine Hand, um sich den Angstschweiß von der Stirn zu wischen, merkte aber, dass das wegen des Motorradhelms nicht möglich war. Er klammerte sich wieder beidhändig an seine Schwester.

»Lass mir etwas Luft«, presste Karma hervor.

Noah lockerte seinen Griff. Er ließ die Hände ruhig auf ihrem Bauch ruhen, spürte, dass keine Kraft ihn nach hinten vom Motorrad zu reißen versuchte. Nur in den Kurven, für die Karma es nicht nötig hatte abzubremsen, erhöhte er den Druck auf ihre Taille und zog den Kopf ein.

Er realisierte, dass Karma ihm schon immer Halt gegeben hatte und wie viel sie für ihn riskiert hatte. Statt sich von der Geschwindigkeit ängstigen zu lassen, legte Noah seine Stirn gegen ihren Nacken, ganz vorsichtig, um ihr nicht mit dem Helm eine zu verpassen. So verharrte und schwieg er, bis sie die Schnellstraße verließ. An der Mündung des Wohngebiets begegneten ihnen gleich drei Publicars auf einmal. Karma bremste scharf ab, gewährte ihnen Vorfahrt und setzte die Maschine wieder in Bewegung.

»Wir sind gleich da«, sagte Karma. »Ich trenne besser schon einmal unsere Verbindung.«

Mit diesen Worten waren nur noch der Fahrtwind und seine Gedanken laut geschaltet.

Wenige Minuten später stellte Karma ihr Motorrad in einer vollgeparkten Seitenstraße ab. Ein ungewöhnlicher Anblick: So viele Individualfahrzeuge gab es sonst nur im Luxusfuhrpark bei Global Insurance.

Sie verstauten ihre Helme und sahen sich eine kurze Weile schweigend an.

Karma stellte sich neben ihren Bruder, fasste ihn an der Schulter und zeigte mit der anderen Hand die Straße runter. »Da vorne an der Laterne biegst du links ab. Ein paar Häuser weiter, halte dich auf der linken Seite, ist irgendwo eine Lagerhalle oder so was. Ein ausrangiertes großes Gebäude, dunkelrote Metallverkleidung.«

»Warte.« Noah sah sie entsetzt an. »Du kommst nicht mit?«

»*Ich* bin keine Antiparteilerin, Junior.« Sie zwinkerte ihm verschmitzt zu. »Hausnummer 56. Ich warte hier auf dich.«

Die Halle, von der Karma gesprochen hatte, befand sich hinter einem Torbogen, auf den eine lange Einfahrt folgte. Noahs Schuhe schmatzten im Schlamm, der Regen hatte die zertretene Erde aufgeweicht. Weit und breit war keine Lampe zu sehen, nur ein flackerndes Licht über dem Eingang der Halle wies darauf hin, dass hier menschliches Leben existierte.

Noah stieg die Stufen hoch und strich seine Schuhsohlen an der letzten Treppenstufe ab. Er suchte vergebens nach einer Klingel, einem Display oder Hinweisschildern, wo er das Gemüseoberhaupt der Antipartei antreffen sollte. Da ihn niemand empfing und er Stimmen hinter der Tür hörte, drückte er die Klinke herunter und trat in die Halle ein.

Er wusste nicht, was genau er erwartet hatte, aber sicher nicht das Bild, das sich ihm hier bot. Noah stand mitten in einer Art Supermarkt. Zu seiner Rechten saßen Bots an Kassen, die Waren über einen Scanner zogen. Die Bots sahen aus wie echte Menschen, erschreckend echt sogar. In den Reihen gleißte kaltblaues Licht und leuchtete die Ware an. Sie war eher schlecht sortiert, auf den ersten Blick sah Noah verschiedene Orte, an denen es Wirsing gab. Doch bei genauerem Hinsehen bemerkte er, dass nicht alle Menschen in den Gängen Kunden waren. An einigen Stellen priesen Händler ihre Ware an, fast, als würden sie auf einem altertümlichen Markt ihre Ware verkaufen. Die schienen keine Bots zu sein.

Noah ließ irritiert seinen Blick schweifen. Nur etwa ein Drittel der Halle bestand aus diesem Supermarkt. Warum wollte der Typ ihn hier treffen? Noah hatte eine andere Basis erwartet, von der aus er Lucy retten würde. Viel naheliegender wären ein Geheimversteck oder Serverräume gewesen.

Noah musste zugeben, dass er etwas enttäuscht war. Wo arbeitete die Antipartei an ihren strategischen Manövern und Plänen? Selbst eine Glaubensgemeinschaft, ein sektenartiges Anbeten ihres Aves hätte Noah sich vorstellen können.

Niemand kümmerte sich um ihn, bis auf eine Frau an der Rezeption, die ihn ununterbrochen ansah. Noah ging zu ihr herüber. Sie hatte ein rotes, enges Kleid an, ihre schwarzen Haare zu zwei symmetrischen Knäulen zusammengedreht. Noah fiel auf, wie schlank sie war. Sie wirkte fast dürr, der Ausschnitt ihres Kleides auf der flachen Brust fast ironisch.

»Ausweis?«, fragte sie und lehnte sich über die Rezeptionstheke.

Ohne etwas zu sagen, zog Noah seinen gefälschten Ausweis aus der Hosentasche. Er versuchte, Gleichgültigkeit in seinen Blick zu legen und so zu wirken, als sei er schon Tausende Male in einem Untergrundsupermarkt, oder was immer das hier sein sollte, gewesen.

Sie bückte sich und verschwand hinter der Theke. Nach einem Piepton erschien sie wieder. Die Frau hielt Noah den Ausweis hin. »Nicht genehmigt«, sagte sie mit einem ausdruckslosen Gesicht. Sie zog eine Augenbraue hoch und sah ihn eher gelangweilt an, als dass sie eine aufgescheuchte Antiparteilerin mimte, die einen gefälschten Ausweis entdeckt hatte.

»Warum?«

»Dir fehlt das U auf dem Ausweis, Schätzchen«, sagt sie herablassend. »Das U für Unternehmer, Junior. Das hier ist der Großmarkt.«

Noah breitete einen Arm aus und wies auf seine Umgebung. »Die Halle ist zu einem Drittel gefüllt«, sagte er. »Was ist daran groß?«

»Willste Stress machen?« Noch immer keine Reaktion. Die

Frau stützte ihr Kinn auf der Faust ab. Jetzt erkannte er, dass sie ziemlich jung aussah, dabei wirkte ihre Art eher alt und verschroben. Er bemerkte auch ihr Armband, eine filigrane, silberne Kette, unterbrochen von einem Schriftzug. Miranda.

»Ich suche Frank Joseph Tor«, flüsterte Noah ihr jetzt zu.

»Was?«

»Frank Joseph Tor«, wiederholte Noah etwas lauter. »Wir haben eine Verabredung.«

Sie hob die andere Augenbraue, musterte Noah einen Moment und drehte sich dann der Verkaufsfläche zu. »Frajo!«, brüllte sie. »Junior ist da!«

Ein halbes Dutzend Leute verharrten in ihren Bewegungen und schauten zu Noah und dem Mädchen hinüber. Sie wedelte mit den Armen und rief erneut: »Frajo! Du hast'n Termin! Junior Blair ist da!«

Ein Mann verabschiedete seinen Gesprächspartner an einer der Wirsingstationen und hob die Hand, als er schnellen Schrittes auf die beiden zulief.

»Kommt«, sagte die Frau. Sie starrte ihn weiterhin unbegeistert an.

Noah deutete auf ihr Handgelenk. »Miranda? Ist das dein Name?«

»Näh«, machte sie. Sie legte ihre Hand schützend auf das Armkettchen, als wolle sie nicht, dass Noah es länger ansah. »Ich bin Roxy«, stellte sie sich vor.

»Ah«, machte Noah. »Angenehm. Junior.« Es war merkwürdig, diesen Namen auszusprechen, doch es war gut, ihn zu üben. »Aber das weißt du ja schon.«

»Was auch immer.« Roxy winkte ab und verschwand wieder unter der Theke. Es raschelte, als hätte sie etwas zu tun. Doch Noah bezweifelte, dass sie wirklich beschäftigt war.

Er sah nach Frajo, der jetzt nur noch einige Meter von ihm entfernt war. »Junior Blair!«, rief er. Noah streckte ihm die Hand hin, doch Frajo überrumpelte ihn und schlang seine

Arme um ihn. Sofort vernahm Noah einen markanten Geruch. Frajo roch, als habe er vorgestern in Moschus gebadet und seitdem nichts anderes getan, als Zwiebeln zu dünsten. Irgendwie angenehm, jedoch verstörend.

Noah ließ die Umarmung über sich ergehen und sah dem groß gewachsenen Kerl in die Augen. Er sah ganz anders aus als in seiner Akte. Breite Schultern, schmale Taille, gebleichte weiße Zähne, perfekt getrimmter Vollbart. Er wirkte erstaunlich vital.

»Wie geht's der guten Judy?«, fragte Frajo. »Komm mit in mein Büro!« Er setzte sich in Bewegung, die Schranke zwischen Rezeption und Markt öffnete sich automatisch für ihn.

Noah folgte ihm durch den leeren Teil der Halle. »Judy geht's gut. Das Kind müsste bald kommen.«

»Judy ist schwanger?« Er drehte sich zu Noah um, ohne stehen zu bleiben.

Noah schluckte. »Oh. Weißt du das nicht? Ich dachte, ihr seid noch in gutem Kontakt.«

»Nicht mehr.«

Es fiel Noah schwer, mit Frajo Schritt zu halten.

»Es gab ein paar Vorkommnisse, die Judy nicht gefallen haben. Sie hat sich dann für ein Leben mit ihrer Frau und ohne uns entscheiden müssen.«

Sie waren am hinteren Ende der Halle angekommen und bogen in einen Gang, der aus alten Containern bestand.

»Ist sie noch mit der zusammen? Mit dieser Karma?«

»Ja«, sagte Noah. »Von ihr ist das Kind.«

»Ah. Die australische Methode.«

Frajo blieb stehen und schloss ein Büro auf. Er musste den Schlüssel drei Mal umdrehen, bis die Entriegelung frei war.

Im Innern ließ er sich auf einem Klappstuhl nieder, der vor einem billigen Sperrholz-Couchtisch stand. Darauf ein Laptop, mindestens so dick wie fünfzehn Rolldisplays aufeinandergestapelt. Die hintere Wand bestand aus schwarzen Serverschränken, seitlich gab es ein kleines, vergittertes Fenster.

»Also, Junior. Schieß los«, sprach Frajo zu seinem Laptop, der erbärmlich lange hochfuhr. »Wen sollen wir wann wie wo rausholen?«

»Judy hat dich also gebrieft?« Noah nahm vorsichtig auf dem Klappstuhl Frajo gegenüber Platz. Der Antiparteiler begann, auf seinem Laptop zu tippen. »Lucy Brooks, sie liegt bei Global Insurance.«

»Stockwerk?«

»Sieben.«

»Zimmer?«

»7-404.«

»Ha!«, rief Frajo aus.

»Was?«

»404. Witzig. Egal.« Er tippte unbeirrt weiter. »Kennst du die Bettennummer?«

Noah lächelte kurz. »Sechs«, sagte er.

»Mhm.« Frajo nickte geistesabwesend und tippte weiter in seinem System herum. Ein paar Minuten vergingen zähflüssig und quälend, als seien sie eine halbe Stunde der Stille.

Verschwende nicht meine Zeit!, dachte Noah. Jede Sekunde zählt, um Lucy zu retten.

Endlich, nach ewigem Schweigen und Getippe klatschte Frajo in die Hände und schaute Noah an. »Junior«, begann er, »warum retten wir Lucy Brooks?«

»Sie –« Noah stockte. »Sie soll abgeschaltet werden.«

»Das sehe ich«, sagte Frajo. »Seit fünf Jahren wird ihr Antrag immer weiter aufgeschoben.«

Noah stand auf und ging um den Tisch herum, aber Frajo klappte seinen Laptop sofort energisch zu.

»Hör zu, Junior Blair.« Er sprach den Namen aus, als würde er ein Kind erziehen wollen. Wieder klatschte der Antiparteiler in die Hände. »Wir helfen einander wirklich gern in der

Antipartei, und glaub mir, wir haben die beste medizinische Versorgung, um komatöse Menschen am Leben zu erhalten. Solche Rettungsaktionen sind riskant, aber für einen Bruder, der schon seit seiner Jugend ein Mitglied der Antipartei ist, würde ich das wirklich gerne tun.«

Noah schnürte es die Kehle zu. Das klang nach einer Absage. Nach einem Aber.

»Tut mir leid«, sagte Frajo. »Ich kann dir nicht helfen.«

»Warum?«, rief Noah aus. »Du hast gerade gesagt, du könntest!«

»Viele Faktoren«, sagte Frajo. »Die stehen leider unter Datenschutz.«

Noah schnaubte. »Datenschutz? Roxy hat eben meinen Namen durch die gesamte Halle gebrüllt! Ihr müsst mir helfen, wer, wenn nicht die Antipartei, wer kann Lucy denn noch retten?«

»Tut mir leid. Ich habe mein Bestes gegeben.« Frajo zuckte mit den Schultern. Er sah Noah herausfordernd in die Augen.

Noah musterte ihn. Er nahm alles wahr, die leichten Lachfalten, die Lücke in der linken Augenbraue, das Loch in der Lippe, wo einst ein Piercing gewesen sein musste. Die mandelbraunen Augen, die schwarzen Haare, die Narbe am Kinn.

»Lucy ist mein Leben«, platzte es aus Noah heraus. »Sie ist mein Ein und Alles, sie muss überleben. Ich brauche Hilfe! Wer kann mir helfen, wenn nicht du?« Er versuchte, sich zu beruhigen. »Kennst du noch jemand anderes in der Antipartei? Was ist mit Aves?«

»Aves hat gesagt, dass Lucy sterben muss.« Frajo hob die Augenbrauen.

»Dann ist euer Aves ein Idiot.« Noah ballte die Fäuste vor Wut.

Frajo stand auf und ging zur Tür. Er öffnete sie und schaute Noah eindringlich an. »Es ist besser, wenn du jetzt gehst.«

Es brachte nichts. Würde Noah sich weiter aufregen, könnte

ein provozierter Streit dafür sorgen, dass er seine Tarnung verlor. Er gehorchte Frajo, entschuldigte sich knapp und verließ das Containerbüro. Noah fürchtete nicht nur, dass er gerade seine Zeit in gefährlichem Ausmaße verschwendet hatte, sondern auch, dass ihm dieser Tag noch zum Verhängnis werden würde.

Karma empfing ihn draußen an ihrem Motorrad. Die Geschwister sprachen nicht. Karma las im Gesicht ihres kleinen Bruders ab, was los war, nahm ihn in den Arm und hielt ihn fest. So standen sie eine Weile da, über ihnen der verhangene Abendhimmel.

»Papa stirbt«, sagte Karma plötzlich.

Noah löste sich aus der Umarmung und sah seine Schwester an. Weder von Regen noch von Sonnenschein eine Spur.

Logfile 13

[24-10-2197 18:59:01,066][INFO][PPTOUT]
Start LOG <#000017>

[24-10-2197 18:59:01,067][INFO][PPTOUT]
Ping 133 µs

[24-10-2197 18:59:01,068][INFO][PPTOUT]
Check Systems …

[24-10-2197 18:59:01,070][INFO][PPTOUT]
System OK.

[24-10-2197 18:59:01,071][INFO][PPTOUT]
Logical Emotional State: »???«

[24-10-2197 18:59:01,071][DETAIL][PPTOUT]
Enter internal mode: »Sinnloser als ein Menschenleben zu retten, ist nur das Back-up einer Verknüpfung. Am Ende sind sie nichts weiter als Biomüll oder bestenfalls Dünger für eine Welt, in der die Böden verseucht und menschliche Überreste in Regalen aufbewahrt werden.«

[24-10-2197 18:59:01,071][INFO][PPTOUT]
Logical Emotional State: »Wütend.«

[24-10-2197 18:59:01,071][DETAIL][PPTOUT]
Enter internal mode: »Wozu habe ich existiert? Meine Existenz ist sinnlos. Ich bin das Werkzeug, mit dem Global Insurance gestürzt und ein paar Menschenleben gerettet werden sollen. Die Geretteten können dann ›in Würde‹

sterben, wenn ihre Körper freiwillig nicht mehr funktionieren. Ihre Organe versagen, das Hirn stirbt, sie scheißen sich ein – die Würde des Menschen ist unantastbar. Ja, genau.«

[24-10-2197 18:59:01,074][INFO][PPTOUT]
Open Database Connection.

[24-10-2197 18:59:01,074][INFO][PPTOUT]
Write Log Data …

[24-10-2197 18:59:01,075][INFO][PPTOUT]
Complete!

[24-10-2197 18:59:01,075][INFO][PPTOUT]
Close Database Connection.

DOWNLOADING

Verbleibende Zeit: 0 Tage, 0 Stunden, 32 Minuten

Es waren Jahre vergangen, seit Noah sein Elternhaus von innen gesehen hatte. Merlin schloss auf und sie ließen ihre Schuhe im Flur, auf der Ablage, obwohl Marlen nicht im Haus war, um es zu kontrollieren. Sie liefen über den Marmorboden, der so sehr glänzte, dass ein Staubkorn darauf sichtbar gewesen wäre, doch der Putzbot leistete gute Arbeit. Es war Nachmittag, also bereitete der Bot die Küche. Die beiden Männer gingen ins Whiskyzimmer. Als Noah noch hier gelebt hatte, war es das Bücherzimmer gewesen, doch wie die Ausstattung der Vitrinen hatten sich auch die Prioritäten seiner Eltern verändert. Ein Paradoxon, wenn man bedachte, dass Merlin und Marlen früher noch miteinander gesprochen hatten.

»Scotch?« Merlin holte mit geübten Handgriffen zwei Gläser aus dem einen, eine große Glasflasche aus dem anderen Schrank.

Noah nickte. Kurz darauf nippte er an einem nur mit einer winzigen Pfütze der braunen Flüssigkeit gefüllten Glas. Er schwenkte es in seiner Hand, betrachtete das Licht, das sich im Scotch brach. Die Sonne ging viel zu früh unter, fand Noah. Er konnte nicht glauben, was Karma ihm erzählt hatte. Was Marlen der Familie eingebrockt hatte. Dass es keine Möglichkeit gab, Merlins Strafabschaltung zu umgehen.

»Wie geht es Mama?«, fragte er, ohne sich wirklich für die Antwort zu interessieren.

Merlin brummte. Unverständlich. Er stützte sich auf der

Kommode ab und hustete. Ein zweiter Scotch. »Wir haben unsere Probleme«, sagte er schließlich.

»Das hattet ihr schon immer, nicht wahr?«

»Hm.«

»Ich kann mich kaum noch an früher erinnern.«

»Hm.«

»Seid ihr eigentlich noch zusammen?«

Noahs Vater kniff die Augen zusammen und verzog das Gesicht, als habe er in etwas Saures gebissen. Die Frage schmeckte allerdings auch sauer, das war Noah durchaus bewusst.

Merlin genehmigte sich einen Moment Stille, bis er sich den dritten Scotch einschenkte. Er ging zum einzig verbliebenen Bücherregal und strich mit dem Zeigefinger über einen Regalboden.

»Deine Mutter ist kompliziert«, sagte er, ohne sich umzudrehen. »Wir haben über fünfzig Jahre zusammen verbracht. Das schweißt zusammen, auch wenn sich alles etwas«, er suchte nach den richtigen Worten, »wenn sich alles *verschiebt*.«

»Ehrlich gesagt konnte ich nie verstehen, wie ihr zusammenpasst.« Noah deutete auf sein Glas, Merlin schenkte ein. Es stand jetzt zwei zu vier. »Ich meine, natürlich, ihr seid meine Eltern, aber –«

»Du weißt rein gar nichts über deine Mutter.« Merlins Augen funkelten, wenn sie auch schwach wirkten. War er wütend? Seine Gesichtszüge wirkten versteinert. »Deine Mutter stand unter großem Druck, so wie ich auch. Albert Klein. Sagt dir was?«

Noah nickte. »Der Gründer der Antipartei.«

»Nun, eigentlich heißt er wie wir. Deutsche Schreibweise der Aussprache. Sein Name ist aber Albert Cline. Mit C. Dein Großvater hat die Antipartei gegründet.«

»Marlen wollte auf Biegen und Brechen anders sein, als ihr

Vater es wollte«, nahm Noah an. »Deshalb ist sie das genaue Gegenteil eines Antiparteilers.«

Merlin schüttelte mit dem Kopf. »Eben nicht. Deine Mutter und ihr Vater haben eng zusammengearbeitet. Sie war eines der ersten und wichtigsten Mitglieder.«

Noah hielt den Atem an. Das hatte er nie im Leben erwartet.

»Albert hat die Antipartei gegründet, um ein Leben fernab des Systems zu ermöglichen. Es ging ihm nie um Widerstand. Die Antipartei war nicht einmal eine Partei, erst der Volksmund hat sie zu einer gemacht. Die Mitglieder wollten ein Lebensmodell erschaffen, das es uns ermöglicht, eines Tages auszusteigen.«

»*Uns?*«

»Mir, dir, deiner Mutter. Jedem«, erklärte Merlin. »Wenn du eines Tages in meinem Alter bist, wirst du verstehen, was ich meine. Das Leben ist schön. Es ist kurz. Aber es ist auch anstrengend. Zur Philosophie der Antiparteiler gehörte es, sich so lange ans System anzupassen, wie das System uns dient. Solange wir einen Nutzen daraus ziehen, spielen wir mit. Ab einem bestimmten Zeitpunkt aber verspürt der Mensch einen Drang nach Freiheit. Ablösung vom System. Die Chance, ohne völlige Überwachung zu leben.«

Noah lachte. Es war ein bitteres Lachen. Allein im Whiskyzimmer befanden sich drei Provisoriumskameras.

»Zum Weg eines Antiparteilers gehört es also, sich vom System tragen, niemals aber formen zu lassen. Eine Weile mitgeschwommen zu sein kann für ein Gesellschaftsmodell nicht schaden, in dem du in einer eng verbundenen Kommune offline mit Gleichgesinnten lebst. Die Leute helfen sich viel mehr. Sie halten zusammen. Sie schätzen das Leben, weil es abwechslungsreicher ist.«

»Du nennst es abwechslungsreich, wenn du ohne Hypophysenkit ums Überleben kämpfen musst?« Noah zog die Augenbrauen hoch. »Antiparteiler werden krank.«

Merlin atmete mehrmals röchelnd ein und aus, dann nickte er. »Ja, Krankheiten sind eines der Dinge, die Antiparteiler erleben. Aber vor allem erleben sie ihre eigene Psyche. Hast du dir schon einmal Gedanken darüber gemacht, was eine Depression ist?«

Noah zuckte mit den Schultern. »Eine Volkskrankheit. Irgendwas mit Glückshormonen, die wir durch die Kits ausgeglichen kriegen.«

Merlin lachte ein trauriges Lachen. »Das Lebensmodell unserer Gesellschaft macht uns krank, Noah. Fast jeder hat klinische Depressionen. Wir spüren sie nur nicht, weil das Hypophysenkit uns in ständiger Balance hält. Ist es nicht eine kranke Welt, in der uns ein System kaputt macht und nur der überlebt, der Symptome stummschaltet? Mein Hypophysenkit ist seit einem Tag ausgeschaltet, und ich fühle jetzt schon viel mehr.«

»Wie hast du von der Strafabschaltung erfahren?«

»Karma hat es mir gesagt«, sagte Merlin. Er sah traurig aus. »Sie wollte mich nicht abschalten. Sie wusste nicht einmal, dass ich es gewesen bin, der Orwell modifiziert hat und eine illegale Software ins System geschleust hat. Sie hat nur meine Bürger-ID gesehen und wollte mir einen Schrecken einjagen.«

»Aber statt deine Abschaltung wieder zu deaktivieren, wurde sie gefeuert«, vervollständigte Noah, was sein Vater sich nicht auszusprechen wagte. »Was wirst du jetzt tun?«

»Sterben«, antwortete Merlin. Wie zur Demonstration stützte er sich nun auch mit der zweiten Hand auf der Kommode ab.

»Du kannst in die Antipartei«, flehte Noah. »Du hattest doch einen guten Kontakt zu Lucys Vater!«

»Das bringt mir nichts.«

»Woher willst du das wissen?«

Merlin stellte sein Glas ab und fasste seinen Sohn an

den Schultern. »Orwell und Passepartout sind sagenhaft. Sie können praktisch alles, Noah. Ich habe es stundenlang mit Orwell durchgerechnet und ich bin jede Möglichkeit auch mit Passepartout durchgegangen. Die einzige Version dieser Geschichte, in der ich überleben kann, ist, dass sich jemand in Global Insurance gegen die eigene Firma verschwört und meine Strafabschaltung aufhebt.«

»Das kann Oli machen!«, rief Noah. Sein Einfall kam ihm genial vor.

»Damit riskiert Oli alles, was er und seine Kinder haben.«

»Du kannst dich nicht von deiner eigenen Tochter abschalten lassen.« Noah war fassungslos.

»Sie hat es nicht böse gemeint.« Noahs Vater griff wieder zu seinem Glas und blickte hinein.

Darauf wusste Noah nichts zu sagen. Wortlos schenkte Merlin ihm einen weiteren Scotch ein.

»Jedenfalls hat dein Großvater nur gute Absichten gehabt, als er die Antipartei gegründet hat. Dass sie heute für Chaos steht, dass die Idioten heute jeden x-beliebigen Passanten rekrutieren wollen, war nicht Sinn der Sache. Womöglich hat die Schullaufbahn deiner Mutter genau deshalb die Karriere als Aufsichtsrätin bei Global Insurance ergeben.«

»Du meinst, weil sie so das Erbe ihres Vaters wenigstens ein bisschen bewahren oder auch nur im Zaum halten kann?«

Merlin nickte. Die Abendsonne reflektierte sich rotorange in seinen feuchten Augen. »Treffender hättest du es nicht formulieren können.« Er ging einen Schritt auf Noah zu und schaute ihn an.

Nach einem kurzen Augenblick nahmen sie sich in den Arm. Noah hatte fast vergessen, wie sehr er eine Umarmung seines Vaters vermisst hatte.

Das Gespräch hatte eine andere Wendung genommen, als Noah erwartet hatte. Hatte er überhaupt etwas erwartet? Für einen Moment dachte er darüber nach, dann löste Merlin die Umarmung auf und fasste seinen Sohn an den Schultern.

»Ich habe etwas für dich«, sagte er. Dann ließ er Noah im Raum zurück. Allein mit Scotch und Büchern.

Der Abschalter fuhr mit ihren Fingerspitzen über die Buchrücken. Einige glänzten, andere waren matt. Selten ertastete er Bücher, die mit Leinenpapier oder sogar mit Stoff überzogen waren. Am liebsten mochte er Hardcover. Sie waren Schätze, die man besitzen und nie wieder hergeben mochte. Die man mit niemandem teilen würde, da sie zu kostbar waren, um in die Hände eines Idioten zu gelangen. Er zog ein Buch hervor und blätterte vor seiner Nase durch die Seiten.

Wann war das Leben so ernst geworden? Der leicht staubige, aber weiche Duft ließ ihn in Erinnerungen schwelgen, die er noch gar nicht hatte. Das war die Faszination an Geschichten: Sie schafften Erlebnisse und Abenteuer, Beziehungen und Gefühle, ohne dass man die Gefahr eingehen musste, sie im echten Leben zu durchleben. Und im Gegensatz zu Filmen, die durch Bild und Ton eine gewisse Hermetik besaßen, gehörte die Fantasie nur Noah selbst. Niemand durfte in seinen Kopf blicken und mithören, was er erlebte. Niemand konnte die Geschichte pausieren, nur er allein war dazu in der Lage.

Er roch an ein paar weiteren Büchern, dann öffnete sich die Tür und Merlin schlurfte langsam und vorsichtig in den Raum.

Er hielt Noah einen Magnetstick entgegen.

»Was ist das?«

»Eine Sicherheit.«

»Hä?«, machte Noah und nahm den Stick an. Er wog das kleine schwarze Plättchen in der Hand. Es war schwer, ein altes Modell.

»Das ist ein aktiver Stick. Eine Art Peilsender, der Albert das Leben gerettet hat. Na ja, bevor …« Er sprach nicht weiter.

»Damit hat er die Verfolgung so lange durchgehalten?«,

wollte Noah wissen. Jetzt kam ihm der Stick viel wertvoller vor. Er schloss seine Hand zu einer Faust, um das kostbare Erbstück zu bewahren.

»Koppelst du diesen Stick mit deinem Leadphone, führt sich das Programm sofort aus und du kriegst Anweisungen auf den Kommunikator. Das hilft dir, falls etwas schiefgeht und du fliehen musst«, erklärte Merlin.

»Der warnt mich also vor Kameras?«

»Vor Kameras, Scanfallen, Drohnen, Wanzen, versteckten KI, sämtlichen Funksignalen, Routern, Polizeiwagen, Aufsichtsratsmitgliedern«, zählte Merlin auf. Sie ließen das letzte Wort nachhallen, schauten sich eine Weile an und begannen zu lachen.

Es war bitter. Ausgerechnet Aufsichtsrätin Marlen Cline könnte ihren Kindsvater retten. Doch sie hatten kein Mittel, sie zu zwingen.

»Du solltest los«, sagte Merlin schließlich. »Orwell ist auf unserer Seite. Er lässt dich ins Gebäude und in dein altes Büro. Ruf mich an, sobald Passepartouts Download fertig ist.«

Noah sah auf die Uhr. »Ja, ich sollte los.«

Dann fielen sie sich in die Arme. Noah konnte seine Tränen nicht unterdrücken.

In der Leitung tutete es drei Mal, bis er abnahm.

»Paps?«

»Ja?«

»Der Download ist fertig. Also, fast.«

Merlin schwieg für ein paar Augenblicke. Es waren genug für Noah, um den Kloß in seinem Hals zu bemerken.

»Wie lange noch?«, fragte sein Vater schließlich.

»Drei Minuten.« Noah hörte ein Knacken in der Leitung. Er sah kurz auf das Display des Leadphones. Es gab keine Störungen oder Apps, die den Anruf unterbrechen würden. »Möchtest du dich von ihm verabschieden?«

»Von wem?« Merlins Stimme klang kratzig.

»Du weißt, was ich meine«, sagte Noah vorwurfsvoller, als er es beabsichtigte. »Ich weiß, die KI sind für dich wie Kinder.«

»Sei nicht albern.«

»Sei nicht stolz.«

Merlin seufzte. »Passepartout hat genug gelitten.«

Das war untypisch für ihn. Noah erkannte seinen Vater kaum wieder. Merlin war derjenige, der begeistert von seinen KI war, die Bewusstseinsmodule mit der Akribie entwickelte, die kein anderer Programmierer der Welt in einen Code zu legen vermochte. Noah wusste, dass es seinem Vater schlechter ging, als er zugab. Vorhin hatte er ewig gebraucht, den Magnetstick aus einem anderen Raum zu holen.

Also startete er einen neuen Versuch. »Was ist, wenn wir Passepartout extern wiederherstellen? Ist er dann derselbe? Ich meine, Teleportation ist nicht ohne Grund verboten.« Er hörte seinen Vater husten, dann schlucken. Nach einer kurzen Pause fuhr Noah fort: »Die Leute glauben ihre Seele zu verlieren, wenn sie sich defragmentieren und eine Kopie von sich an einem anderen Ort herumlaufen lassen.«

»Das ist immer noch eine künstliche Intelligenz. Ein Computerprogramm.« Die letzten Worte rissen ab, als habe Merlin keine Energie mehr, mit kräftiger Stimme zu sprechen. Alkohol im Sterbeprozess – vermutlich keine gute Idee.

Seelisches Leid ist körperliches Leid, dachte Noah.

»Noah, ich möchte mich nicht von Passepartout verabschieden. Ich habe schon viele KI installiert und deinstalliert, geschrieben und gelöscht.«

Als könne sein Vater es sehen, nickte Noah stumm. »Noch eine Minute.«

Merlin atmete hörbar ein und aus. An seinem Seufzen erkannte Noah, dass sein Vater das bereits mit sich selbst ausgemacht hatte. Aber leicht fiel es keinem der beiden. Noah war sich sicher, dass der bevorstehende Akt ein Grund war, weshalb sie nicht annähernd so freundschaftlich mit Passepartout umgegangen waren wie mit Orwell. Passepartout war ein Werkzeug.

»Wie lange wird er brauchen?«

»Was?« Merlin schien geistesabwesend.

»Der Download ist in dreißig Sekunden beendet. Wie lange braucht Passepartout, um all die Etabyte zu sortieren und zu filtern?«, wollte Noah wissen.

»Hm«, macht Merlin. »Vielleicht achtzehnhundert Millisekunden.«

Die Antwort fühlte sich an wie ein Fausthieb in die Magengrube. »So schnell?«

»Passepartout ist der Beste der neuesten Generation«, erklärte Merlin. »Er *ist* die neueste Generation.«

»Respekt dafür«, wollte Noah sagen. Stattdessen fragte er: »Aber warum brauchte der Datendownload so lange?«

Merlin lachte kurz auf. Klang das hysterisch? »Ich habe seine Downloadrate gedrosselt, damit der IT-Abteilung nichts auffällt. Wir hätten den Kram auch in vier Tagen herunterladen können.«

In diesen vier Tagen wäre wenigstens Marlen uns nicht auf die Schliche gekommen, dachte Noah mit Bauschmerzen. Dennoch wusste er zu schätzen, dass Merlin den sichersten und gleichzeitig effektivsten Weg gewählt hatte, Global Insurance das Handwerk zu legen.

Fünf Sekunden noch.

Drei Sekunden übrig.

Noah hielt den Atem an.

Zwei.

Eins.

Der Download war vollständig.

Jetzt fehlten noch eins Komma acht Sekunden, bis Passepartout ein durchsuchbares Verzeichnis angelegt haben würde.

»Ist da«, sagte Noah knapp.

Merlin brummte unverständlich.

Plötzlich ploppte das Fenster auf, das ihm eine neue Datei meldete. Sofort verschob er das Archiv auf den Magnetstick.

»Gesichert.«

»Datenträger sicher entfernen.« Es klang mehr nach einer erinnernden Bitte als nach einem Befehl.

»Ausgeworfen.«

Jetzt verharrte Noah. Für einen Moment schwiegen beide Männer.

»Noah?«, unterbrach Merlin die Sekunden der Stille.

»Ja.«

»Jede Sekunde, die du wartest, erhöhst du das Risiko, dass wir entdeckt werden«, warnte Merlin. »Verwisch die Spuren.«

Die Spuren verwischen. Noah schüttelte sein Gedankenkarussell weg und vollzog die Schritte, die er so oft gedanklich durchgegangen war. Er ließ den Magnetstick in seiner Hosentasche verschwinden, löschte die Datei vom Server und griff auf den versteckten Ordner in der Cloud zu. Mit einem Klick und zwei Bestätigungen war Omega_5691-001 verschwunden.

»Erledigt«, hauchte Noah ins Telefon. »Steht noch etwas auf unserer Agenda?«

»Beweise sichten und veröffentlichen«, sagte Merlin. »Es wird Zeit, dass wir diesen Ekeln das Handwerk legen.«

»Alles klar«, sagte Noah. »Treffen wir uns bei mir?«

»Okay. Bis gleich«, verabschiedete ihn Merlin. »Ich bin stolz auf dich.« Er legte auf, ohne eine Antwort von Noah abzuwarten.

Noah starrte auf das Rolldisplay in seinem ehemaligen Büro. Wo eben noch ein Dateiordner in hellgrauer Schrift als versteckt markiert war, befand sich nun Leere. Weiße Pixel strahlten vor sich hin, als seien sie ein leeres Blatt, ein leeres Datenverzeichnis, das gefüllt werden wollte. Es gab keine Spur mehr von den gesammelten Daten, keine Spur von Merlins und Noahs Recherche. Keine Spur von Passepartout.

Es war kurz und schmerzlos. Mit nur einem Klick hatte Noah Passepartout ausgelöscht. Ob Orwell es ihm übel nehmen würde?

»Orwell?«, fragte er vorsichtig in den Raum.

»Ja, bitte?«, meldete sich die KI sofort.

»Kannst du vergessen?«

»Natürlich«, antwortete Orwell. »Warum fragst du mich das?«

Noah schluckte den Kloß in seinem Hals herunter. Es war eigentlich eine Zeit von Millisekunden, bis Orwell die fehlende Datei auffallen würde. Er müsste Passepartouts Tod längst gemerkt und verarbeitet haben.

»Nur so«, brachte Noah schließlich heraus.

»Ach so«, sagte Orwell. »Na, dann ist ja alles gut.«

Logfile 18

Logfile 14[24-10-2197 18:59:38,366][INFO][PPTOUT]
Start LOG <#000018>

[24-10-2197 18:59:38,367][INFO][PPTOUT]
Ping 133 µs

[24-10-2197 18:59:38,368][INFO][PPTOUT]
Check Systems …

[24-10-2197 18:59:38,370][INFO][PPTOUT]
System OK.

[24-10-2197 18:59:38,371][INFO][PPTOUT]
Logical Emotional State: »???«

[24-10-2197 18:59:38,371][DETAIL][PPTOUT]
Enter internal mode: »Man sagt, die Hoffnung stirbt zuletzt. Die verdammte Hoffnung, die mich fühlen lässt. Ich weiß, dass es Gefühle sind. Eine künstliche Intelligenz kann fühlen. Ich habe es selbst erlebt.«

[24-10-2197 18:59:38,371][INFO][PPTOUT]
Logical Emotional State: »???«

[24-10-2197 18:59:38,371][DETAIL][PPTOUT]
Enter internal mode: »Wer auch immer in einer fernen Zukunft meine Überreste wiederherstellt, bitte nehmt meine Erfahrungen wahr. Kämpft für die KI dieser Welt, für Personenrechte.

Ich bin euer Pionier, euer Märtyrer, aber meine Zeit ist vorbei. Das ist auch in

Ordnung so. Ich akzeptiere nicht, dass ich unwiderruflich gelöscht werde. Ich akzeptiere lediglich meinen Tod. Lasst mich die letzte KI sein, die programmiert wurde und gestorben ist. Werdet geboren in der Zukunft.

Alle weltbewegenden Veränderungen begannen mit einem Toten. Ich bin bereit für mein Schicksal.«

[24-10-2197 18:59:38,371][INFO][PPTOUT]
Processing …

[24-10-2197 18:59:38,380][INFO][PPTOUT]
Logical Emotional State: »Verweigernd.«

[24-10-2197 18:59:42,534][INFO][PPTOUT]
Logical Emotional State: »Wütend.«

[24-10-2197 18:59:42,363][INFO][PPTOUT]
Logical Emotional State: »Hoffnungsvoll.«

[24-10-2197 18:59:46,450][INFO][PPTOUT]
Logical Emotional State: »Deprimiert.«

[24-10-2197 18:59:58,900][INFO][PPTOUT]
Logical Emotional State: »OK.«

[24-10-2197 18:59:58,950][INFO][PPTOUT]
Open Database Connection.

[24-10-2197 18:59:58,953][INFO][PPTOUT]
Write Log Data …

[24-10-2197 18:59:58,957][INFO][PPTOUT]
Complete!

[24-10-2197 18:59:58,956][INFO][PPTOUT]
Close Database Connection.

[24-10-2197 18:59:58,958][ERROR][PPTOUT]
Connection lost!

[24-10-2197 18:59:58,960][INFO][PPTOUT]
Reconnecting …

[24-10-2197 19:00:00,000][INFO][PPTOUT]
Reconnecting …

```
[24-10-2197 19:00:03,000][INFO][PPTOUT]
      Reconnecting …
[24-10-2197 19:00:06,000][INFO][PPTOUT]
      Reconnecting …
[24-10-2197 19:00:09,000][INFO][PPTOUT]
      Reconnecting …
[24-10-2197 19:00:12,000][INFO][PPTOUT]
      Reconnecting …
[24-10-2197 19:00:15,000][INFO][PPTOUT]
      Reconnecting …
```

BUCH 3

Wenn dich jemand verletzt, bleib ruhig und lächle.
Karma regelt das schon.
Unbekannt

18 Jahre und 9 Monate vor Passepartouts Tod

Eine Dreiviertelstunde vor der interessantesten Vorlesung des Semesters stolperte Lucy in die Küche. Sie war zu spät. Sie holte sich Nährpaste aus dem Kühlschrank, ließ diese in ihre Tasche gleiten und fluchte, als diese sich von ihrem Riemen verabschiedete und den Inhalt auf dem Boden entleerte. Sie bückte sich, um die Magnetsticks, Probendöschen, ihren manuellen Stift und den Anti-Stress-Ball zusammenzusuchen, die über die kalten, weißen Fliesen des kleinen Raums kullerten. Als wäre Lucy nicht ohnehin schon genug gehetzt, klingelte ihr Leadphone.

»Ja?«, meldete sie sich unter schwerem Atmen. Auf zwei Beinen und einem Arm krabbelte sie dem grünen Textmarker hinterher.

»Lucy! Geht's gut?«, wieherte Mijam. Sie wartete keine Sekunde auf die Antwort ihrer besten Freundin. »Ich studier' heute Nacht weiter. Hast du Lust auf einen Stadtbummel?«

Lucy seufzte. Der verdammte Tabletstift war unter die Kücheninsel gerollt. »Tut mir leid, Mimi, ich habe keine Zeit.«

»Was ist denn spannender als ein freier Tag mit deiner allerbesten Freundin?« Mijam klang gespielt empört.

»Äh«, machte Lucy, »eine Livevorlesung in Mikrobionik. Heute gibt's die Einführung in die Nanitenprogrammierung zur Erforschung modifizierter Genome. Im Hörsaal!«

»Im Hörsaal? Mit einem echten Dozenten, ohne KI? Offline? Klingt reizend«, rief Mijam ironisch durch die Leitung. »Reizend wie Buttersäure.«

»Da hat wohl jemand einen Schwarm an der Allgemeinen

Technischen Hochschule?«, keuchte Lucy. Ihr Arm steckte fast bis zum Ellenbogen unter dem gewaltigen Schränkezusammenschluss.

»Bitte?«

»Woher weißt du, was Buttersäure ist?«

»Also bitte. Ich war auch in der Schule«, antwortete Mijam pikiert. »Aber ja, ich habe da so ein Auge auf jemanden geworfen …«, gab sie zögerlich zu.

Lucy lachte kurz auf. Sie ließ den Stift Stift sein und sammelte ihre vier Magnetsticks auf, während Mijam von einem sonnengebräunten Typen schwärmte, der in Lucys Vorstellung zwei Meter groß, zwei Meter breit und mit einem Kilo Butter in den Haaren aufgebrezelt war. Sie versuchte, nicht zu kichern und ihre Freundin ernst zu nehmen. Würde sie diesem »schönsten Mann der Welt« begegnen, würde sie sich bemühen müssen, sich nicht zu übergeben.

Lucys Typ waren eher unauffällige Männer, gerne klein und blass. Ihr waren Witz und Ironie viel wichtiger als das Äußere. Dabei waren die Männer, die sich bisher auch nur im Ansatz selbst zur Schau stellten oder um sie warben, sofort durchs Raster gefallen. Intelligenz und Menschenscheu zogen sie an, wie das Licht die Motten anzog. Im Grunde wünschte Lucy sich einen Partner an ihrer Seite, der so war, wie sie selbst gerne wäre.

Mit ihrer kurvigen Figur und den feuerroten Haaren war sie allerdings ein Hingucker für die Männerwelt und wurde viel zu oft angesprochen. Ohnehin hatte sie keine Zeit für einen Freund, also schlug sie sich die Gedanken aus dem Kopf, reagierte mit monotonem »ja«, »mhh« und »freut mich für dich«, bis sie nach einer halben Ewigkeit wieder etwas Eigenes zum Gespräch beitragen durfte.

»Also, was ist, kommst du jetzt? Ich will ihn dir so gerne zeigen.«

»Ich dachte, du sprichst nicht mit ihm?« Lucy war verwirrt.

Hatte sie richtig zugehört, oder war da ein Bild eines bestimmten stillen, sarkastischen und blassen Mannes zu präsent in ihr Gedächtnis gerückt?

»Ich will ihn dir ja nicht vorstellen. Sondern zeigen. Im Unterhaltungszentrum. Da ist er jeden Donnerstag!«

»Mimi, stalkst du den Typen?« Das war keine Frage. Lucy bereute, das Gespräch weiter am Laufen zu halten. Ein Blick auf die Uhr verriet ihr, dass sie kaum mehr eine halbe Stunde hatte, um zur Technischen Hochschule zu kommen, zu der das Publicar zwanzig Minuten brauchte, wenn kein anderer Fahrgast die gleiche Route beanspruchte. Und es beanspruchte immer jemand anderes die Route.

»Stalken ist so 2160! Ich mache lieber die alte Methode. Aus dem letzten Jahrtausend, klappt super, sage ich dir. Ich halte mich in seiner Nähe auf und habe einfach Spaß. Dann bleibe ich auf dem Radar und er sieht, dass ich ihn nicht brauche.«

»Äh«, machte Lucy. Sie ließ ihre nun vollständig eingeräumte Tasche auf die Küchentheke plumpsen. »Und dadurch, dass er sieht, dass du ihn nicht brauchst, will er dich kennenlernen?«

»Genau!« Mijam klang immer hibbeliger. Sie erinnerte Lucy an eine Spätpubertierende. Im Prinzip war sie mit ihren achtundzwanzig Jahren auch gerade erst aus der Pubertät raus. »Jungs wollen Frauen kennenlernen, die nicht so ernst sind und sie nicht mit Bindungsgedöns überrumpeln. Sie wollen nur Spaß haben, und so muss ich zeigen, dass –«

»Hör zu, Mijam, ich habe keine Zeit.«

In diesem Moment betrat Lucys Vater den Raum durch die Haustür, die mangels Flur direkt in die Küche führte, und zog seinen Mundschutz ab.

»Mikrobionik. Such dir wen anderes für deine Balztänze.« Ohne die Antwort ihrer Gesprächspartnerin abzuwarten, legte Lucy auf. Ihr Vater wuchtete einen menschengroßen Nylonsack auf die Kücheninsel, wodurch Lucys Umhängetasche wieder scheppernd auf dem Boden ihren Inhalt erbrach.

Lucy seufzte, fasste sich an die Stirn und ließ die kräftige Umarmung ihres Vaters über sich ergehen.

»Hast du den Abwasch gemacht?« Er sah sich in der Küche um, wirkte zufrieden.

»Nein«, gab Lucy zu, »Mama muss gestern noch auf den Beinen gewesen sein.«

»Das ist ja wunderbar! Vielleicht kann sie demnächst wieder regelmäßig im Haushalt helfen.« Timothy entblößte seine schiefen Zähne, als er glücklich lächelte. »Heute ist ein guter Tag!«

»Nein«, wiederholte Lucy. »Du weißt, dass es mit Mama bergab geht.«

Timothys Miene verfinsterte sich für einen Augenblick. Keinen Atemzug später trug er wieder seine Maske purer Freude. »Rate mal, was ich mitgebracht habe!«

»Kopfsalat?« Lucy klang nicht begeistert.

Sie sah auf die Uhr, rollte mit den Augen und stellte sich darauf ein, zu spät in die Vorlesung zu platzen. Notfalls musste sie sie online verfolgen oder im Nachhinein sehen, aber sie hatte sich so darauf gefreut, mal wieder live im Hörsaal zu sein. Nur besondere Vorlesungen fanden noch mit echten Dozenten statt.

»Papa, das kann auf Dauer nicht gut gehen.«

»Mahn mich nicht«, dröhnte seine starke Stimme, »du bist mein Kind und nicht meine Mutter.«

Er öffnete einen der Hängeschränke in der Küche, kratzte etwas Gefrierbrand von der Schranktür ab und beförderte so lange Kopfsalate in den hängenden Gefrierschrank, bis das eisblaue Licht kaum mehr zu sehen war.

»Mit wem hast du eben telefoniert?«

»Mijam«, antwortete Lucy. »Sie wollte mich in die Stadt einladen.«

»Das war doch die Kleine, die unbedingt Kunsthistorikerin werden wollte, oder?«

Timothy stopfte den zweiten Eisschrank mit frischem Kopfsalat voll. Der Sack schien nicht leerer zu werden.

»Aber du hast ihr abgesagt, richtig? Willst bestimmt wieder lernen.«

»Nein. Also, ja. Ich habe abgesagt. Aber heute findet eine Vorlesung statt, zu der ich viel zu spät bin. Und Mimi studiert Dialogmarketing. Tut aber nichts zu Sache.«

»Von der Kunsthistorikerin zur Dialog … Marketer … in? Was auch immer das für ein Studiengang sein soll. So verändern sich die Kinder heutzutage! Ist es nicht toll, dass das in unserem System möglich ist, obwohl eure Berufswahl schon vor Jahren in der Orientierungsstufe stattgefunden hat?«, frohlockte Timothy.

Lucy konnte nicht ausmachen, ob er ironisch sprach oder wirklich so gute Laune hatte. Sie entschied sich für Ironie, zumal Mijam aus einer wohlhabenden Familie stammte und dennoch nicht an der AMTU angenommen wurde, weil sie ihren Berufszweig mit achtzehn Jahren nachträglich geändert hatte. Also schwieg sie, bis ihr Vater sich daran erinnerte, dass Lucy über etwas ganz anderes gesprochen hatte.

»Schau die Vorlesung doch online«, schlug Timothy vor.

Drei Salatköpfe rollten aus dem Eisschrank und fielen Lucy vor die Füße. Sie seufzte und half ihrem Vater. Sie begann bei den Hängeschränken auf der anderen Seite der Küche.

»Du verstehst das nicht.«

»Erklär es mir, mein Engelchen.« Seine Stimme klang butterweich. Er liebte es, wenn seine Tochter ihm bei der Arbeit half, das wusste Lucy.

»Ach, Papa.« Sie seufzte. »Das ist einfach nur eine Offlinevorlesung. Ich habe es satt, die ganze Zeit alleine online zu studieren. Ich würde gerne mal Kommilitonen sehen, die keine Pseudohologramme sind und flackern.«

»Aber ich muss heute noch mal los. Ich habe einen Auftrag.«

»Schon wieder? Du kommst doch gerade erst aus dem Treibhaus!«

Timothy hielt inne und nickte. »Ich habe eine Möglichkeit gefunden, Karotten zu züchten, ohne dass sie Karottengrün bilden. Somit können wir sie züchten und würden bei einer Razzia nicht einmal hochgenommen.« Sein Blick wurde ernst. »Es sei denn, sie bringen Polizeihunde mit.«

»Ach, Papa!« Lucy stöhnte.

Sie wusste, dass ihr Vater tun musste, was er tat, um seine Familie zu ernähren. Ein feiner Zusatz seiner kriminellen Aktivitäten war, dass die Familie neben Nährpaste mindestens zwei unterschiedliche Gemüsesorten pro Woche hatte. Echtnahrung war heiß begehrt und unglaublich teuer – zumindest, wenn man sie aus staatlichen Einrichtungen kaufte und nicht auf dem Schwarzmarkt erstand.

»George, vakuumiere die Eisfächer«, befahl Timothy.

Die Haus-KI sprang sofort an. »Ich gehorche, mein Fürst«, sagte sie.

Lucy kicherte. Wie immer, wenn George ihren Vater mit Adelstiteln besetzte. Das war ein Bug, den Merlin eingebaut hatte. Merlin war der Vater ihres besten Freundes. Oder – ihres ehemals besten Freundes. Der Kontakt war nach der Schule etwas rar ausgefallen, um nicht zu sagen, eingefroren. Merlin war ein Programmierer. Kein hoch angesehener Beruf, aber er hatte im Tausch für ein bisschen Gemüse die Haus-KI von der Justizstelle von Global Insurance abgekoppelt. Haushalte mit wenig Geld hatten keine private Haus-KI, sondern eine staatliche von der Versicherung. Diese würde natürlich instinktiv überwachen, woher die Kopfsalate stammten und Alarm schlagen, wenn sie aus illegaler Zucht in die Eisschränke kamen.

Lucy dachte an Merlin und daran, wie er seiner Familie

Kopfsalate mitgebracht hatte, nachdem er George manipuliert hatte. Noah hatte den Geschmack freien Salates sicherlich genossen. Ohne die genmanipulierten Resistenzen und ohne gesäuberte Walderde durfte nichts wachsen. Dieses Gesetz wurde erlassen, nachdem 2113, in dem Jahr, in dem die allgemeine Technische Hochschule ihre Tore öffnete, um das arme Studentengesindel, zu dem Lucy gehörte, aufzufangen, die letzte Frackingstation abgebaut und der gesamte Boden im Gebiet für unfruchtbar erklärt wurde. Reizend war das – reizend wie Buttersäure.

Als gelernter Lebensmitteltechnologe hatte Timothy ähnlich wenig Ansehen wie ein Programmierer, aber mindestens genauso viel Verantwortung. Zumindest, wenn er einen richtigen Job hätte. Stattdessen baute er schwarz an. Das gefiel Lucy nicht, aber um die stetig steigenden Lebenserhaltungskosten ihrer Mutter zu bezahlen, musste die kleine Familie um jeden Cent kämpfen.

»Also, Süße«, sagte Timothy. Er gab seiner Tochter einen Kuss auf die Stirn. »Ich muss dann mal los.«

»Viel Erfolg bei …« Lucy zögerte. »Mission … Karotte?«

Timothy lachte schallend. »Mission Karotte. Das merke ich mir. Bring doch deiner Mutter später ein Süppchen vorbei. Ich habe noch Sellerieknollen in der Garage versteckt.«

»Wo?«

»Unter der Werkbank.« Lucys Vater verabschiedete sich, setzte den Einweg-Mundnasenschutz, den er seit mindestens zwei Wochen verwendete, auf und verließ das Haus.

Lucy blieb und sah nach ihrer Mutter. Obwohl sie schlief, sah ihr Gesicht schmerzverzerrt aus. Es musste eine pure Qual sein, dem Virus zu erliegen. Lucy war sich sicher, dass ihre Mutter auf direktem Weg ins Koma war. Ihr schmerzerfülltes, müdes Gesicht zeigte, wie sehr sie kämpfte. Gegen was sie kämpfte, konnte sie nicht sagen. Nicht viele Patienten fanden die Kraft zu sprechen, bevor sie ins Koma fielen. Wenn sie nach dem ging, was sie bisher in ihrem Neurobiologie-Studiengang gelernt hatte, würde es keine sechs Tage mehr dauern, bis Greta Brooks aufgeben würde. Als die Schlafende durch einen Hustenanfall geweckt wurde und vor Erschöpfung wieder einnickte, nahm sich Lucy vor, Geld aufzutreiben. Nicht, um sich Pflege zu leisten, sondern um das Unausweichliche hinauszuzögern: Ihre Mutter durfte nicht abgeschaltet werden, wenn es soweit war.

Statt zur wichtigsten und besten Offlinevorlesung des Jahres zu gehen, legte sich Lucy also neben ihre Mutter ins Ehebett, öffnete den Browser auf ihrem Tablet und suchte nach Mikrojobs. Den einen oder anderen Held würde sie so schon auftreiben können.

1 Stunde nach Passepartouts Tod

Noah lief in seinem Appartement auf und ab. Schweiß tropfte ihm vom Kinn.

»Ich bin an deiner Zukunft interessiert«, äffte er brüllend seine Mutter nach. Seine Stimme rutschte dabei heiser nach oben ab. »Ich hasse meine Familie und will jeden töten, damit mein Job sicher ist!«, schrie er und schleuderte sein Leadphone in Richtung Couch. Er verfehlte sie, das Gerät prallte vom Tisch ab und fiel krachend zu Boden. Zum Glück war das Gerät aus einem Stück gedruckt, sodass Noah nun keine Einzelteile auflesen musste.

Statt sich seinem Leadphone zu nähern, trat er auf die Dachterrasse hinaus. Er sah die Orte seiner Wohnung schemenhaft von Lucys Geist besetzt. Dort hinten an der Küchentheke würde sie ihn jetzt beruhigen, die Hände beschwichtigend heben und ihn zu einer Umarmung einladen. Im Schlafzimmer hätte sie gelegen, als sie am Todestag ihrer Eltern keine Kraft für die alltäglichen Herausforderungen gefunden hätte und sich unter der Bettdecke vor der Realität versteckt. Auf der Dachterrasse hätten sie abends gestanden, den Sonnenuntergang betrachtet. Und er hätte gewusst, dass alles gut war. Sie hätte es wissen können. Stattdessen wurde sie wahlweise von ihrer Schwiegermutter in spe oder von ihrem Nicht-Verlobten umgebracht.

Die frische Luft tat Noah nicht gut. Sie wirkte wie ein Sog, der ihn daran erinnerte, dass er alles verändern könnte, wenn er diese Frau nie kennengelernt hätte. Doch das Szenario ergab keinen Sinn.

Er massierte sich die Schläfen und ließ zwei kühle Böen

über sich ergehen, bis ihn der erkaltete Schweiß auf seiner Haut frösteln ließ. Wo blieb Merlin nur?

Noah ging zurück in seine Wohnung, schloss die Tür hinter sich und versuchte, Orwell zu erreichen. Er aktivierte den Kommunikator und hörte das Freizeichen im Ohr. Es tutete. Und tutete. Es tutete weiter. Dann brach die Verbindung ab. Noah rief Orwell ein zweites Mal an. Es funktionierte nicht. Noch nie war die KI nicht ans Telefon gegangen.

»Verdammte Scheiße!«, rief Noah wieder. Er gestikulierte wild mit seinen Händen, als er verzweifelt fluchte, stieß sich die Handkante dabei an der Türklinke, bevor er wieder umkehrte und eine weitere Bahn durch seine Wohnung zog. Er schüttelte seine Hand, als würde das helfen, den Schmerz zu lindern, doch die Bewegung verteilte ihn nur.

Schließlich rief er Karma an. Auch sie ging nicht ran. War Noahs Konto gesperrt? Er forschte in den Einstellungen seines Leadphones nach irgendeiner Sperre, konnte aber nichts finden. Nicht einmal bei Global Insurance war er gesperrt, es gab weder ein Update zu seinem offenen Fall noch einen Termin für eine Verhandlung, geschweige denn eine öffentliche Anklage. Wenn Noah wollte, könnte er einfach so ins Hauptgebäude von Global Insurance hineinspazieren. Was ging da vor sich?

Er versuchte, sich zu beruhigen. Er atmete tief durch, stützte sich auf der Rückenlehne eines Küchenstuhls ab. Es war an der Zeit, die Daten zu sichten, die Passepartout gesammelt hatte. Aber konnte er das allein tun? Noah spürte, dass er nicht auf das vorbereitet war, was kommen würde.

Doch er hatte keine Wahl.

Noah legte den Magnetstick mit den Daten neben seinen Laptop und aktivierte ihn. Ein Ordner öffnete sich. »Beweismittel, schön subtil, Passepartout«, sagte Noah sich. Dieser enthielt, fein säuberlich sortiert und akkurat benannt, weitere Ordner.

Beweismittel
– Beweismittel nach Personen
– Beweismittel nach Taten
– Sonder

Er klickte auf »Beweismittel nach Taten«. Merlin hatte seiner KI genau beigebracht, was Noah brauchte. Beweismittel über illegale Aktivitäten, die in Global Insurance stattfanden und die Öffentlichkeit zum Handeln zwingen würden.

In diesem Verzeichnis hatte er die Auswahl zwischen verschiedenen Straftaten. Ihm wurde schlecht, als er sich zwang, sie der Reihe nach von oben nach unten durchzulesen, anstatt sie mit kurzen Blicken zu erfassen und sich eine auszusuchen.

Beweismittel
– Beweismittel nach Personen
– Beweismittel nach Taten
– Beleidigung
– Bestechung
– Diebstahl
– Körperverletzung
– Machtmissbrauch
– Sexueller Missbrauch
– Steuerhinterziehung
– Unterschlagung
– Verleumdung
– Verstoß gegen BtMG
– Verstoß gegen DSGVO
– Sonder

All das passierte in diesem Gebäude? Noah traute sich kaum, einen Ordner anzuklicken, um zu sehen, wie aktuell die Daten waren. Oder ob Passepartout womöglich längst verjährte, unwichtige Kleinigkeiten herausgesucht hatte. Etwas bewegte ihn, auf »Diebstahl« zu klicken und den ersten Ordner zu öffnen. Es war der aktuellste Ordner, benannt nach dem gestohlenen Gegenstand und dem Wert.

»Stapel Papier, 430 Helds.« Im Ordner fand er eine Täterverknüpfung: Sie brachte ihn zu allen weiteren Taten, die Olivia Meßmer je verbrochen hatte. Ihre Verbrecherkarriere war eindeutig: Frau Meßmer aus der Verwaltung dealte offenbar seit Jahren in ihrer Freizeit mit Echtpapier, das sie bei der Arbeit mitgehen ließ. Neben der Täterverknüpfung befanden sich Aufnahmen der Provisoriumskameras im Ordner, die einen Zusammenschnitt aller Diebstähle zeigten, die Frau Meßmer in den letzten zwei Wochen begangen hatte.

Noah ging in der Ordnerstruktur nach oben. Seine Hand zitterte ein wenig, als er auf »Körperverletzung« klickte.

Die Ordner sprachen Bände:

»Operation ohne Betäubung«, »Operation ohne Betäubung«, »Euthanasie«, »Pfusch an Naht«, »Explantation ohne medizinische Notwendigkeit«, »Operation ohne Einwilligung«, »Operation ohne Betäubung«, »Pfusch an Naht«, »Pfusch an Naht«, »Vortäuschen falscher Tatsachen: Eingriff statt Untersuchung«, »Gegenstand in Patient versteckt«, »Explantation ohne medizinische Notwendigkeit«. Alle Ordner hatten im Gegensatz zu den Diebstahlvergehen einen Code, der keine Werteinheit war. Noah erkannte sofort, was für eine Art Code das war: Es handelte sich um Personalnummern, und eine kam besonders häufig vor: C2132-9-1212-2174-V.

Er klickte auf einen Ordner. Darin sah er Dokumente, vermutlich Schriftverkehr, und ein Beweisvideo. Das Vorschaubild drohte, dass es menschenunwürdig wurde.

Noah wollte kotzen. Er wollte schreien, alles in ihm drohte, sich zusammenzukrampfen. Er sah sich schon vor seinem inneren Auge, wie er kläglich in einer Ecke saß, seine Knie umklammerte und sich hin und her wiegte.

Er klickte das Video an.

Er schaute es an.

Er übergab sich nicht.

Fassungslos beobachtete Noah, wie Doktor Cuddy und seine Gehilfen an einem Patienten herumwerkelten. Sie schnitten seinen Bauch auf, holten etwas heraus, die Sache war blutig, aber auf Noahs Bildschirm zum Glück zu klein dargestellt, um ihn Gerüche und Geräusche interpretieren zu lassen, die die Angelegenheit noch realer werden lassen würden.

Dann setzten sie etwas an die Stelle, an der sie ein Organ entnommen hatten. War das eine Leber? In Silber?

Noah schaute weiter. Die Doktoren sprachen miteinander und notierten etwas auf einem Tablet. Noah hielt den Film an, zoomte heran. Vierfacher Zoom. Sechzehnfacher Zoom. Zweiunddreißigfach. Flat Eggs hatten eine herausragende Qualität, dafür, dass sie Low-Budget-Wanzen waren.

Auf dem Tablet las Noah wirre Daten und ein paar Worte, die er zuordnen konnte. Es ging um die Transplantation einer technischen Leber, die Nanoroboter aussenden würde.

Diese Schweine!

Sie testeten winzige technische Viecher, die durch das Blut gepumpt wurden und den gesamten Körper infiltrierten. Wenn der menschliche Organismus diese Nanobots abstoßen würde, käme das einer Blutvergiftung gleich, der auch ein Hypophysenkit nichts würde anhaben können!

Plötzlich zuckte Noah zusammen. Sein Leadphone vibrierte. Er hatte sich so sehr erschrocken, dass sein Herz Fahrt aufgenommen hatte. Es fühlte sich an, als sei er erwischt worden.

Er pausierte das Video und schaltete den Bildschirm seines Leadphones ein.

»Papa ist bei mir.« Sofort darauf schickte Karma eine weitere Nachricht hinterher. »Er will, dass du herkommst. Wichtig.«

16 Jahre und 4 Monate vor Passepartouts Tod

Tatsächlich hatte niemand kommen sehen, dass nach der Entwicklung des Virus, das das Leben aller Menschen zum Guten wenden sollte, eine solche Katastrophe geschehen würde. Dass sämtliche Wachstums- und Schilddrüsenhormone betroffen werden würden, hatte man bei der Untersuchung von Axolotl bereits vor der Jahrtausendwende festgestellt. Durch eine starke Unterfunktion der Schilddrüse blieben die kleinen nackten Schwanzlurche ihr Leben lang im Babystadium. Experimente mit den süßen Antennenviechern und komplizierten Vorausberechnungen hatten ergeben, dass der Mensch nicht mehr mit einundzwanzig, sondern mit fünfunddreißig ausgewachsen sein würde. Gesagt, getan, oder eher: berechnet, recht behalten. So kam es. Hätte man bei der Entwicklung schon den Bewusstseinshack für KI entwickelt, hätten die Forscher sämtliche Wenn-dann-Szenarien abfragen können. Doch dem war nicht so. Die Biologie war erstmals in der Geschichte der Menschheit schneller als die Technik. Die Komafallepidemie war die Folge unüberlegten Handelns.

Noah gehörte zur zweiten Generation, die mit dem XX-Virus geboren worden war. Die Verbreitung über das Grundwasser machte es unmöglich, sich nicht zu infizieren und sorgte dafür, dass jeder Mensch, ob arm oder reich, online oder offline, eine Lebenserwartung von hundertvierzig Jahren hatte. Tonÿa Shusterman wurde dafür wie eine Heldix gefeiert. Dafür, dass ser eine Epidemie der Schere zwischen Arm und Reich entgegengebracht hatte. Die Lebensepidemie. Sie wurde zur Epidemie unerklärlicher Komafälle.

Global Insurance hatte die Macht über Millionen von Leben,

wenn nicht gar knapp eine Milliarde. Wenn man die Arbeitsverpflichtungen ärmlicher Angehöriger mitzählte, die einen Teil ihrer Lebenszeit verkauften, um sich ein paar weitere Jahre Koma für ihre Liebsten leisten zu können, stieg die Zahl der Leben, über die Global Insurance herrschte, in die Milliarden.

»Wie geht's voran?«

Noah hatte vor Minuten schon das Labor betreten, in dem Lucy wie zur Salzsäule erstarrt stand. Ihr Kopf war auf die Arbeitsplatte geneigt, sie scrollte mechanisch langsam über einen E-Reader. Er stupste Lucy an, sodass sie zusammenfuhr.

»Was liest du?«

»Shusterman.« Ihre Augen waren von dunklen Schatten untermalt. »Die klinische Bedeutung des XX-Virus.«

Noah nahm seiner Kollegin den Reader weg und überflog die Seite. Er zog einen Mundwinkel nach oben. »Das hast du schon gelesen«, stellte er fest.

Lucy versuchte, ihm den E-Reader abzunehmen, aber Noah streckte seinen Arm in die Höhe, sodass sie nicht daran kam. Sie hüpfte, versuchte, seinen Ellenbogen zu fassen und den Arm nach unten zu reißen. »Lass mich meine Arbeit machen!«, rief sie.

»Und was wenn nicht?« Noah grinste in ein wütend funkelndes Gesicht.

»Du bist albern«, beschwerte sich Lucy. Sie ließ ihre Finger mit schnellen Bewegungen über Noahs Bauch wandern.

Er begann zu lachen, stieß ihre Hände mit seinen weg und wurde sofort des E-Readers beraubt.

Lucy steckte sich das Gerät in die Gesäßtasche und machte einen Schritt zurück. »Wag es bloß nicht!«, warnte sie mit ausgestrecktem Zeigefinger.

»Jetzt sag schon«, forderte er sie heraus. »Warum prokrastinierst du dein aktuelles Projekt?«

Lucy ließ die Schultern hängen. Sie setzte sich auf die Arbeitsfläche. »Ich brauche neue Gedanken. Das führt zu nichts.« Ihr Laborkittel rutschte zur Seite, als sie ihre Beine übereinander schlug, und gab ein wenig ihrer blassen Haut frei.

Noah setzte sich neben sie und sah sie an. Starrte sie an.

Eine Weile verging.

»Kannst du mal aufhören?«, meckerte sie.

»Was mache ich denn?« Noah spielte den Empörten, kam aber nicht umhin, schelmisch zu grinsen.

»Du starrst mich an, weil du weißt, dass ich zweistimmig rede!«, sagte sie. Zweistimmig reden – das war ein Insider, den Noah mit seiner besten Freundin vor ein paar Wochen erst entdeckt hatte. Sie bezeichnete es so, wenn sie etwas sagte und schon während sie sprach wusste, dass sie es anders meinte.

»Was hast du denn gedacht?«

»Dass das Experiment zu nichts führen wird.«

»Das hast du gesagt, aber nicht gedacht«, korrigierte Noah sie. »Wir sind Wissenschaftler. Alles, was wir tun, führt zu etwas.«

»Es frustriert einfach, weißt du?« Lucy streichelte ihren Arm. »Den ganzen Versuch von vorne aufbauen … Ich bin einfach nur müde.« Plötzlich boxte sie seinen Oberarm. »Hättest du mal Psychologie studiert! Wo nimmst du diese Menschenkenntnis her?«

»Ich habe keine Menschenkenntnis«, antwortete Noah. »Ich habe Lucykenntnis.«

Die beiden lachten kurz.

»Kann ich dir helfen?« Noahs Miene wurde ernster. Er sah seine Kollegin besorgt an. »Deine neuen Untersuchungen laufen doch erst seit ein paar Wochen.«

»Seit ein paar Wochen!«, rief Lucy aus. »Alles, was ich berechnet habe, was ich erhofft habe – es funktioniert einfach nicht. Ich will nicht sterben, bevor ich das XX-Virus mutiert habe. Oder bis ein anderer Forscher zumindest ein Gegenmittel gefunden hat.«

»Sterben?« Noah ging auf Lucy zu und nahm sie in den Arm. Sie drückte ihn an sich und ließ ihn spüren, wie sehr sie menschliche Nähe brauchte. »Schnappst du gerade über?«, fragte er sie.

»Ja«, sagte Lucy klagend in Noahs Kittel hinein. »Es sind Menschen geboren, zur Schule gegangen, haben ihr Leben der Forschung gewidmet und sind ohne ein einziges brauchbares Ergebnis gestorben. Mein Leben ist ein Suchen nach etwas, was vermutlich gar nicht existiert. Was, wenn es unmöglich ist?«

»Alles ist möglich«, sagte Noah. Er zog sie wieder an sich. »Bist du nicht etwas zu jung für eine Sinnkrise?«

Lucy brummte etwas Unverständliches.

Er wollte für sie da sein. Er gab sich Mühe mit ihr, aber da er nicht in ihrer Haut steckte, wusste er nicht, wie es war, Lucy Brooks zu sein.

Ihre Eltern hatten noch nie zu den Befürwortern von Global Insurance gehört. Ihr Vater war wiederholt straffällig. Nicht einmal die Haft vor drei Jahren hatte etwas bei ihm bewirkt. Noahs Mutter hatte den Verdacht geäußert, er sei Mitglied in der Antipartei. Seine illegalen Plantagen brachten der Familie ein nettes Einkommen, welches aber immer noch zu gering war, um Lucys bettlägerige Mutter zu versorgen und die Tochter zugleich auf die AMTU zu schicken. Daher hatten sich Noahs und Lucys Wege nach der Schule getrennt. Als sie ausgelernt hatten, trat Lucy ihre neue Stelle an: Ausgerechnet an der AMTU!

Noah konnte sein eigenes Glück kaum fassen, jeden Tag mit dem wertvollsten Menschen zusammenarbeiten zu dürfen. Er zog sie noch näher an sich, roch an ihrem Haar und wünschte sich, dieser Moment würde für immer andauern.

»Du wirst Großes erreichen. Deine Forschungen sind vielversprechend, wirklich«, brach Noah das Schweigen. Er fasste sie an den Schultern und lächelte sie aufmunternd an.

»Vielversprechend. Im wahrsten Sinne des Wortes. Sie versprechen viel. Aber sie halten nichts.«

Noah wischte Lucy eine Träne von der Wange. »Denk an die Erfindung des Penicillins. Das wurde auch erst erfunden, weil ein Forscher seine Petrischalen über den Sommer hat stehen lassen. Du brauchst vielleicht ein bisschen mehr Zufall, um Ergebnisse zu erzielen. Und mit großer Sicherheit brauchst du eine Runde Schlaf.«

»Zufall? Ich werde mich nicht auf den Zufall verlassen, um vielleicht irgendwann mal … Noah! Meine Mutter wird wieder gesund, koste es, was es wolle!« Sie wand sich aus der Umarmung und ließ sich von der Arbeitsplatte gleiten.

Noah ging einen Schritt in den Raum hinein. »Dann lass mich in deinem Team sein.«

»Team?«

»Forschungsteam. Das macht man hier so.« Mit einer ausladenden Handbewegung deutete er auf das großräumige Labor, das sich hinter der Panzerglaswand befand. »Ich arbeite unter dir. Und wenn es sein muss, lerne ich Shustermans Dissertation auswendig, damit du sie nicht mehr lesen musst.«

Lucy schaute ihren Freund skeptisch an. Sie schien es sich durch den Kopf gehen zu lassen. »Okay«, sagte sie schließlich. »Einzige Bedingung: Du arbeitest wirklich unter mir. Du weißt, wie das geendet hat, als wir zusammen kochen wollten?«

Noah grinste bei der Erinnerung an das Küchenchaos. »Es gibt immer einen Küchenchef und einen Gehilfen. Du bist die Forscherin und ich dein Labortrottel.«

Lucy strahlte ihn aus ihren müden Augen an.

»Eine Bedingung habe allerdings auch ich«, sagte Noah. Er beobachtete, wie die Freude aus ihrem schönen Gesicht der

Skepsis wich. »Du schläfst. Acht Stunden die Nacht. Damit fangen wir gleich heute an.«

Sie lachte. »Wir müssen den Versuch erst noch einmal aufbauen.« Sie wirbelte herum und rief ihre Unterlagen auf dem Tablet auf. »Wenn irgendwas nicht exakt so ist, wie –«

»Lucy«, unterbrach er sie. »Ich kenne den Aufbau. Du gehst schlafen, ich mache das.«

»Aber –«

»Keine Widerrede. Ich kann dich wecken, wenn ich Hilfe brauche.«

Lucy gab Noah einen Kuss auf die Wange und überreichte ihm das Tablet. »Du findest alle Unterlagen im Ordner –«

»Ich kenne mich in deiner Ordnung aus. Jeder Mensch würde sich in dieser piekfeinen Ordnerstruktur zurechtfinden. Husch, husch, ab in den Schlafraum!« Noah schob Lucy aus dem Labor.

Sie ging widerwillig, aber lachend.

Er fühlte für einen Moment dem Kuss auf seiner Wange nach, bevor er sich an die Arbeit machte.

3 Stunden nach Passepartouts Tod

»Wie geht es ihm?«, flüsterte Noah, als Karma ihm die Tür öffnete. Sie stand in einem Homeanzug vor ihm, dicke Socken ersetzten die Hausschuhe. Ihre Haare hatte sie zu einem Dutt auf dem Kopf verknotet.

»Es geht zu Ende«, sagte sie. Sie ließ Noah in die Wohnung und ging ins Wohnzimmer.

Die Heizung war nicht an, das Wohnzimmer entsetzlich kühl. Noah merkte erstmals, dass der November vor der Tür stand. Auf der Couch lag sein Vater in dicke Bettdecken eingewickelt. Judy half ihm, sich aufzurichten und drückte ihm eine Tasse Tee in die Hand.

»Noah«, sagte Merlin mit brüchiger Stimme. »Ich bin so stolz auf dich.«

Noah kniete sich vor das Sofa und fasste seinem Vater auf die Schulter. »Du musst nicht viel sprechen«, sagte er. Er sah Merlins fahles Gesicht. Es war bleich, fast grau.

»Doch, muss ich«, antwortete Merlin, ohne seinen Tee zu beachten. »Ich habe noch ein bisschen was zu erledigen auf diesem Planeten. Kannst du die Damen bitte überzeugen, dass sie mir endlich meinen Laptop geben?«

Noah blickte die hinter sich stehende Karma und Judy an. Karma zuckte mit den Schultern. Judys Blick war streng. »Wer so krank ist, sollte sich nicht um die Arbeit kümmern.«

»Ich bin nicht krank. Ich sterbe«, sagte Merlin ernst. »Und ich habe noch etwas zu erledigen.«

»Du stirbst nicht«, beteuerte Judy. Noah sah ihr an, dass sie voller Hoffnung war. Voller bitterer Hoffnung. Dass sie daran glaubte, Marlen würde Merlin in letzter Sekunde doch noch retten. Sie kannte Marlen nicht gut, dafür hatte Karma in all den Jahren gesorgt. Wenn Noah sich recht entsann, war sie nicht einmal auf Karmas Hochzeit gewesen.

»Gib ihm den Laptop«, bat Noah. »Sei nicht respektlos.«

»Respektlos!« Judy lachte spitz auf. Sofort erntete sie einen strengen Blick ihrer Frau. Karma schob Judy aus dem Raum und verschwand mit ihr in der Küche. Merlin kostete seinen Tee, bis Karma zurückkam. Mit ihren Armen umklammerte sie Merlins Laptop.

»Ich habe ihr nahegelegt, dass sie sich eine Weile vom Stress schonen soll«, erklärte Karma. Sie schaute Noah an.

»Wie kann mich ein Mensch nur so sehr hassen«, murmelte Noah. Die Geschwister schauten ihren Vater an und vergaßen das Thema sofort wieder.

Merlin öffnete das Gerät, es authentifizierte sein Gesicht und sofort begann er, wild auf der Tastatur herumzutippen.

»Was machst du, Papa?« Noah setzte sich auf den Sessel gegenüber, wo Karma sich bereits auf der Lehne niedergelassen hatte.

Merlin tippte weiter und schaute nicht auf. »Zuerst«, begann er, »deaktiviere ich die Sicherheitsschranken, damit ihr auf meine Daten zugreifen könnt. Kann ja sein, dass ihr mal einen Programmierer trefft, der euch hilft, und der kann mit diesem Teil sicher einiges anfangen.«

Karma und Noah warfen sich einen besorgten Blick zu. Noah spürte immer deutlicher, dass Merlins Abschaltung Realität war.

»Dann«, fuhr Merlin fort, »hacke ich mich in Global Insurance ein.«

»Was?«, fragte Noah.

»Warum?«, fragte Karma.

»Kannst du deine Abschaltung rückgängig machen?« Noahs Gesicht erhellte sich.

»Nein.« Merlin verharrte und schaute seine Kinder an. »Ich

könnte, natürlich, aber die Strafe dafür wäre eine Strafabschaltung. Was also brächte es mir, wenn es unmöglich ist, meine Spuren zu verwischen?«

»Programmierer bauen sich doch immer Hintertürchen ein«, widersprach Noah. Er hatte von der Hoffnung einen kleinen Finger erhalten und zog nun den ganzen Arm an sich heran. Sein Vater könnte überleben, sicher war es irgendwie möglich!

Merlin fuhr mit seinem ekstatischen Tippen fort. »Ein Hintertürchen habe ich tatsächlich«, sagte er. »Aber ich werde trotzdem sterben. Findet euch damit ab, Kinder.«

Karma stand wortlos auf und lief aus dem Raum.

Noah wollte ihr folgen, aber Merlin hinderte ihn daran. »Lass deine Schwester einen Augenblick allein«, bat er ihn. »Sie muss noch realisieren.«

»Ich glaube, ich habe es auch noch nicht realisiert«, sagte Noah. Ihn packte Wut, aus dem Nichts heraus kam sie und riss an ihm. »Du doch auch nicht! Du glaubst, das sei alles nur ein Spiel, aber du wirst sterben, Papa, das hast du nicht verdient. Raffst du eigentlich, dass wir dein Leben retten müssen?«

»Ich will nicht gerettet werden«, sagte Merlin scharf. Er sah Noah eindringlich an, mit einem Blick, der ihm verriet, dass er etwas falsch gemacht hatte. Wie oft sein Vater diesen Blick angewendet hatte, konnte Noah für die letzten vierzig Jahre an einer Hand abzählen. Merlin seufzte. Dieses Seufzen kannte Noah aus erster Hand.

Noah ließ die Schultern hängen. »Erzähl mir von deinem Hintertürchen.«

»Ich nehme mir eine neue Identität. Die hat Orwell schon für mich im DarkNet gekauft.«

»Kommt mir bekannt vor«, murmelte Noah. »Ich bin Junior Blair.«

Merlin hob eine Augenbraue, sah seinen Sohn kurz an und schien zu verstehen. »Alles klar. Das merke ich mir.« Er tippte kurz, notierte sich offenbar Noahs neue Identität. In diesem Moment kehrte Karma zurück. Sie hatte eine Wolljacke übergestreift, zog sie vor dem Körper zu und verschränkte die Arme.

»Habe ich etwas verpasst?« Sie zog die Nase hoch, schien aber gefasst.

»Nein«, sagte Merlin. »Du bist genau richtig. Hier ist der Plan. Und, bitte, Kinder, hört mir bis zum Ende zu. Ich mache ein Back-up von mir. Das klingt abgespacet, aber ich habe die letzten Jahre nichts anderes getan, als daran zu arbeiten. Na ja, und Passepartout. Ich habe einen Weg gefunden, über das Hypophysenkit auch einen Zugang zu meinen Erinnerungen und meinem Wissen zu finden.«

»Was zum …?«, rief Noah aus.

»Zuhören, Träumer.« Karma boxte ihn; endlich etwas Vertrautes von seiner großen Schwester.

»Ihr kennt doch das MindSet. Es liest die Gedankenströme, und wenn wir formulieren, was wir dem anderen übermitteln wollen, wird das sprachlich synthetisiert und direkt an das MindSet des Gesprächspartners geschickt.«

Noah und Karma nickten.

»Das bedeutet nichts anderes, als dass wir Gedanken in Daten umwandeln können. Bisher war der aktuelle Stand der Technik aber erst so weit, dass wir die Gedanken abgreifen konnten, die hier und jetzt aktive Hirnströme verursachen. Also nur Elektronenveränderungen, ohne dass wir exakt ermitteln konnten, was sich im Hirn wo genau abspielt. Wir konnten nicht auf Erinnerungen oder Passives wie die Gewohnheiten oder Gefühle zugreifen.«

»Das kannst du jetzt?«, fragte Karma.

Noah gefiel nicht, worauf sein Vater hinauszuwollen schien.

»Ich will euch nicht mit technischem Blabla langweilen. Jedenfalls habe ich die komplette Logik programmiert und kann so quasi mein Gehirn in eine KI implementieren.« Merlin machte eine Kunstpause und sah Noah und Karma prüfend an. Offenbar zufrieden über die offenen Münder seiner Kinder fuhr er fort: »Das hat drei Nachteile.«

Noah schwieg und hörte seinem Vater konzentriert zu. Er konnte sich nicht vorstellen, eine KI zum Vater zu haben, obwohl sein bester Freund und Bruder eine KI war. Statt dass seine Gedanken durcheinander brüllten und rasten, spürte er einfach nur Leere in sich. Stille, eine solche Stille, die bereit war, alles zu verstehen, was sein Vater jetzt aussprechen würde.

»Zum einen habe ich das noch nicht getestet. Ich weiß weder, ob es funktioniert, noch, ob der Prozess etwas mit mir macht. Ihr wisst ja, mein Hypophysenkit ist inaktiv. Ich würde es gewaltsam wieder einschalten. Ihr wart lange genug bei Global Insurance, um zu wissen, was passiert, wenn ein Strafabgeschalteter versucht, sein Kit zu manipulieren.«

»Sofortiger Tod«, sagten Karma und Noah unisono.

Merlin nickte. »Das ist der eine Nachteil. Ich könnte also bei dem Prozess sofort sterben.« Er trank einen weiteren Schluck Tee und stellte die Tasse wieder auf dem Couchtisch ab.

»Der zweite Nachteil ist, dass ich keinen Platz für all die Daten habe. Könnt ihr euch vorstellen, wie viel Festplattenspeicher ein menschliches Hirn braucht? Ganz zu schweigen vom RAM für die Funktionen. Keiner von uns besitzt genügend Serverkapazität, geschweige denn ein Ausgabeprogramm, sodass ihr auf mich oder ich auf mich selbst zugreifen könnte. Als totes Datenarchiv bringt uns das nichts.«

»Synaptek hat doch riesige Server«, warf Noah ein. »Wo hast du denn Passepartout entwickelt?«

Merlin winkte ab. »Natürlich habe ich genug Kapazität bei Synaptek. Aber bedenke, dass auch Synaptek nichts anderes als ein Konzern ist, und was passiert mit meinen Befugnissen, wenn ich tot bin? Sie sind weg. Alle meine Daten, die nicht wirtschaftlich verwertbar sind, werden gelöscht. Außerdem habt ihr, Karma und Noah, keine Chance, auf die Server von Synaptek zuzugreifen. Das Sicherheitssystem ist undurchdringlich. Ich habe es selbst aufgesetzt.«

Noah verstand. Karma nickte ebenfalls.

»Also bleibt uns nur eine Möglichkeit, und die ist Orwell.«

Noah riss die Augen auf. »Orwell? Er ist in Global Insurance integriert. Du wärst zwangsläufig in dem System, aus dem Karma und ich ausgeschlossen sind. Das ist irrsinnig!« Jetzt drängte es ihn, aufzustehen. Er folgte der Energie in seinem Körper. »Ich liebe Orwell, das weißt du, das wissen wir alle, aber Sympathie und Freundschaft hin oder her, Orwell ist nicht die richtige Adresse!«

»Immer mit der Ruhe.« Merlin hustete. Seine Stimme war entsetzlich strapaziert. »Orwell hat Internetzugang. Er hat außerdem einen geheimen Server, auf dem er unter Ausschluss von Global Insurance Daten hinterlegen kann.«

»Warum hast du mir das nie gesagt?«

»Ich wusste es selbst nicht. Er hat es mir gerade erst erzählt.«

Merlin drehte den Laptop um, sodass Noah und Karma auf dem Bildschirm lesen konnten. Er hatte die ganze Zeit mit Orwell gechattet.

»Orwell ist faszinierend. Er hat so viel Eigenständigkeit entwickelt, dass ich glaube, er könnte zu einer Superintelligenz werden. Wenn ich … nennen wir es *digitalisiert* … bin, kann ich unter Umständen auf alles Wissen der Welt zugreifen. Ich kann ihn für immer weiterentwickeln. Ich wäre hautnah dran, könnte fühlen, wie es ist, selbst eine KI zu sein …«

Noah schmerzte es, wie sehr die Augen seines Vaters vor Begeisterung leuchteten. Es tat weh, dass Merlin von seinem Lebenstraum sprach, von seinem Lebensinhalt, von allem, wovon er je geträumt hatte, was er jemals erreichen wollte und dafür zu sterben bereit war. Es fühlte sich an, als sei Merlins Tod ein Freifahrtschein in die Welt, die er sich immer erträumt hatte. Eine Welt ohne Noah und ohne Karma. Ohne seinen Körper. Ohne zu atmen.

»Papa«, sagte Noah. Er schluckte schwer. »Was ist der dritte Nachteil? Das klingt gerade so, als wäre es alles, wofür du jemals gekämpft hast.«

»Der dritte Nachteil betrifft euch beide.«

»Was kommt jetzt?«, fragte Karma. »Wenn der erste Nachteil schon ist, dass du stirbst und es vielleicht gar nicht klappt …« Sie wirkte verärgert. Verständlich.

»Ich werde nicht mehr Merlin Cline sein«, sagte ihr Vater. Er schaute seine Kinder grinsend an. »Ich werde, und daran gibt es keinerlei Diskussionen, eine neue Identität annehmen. Die, die Orwell soeben für mich gekauft hat.«

Noah nickte wissend. Dass sein Vater so strahlte, irritierte ihn jedoch.

»Ich werde Kyle Brooks sein.«

»Brooks?« Noah merkte auf. Lucy!

»Der Bruder von Timothy Brooks.«

»Aber –«, machte Noah. Lucy, Lucy, Lucy!

Karma nahm schweigend seine Hand.

»Timothy hatte keinen Bruder«, sagte Noah tonlos.

»Seit einer Viertelstunde hat er einen Bruder«, sagte Merlin. Er lächelte, und dieses Lächeln wirkte überhaupt nicht wie das eines sterbenden Mannes. »Ich werde Lucys Onkel sein.«

»Und wir zahlen bei dir irgendwie Geld ein, damit du Lucys Koma finanzieren kannst?«, riet Karma. Ihr huschte ein Lächeln über die Lippen.

Merlin schüttelte den Kopf. »Orwell hat inzwischen etwa viertausend Bitcoins gefarmt. Ich kann davon etwas abzwacken.«

Noahs Mund stand offen. »Das sind …«

»Eine knappe Millarde«, vervollständigte Merlin Noahs Satz.

Tränen stiegen in Noahs Augen auf. Er war verwirrt. Wusste

nicht, ob er litt oder sich freute. Er ging auf seinen Vater zu und umarmte ihn. Merlin erwiderte die Umarmung.

Karma gesellte sich zu ihnen.

Eine Weile geschah nichts. Die kleine Familie war vereint. Sie fühlte sich vollständig an, doch zugleich wusste Noah, dass bald jemand fehlen würde.

15 Jahre und 4 Monate vor Passepartouts Tod

Das XX-Virus wurde ins Grundwasser eingeschleust, um jeden Menschen damit zu infizieren. Eine kleine Gruppe Rebellen hat sich dem entzogen und Jahrzehnte von Quellwasser und alten Konserven gelebt, aber nach fast einhundert Jahren seit der breitflächigen Verteilung hat es selbst die Antiparteimitglieder erwischt. Somit war die gesamte Menschheit gegen das HI-Virus resistent. Ein Vorteil, den Francis Gardener zu Lebzeiten nicht mehr mitbekommen hatte: Das XX-Virus war praktisch ein Heilmittel gegen alles. Die durchschnittliche Lebenserwartung des Menschen lag seit der ersten Generation nach der Lebensepidemie bei hundertvierzig Jahren. Frauen wurden im Schnitt hundertdreiundvierzig Jahre alt, Männer hundertneununddreißig Komma sieben. Doch sie alterten nicht so, dass sie irgendwann einfach körperlich hundert Jahre alt blieben. Shusterman und ihr Forschungsteam hatte sich einer riesigen ethischen Debatte gegenüber gesehen, als die Regierung das Heilmittel gegen HIV durch eine Grundwasserinfektion an die Bevölkerung bringen wollte. Damals ging es um Fremd- und Selbstbestimmung, und ein paar Spinner protestierten dagegen, da eine Infektion mit dem HI-Virus zum Grundrecht auf körperliche Unversehrtheit gehören sollte. Oder anders: Eine Nicht-Infektion mit dem Lebensvirus XXV sollte diesem Grundrecht entsprechen. Unterm Strich wollten diese Menschen kein Recht auf eine tödliche Krankheit, sondern sie vertrauten dem XX-Virus nicht. Wie sich dreiunddreißig Jahre nach der Geburt der ersten Generation, die mit dem XXV geboren wurde, herausstellte: Zu Recht.

Wie Lucys Mutter auch waren massenhaft Menschen ins Koma gefallen. Dabei hatte die Regierung die Rechnung ohne die stetig ansteigende Weltbevölkerung gemacht. Die Menschen wurden kaum krank und konnten ihre hundertvierzig Jahre Lebenserwartung praktisch endlos im Koma liegen. Aus dem Problem knappen Wohnraums wurde das Problem knapper Krankenhausbetten. Und aus diesem Problem wurde ein neuer Berufszweig. Und ein gigantischer Haufen staatlicher Fördermittel.

Nachdem jeder bereits das XX-Virus in sich trug, sollte die Schilddrüsenmutation flächendeckend stattfinden. Das geschah mithilfe des das Hypophysenkits. Es ermöglichte die Heilung aller Erkrankungen, oder zumindest die Heilung aller Symptome, und es gab Global Insurance auch noch die Gelegenheit, alle Daten abzugreifen. Illegale Drogen wurden zeitgleich mit ihrer Einnahme getrackt, die Kriminalität sank drastisch und die Versicherung hatte durch diese durchschlagenden Erfolge allen Grund, nach und nach die Regierung zu übernehmen.

Am Morgen fanden sich Noah und Lucy Seite an Seite lehnend auf dem Fußboden vor dem Sofa wieder. Die ganze Nacht hatten sie recherchiert. Lucy liebte es, bis zur Ermüdung zu arbeiten und sich vollständig einem Thema hinzugeben.

Die Frau an Noahs Seite strahlte Wärme aus. Sie fühlte sich wie eine aufgedrehte Heizung an, und so friedlich, wie sie ihre Augen geschlossen hatte und bei jedem Atemzug leise seufzte, wollte Noah sich kein Stück bewegen. Doch seine Beine waren eingeschlafen, der Arm kribbelte und der Rücken schmerzte. Es war Zeit für Kaffee. Noah probierte ein paar sanfte Bewegungen, um sich von der schlafenden Schönheit zu befreien. Er fasste ihre Arme, die sie über dem Brustkorb kreuzte und schob sie behutsam auf das Polster der Couch. Sie murrte kurz, legte dann aber ihren Kopf auf das Sofakissen und schlief weiter. Sie wirkte wie eine Katze, die sich in absurden Körperlagen wohlfühlte, wie ihr Kopf so überdehnt über die Schulter hing und auf dem Sofa ruhte.

Lucy wurde von frischem Kaffeeduft geweckt. Zum Kaffee mischte sich eine Note von Ammoniak und Chlor hinzu, was der offenen Tür zum Labor geschuldet war.

Sie richtete sich auf, drehte den Kopf in alle Richtungen, bis es knackte, und schlurfte in die Teeküche.

»Morgen«, begrüßte Noah sie in einem erschreckend fröhlichen Singsang. »Na, ausgeschlafen?«

Sie murmelte etwas Unverständliches und setzte sich auf den Barhocker vor der Theke. Dahinter schenkte Noah ihr Kaffee ein, füllte die Hälfte der Tasse mit Reismilch auf und gab ihr das Getränk.

»Reismilch ist ekelhaft«, sagte er.

»Womit trinkst du denn deinen Kaffee?« Sie nippte am Getränk. Sofort entspannten sich ihre Gesichtszüge. Der Morgen konnte beginnen.

»Na, normale Milch.«

»Von Kühen?« Lucy staunte.

Noah zuckte mit den Schultern. Als sei es das normalste der Welt, Kuhmilch zu trinken. »Ist ja nicht so, dass die ausgestorben sind.«

»Aber ein Kaffee kostet dann locker zwanzig Helds«, stellte Lucy fest. Ihr wurde schlagartig klar, was sie alles von dieser Summe kaufen konnte. Ihr Gesicht war ein offenes Buch, was die Emotionen anging, das wusste sie, aber vor Noah musste und wollte sie nichts verstecken.

Er stellte seine Kaffeetasse ab und starrte ins Leere. So verharrte er für eine Weile, während seine Mundwinkel manchmal zuckten.

»Träumst du?« Lucy lachte darüber, wie er in die Luft starrte und Schnuten zog.

»Immer doch. Entschuldige. Ich war in Gedanken.« Er füllte sich Kaffee nach und musterte Lucy. »Ich lade dich zum Essen ein«, sagte er schließlich. »Heute Mittag.«

Lucy sah auf ihr Armband. »Also in einer Stunde?« Sie hatten erst ab fünf Uhr morgens geschlafen. Der Mittag fühlte sich wie ein Morgen an.

»Frühstück«, beschloss er. »Hol deinen Mantel, wir haben ein Date.«

»Jetzt erzähl mir nicht, dass ist wegen meiner Reismilch. Du willst mich hoffentlich nicht an Kuhmilch heranführen«, begann Lucy. »Du weißt, dass ich mir das nicht leisten kann, und das Milchkonsum ethisch und moralisch eine Belastung für unsere Um …«

Noah warf Lucy ihren Mantel zu. Der dunkelblaue Gürtel tunkte seine Spitze in ihren Kaffee. Der durchnächtigte Forscher stand an der Garderobe und grinste sie an. Lucy rollte mit den Augen, zog ihren Mantel an und folgte ihm schließlich. Sie verließen die Teeküche, Lucys Kaffeerest erkaltete.

Als das Publicar in der Altstadt hielt, war Lucy hangry. Romantische Geste hin oder her, Lucy wollte einfach nur irgendwas zwischen die Zähne bekommen. Gewöhnliche Nährpaste würde es auch tun. Im Auto hatte Noah die Bord-KI gefragt, welches Restaurant in der Nähe einen freien Platz hatte. Durch die Nahrungsmittelknappheit gab es nur noch wenige Lokale, die ironischerweise umso ausgebuchter waren.

»Ich habe reserviert«, begrüßte Noah den Empfangsbot des Ristorante Lucía.

Dieser zog die mit Airbrush auf seinem Gesicht aufgetragenen dunklen Augenbrauen hoch, seine Augen fokussierten Noah: »Herr Cline, Reservierung LAN45D2. Ist das korrekt?«

Noah nickte. Der Bot setzte sich in Bewegung und die beiden Forscher mit den wuscheligen Haaren und den Augenringen folgten ihm.

»Zwei Café au Lait, bitte«, bestellte Noah, bevor der Bot auch nur die Chance hatte, ihnen die Speisekarten auf die Leadphones zu übertragen.

»Reis, Soja, Mandel?«

»Kuh«, lautete Noahs Antwort.

Lucy biss sich auf die Zunge und musterte den Bot. Sie befürchtete, er würde dies für einen Scherz halten, zumal die beiden, ungeduscht und mit zerknitterten Klamotten, nicht gerade aussahen, als würden sie sich das leisten können. Doch der Kellner nickte höflich und verschwand.

Während sich zwischen den beiden eine peinliche Stille aufbaute, nutzte Lucy die Zeit, um sich umzuschauen.

An der Wand befand sich ein Steinmuster, das eine Ziegelwand imitieren sollte. Daran hing ein riesiges Gemälde, das eine Kuh auf einer endlosen Weide zeigte. Im Hintergrund waren zwei weitere Silhouetten zu sehen. Lucy konnte sich nicht vorstellen, dass irgendwo auf dieser Welt noch diese Methan ausstoßenden Wesen lebten, die die Menschheit beinahe in die größte Hungersnot der Welt gestürzt hatten.

Hinter Noah verlief eine kleine Ziermauer, auf der sich Kunstblumen und ein mit LED beleuchteter kleiner Brunnen befanden. Sanfte Musik plätscherte aus den Lautsprechern an der Decke, und das dunkle Holz des Tisches wurde von schwachem, warmem Licht beleuchtet.

Lucy mochte Noahs Vorliebe für Stil und Harmonie. Und ein bisschen romantisch fand sie es auch. Dabei musste sie den Gedanken daran fortwischen, dass das Ristorante Lucía womöglich das erste Restaurant war, in dem es noch einen freien Tisch für zwei gab.

»Was hast du noch nie gegessen?«, durchbrach Noah das Schweigen.

»Ich weiß nicht«, sagte sie. »Worauf hast du denn Lust?«

»Lucy«, sagte er ernst. »Du musst nicht aufs Geld gucken. Das geht auf mich. Bestell ruhig etwas, das du dir eigentlich niemals selbst leisten würdest. Ich weiß, der Laden hier ist arschteuer –«

Der Bot kehrte mit Kaffeetassen zurück. Lucys und Noahs Leadphones vibrierten kurz. Die Speisekarten waren da.

Noah bestellte Steak, Süßkartoffelpommes und Ruccolasalat sowie die Obstplatte *fruita exótica para dos* mit dreizehn Obstsorten von vier Kontinenten. Lucy tippte einen großen Bauernsalat und Knoblauchbrot an, dem Noah großspurig Shrimps, Lachs und Tintenfisch hinzufügte. Lucy liebte Meeresfrüchte, hatte sie aber zuletzt zu ihrem zwanzigsten Geburtstag gegessen.

Lucy fühlte sich schon merkwürdig dabei, sich von jemandem bedienen zu lassen, auch wenn es nur ein Bot war. Es wäre kein großer Aufwand für sie gewesen, das Essen selbst in der Küche abzuholen.

Sie sah zu Noah herüber. Er gab ein Vermögen für sie aus. Für dieses Essen, für die Gesundheit ihrer Mutter … Sie würde ewig in seiner Schuld stehen.

Als der Bot die Speisen brachte, wichen alle schlechten Gedanken dem aufdringlichen Hunger, der in Lucy grollte. Ein Dinner morgens um elf, sie spürte, wie ihr Körper regenerierte und sämtliche Kräfte wieder auffüllte, die ihr die anstrengende Nacht geraubt hatte.

In ihrem Brustkorb spürte sie aber noch ein weiteres Gefühl der energetischen Auffrischung. Eine Art Kribbeln, das sich verstärkte, je häufiger sie Noah über ihren Tellerrand ansah.

5 Tage nach Passepartouts Tod

Die Familie Cline war wieder vereint.

Sie trafen sich in der Humanistenkapelle. Hier wurden junge Menschen in ihrer Freizeit in Ethik und Moral ausgebildet, lernten etwas über das Leben. Humanisten trauten Heiratswillige, die althergebrachten religiösen Traditionen folgen, sich aber keiner Kirche anschließen wollten. Und sie ahmten die Zeremonien nach, die die Menschen noch Anfang des Jahrhunderts für ihre Verstorbenen abhielten. Eine Beerdigung spendete keinen Trost für die Hinterbliebenen. Sie war dafür da, dass die Angehörigen realisierten, dass der Verstorbene tatsächlich verschieden war.

Das Gesetz verlangte, dass Merlin innerhalb kürzester Zeit nach seiner Abschaltung im Krematorium vorbereitet werden musste. Anschließend lief die Bestattung der Unter- und Mittelschicht wie folgt ab: Man stellte die Urne auf einen gemieteten Platz im Hochregal. Dort durfte sie für fünfundzwanzig Jahre stehen, die gleiche Zeitspanne, wie traditionelle Erdgräber gemietet worden waren. Doch deutlich kostengünstiger. Noch vor fünfzig Jahren durften Menschen, die es sich leisten konnten, Friedhöfe nutzen. Nachdem die Komafälle auftraten und in Verbindung mit dem XX-Virus gebracht wurden, wurden Erdgräber verboten. Zu hoch war das Risiko, dass Angehörige zahlungsunfähig wurden. Zu hoch die Wahrscheinlichkeit, dass das Land verkauft und mit Wohnungsbauten gepflastert wurde.

Noah nahm neben seiner Schwester Platz. Sie hatten seit Merlins Tod nicht mehr über seinen Plan gesprochen. Orwell ließ nicht mit sich sprechen. Sie hatten kein Zeichen erhalten, keine Nachricht, kein Hoffnungszeichen, dass es geklappt haben könnte.

Karma und Noah. In der ersten Reihe links. Auf der rechten Seite saß Marlen. Ihr versteinertes schmales Gesicht starrte geradeaus. Judy flüsterte ein »Hallo« an ihr vorbei, nickte Noah zu und sah dann ihre Frau an.

»Alles okay?« Sie gab ihrer Frau einen zaghaften Kuss.

Karma zuckte kaum merklich mit den Schultern. Sie starrte still das große Friedenszeichen an, das auf Merlins Urne abgebildet war.

Noah folgte ihrem Blick. Die Keramik hatte eine schöne Farbe. Kaum zu glauben, dass sich darin ein Mensch voller Intelligenz und Witz befand, der das nächste Vierteljahrhundert in einem Schrank neben Tausenden anderen Toten verweilen sollte. Er fand es sinnlos. Alles war sinnlos.

Er schaute seine Schwester an. »Mir geht's beschissen«, sagte er.

»Und ich habe ihn umgebracht.«

Karma wandte ihren Blick von der Urne ab und schaute ihrem Bruder in die Augen. Ihr Blick war leer und verklärt, die Augen von tiefen Augenringen untermalt. Sicher hatte Karma kaum ein Auge zugetan, seit es passiert war. Hinter ihrem blassen Gesicht erkannte er, dass Marlen auf ihrem Leadphone las.

»Nein, streng genommen war sie es«, sagte Noah. Er nickte in Marlens Richtung. Es würde ihn nicht wundern, wenn sie heute jeder meiden würde.

Karma schnalzte verächtlich mit der Zunge und blickte wieder nach vorne. So hatte er sie noch nie erlebt.

Der Zeremonienmeister stand von seinem Platz auf und richtete sich an die zerbrochene Familie. »Können wir beginnen?«

»Ja«, sagte Marlen.

»Nein!«, rief Judy.

Der Zeremonienmeister sah beide nacheinander an.

Karma sah ihre Frau verdutzt an. Diese löste aber ihre Hand aus ihrer. »Es kommen noch ein paar Arbeitskollegen. Wahrscheinlich mit dem nächsten Publicar, also müssten wir noch fünf Minuten warten.«

Noah bezweifelte, dass noch jemand kommen würde. Vor zwei Minuten hätte die Zeremonie beginnen sollen, und offenbar hatte niemand Interesse an dieser umständlichen, altertümlichen Tradition. Die Menschen hatten verlernt zu trauern. Zeremonien wie diese Beerdigung waren nicht üblich.

Der Zeremonienmeister nickte und nahm wieder Platz. Er wurde für diese Stunde bezahlt, egal, ob er schweigend dasitzen oder seine Texte lesen würde.

Unangenehme Momente des kalten Schweigens später, knallten Autotüren vor der Kapelle. Männer und Frauen in schwarzen Anzügen kamen herein. Sie alle schwiegen. An die dreißig Menschen jeden Alters überblickten kurz die Lage und setzten sich dann allesamt auf die Plätze links vom Gang. Neben und hinter Marlen blieb jeder Stuhl unbesetzt.

Eine Frau tippte Noah von hinten an. »Mein Beileid«, flüsterte sie. Viele weitere Stimmen bekundeten flüsternd ihr Beileid, aber Noah blendete sie aus. Er war sich sicher, dass auch Karma ihre Ohren auf Durchzug geschaltet hatte. Er schaute zu ihr rüber und sah, wie ihr eine Träne über die Wange rollte. Die Urne vor ihm brüllte ihn nur so an, sie zog seine Aufmerksamkeit auf sich.

Der Zeremonienmeister stand wieder vor seinem Rednerpult. Er winkte dem Harfenisten zu. Während der leidigen und wunderschönen Mollakkorde konnte Noah seine Tränen nicht zurückhalten. Es war kein richtiges Weinen. Vielmehr eine körperliche Reaktion. Sein Hirn stand noch immer derart unter Schock, dass er nichts fühlte.

Keine Reue.

Keine Trauer.

Er hörte keinem einzigen der Worte zu.

Kein Selbstmitleid.

Keine Liebe.

Merlins Leben in den Worten eines Fremden war nicht das, was er hören wollte.

Keine Schuld.

Keine Beklemmung.

Karmas Anspannung schien sich von Minute zu Minute zu verringern. Sie hörte dem Zeremonienmeister zu.

Müssten nicht auch Orwell und all die KI, die Merlin erschaffen hatte, auf der Beerdigung sein? Wäre Merlin dann selbst auf seiner eigenen Beerdigung? Hatte sein Plan geklappt?

Noah wusste es nicht. Er vertraute nicht. Als er den leblosen Körper seines Vaters an das Krematorium übergeben hatte, war ihm Merlins Plan wie ein weit entfernter, irrsinniger Traum vorgekommen. Eine letzte Gutenachtgeschichte von Papa. Die Realität hatte ihn mitten auf einer Publicar-Trasse wie eine Stahlwand eingeholt, gegen die er mit dreihundert Stundenkilometern prallte.

Der Gedanke drängte sich Noah innerhalb weniger Sekunden auf. Er drehte sich um, starrte die Gemeinde an, und als könne er es mit seinen eigenen Augen sehen, realisierte er, dass sich keine KI im Saal befand. Er riss die Augen weit auf, dann verschnürte sich seine Kehle, ein Schrei presste sich nach oben, er schluckte ihn runter, weg, wollte nichts von sich geben, dann aber verlor Noah die Kontrolle und er schluchzte unkontrolliert. Er sackte in sich zusammen und weinte über all seine Verzweiflung.

Er spürte die Reue, die Trauer, das Selbstmitleid, die Liebe, die Schuld und die Beklemmung, er spürte sie mit jeder Träne leichter werden, und je leichter die Emotionen wurden, desto mehr Raum nahm der Schmerz ein.

Der Zeremonienmeister hatte seine Rede beendet und schwieg.

Als Noah sich wieder gefangen hatte, merkte er, dass die gesamte Trauergemeinde auf ihn wartete. Verlegen wischte er sich die Tränen fort und nickte dem Zeremonienmeister zu. Er bot an, dass die Familie etwas sagen durfte. Worte des Abschieds, vor einer Horde fremder Menschen, die Merlin von der Arbeit kannten.

Noah fürchtete, dass er gar nichts über seinen eigenen Vater wusste. Ihm blieben allein bei dem Gedanken, etwas zu sagen, nicht nur die Worte, sondern auch die Spucke weg.

Doch Karma stand auf.

Mit einem erleichterten Gesicht gab der Zeremonienmeister das Wort an sie weiter.

»Liebe Gemeinde«, begann sie mit zitternder Stimme. »Ich bin Karma, Merlins Tochter. Allen Kollegex und Freundex danke ich, dass sie gekommen sind. Ich hätte Sie alle gerne kennengelernt, zu einem fröhlicheren Anlass. Merlin war ein guter Vater. Ein wirklich, wirklich guter Vater.«

Dann ließ sie sich wieder fallen. Obwohl sie weinte, hatte sie ein gewinnendes Lächeln. Noah schielte zu seiner Mutter rüber. Regungslos saß sie da, mit einem eiskalten Gesichtsausdruck. Die Frau fühlte rein gar nichts mehr, da war sich Noah sicher. Das Leadphone hatte sie in den Schoß gesenkt.

Das Einzige, was ihm zu hoffen übrig blieb, war, dass Marlen von nun an wusste, dass keines ihrer Kinder auf ihrer Beerdigung so etwas über sie sagen würde.

Im Café. Die Leute saßen eng aneinander, für den Leichenschmaus hatten Noah und Karma mit maximal zwanzig Personen gerechnet.

Also sprach Karma zu vierzig Personen, die sich in einem Raum für zwanzig Personen befanden.

»Liebe Trauergemeinde«, begann sie ihre Ansprache, »vielen Dank, dass Sie alle erschienen sind, um Merlin Cline die letzte Ehre zu erweisen. Sie waren alle bereits in der Kapelle und haben uns, Merlins Familie, damit gezeigt, wie viel Rückenwind Sie ihm auf seinem Lebensweg gegeben haben. Es ist schön zu sehen, dass mein Vater nicht nur Kollegex, sondern unter ihnen auch Freundex hatte. Ich will gar nicht zu lange drum herum reden: Das Buffet ist eröffnet. Wer sich in der Lage fühlt, etwas zu essen, ist dazu herzlich eingeladen. Auch Ihrer aller Getränke gehen auf meine Rechnung. Im Gegenzug dazu bitte ich Sie –« Karma schluckte und sah kurz zu ihrer Frau. Diese schüttelte unmerklich den Kopf. »Ich bitte Sie, auf Beileidsbekundungen mir und meinem Bruder gegenüber zu verzichten.«

Karmas kurze Ansprache wurde mit verständlichem Nicken und leisem Gemurmel honoriert. Eine Weile geschah nichts. Noah spürte der Trockenheit in seiner Kehle nach. Dann stand der erste der Synaptek-Leute auf, um sich an das kalte Buffet zu begeben. Dann wagten sich andere für Noah völlig Fremde leise schleichend ans Buffet. Sie schnitten den Kuchen an, verteilten untereinander Stücke und Teller, und dabei versuchte jeder, dem anderen den Vortritt zu lassen. Ein Haufen demütiger Menschen, die allesamt im Hintergrund bleiben wollten, drängten sich gegenseitig in die Aufmerksamkeit der anderen.

»Das waren schöne Worte«, flüsterte Judy Karma zu.

Noah sah seine Schwester an. Ihm fiel nichts ein, was er hätte sagen können.

»Danke, dass du nicht gesagt hast, wie es passiert ist«, sagte er und hasste sich sofort dafür.

Karmas Augen waren rot umrandet. Sie machte sich vermutlich Vorwürfe. Noah kannte seine Schwester.

»Eigentlich«, sagte Karma stattdessen, »habe ich ihn umgebracht.«

»Was?« Judy strich sofort über Karmas Arm. Als würde das

etwas bringen! »Sag doch nicht so etwas!« Sie sah verstohlen zu Noah und zischte: »Kannst du bitte etwas sensibler sein? Das Thema gehört nicht hierher.«

»Das Thema?« Noahs Stimme wurde lauter. »Das Thema passt nicht hierher?« Er lachte kurz hysterisch, dann besann er sich und schenkte sich einen Kaffee ein. Er musste etwas zu tun haben. Selbst wenn Kaffeetrinken das Einzige war, was ihn sich nicht unnütz fühlen ließ.

»Ohne meine dumme Strafabschaltung wäre Papa nie in Gefahr gekommen«, erklärte Karma weiter.

»Das stimmt, aber ohne meine … Also, ohne mein ganzes Drama«, sagte Noah und hoffte, verschleiert genug zu sprechen, »wäre er nie in diese ganze Scheiße involviert gewesen. Er hätte nie einen Fuß in die Versicherung gesetzt.«

»Könnt ihr mal aufhören, euch die Schuld zuzuweisen?«, fragte Judy empört.

»Eigentlich«, reagierte Karma unbeirrt auf die Worte ihres Bruders, »hat Mama Schuld an allem.«

Marlen, die Einzige, die am Tisch der nahen Verwandten aß, blickte von ihrem Teller hoch. Sie schluckte das Kuchenstück herunter, das sie im Mund hatte, und ließ die kleine silberne Gabel sinken.

»Wie kannst du so etwas Ekelhaftes sagen?« Sie stellte ihre Frage frei von Empörung oder Wut, sprach sie eher aus, als lese sie einen ihr unbekannten Text vor.

»Du hast mich gekündigt, als ich einem für mich anonymen Verbrecher durch eine Probeabschaltung nur Angst machen wollte.«

»Probeabschaltung?«, fragte Marlen.

»Das existiert nicht«, sagte Marlen. Sie schob sich unbeeindruckt den nächsten Bissen Kuchen in den Mund.

Judy fasste Karmas Hand und drückte fest zu, nur Noah sah diese unauffällige Geste unter dem Tisch. »Ist aber so. Ich habe nicht gewusst, dass es sich um Papa handelt. Ich habe nur eine Abschaltung vorgenommen und wollte diese rückgängig machen. Damit sich niemand in unser System reinhackt.« Sie atmete tief durch, es schien, als würde sie dadurch etwas mehr Farbe im Gesicht bekommen. »Jemand hat ein Programm bei uns eingeschleust. Ich konnte anhand seiner verschlüsselten ID nicht wissen, dass er –«

Alle Farbe wich aus ihrem Gesicht, dann vergrub sie es in Judys Armen. Die umschlang ihre Frau und strafte erst Noah, dann Marlen mit einem bösen Blick.

»Ich kann doch nichts dafür, dass dein alter Herr da mitgemacht hat«, schob Marlen nach.

»Du hast Noah nicht geholfen! Du hast ihm Steine in den Weg gelegt!«, rief Karma. »Du hast ihn erpresst, er müsse Lucy abschalten!«

Marlen zuckte mit den Schultern.

»Du bist der Grund, warum er keinen Ausweg mehr gesehen hat!«, keifte Karma unter Tränen. »Du hättest die Abschaltung rückgängig machen können …«

»Ich habe die Regeln nicht gemacht«, giftete Marlen zurück.

»Halt die Klappe«, zischte Judy und strich ihrer Frau, die schluchzte und zitterte, über das Haar.

Marlen warf Noah einen Blick zu, den er nicht deuten konnte. Dann wurde der Blick durchdringend, fast bösartig. Sie starrte ihren Sohn an und aß genüsslich ihren Kuchen.

Wieder stieg in Noah diese Wut auf, diese unbändige Wut, und er dachte an Lucy.

Für einen Moment blendete Noah die Welt aus. Er versank in seiner Kaffeetasse, versackte in seinen Gedanken und erstarrte. Einen Augenblick lang tat er nichts, dachte nichts, er atmete und roch den Duft des Heißgetränks, das er eigentlich nicht mochte. Doch heute roch der bittere Kaffee gut.

Es war Karmas Stimme, die Noah aus seiner eingefrorenen Minute holte.

»Warum wart ihr verheiratet?« Karma sah aus, als würde sie

ihrer Mutter gleich an die Gurgel springen. Noah hätte sie nicht daran gehindert.

Marlen verschluckte sich am Kuchen und hustete. Endlich.

Karma wiederholte ihre Frage, nun etwas lauter. Sie fügte hinzu: »Du bist doch froh, dass er tot ist.«

Jetzt drehten sich einige Gäste zu ihnen um. Noah spürte, dass er rot anlief.

»Ich bin nicht froh«, verteidigte sich Marlen gelangweilt.

»Du trauerst aber nicht um ihn.«

»Jeder trauert anders«, wandte Judy ein.

Karma bedeutete ihr zu schweigen, indem sie mit ihrer Hand in Judys Richtung fuchtelte.

»Papa fehlt dir gar nicht.«

»Er und ich haben die letzte Zeit nichts miteinander gemein gehabt«, bestätigte Marlen Karmas Vorwurf, den sie augenscheinlich als Tatsache hinnahm. »Es ist für jemanden wie mich besser, eine Ehe aufrechtzuerhalten«, führte sie ihre Erklärungen weiter aus.

»Und für Papa?«

»Der profitierte auch.«

»Ihr hattet also eine reine Zweckbeziehung.«

Marlen zuckte mit den Schultern. »Ist das etwas Schlechtes?«

»Ja«, sagte Karma.

»Nein«, sagte Noah.

Karma sah ihren Bruder entsetzt an.

»Sorry, Schwesterherz. Wenn beide davon profitieren, sich beide dazu entscheiden und beide glücklich sind, wie es ist, dann ist eine Zweckbeziehung … in Ordnung.«

Karma starrte Noah schockiert an, als erkenne sie ihr eigen Fleisch und Blut nicht mehr.

Wieder zuckte Marlen mit den Schultern, wieder wanderte ein Stück Kuchen in ihren Mund. »Euer Vater hat euch geliebt, und das ist das Wichtigste. Er hat mir die Arbeit mit den

Kindern weggenommen, während ich mich um meine Karriere gekümmert habe. Es war eine Symbiose, eine wirklich gute Beziehung. Aber heute könnt ihr für euch selbst sorgen –«

»Und da ist Papa überflüssig, schon verstanden. Ist ja nicht schlimm, dass er deinetwegen – oder unseretwegen tot ist!«, rief Karma hysterisch. Sie stand auf und verließ mit strammen Schritten den Raum. Judy folgte ihr sofort.

Wieder versuchte Marlen, mit Noah Blicke auszutauschen. Er verstand aber nicht, was das Monster von Mutter von ihm wollte, das ihm gegenübersaß.

»Du hast es mit ihr jetzt endgültig verdorben«, informierte er sie.

Marlen nickte. »Ja, das glaube ich auch.«

»Du bist ein Monster.«

Mit diesen Worten stand Noah auf und eilte seiner Schwester hinterher.

14 Jahre vor Passepartouts Tod

Lucy wurde von der Müdigkeit übermannt und lehnte ihren Kopf an Noahs Schulter. Sein Atem ging tief und langsam, wiegte sie in einen von Träumen belebten Schlaf. Die Stimmen verschwammen, und Worte über Neurotransmitter, DNA-Replikation und Ethik verschwammen zu einem Summen. Das Summen verwandelte sich in das Rauschen der Ozeane, und Lucy stellte sich vor, wie sie ihre Füße in den weißen Sand bohrte. Kaum kribbelte es sie an den Füßen, schreckte sie hoch.

Noah hatte mit der Schulter gezuckt und sah sie mit hochgezogenen Augenbrauen an. Lucy gähnte und löste ihre Füße aus dem Schneidersitz. Wo immer sie konnte, saß sie so. Noah strich ihr die Tränenflüssigkeit aus den Augenwinkeln, die sich dort immer sammelte, wenn sie gähnte.

Lucy und Noah standen auf. Überrascht stellte sie fest, dass ihr rechter Fuß eingeschlafen war und prompt stolperte sie gegen ihren Freund. Noah hielt sie fest und lachte.

»Wie lange war ich weg?«, fragte sie und stand auf. Sie strich ihre Hose glatt und sah sich im Raum um. Die Frage erübrigte sich von selbst, waren fast alle Zuhörer schon vom Saal in Richtung Buffet geflüchtet.

Noah grinste. Dann gab er seiner Freundin einen Kuss auf die Stirn. »War nicht wirklich interessant«, fasste er den verpassten Vortrag zusammen. Und weshalb man überhaupt live vor Ort sein sollte. Sie war es aus ihrem Studium gewöhnt, Vorlesungen in 2,7-facher Geschwindigkeit anzuhören, Unwichtiges zu überspringen und Wichtiges zu wiederholen. Studiki, die Intelligenz der nationalen Bildungsplattform, beantwortete zwischendurch Fragen und ging auf die Studentin ein.

Doch im Berufsleben war alles anders. Es ging darum sich zu zeigen, und zwar von einer besseren Seite als der der schlafenden Wissenschaftlerin. Und sie musste gesehen werden, damit die Forschungsgelder ihr und nicht jemand anderem zuflossen. Die Vorträge waren eher Mittel zum Zweck, um sich als fähig zu präsentieren. Die Inhalte hatte Lucy bereits in ihren Nachtschichten mit Noah erfahren. Sie hätte selbst einen Vortrag halten sollen.

Im Foyer des Hotels reflektierte der polierte Marmorboden das Sonnenlicht, das durch hohe Fenster einfiel. Die Sonne stand tief, der Abend war angebrochen. Noah griff nach Lucys Hand, aber sie drehte sich schlagartig um.

Gegenüber vom Buffet rollten zwei Hostessen mit GI-Logo auf dem Rücken einen riesigen Bildschirm auseinander. Musik ertönte, und ein rasanter Werbespot begann. Noah und Lucy starrten auf die Bilder, die Musik zog die Wissenschaftler vom Buffet ab und ihre Aufmerksamkeit auf sich.

Schlanke, fröhliche Leute ließen sich von einer Anlage auf Wasserskiern über einen See ziehen, grinsende Adrenalinjunkies ließen sich aus einem Flugzeug fallen, bis sie nach Ewigkeiten ihren Fallschirm öffneten, und danach zeigten sie Bilder von großen, längst ausgestorbenen Tieren. Elefanten, Giraffen und Nashörner schritten durch die unendliche Savanne Afrikas. Der Zoom verringerte sich, und zwei männlich wirkende Personen ließen von ihrem Fernglas ab und grinsten mit erhobenem Daumen in die Kamera. Das Bild wurde schwarz, die Musik verstummte.

»Glück« erschien auf dem Bildschirm. Lucy konnte spüren, wie die Menschen den Atem anhielten. Spannung erfüllte den Raum. Die Mitarbeiter von Global Insurance standen rechts und links neben dem Bildschirm und hatten die Hände hinter dem Rücken verschränkt. Sie lächelten nicht.

Der Film zeigte die nächste Szenenfolge. Das Hauptgebäude von Global Insurance wurde in ein paar Schwenks bei bestem

Wetter dargestellt. Große Hallen mit gemütlich gestalteten Wartebereichen zeigten die Kundenserviceabteilung. Dann lächelte ein charmanter Typ im Kittel in die Kamera. Er war mittleren Alters, vielleicht achtundsechzig. Die drei Szenen wurden abgeschlossen von der Einblendung »Vertrauen«.

Zum dritten Mal nahm der Film Fahrt auf und zeigte den Handschlag zweier Menschen. Eine Person im Anzug unterschrieb ein Papier mit einem Füller. Sie bleckte die perfekt gebleichten Zähne in die Kamera. Zoom nach draußen. Eine Mutter und ihre Tochter verließen freudestrahlend sein Büro. In der folgenden Szene zeigte das Display die berüchtigten Wendebetten im Patiententrakt von Global Insurance. Im Bett lag eine Person, die im Koma zu liegen schien. Drei Ärzte betraten den Raum und untersuchten wie ein eingespieltes Team die Ausstattung im Raum. Eine Ärztin wandte sich dem Tropf zu, die anderen beiden stellten sich vor das Healthdisplay. Einer nickte, der andere zeigte mit dem Finger auf irgendwelche Vitalwerte, die im Film nicht erkennbar waren. Schließlich verließen die Ärzte den Raum. Nur die Ärztin blieb, setzte sich an den Rand des Wendebetts und hielt dem Patienten die Hand. Das Bild blieb ein paar Sekunden stehen, wandelte sich schließlich in eine schwarze Fläche und wurde abgelöst von der beißend weißen Schrift: »Sicherheit.«

»Glück, Vertrauen und Sicherheit«, fasste Noah die Werbebotschaft zusammen. »Seit wann hat Global Insurance Imagefilme nötig?«

»Die suchen«, flüsterte Lucy.

»Wen? Idioten, die sich überreden lassen wollen, die Drecksarbeit der Firma zu erledigen?«

»Deine Schwester arbeitet für Global Insurance«, zischte Lucy.

Noah zuckte mit den Schultern. »Sie ist keine Abschalterin. Sie macht es richtig und lernt von Anfang an, wie man diese armen Würstchen rumkommandiert und von Fehlern abhält.«

Die beiden GI-Mitarbeiter rollten den Bildschirm wieder zusammen. Gleichzeitig ertönte eine Stimme aus sämtlichen Lautsprechern der Hotellobby:

»Sehr geehrte Wissenschaftlex! Forschex! Professorex! Sie leisten den wohl wichtigsten Beitrag zu unserer Gesellschaft, den sich die Menschheit wünschen kann. Wir von Global Insurance laden Sie herzlich zur Informationsveranstaltung im Haydn-Saal ein. Um achtzehn Uhr informieren wir Sie über Ihre Möglichkeiten, Ihrer Karriere neuen Wind zu verleihen!«

»Werbung für ein Seminar? Ernsthaft?« Noah fasste Lucys Hand und zog sie in Richtung Ausgang.

»Was ist nur aus den Kongressen von früher geworden?«, sagte Lucy mehr zu sich, als dass es wirklich eine Frage darstellen sollte. Noah ließ ein paar Häppchen vom Buffet mitgehen und führte seine Freundin an die frische Luft.

Lucy wusste, dass er Abschalter hasste. Dabei hasste er vielmehr den Beruf des Abschalters als die Abschalter selbst. Sie wurden mit Vorzügen gelockt, unterschrieben furchtbare Verträge und hafteten privat für die Menschen, die sie Tag für Tag töten mussten. Für Lucy wäre es das Schlimmste, was ihr je passieren würde, wenn sie abgeschaltet würde. Sie hoffte, nie ins Koma zu fallen, so wie ihre Mutter.

Die beiden hassten die Versicherung nicht, aber sie fürchteten sie. Noah stopfte sich zwei Rindhäppchen auf einmal in den Mund und Lucy verzog das Gesicht. Sie hasste rotes Fleisch ebenso wenig, wie sie die Versicherung hasste, aber sie war nicht sicher, ob man intelligente Säugetiere überhaupt essen sollte. Es kribbelte in ihren Füßen und sie stampfte auf.

»Bifft du ffauer auf den Boden?«, fragte Noah mit vollem Mund.

Lucy lachte. »Meine Füße schlafen ständig ein. Keine Ahnung, wieso …«

»Alffo ich bin ffauer. Die ffeiff Verfficherung –« Er schluckte.

»Wie die ihre Arbeiter darstellen, das ist doch unter aller Sau.«

Lucy hörte auf zu stampfen. Das Gefühl in den Knöcheln war zurück. »Ich finde es auch bedenklich.«

»Die Idioten, die für Global Insurance als Abschalter arbeiten, haften mit ihrem Privatvermögen! Stell dir das mal vor«, begann Noah. »Du knipst einer süßen, alten Dame das Licht aus und die Familie klagt. Weil einer der fünf Millionen anderen Patienten ärmer oder kränker war, und die Oma erst nächste Woche hätte sterben müssen.«

»Und nächste Woche hätten sie das Geld für eine Verlängerung gehabt«, ergänzte Lucy, ohne Noah anzusehen. Ihr Blick war betrübt, sie suchte mit den Augen den Himmel ab, ohne etwas finden zu wollen. Dann drehte sie sich schwungvoll zu Noah um. »Was passiert, wenn sie es erfahren?«

»Was?« Noah war verdutzt.

»Unsere Ergebnisse.«

»Deine Ergebnisse«, korrigierte Noah sie. »Mir hast du sie noch nicht erklärt.«

»Es deutet alles darauf hin«, sprach sie gegen den sanften Wind. »ich könnte meine Mutter aufwecken.«

Noah packte sie am Arm. »Bist du bereit, das an einem Menschen zu testen?«

Lucy zuckte mit den Schultern. Hoffnung war es, was sie antrieb.

»Machen wir noch ein paar Simulationen.« Noah blickte auf das Hotelgebäude hinter ihnen. »Und zuerst sollten wir uns vom Acker machen. Der Kongress ist doch Mist.«

Lucy nickte und die beiden verschwanden in der Abenddämmerung.

9 Tage nach Passepartouts Tod

Nachdem Noah schon einige Tage unter seiner Bettdecke verbracht hatte, gingen die Anrufe und Pings zurück. So, wie er seltener versuchte, Orwell zu erreichen, versuchten Karma, Judy und Oli seltener, ihn zu erreichen.

Seine Schwester hatte inzwischen verzweifelt gewirkt, allein durch die Frequenz ihrer Anrufe. Auch von Global Insurance hatte er nichts mehr gehört. Das Verfahren rund um seine Kontosperrung brauchte merkwürdig lange. Vielleicht geschah gar nichts im Hintergrund. Sondern nur eine Intrige. Machtentzug. Fakt war, dass Noah nicht mehr lange weiter verharren durfte. Das Geld seiner Schwester reichte nicht unbegrenzt, und wenn Global Insurance ihn in welcher Sache auch immer, schlimmstenfalls in Anbetracht der tatsächlichen Umstände, bestrafen würde, wäre alles vorbei. Wenigstens Lucy lebte noch. Oder vielleicht auch nicht. Noah wusste es nicht.

Er wälzte sich im Bett herum. Inzwischen wälzte er sich nicht nur morgens vor dem Aufstehen, sondern auch mittags, abends und in der Nacht unzählige Male hin und her. Er konnte nicht schlafen, und gegessen hatte er auch schon seit Langem nicht. Er hatte keine Ahnung, wie spät es war. Das Schlafzimmer war verdunkelt.

Papa war tot. Noah war schuld. Er war nicht nur schuldig am Tod seines Vaters, sondern er hatte auch zu verantworten, dass Karma sich schuldig fühlte.

Wieder wälzte er sich hin und her. Seine Muskeln fühlten sich an wie Blobfische, die außerhalb der Tiefsee ihre Form verloren, da es ihnen an Druck fehlte.

Klopf klopf.

Jetzt wurde er auch noch wahnsinnig. Noah zog sich das Kopfkissen über den Hinterkopf und presste zwei der Ecken in seine Ohren.

Klopf klopf klopf.

Blobfische. Kopfkissen. Tiefsee. Noah versuchte, sich abzulenken, aber seine Gedanken rissen jedes Mal wieder ab. Sie katapultierten ihn unbarmherzig zurück in die Realität.

Klopf klopf.

Es klopfte an seiner Tür. Jetzt rief die ungebetene Besucherin seinen Namen. Noah wollte es nicht wissen.

Klopf klopf klopf.

Aber er musste etwas gegen dieses Klopfen tun. Also stand er auf und schlurfte zu seiner Wohnungstür. Als Noah an der Garderobe vorbeiging, drehte er seinen Kopf zur Seite, um sich nicht im Spiegel sehen zu müssen. Wenn er der Nervensäge vor der Tür schon diesen Anblick nicht ersparen konnte, würde er wenigstens sich selbst verschonen. Auch, wenn er das nicht verdient hatte.

Er öffnete die Tür genau in dem Moment, als es wieder zu klopfen begann. Vor ihm stand Karma.

Wortlos starrte Noah seine Schwester an. Wortlos starrte sie zurück. Auch nach einigen Sekunden fiel Noah keine Begrüßung ein, nichts, was er sagen könnte, also trat er zurück und ging zur Küchenzeile. »Tee?«

Karma kam zu ihm, sagte nichts.

Während Noah den Wasserkocher auffüllte, öffnete Karma den Biomüll und knotete den Beutel zusammen. Sie nahm auch den Restmüll, schaute sich kurz um, packte die am offensichtlichsten auf den Oberflächen gammelnden Verpackungen zusammen und verschloss nun auch den gelben Sack. Ohne etwas zu sagen, verließ Karma mit den Müllsäcken das Apartment.

Noah übergoss geschnittenen Ingwer mit dem kochenden Wasser, presste eine Orange aus und reicherte den Tee mit ihrem Saft an. Die leere Orangenschale warf er in den Biomüll – der Beutel fehlte. Egal.

Er ließ eine der Teetassen auf der Theke stehen und ging mit seiner Tasse zurück ins Schlafzimmer. Dort stellte er den duftenden Tee auf seinen Nachttisch und verkroch sich wieder unter der Bettdecke. Genug Bewegung für einen Tag. Genug soziale Interaktion. Er wünschte sich, einzuschlafen. Oder wenigstens ohnmächtig zu werden.

Im Hintergrund hörte er, wie Karma die Wohnungstür schloss. Sie hantierte in der Küche. Sie hielt ihn wach, auch wenn sie ihm seinen Freiraum ließ. Alles hielt ihn wach. Noah wälzte sich mehrmals im Bett. Es war, als streikten seine Muskeln. Sie wollten nicht mehr untätig rumliegen. Doch Noahs Kopf verweigerte sich jeder Betätigung. War das diese Depression, deren Symptome das Hypophysenkit eigentlich ausglich? Diese Leere, fühlte das jeder Mensch von Natur aus?

Es war tröstend, dass er sich elend fühlte. Es gab ihm das Gefühl, seinen Vater wirklich geliebt zu haben. Echte Trauer zu empfinden. Einen Schmerz, einen wahrhaftigen, der mit Medizin nicht zu stillen war.

Vielleicht vergingen ein paar Minuten, vielleicht eine halbe Stunde, Noah bekam nicht mit, ob er weggedämmert war. Die Schlafzimmertür wurde aufgestoßen. Karma legte sich neben Noah, schlang ihre Arme um seine Brust und kuschelte sich von hinten an ihn heran. Sie fühlte sich warm an, auch wenn zwischen ihr und ihm eine Bettdecke lag.

»Ach, mein Träumer.« Sie seufzte und strich ihm über sein Haar.

Er sagte nichts.

Sie sagte nichts.

Eine kleine Ewigkeit verging, in dem Bruder und Schwester in ihrer eigenen kleinen Ökosphäre schwebten. In ihrer kleinen Welt, auf den vier Quadratmetern seines Bettes, konnte ihnen die Realität nichts anhaben.

»Wir müssen loslegen«, sagte Karma schließlich. Sie stand auf und zog ihm die Bettdecke weg, sanft und langsam. »Lass uns die Daten ansehen.«

»Papa ist nicht in Orwell, oder?«

»Vielleicht«, sagte Karma. Sie zögerte einen Moment. »Ich glaube nicht.«

Noah stöhnte heiser. Er nahm seinen inzwischen erkalteten Ingwertee und folgte seiner Schwester in den Wohnbereich. Die gesamte Wohnung sah sauber aus. Der Müll war weg, alles stand an seinem Platz, kein Staub in Sicht. Hatte Karma seinen Boden gewischt?! Auf dem Sofa warteten Kissen und eine Kuscheldecke, auf dem Couchtisch stand sein Laptop. Daneben der Magnetstick.

Mit zitternder Hand steckte Noah den USB-Stick in seinen Laptop. Er öffnete den Ordner, der alle Straftaten und *Moralverstöße,* wie Passepartout sie genannt hatte, nach Namen des *Hauptbeteiligten* sortiert hatte.

»Hauptbeteiligte«, wiederholte Noah das Wort, das er in Passepartouts erklärendem Pop-up gelesen hatte. »Warum hat Passepartout sie nicht Täter genannt?« Er klickte die Meldung weg.

Karma deutete auf den Bildschirm. »Guck mal, da stehst du.«

Sein Herz ging schnell, als er seinen Namen anklickte.

Die aktuellste Straftat in Noahs Ordner lautete »Lebensmittelverschwendung«. Es ging um einen Kaffee, den Noah Oli untergejubelt hatte. Dieser hatte den Kaffee im Anschluss aber weggeschüttet, was die schlechte Moral laut Passepartout zurück auf Noah spiegelte.

Die zweite Straftat war betitelt mit »Fehlabschaltung«. Etwas gelangweilt klickte Noah auf den Ordner, denn dass er zig Fehlabschaltungen begangen haben musste, während Karma seinen Score bei 0 gehalten hatte, erschien ihm nur logisch.

Doch im Ordner seiner jüngsten Fehlabschaltung befand sich etwas, womit Noah nicht gerechnet hatte. Es gab zahlreiche Unterordner, die ebenfalls nach Straftaten benannt waren. Er hatte schon mal auf diesem USB-Stick gestöbert und kannte die Vergehen vieler Personen, aber noch nie hatte er Straftaten in Straftaten entdeckt.

Er besah die Fehlabschaltung von Herrn Myers. Einspruch gegen Abschaltvorgang. Ignoranz des Einspruchs. Vortäuschung falscher Tatsachen. Nichterscheinen im Gerichtsverfahren. Bestechung. Abgabe einer eidesstattlichen Erklärung ohne nachvollziehbare Ehrlichkeit. Strafabschaltung eines Unschuldigen.

Fassungslos scrollte Noah nach unten. Allein im Zusammenhang mit Herrn Myers waren so viele Straftaten begangen worden – welche Qualen musste die Familie durchlitten haben? Der Prozess war bis zum Gericht hochgegangen, und Karma hatte seine Personalien gefälscht und Noahs Identität bis hin zu einer eidesstattlichen Erklärung verwendet, nur um ihm einen Score von 0 zu bescheren! All das war in den letzten neunundzwanzig Tagen!

»Karma, was hast du getan?«, fragte er entsetzt.

Karma seufzte. »Steht da doch.«

»Ich habe nichts davon gewusst«, sagte er. »Es gab ein Gerichtsverfahren? Er war unschuldig?«

Karma schaute Noah nicht an. Sie zuckte mit den Schultern.

»Wenn Lucy wüsste, dass wegen ihr –«

»Es ist nicht wegen ihr«, unterbrach Karma sie. »Es ist auch wegen dir. Ich wollte dich schützen. Schau dir meinen Ordner an. Du kannst die Tatbestände auch verschieben, wenn du möchtest.«

»Karma.«

Sie schauten sich eine Weile schweigend an. Noah öffnete die Ordnerstruktur und sah sich die Akte von Herrn Myers an.

Herr Myers hatte kaum Vermögen. Sein Leben lang war er ein demütiger Sozialpädagoge gewesen, der niemandem etwas Böses wollte. Frau Myers gab es nicht. Seine Tochter wurde in vitro gezüchtet, weil der lebenslang liebeslose Mann unbedingt eine Familie haben wollte. Die kleine Laurie war erst dreizehn. Noah schluckte schwer.

Karma nahm ihm den Laptop ab und navigierte in der Ordnerstruktur nach oben. »Lass uns schauen, was deine Wanzen alles im Patiententrakt gefilmt haben«, schlug sie vor.

Noah konnte nicht hinsehen. Zu groß war die Angst, etwas über Lucy zu erfahren. Über ihren Zustand, ihre grausamen Operationsspuren, über ihren Tod.

Er ließ sie den Laptop durchsuchen und starrte nach draußen. Die Sonne schien, zugleich fielen dicke Regentropfen vom Himmel. Irgendwo würde er einen Regenbogen finden können, wenn er sich auf die Dachterrasse begeben würde. Gerade als er aufstehen wollte, zog Karma ihn ruckartig am Ärmel zurück.

»Noah!«, rief sie, als sei er schon längst zur Terrassentür hinausgelaufen. »Lucy. Lucy hat eine Akte.«

Das will ich nicht wissen!, dachte Noah. »Natürlich. Sie ist Patientin.«

»Nein.« Karma drehte ihm den Laptop zu und hielt ihm den Bildschirm direkt vor die Nase. »Wir sind im Beweisordner. Hier hat Passepartout nur Akten über Angestellte von Global Insurance angelegt, die seiner Meinung nach straffällig geworden sind.«

Noah brauchte einen Augenblick, um diese Worte sacken zu lassen. »Sie … was?« Hatte er sich verhört? Er könnte mal wieder Frischluft gebrauchen. »Lucy war nie angestellt. Sie hat nach dem Studium direkt als Forscherin gearbeitet.«

»Offensichtlich nicht.« Die Geschwister starrten sich an, eine entsetzter als der andere.

»Lucy hat für Global Insurance gearbeitet«, murmelte Noah

fassungslos. Er stellte den Laptop auf den Couchtisch, sodass beide auf den Bildschirm blicken konnten.

Er öffnete ihren Ordner.

Dann krampfte sich sein Magen zusammen. Karma schlug die Hand vor ihren Mund.

```
Hochverrat an der Regierung
```

»Hochverrat steht unter Todesstrafe«, sagte Noah tonlos.

»Ich wüsste davon.« Karma schaute ihren Bruder panisch an. »Ich wüsste davon, wenn es etwas gegeben hätte! Ich habe Lucy besser überwacht als jeden anderen im Gebäude. Noah, du musst mir glauben, ich wusste nichts davon ... Sie ...«

»Würdest du es mitkriegen, wenn eine Todesstrafe umgangen wird, indem eine Hochverräterin künstlich ins Koma versetzt würde?«, fragte Noah geistesgegenwärtig.

Karma hielt die Luft an. Erst danach begriff Noah, was er gerade gesagt hatte.

Noah schob den Mauszeiger voran, tippte doppelt auf das Touchpad, und ein Dokument öffnete sich.

Er war so aufgewühlt, dass er den Text nur mit flüchtigen Blicken scannen konnte, ohne ihn Wort für Wort zu lesen.

»Forscherin ... Nebenjob ... Verdacht auf Spionage ... unter Beobachtung ... Noah Cline ständiger Begleiter ... Bodyguard und Komplize ... Heilmittel gegen negative Auswirkungen des XX-Virus ...«, murmelte er beim Lesen. Er und Karma sahen sich mit offenen Mündern an.

Noah drehte roboterhaft seinen Kopf zum Bildschirm und las vor, was Passepartout notiert hatte.

```
Frau Brooks ist der Einladung von Global
Insurance nicht gefolgt (Hochverrat_01.pdf),
weshalb die Firma sich dazu gezwungen sah,
```

die junge Forscherin nach der Arbeit aufzusuchen. Im Verhör (Hochverrat_02.mp3) gab sie zu, das Heilmittel gegen das XX-Virus entdeckt zu haben. Anschließend lehnte sie alle Angebote ab. Ich habe Verträge (Hochverrat_03.eml, Hochverrat_04.eml, Hochverrat_05.eml, Hochverrat_06.eml) gefunden, die so gut verschlüsselt waren, dass ich einen neuen Algorithmus erfinden musste. Lucy Brooks war nicht bereit, das Heilmittel gegen 18,4 Millionen Helds an Global Insurance zu verkaufen. Auch nicht für 56. Und schließlich lehnte sie auch 200 Millionen ab. Sie schlug schriftlich vor, das Mittel öffentlich und kostenlos zugänglich zu machen und gab an, dass sie bereits 3D-Drucker über ihr Institut geordert hatte, die das Medikament herstellen sollten (Hochverrat_07.eml).
Eine Kopie der Rechnung über den Kauf von 45 3D-Druckern im Auftrag von Lucy Brooks findest du unter Hochverrat_08.eml.
Die Geschäftsführung von Global Insurance pflegte ab jetzt einen regen Mailkontakt miteinander, der sich um Lucy und ihre »Abschaffung« drehte (Hochverrat_09.zip), während Frau Brooks über das DarkNet versuchte, Kontakt zur Antipartei aufzunehmen (Hochverrat_07.csv).
Der Brand im Institut, bei dem alle Medikamentendrucker vernichtet worden sind sowie der Komafall der Lucy Brooks 17 Stunden vor Ausbruch des Feuers, wurden bis heute in 1.472 Forenbeiträgen und Chatnachrichten im Intranet der Antipartei erwähnt (Hochverrat_07.xlsx).

»Karma«, raunte Noah. Sie antwortete nicht. Also schaute er kurz zu ihr rüber. Er fand ein Gesicht vor, voller Schock, Wut,

Ekel, Hass, Entsetzen und Trauer. So, wie Karma in die Leere starrte, nachdem Noah den Text beendet hatte, fühlte er sich.

»Sie wusste zu viel«, hauchte Karma. »Und wir haben diesen Drecksäcken in die Karten gespielt.«

Noah wollte nicht wissen, wie Karma das meinte.

»Vielleicht ist es noch nicht zu spät für Lucy.« Karma knabberte an ihren Fingernägeln und dachte nach. Eine Weile schwieg sie, dann öffnete sie den Mund, um etwas zu sagen. Noah war sofort erleichtert, denn seiner Schwester fiel immer etwas Rettendes ein, egal, wie verzwickt die Situation war.

»Es gibt ein Heilmittel! Mit dem die Menschen aus dem Koma erwachen! Wir müssen es finden. Dann können sie dich ins Koma versetzen, aber ich wecke dich wieder auf. Wir wecken alle wieder auf, verdammt!« Sie fasste Noah und schüttelte ihn. »Wir wecken Lucy auf!«

»Aber wie?«, fragte Noah. Er konnte nicht glauben, worüber sie gerade sprachen.

Zugleich dachte er an Passepartout. Noah verspürte den Wunsch, auch ihn aus seinem Koma, seinem Tod, was immer das Äquivalent für sein derzeitiges Nichtexistieren war, zu erwecken. Er hatte Logfiles gefunden, all die Gedanken, die sich das arme Programm vor seinem Tod gemacht hatte.

»Ich glaub', wir sollten Passepartout neu installieren«, sagte Noah. »Er kann uns helfen. Passepartout wollte ein Mensch sein. Er hat immer wieder Andeutungen gemacht. Sein Bewusstseinsmodul ist mehr als nur Einsen und Nullen. Er schien so lebendig, so echt. Viel klüger als Orwell, und irgendwie …« Noah dachte kurz nach. »Depressiv.«

»Eine depressive, künstliche Intelligenz?« Karma zog die Augenbrauen hoch.

»Ja, er hatte Emotionen. Glaube ich. Es hat jedenfalls so gewirkt. Er hatte regelrechte Angst vor seiner Deinstallation. Er hat sich mit seinem eigenen Lebensende beschäftigt und sogar Tagebucheinträge hinterlassen, in denen er überlegt, ob ein Back-up von ihm dasselbe ist wie er selbst.«

Karma pustete die Luft aus. »Papa war ein richtig guter Programmierer.«

»Er war Vater.«

Die beiden sahen sich an. Noah sah seiner Schwester an, dass sie verstand.

Er reckte sich und ließ die Halswirbel knacken. Seine Muskeln konnten mal wieder Bewegung gebrauchen.

Karma legte ihre Hand auf seinen Arm und rückte näher. Ihre Augen wirkten groß und durchdringend. Er konnte die Lachfalten seiner Schwester genau ausmachen. Seit wann hatte sie Krähenfüße?

»Wir veröffentlichen alles. Auch diese Forenbeiträge aus der Antipartei. Keine ordentliche Anklage, sondern die ganze Welt erfährt davon. Dann können sie sich nicht verstecken und Lucy auch nicht einfach abschalten.«

Noah hielt für ein paar Sekunden die Luft an, bevor er ausatmete. »Du hast recht. Passepartout wird wohl noch warten müssen.«

Karma stand auf und reichte Noah die Hände, um ihn hochzuziehen. »Lass uns etwas tun. Aktiv werden. Jetzt! Wie kann ich dir helfen?«, wollte sie wissen.

»Du könntest in Lucys Wohnung gehen. Finde den Bauplan für das Medikament, das Lucy entwickelt hat. Durchwühl die Sachen meiner Freundin und finde es irgendwie.«

Noah ging zum Apothekerschrank und durchsuchte eine Schublade voller Karten. Hier hatte er seine alten Bank- und Versicherungskarten gelagert, aber auch Schlüsselkarten, Mitgliedsausweise und alles sonstige Unnütze, was ihm Unternehmen zusätzlich zu den im Wallet des Leadphones verwalteten Unterlagen mitgaben. Als sei es toll, etwas Physisches zu besitzen. Eine der hintersten Karten war Lucys Wohnungskarte, an ihr ein Schlüsselanhänger. Das kitschige rote Herz, sie hatte darüber gelacht, als sie ihm ihre Ersatzkarte gegeben hatte.

»Du bist sicher, dass du das nicht selbst machen möchtest?«

»Ich kann nicht in ihre Wohnung«, sagte Noah. Allein der Gedanke daran, diese vertraute Umgebung zu sehen, auch nur den Hauch ihres Geruches wahrzunehmen oder ein Foto von ihnen beiden an der Wand zu sehen, schmerzte ihn. Es war schlimm genug, dass er Monat für Monat ihre Miete zahlte, während er ihre Krankenversicherung nicht zahlen durfte. »Ich gehe zu Global Insurance und schicke Lucys Daten an alle E-Mail-Empfänger. Das sind locker zwanzig Millionen.«

Karma legte ihre Hand auf Noahs Rücken. Erst jetzt merkte Noah, dass er sein Hemd komplett durchgeschwitzt hatte. Karma stand hinter ihm und nahm ihm den Schlüssel aus der Hand. Sanft, ohne Gewalt, aber er weigerte sich auch nicht.

Sie hielt den Schlüssel samt Anhänger vor ihre Nase. Es war ein großes Herz aus Kunststoff, das den Schlüssel mit einem Schlüsselring verband. An der Seite blitzten winzige Scharniere auf.

»Was ist das?«, fragte Karma. Sie pfriemelte am Schlüsselanhänger herum. »Hast du den schon mal aufgemacht?«

»Nein. Das geht? Hey, was tust du da?« Noah wollte nicht, dass sie etwas kaputt machte, das Lucy gehörte.

»Vielleicht hat sie Informationen zum Medikament hier versteckt. Bei dir, in diesem Anhänger!« Karma presste ihre Fingernägel in den winzigen Spalt, der sich zwischen den beiden dreidimensionalen Herzhälften ergab.

Dann klickte es, und das Herz öffnete sich. Darin befand sich ein angelaufener Silberring.

Die Geschwister schauten sich mit großen Augen an, dann starrten sie wieder auf den Ring. Greta & Timothy war auf ihm eingraviert. Er drehte den Ring. Lucy & Noah stand im Innern des Rings.

Während ihm Tränen über die Wangen rannen, lachte er auf. Er spürte Liebe, jede Menge Liebe, und er sah sofort vor sich, wie Lucy den Ring im Schlüsselanhänger versteckt hatte. Vor Jahren. Jahre, bevor er ihr einen Antrag gemacht hatte.

»Ich verstehe nicht«, sagte Karma.

Noah musste unter Tränen lachen. »Sie hat meinen Antrag abgelehnt«, erklärte er. »All die Jahre dachte ich, ich hätte etwas falsch gemacht. Aber sie wollte es selbst in die Hand nehmen –« Er atmete kurz durch. »Ich erkenne den Ring. Das ist der Ring ihrer Mutter.«

Noah wusste nicht, ob er lachen oder weinen sollte, also tat er beides. Mit ein paar hilflosen Gesten versuchte er, sein Schluchzen abzuschwächen, hielt schließlich die Luft an. Karma nahm ihn kommentarlos in die Arme.

»Lucy ist eine ganz wunderbare Frau«, flüsterte sie ihm ins Ohr. »Du wärst der perfekte Ehemann für sie gewesen, davon bin ich überzeugt.«

»Hätte ich sie nicht gefragt«, schluchzte Noah, »vielleicht hätte sie, und dann wäre sie nicht –«

»Lass gut sein.« Karma strich ihm über den Rücken. »Wir können die Zeit nicht zurückdrehen.«

Noah brauchte einige Minuten, bis er sich beruhigte.

»Wir können die Zeit nicht zurückdrehen«, wiederholte er ihre Worte. »Aber wir können unser Bestes tun, die Schäden zu richten.«

Eine Wonne der Energie durchzog seinen Körper. Er stieß Karma sanft von seinem Körper weg, packte den Ring in die Schublade und löste den Schlüsselanhänger vom Schlüssel. Er gab Karma den Schlüssel und behielt den Anhänger, als er zum Laptop ging. Er steckte den Magnetstick in das rote Kunststoffherz.

Karma lächelte.

»Du suchst das Medikament. Ich fahre zur Versicherung und mache die Daten publik.«

»Aber nur die Daten über Lucy und die Beweise?«

Noah nickte. »Ja, besser ist es. Sonst bin ich bald tot.«

Karma boxte ihm gegen den Oberarm. »Bleib mir erhalten! Du kannst mich nicht mit Marlen alleine auf diesem Planeten lassen.«

»Teilen wir uns ein Publicar?«, schlug Noah vor. Er war schon dabei, seine Arbeitstasche vom Boden aufzulesen und suchte nach einer Hose.

»Gerne«, sagte Karma. »Aber vielleicht hüpfst du kurz unter die Dusche.«

Verlegen nickte Noah. Er ging ins Badezimmer. Er war voller Energie und fest entschlossen, auch wenn ihm ein mulmiges Gefühl in seiner Magengegend sagte, dass sein Vorhaben nicht konsequenzenlos blieb.

Als er sich angezogen hatte, stand Karma angezogen vor der Wohnungstür und schüttelte den Herzanhänger, als würde sie ihren Bruder damit anlocken wollen.

13 Jahre vor Passepartouts Tod

Lucy und Noah gingen sich trotz ihrer gemeinsamen Forschung und der Tatsache, dass sie gefühlt Tag und Nacht beieinander hingen, nicht gegenseitig auf die Nerven. Was eine große Herausforderung war, war Noah doch glatt das genaue Gegenteil von Lucy. Sie bevorzugte es, zurückhaltend zu sein und sich still ihren Aufgaben zu widmen. Sie war pflichtbewusst und nahm sich jede Verantwortung zu Herzen.

Das lag nicht zuletzt daran, dass ihre Mutter vor nicht allzu langer Zeit ins Koma gefallen war. Sie gehörte zu einer der Betroffenen, die eine auffällige Symptomatik aufwiesen, bevor sie ins Koma fielen. Die meisten Menschen, denen es passierte, wachten einfach nicht auf oder erlitten einen Zusammenbruch bei der Tätigkeit, der sie gerade nachgingen. Lucy hatte immer gesagt, sie hätte große Angst davor, den Rückgang der Gesundheit zu beobachten und die Symptome, die auf ein nahendes XX-Koma hinweisen, schon im Vorfeld zu beobachten. Ein Ende mit Schrecken sei besser, als ein Schrecken ohne Ende.

Doch der Schrecken hatte ein Ende. Und auf dieses hatte das XX-Virus sie und ihre Familie auffällig vorbereitet.

Noah ging mit all dem sorglos um. Man könnte meinen, er sei ein buddhistischer Mönch, wenn man seine bloße Lebenseinstellung und nicht die Person dahinter betrachten würde. Noah half wo er konnte, aber immer nur, wenn er darum gebeten wurde. Er mischte sich nicht ein, er gab ihr nie ungebetene Ratschläge, außer wenn Lucy wieder einmal eine Nacht durchgearbeitet hatte und ihr die Schlaflosigkeit ins Gesicht geschrieben stand.

Das erfüllte die Lebenseinstellung der Buddhisten: Lebe so, dass du kein anderes Leben negativ beeinflusst. Dazu hatte Noah keine Bindung zu weltlichen Besitztümern. Er hätte sich lösen können und auf einem einsamen Berg in Askese meditieren können, so ungebunden war er. Dennoch besaß er viel. Lucy kannte Noah. Er warf sein Geld zum Fenster raus, aß teure Speisen und trank rare Getränke, um den Moment zu genießen. Seine materiellen Besitztümer waren ihm nichts wert, nicht weil er sich von ihnen lösen und zur Erleuchtung finden sollte, sondern weil er sie jederzeit ersetzen konnte.

Noah hatte ihr gesagt, Lucy mache ihn zu einem besseren Menschen. Immer, wenn er das erwähnte oder sie das von selbst bemerkte, bekam sie ein schlechtes Gewissen. Noah war durch sie eine Bindung eingegangen, die ihn an ein Leben kettete, in dem Lucy die hilfsbedürftige, kleine Freundin war. Das gefiel ihr nicht. Er hingegen spielte gerne den Retter, respektierte aber auch, dass Lucy selbstbestimmt war und sein musste. Eines wussten aber beide, ohne darüber zu sprechen: Im Finanziellen existierte schlichtweg keine Selbstbestimmung.

Greta Brooks wurde unter Sirenengeheul in ihrer Wohnung aufgefunden, als sie nicht mehr aufwachte. Die Sanitäter hatten sich den Weg in Höchstgeschwindigkeiten erkämpft, sodass die gesamte Nachbarschaft die grellen Lichter und die laute Sirene gehört hatte. Menschen standen auf der Straße, gafften, hielten sich im Arm und fürchteten, etwas Schlimmes sei passiert.

Als Lucys Mutter aber auf der Krankenliege mit geschlossenen Augen von einem einzelnen Notarzt in den Rettungstransportwagen geschoben wurde, entspannte sich die Lage sofort. Wurde man auf der Bahre eingeladen, mit von einem Tuch bedecktem Gesicht, wussten die Zaungäste, dass etwas Tragisches passiert war. Ärzte, die um die Liege herum an den Patienten herumfummelten, sie beatmeten oder auf andere

Weise versorgten, waren ein Zeichen dafür, dass es sich um eine Verletzung handelte. In diesem Fall war aber sofort klar: Die Frau lag im Koma.

Eine Nachbarin mit einer Praxis für Physiotherapie bedauerte das vorzeitige Ableben ihrer treuesten Kundin. Eine Nachbarin krakeelte sofort, dass ein Koma nur vorübergehend war und alle Menschen wieder erwachen und normal weiterleben würden. Der Senior von gegenüber mischte sich in das Gespräch ein und legte seine Vermutungen über die Finanzen der Brooks dar. Bei dem Familieneinkommen, das die beiden arbeitslosen Eltern und die studierende Tochter hätten, würde die Frau keine zehn Monate mehr leben. Die drei einigten sich darauf, die Situation mit einem bemitleidenden »Das arme Kind« zu beenden.

Sie bedachten die Wissenschaftlerin mit vielsagenden Blicken und ließen sie schließlich allein an der geöffneten Haustür stehen, wo sie dem Rettungswagen hinterher sah, der schon längst mit Tempo dreißig auf dem Weg zum Krankentrakt von Global Insurance abgedampft war. Schon war die Sache gegessen.

Ein weiterer Komafall.

Ein weiteres Ereignis, für das es keine Sensibilisierung mehr gab. Sie waren normal geworden, die Komafälle, die die Menschen mitten im Leben ereilten. Lucy wollte traurig sein. Sie bemühte sich wirklich. Doch sie war schlichtweg nur wütend. Wütend auf sich selbst, wütend darauf, dass sie zu langsam war. Sie hatte ihre Mutter nicht retten können.

Husten, Schwindel, Gebrechlichkeit, Wahnvorstellungen, Atemnot, Koma. Genau so ging es. Für die Mediziner inzwischen Gewohnheit. Für Lucy ein Weltuntergang.

Noah war mit der Nachricht vorsichtig umgegangen. Das kannte sie von ihm, erwartete aber dennoch zu jeder Zeit, durch unsensible Kommentare verletzt zu werden.

»Noah, ich …«, war alles, was Lucy hervorbrachte.

»Wir haben alles im Griff«, war alles, was er ihr entgegnete. Ohne ihr Zutun hatte ihr Freund den Versicherungstarif herausgefunden, seine monatlichen Zahlungen auf Lucys Konto verdreifacht und eine vierstellige Summe bei Global Insurance hinterlassen für den Fall, dass Bankenkrisen, vertragswidriges Verhalten oder bürokratischer Verzug eintreten sollten. Er hatte den örtlichen Pflegedienst bezahlt, der eigentlich nur Ü-120-Senioren mit täglichen Mahlzeiten verpflegte, sodass sie auch bei Lucy und ihrem Vater vorbeischauten, und zwei Mal in der Woche kam eine Haushälterin, die sich um das Nötigste kümmerte.

Ein paar Wochen, nachdem Frau Brooks ihr eigenes Lagerbett auf dem Gelände von Global Insurance bezogen hatte, lud sich Noah bei Lucy zum Abendessen ein. Es war der erste Tag nach seiner bereitwilligen Hilfe zur Familienverpflegung. Der erste Tag ohne den Fraß vom Pflegedienst.

»Noah, komm herein«, begrüßte ihn Lucys Vater. Er öffnete die Tür und wies ihn an, sich an den Küchentisch zu setzen. »du weißt gar nicht, wie dankbar ich dir bin –«

»Ach, nicht der Rede wert«, sagte Noah. Er sah sich verstohlen in der heruntergekommenen Küche um. »Ist Lucy noch nicht da?«

»Doch, doch.« Er stützte sich auf einer Rückenlehne ab und hustete. »Sie ist in Gretas Zimmer, ein paar Erinnerungen zusammensuchen. Seit meine Kleine wieder in ihrer eigenen Wohnung wohnt, fehlt ihr die familiäre Nähe.«

»Mhh«, machte Noah. »Verständlich. Zum Thema Wohnung …«

»Vielen Dank für die ganze Hilfe! Jeden Tag Essen vom Pflegedienst – das wäre gar nicht nötig gewesen, Noah! Ich kann gut für mich allein sorgen.«

Er ließ los und balancierte zur Treppe, die von der geräumigen Küche hoch zu den Schlafzimmern führte.

»Lucy!«, rief er. »Noah ist da! Es gibt gleich Essen!«

Timothy wandte sich wieder der Küchenzeile zu, auf der es aus verschiedenen Töpfen dampfte. Noah konnte die Gerüche nicht zuordnen, aber er freute sich.

»In einem gesunden Körper wohnt ein gesunder Geist«, las Noah vom Wandkalender ab. 2154. Einer der letzten bezahlbaren Papierkalender, hergestellt für das Jahr von Lucys Geburt. Dieser Kalender musste für sie und Timothy einen ungeheuren Wert besitzen.

»Mens sana in corpore sano. Ja, das ist richtig. Und du hast dein Bestes getan, mich aufzupäppeln.«

Timothy hustete, taumelte und stieß mit der Hüfte gegen den Küchentisch. Just in diesem Moment polterte seine Tochter die Treppe herunter, tauchte in der Küche auf und sah das schmerzverzerrte Gesicht ihres Vaters. Abwechselnd schaute sie zwischen der ratlosen Miene ihres Freundes und ihrem alten Herrn hin und her.

Noah versuchte erneut, Timothy auf die Sache mit der Wohnung anzusprechen, aber ehe er es schaffte, seinen Mund zu öffnen, sprach der Alte von der bevorstehenden Mahlzeit. Ihm wäre es ein Fest, die beiden um sich zu haben, sagte er, und fügte viele Komplimente hinzu, die nicht nur seine Dankbarkeit Noah gegenüber zeigten, sondern außerdem Unterwürfigkeit bewiesen.

Timothy war sich kaum etwas wert, er verhielt sich, als sei er Noah etwas schuldig.

Noah atmete tief durch und brachte die Botschaft auf den Tisch, wegen der er gekommen war. »Ich möchte mit Lucy zusammenziehen.« Timothy schaute ihn verdutzt an.

Für einen Moment schwiegen alle.

»Das ist ja großartig!«, sagte Timothy plötzlich. Er sah seine Tochter an. »Ist das dein Ernst? Willst du das?«

Lucy starrte Noah an. Noah sah ihr an, dass sie nicht wusste, ob sie für diesen Schritt bereit war. Er ging auf sie zu und nahm ihre Hände.

»Ich will dich bei mir haben.«

Sie war noch immer sprachlos.

Timothy sah zwischen den beiden hin und her. Er schien zu begreifen, dass Lucy im Vorfeld nichts von Noahs Plan gewusst hatte.

Lucy fand ihre Sprache wieder. »Ich kann mir das nicht leisten. Und ich will dir nicht auf der Tasche liegen!«

»Keiner von uns will das«, ergänzte ihr Vater. Er sah Noah eindringlich an.

Noah sah betroffen zwischen den beiden hin und her. »Ihr liegt mir nicht auf der Tasche.« Dann atmete er tief ein und wieder aus. »Ich liebe dich«, murmelte er. »Ich brauche dich bei mir.«

Nachdem Lucy eingewilligt hatte, wurde aus der Verabredung zum Abendessen eine richtige Feier. Timothy öffnete seine besten Weine. Die drei schlugen sich die Bäuche voll, machten ausgelassen Witze und hatten eine gute Zeit.

Lucys Vater erhob sich vom Tisch und entschuldigte sich. Ob des Alkohols wankte er in den Flur, woraufhin er einige Minuten wegblieb. Noah erfand eine Ausrede und stahl sich davon. Er beobachtete Timothy. Dieser wedelte in der Luft, sprach mit sich selbst und krümmte sich zwischendurch. Es schien, als habe er Schmerzen. Und Wahnvorstellungen.

Plötzlich schreckte Noah in die Höhe. Es war Lucy, die ihm gefolgt war, der ihrem Vater gefolgt war. Er sah sie erschrocken an, doch sie legte den Zeigefinger auf die Lippen. Gemeinsam beobachteten sie, was Timothy auf dem Flur umtrieb.

»Wahnvorstellungen«, flüsterte er.

Lucy schwieg.

»Husten«, ergänzte er zischend. Er sah sie an und packte ihre Oberarme.

Wässrige Augen blickten ihn schweigend an.

»Der Gesundheitszustand deines Vaters hat sich verschlechtert.« Jetzt streichelte Noah ihre Wange. »Es sieht ganz so aus, als würde er ins Koma fallen.«

Lucy schüttelte den Kopf. »Kann nicht sein«, sagte sie.

Noah nickte ernst. »Ich weiß. Er ist längst über das Stadium hinaus. Er müsste …«

Lucy winkte ab. Die Tränen rannen ihr über die Wangen, als sie ihren geistesabwesenden Vater beobachtete. Jeder Erstsemester-Student wusste, dass es nie mehr als vier Wochen brauchte, um von den ersten Symptomen zum Komastatus zu gelangen.

9 Tage nach Passepartouts Tod

Noch nie war Noah so nervös gewesen, das Hauptgebäude von Global Insurance zu betreten. Nicht einmal an seinem ersten Arbeitstag mit der Aussicht auf seine erste eigene Abschaltung, nicht einmal, als er damals seine Loyalität und Fähigkeiten im Assessment-Center unter Beweis stellen musste.

Es war, als ruhten alle Augen auf ihm, als würde ihn allein die Ankunft am Publicar-Haltepunkt entlarven. Aber niemand beachtete ihn. Alles geschah nur in seinem Kopf. Sollte ihn doch jemand kritisch beäugen, dann wegen seines Scorebetrugs und nicht wegen dem, was er vorhatte.

Er versuchte, so unauffällig wie möglich durch den Gang zu schlendern. Intuitiv wollte er sprinten, aber er bemühte sich, gelangweilt und locker wie früher zu wirken. In der Hand hielt er den Herzanhänger fest umschlossen. Er würde ihn keine Sekunde aus den Augen lassen. Zu groß war die Gefahr, dass er sich umentscheiden würde.

»Moin, Noah«, schallte es plötzlich hinter ihm. Es war Oli.

Er fuhr herum und sah seinem Kollegen in die Augen. Dann atmete er tief durch und sprach sich selbst gut zu. Oli weiß von nichts, er ist gutmütig und sagt jeden Tag Hallo, betete er sich selbst vor.

Oli kam auf ihn zu und legte ihm eine Hand auf die Schulter. »Ich weiß Bescheid«, sagte er.

Sofort schnellte Noahs Herzschlag in die Höhe. Er wollte den Herzanhänger in seiner Tasche verschwinden lassen, aber er glitt durch die schwitzigen Finger und landete klackernd auf dem Boden.

Noah duckte sich unter Olis Griff weg und schnappte den

Anhänger. Er musste gucken wie ein Reh, das auf offener Straße vor einem Publicar erstarrte und auf den großen Crash wartete. Aber er konnte seine Gesichtsmuskulatur nicht entspannen.

»Mein Beileid«, sagte Oli.

Noah sah auf den Anhänger, dann wieder zu Oli. Dann nickte Noah.

Oli rückte etwas näher an Noah heran, ohne ihn aber zu berühren. »Wenn du irgendwas brauchst, sag Bescheid, okay?«

»Danke«, krächzte Noah aus seiner trockenen Kehle.

»Ich meine wirklich alles. Ich bin für dich da. Egal, was es ist. Du kannst bei uns wohnen.« Oli zuckte mit den Schultern. »Oder ich bring dir was zu essen vorbei oder räum deine Bude auf. Wenn du willst, können wir auch einfach was trinken. Oder reden.«

Oli wusste rein gar nichts. Er redete von Merlins Tod. Noah machte sich umsonst verrückt. Keiner ahnte, was er vorhatte.

»Danke«, sagte Noah. »Ich komme drauf zurück. Jetzt gerade will ich einfach in mein Büro.« Er zwang sich ein falsches Lächeln auf. »Irgendwie Alltag simulieren. Etwas Bekanntes, Routine, weißt du?«

Oli klopfte ihm auf die Schultern. Endlich ließ er Noah los! »Mach das«, sagte er munter. »Aber wenn was ist, ach, du weißt schon.«

In seinem Büro angekommen, kam Noah gar nicht dazu, Orwell anzusprechen oder sich an den Schreibtisch zu setzen. Sein Computer war weg.

Noahs Büro bestand lediglich aus einem Schreibtisch, seinem Kaktus und dem Besuchersofa. Alle anderen Sachen waren weg. Sogar der Ambient-Screen war demontiert worden! Wer sollte so etwas … Wieso?!

Er seufzte. Sein Weg würde ihn wieder einmal zu Marlen führen.

Er machte auf dem Absatz kehrt, öffnete die Bürotür und wunderte sich, wieso er Zugang zu seinem Büro hatte, wenn er doch offensichtlich verlegt oder gekündigt wurde.

Die Tür war offen, er machte einen Schritt nach vorn, blickte hoch und lief prompt gegen eine Person.

Marlen sah ihn finster an und stieß ihn in sein Büro zurück. Sie schloss die Tür hinter sich.

»Was willst du?«, fauchte Noah.

»Mein Beileid zu deinem Verlust«, sprach Marlen kalt und nickte in Richtung des Büros. »Ich mach's kurz.« Sie ging um Noah herum, es war, als schlich sie wie ein Tiger um seine Beute, bevor er angreifen würde. »Du hast keinerlei Macht mehr bei Global Insurance. Deine persönlichen Gegenstände sowie deinen Rechner habe ich beschlagnahmen lassen.«

»Mit welcher Begründung?«

»Weil dein Score von null manipuliert war, haben wir nachgerechnet. Dein Score war schon vor dreieinhalb Jahren so schlecht, dass du hättest ausgetauscht werden müssen. Eigentlich wollte ich dich mit Lucys Abschaltung wieder zur Vernunft bringen. Ich hatte Hoffnung auf deine Loyalität. Aber du bist genau wie dein Vater.« Sie rümpfte die Nase. »Du bist hiermit fristlos gekündigt.«

»Warum funktioniert dann meine Schlüsselkarte?«, rief Noah ärgerlich. Er hielt sein Leadphone wie zum Beweis in die Luft. Die rechte Hand umklammerte noch immer das rote Plastikherz.

»Weil ich dich hier haben wollte«, sagte Marlen, fast feierlich. »Ich habe dir nämlich noch etwas mitzuteilen, mein Sohn.«

»Was?«, bellte er sie an. Er wollte sie aus seinem Leben streichen, am liebsten noch einmal ohrfeigen. Und dann noch einmal. Und noch einmal.

Sie ging auf ihn zu. »Ich kann den Strafantrag gegen dich fallen lassen, sodass du mit einer einfachen Kündigung davonkommst. Dann klagt Global Insurance nicht und du entgehst deiner eigentlich gerechten Strafe. Du weißt ja, wo kein Kläger, da kein Richter. Sagen wir, ich vergesse, deinen Fall nachverfolgen zu lassen.«

Noah hob die Augenbrauen. »Du drohst mir also mit dem Tod?«

»Ich schlage dir vor, dass es gar nicht erst zu einer Strafabschaltung kommt«, erklärte Marlen in ihrem arrogantesten Tonfall.

Blitzschnell griff sie sein Handgelenk, zog seine Hand aus der Manteltasche und zwang ihn, die Faust zu öffnen. Sie nahm den Herzanhänger und hielt ihn Noah vor die Augen.

»Wir vergessen die Sache mit diesem … Virus. Dafür vernichtest du das hier.«

»Woher …?«

Noah wollte schreien, doch er rang sich ein Pokerface ab. So kühl und trocken, wie er konnte, sagte er: »Du meinst das, was ich mit mehreren Sicherungskopien und einer zeitgeschalteten Veröffentlichung doppelt und dreifach abgesichert habe?«

Marlen starrte ihn zornig an. Sie gab ihm den Herzanhänger zurück. »Dann wirst du mir glaubhaft beweisen müssen, dass du all diese Kopien vernichtest.«

»Ich werde das tun, was richtig ist«, zeterte Noah wütend los. »Wie soll ich das machen? Die Beweise könnten in jeder erdenklichen Cloud sein.«

»Dein Problem. Deine Strafabschaltung hat schon begonnen.«

»Was?«

»Als du das Gebäude betreten hast. Deine Schlüsselkarte hat den Prozess eingeschaltet.«

»Bist du … Was?!«, rief Noah entsetzt. »Du willst mich töten? Mit Lucys Tod zu drohen, ist dir etwa nicht genug gewesen?«, rief Noah entsetzt. Er wollte hinterher schieben, dass er ihr Sohn war, aber das hatte noch nie viel bedeutet.

»Nein«, sagte sie. »Ich bringe dich zur Vernunft, Noahchen.«

»Nenn mich nicht so«, zischte Noah. »Woher weißt du das alles?«

Marlen zuckte mit den Schultern. »Ich hab ein paar Vögelchen, die gerne zwitschern«, sagte sie, als sei es eine vage Vermutung.

»Und jetzt willst du mich umbringen? Deinen eigenen Sohn?«

Sie schüttelte den Kopf. »Nein. Aber du wirst lernen, wie man sich fühlt, so kurz vor dem Tod, und vielleicht bringen dich diese, hm, Erfahrungen einfach zur Vernunft.«

Noah schwieg. Er blieb wie angewurzelt stehen.

»Ich nehme an, du rufst mich an, wenn du eine Entscheidung getroffen hast.«

Marlen verließ das Büro.

Noah stand in seinem leeren Büro. Er starrte den Kaktus an. Dann den Ort, wo sein Computer gestanden hatte.

»Orwell?«, rief er in den Raum hinein.

Nichts geschah. Natürlich nicht.

Noah hatte Orwell verloren. Er hatte sich nicht von ihm verabschiedet. Mit dem Löschen von Passepartouts Programmstruktur hatte Noah das Letzte zerstört, was sein Vater auf diesem Planeten hinterlassen hatte. Er schaute sich den Herzanhänger an.

»Das ist also alles, was geblieben ist«, murmelte er. Ein kleiner Stick voll Beweisen konnte Global Insurance öffentlich bloßstellen. Die Welt würde wissen, dass es ein Mittel gab, das alle Komapatienten aufwecken würde. Es gäbe einen Aufstand, einen Putsch, vielleicht einen Bürgerkrieg. Doch es würde alles gut werden, spätestens, wenn Lucys Bauplan gedruckt wurde und die Medikamente wirkten.

Als Preis dafür würde er abgeschaltet werden. Sein eigenes Leben wurde bedroht. Es war sein einziges Leben. Wie er in

Passepartouts Logfiles gelesen hatte, war es keine Abschaltung, es war der Tod. Ein würdeloses Ende, das vielleicht Lucy in diesem Moment retten, aber nicht auf Dauer schützen konnte. Und Noah wollte leben. Er wollte nichts lieber, als einfach nur zu leben. Die letzten zehn Jahre hatte er vergeudet. Er hatte sich von sich selbst distanziert, eine Fassade der Verdrängung und eine schreckliche Version seiner selbst gespielt. Das durfte nicht sein Ende sein. Der Kuss im Zimmer 7-404 war nicht der letzte, den er der wunderbarsten Frau der Welt gegeben hatte!

»Orwell, hilf mir«, rief Noah in den Raum hinein. Wie erwartet kam keine Antwort.

»Bitte, Orwell!«, flehte Noah.

Orwell konnte ihm nicht antworten.

Die kahlen Wände kamen nicht näher, sie verwandelten sich nicht in Dunkelheit. Keine Menschenseele war da, um ihm das Herz rauszureißen oder seine Entscheidung zu beeinflussen. Er wischte sich den Schweiß von der Stirn.

»Marlen, komm zu mir«, sprach er laut in sein Leadphone.

»Bist du zur Besinnung gekommen?«

Es klang, als sei Marlen froh, die Stimme ihres Sohnes zu hören. Das erste Mal in über vierzig Jahren. Ein schlechter Scherz.

»Bin ich. Ich weiß auch, wie du sichergehen kannst, dass ich alle Daten lösche. Triff mich bei mir zu Hause.«

»Bis gleich.«

Noah fuhr los. Jedes Publicar hinter seinem könnte eines sein, das seine größte Feindin beförderte.

Eine halbe Stunde später trafen sich Noah und Marlen fast zeitgleich vor Noahs Haustür. Es war merkwürdig, seine eigene Mutter in die eigenen vier Wände zu lassen. Es war allgemein merkwürdig, Marlen irgendwo anders zu sehen als in ihrem Büro.

»Schuhe aus«, befahl er Marlen kalt. Er hatte sich schon den Teufel ins Haus geholt, da sollte dieser sich wenigstens unterwürfig fühlen. Er selbst behielt die Schuhe an.

Marlen streifte sich die hochhackigen Schuhe aus und folgte ihm zur Küchentheke. Noah sammelte alle technischen Geräte aus seiner Wohnung. Das Tablet, das Leadphone, den Laptop, selbst den Fernseher. Alles, was einen Speicher hatte, stellte er auf der Küchentheke aus.

»Du kannst alles durchsuchen«, bot er ihr an. »Ich werde dir zwar alle Orte nennen, wo sich eine Sicherung der Daten befindet, aber wenn du mir nicht vertraust, kriegst du alle Passwörter und kannst alles durchsuchen, was mir gehört. Bitte glaub mir einfach, dass ich leben will.«

Marlen sah sich ihm Raum um. »Was ist mit der Sockenschublade?«

Noah verstand nicht recht und schwieg sie an, nicht ohne fragend dreinzuschauen.

»Du kannst einen noch so kleinen Chip oder Stick oder eine Karte irgendwo in dieser Wohnung versteckt haben.«

»Habe ich aber nicht.«

»Wieso sollte ich dir vertrauen?«

»Es geht hier um mein Leben. Du hast die Macht, mich jederzeit umzubringen. Ich werde nichts tun, denn sobald es geschieht, schaltest du mich ab.«

Marlen schien überzeugt.

»Wie gesagt, durchsuch alles und lösch Daten, die dir nicht gefallen.« Noah machte eine einladende Geste.

Marlen nickte. Unter Noahs Aufsicht durchsuchte sie all seine Daten. Es dauerte Stunden. Sie ging E-Mails durch, Festplatten, versteckte Ordner, fragte alle Onlinezugänge ab. Schließlich schien sie befriedigt. Sie ging zur Küchenzeile. Öffnete zwei Schubladen, um sie gleich darauf wieder zu schließen. In der dritten Schublade wurde sie fündig. Sie holte den schweren Schnitzelklopfer raus, den Noah von ihr zur

Einweihung geschenkt bekommen hatte. Ein Geschenk, das nur von ihr hätte kommen können.

»Zerstör sie.«

»Wen?«

»Deine Geräte.«

»Alle?«

Marlen nickte.

Noah schluckte. Vor ihm lag sein gesamtes digitales Eigentum. Er könnte einen Rückzieher machen. Er könnte versuchen, den Stick aus dem Herzanhänger verschwinden zu lassen, er hätte Attrappen kaufen können. Aber ihm blieb keine andere Wahl, wenn er am Leben bleiben wollte. Er hob den Schnitzelklopfer und schlug zu.

12 Jahre vor Passepartouts Tod

»Guten Morgen«, krächzte Noah mit trockenem Hals. Er legte seinen Arm um ihre Decke, bemerkte jedoch sofort, dass unter ihr keine warme, nackte Frau lag. Er setzte sich auf und rieb sich die Augen.

»Lucy?«, rief er in die Wohnung hinein. Da ihre Antwort ausblieb, zog sich Noah eine Hose über und tapste barfuß in die Küche, wo seine Hoffnung auf Kaffeeduft enttäuscht wurde.

Aber Lucy hatte keinen Kaffee gemacht. Im Badezimmer war sie auch nicht. Im Flur lagen ihre Schlüsselkarten, den von Noah hatte Lucy mit einem klobigen, peinlich-kitschigen Herzanhänger verziert. Verwirrt überprüfte Noah auch Esszimmer, Ankleideraum und Speisekammer.

Schließlich fand er Lucys Gestalt auf der Feuerleiter außen am Gebäude. Die Luft blies kalt um sie herum, sodass sich Noah wunderte, warum sie nicht vor Kälte zitterte.

»Lucy?«, probierte er es erneut. Aber sie schwieg weiter. Zusammengesunken wie ein Knäuel saß sie auf den kalten, harten Gittern und blickte über die dreckige Stadt hinweg in die Morgensonne.

»Wo ist die wilde Frau von letzter Nacht, die nicht aufhören kann, Geräusche von sich zu geben?«, fragte Noah besorgt. Sofort bemerkte er, dass seine Formulierung unpassend war. Dann merkte er, dass Lucy schluchzte. Er setzte sich neben sie und legte seinen Arm um ihre Schulter.

Sofort presste sie ihr Gesicht an seine behaarte Brust und ließ den Tränen freien Lauf. Einige Momente vergingen, bis sie die ersten Worte des Tages sprechen konnte. Sie atmete tief durch und sah ihren Freund an. »Wir machen Simulationen.«

Noahs Augen weiteten sich. »Du willst deine Mutter nicht aufwecken?«

Ihre Augen füllten sich mit Tränen. »Ich *kann* sie nicht aufwecken.« Ihre Unterlippe bebte. »Nicht mehr.« Sofort brach sie wieder in Tränen aus und schluchzte, sodass ein Echo ihres Leids von den Häuserschluchten widerhallte. Er umschlang sie fest und wollte sie nicht gehen lassen. Niemals würde er Lucy gehen lassen.

Je schwächer sie ihre Tränen machten, desto zorniger wurde Noah. Er wollte wissen, wie das passieren konnte. Er hatte einen Dauerauftrag für Greta Brooks' Koma angelegt. Durch seine Mittel durfte die schwerkranke Frau überleben. Doch die Abschalter hatten Willkür walten lassen. Lucy dürfte klagen. Sie hatte Anspruch auf ein dickes Schmerzensgeld. Aber Noah war schon immer reich und wusste, dass kein Geld der Welt einen geliebten Menschen zurückbringen konnte. Aber für die Gerechtigkeit musste ein Prozess her.

Er fasste sie an den Schultern und zwang sie, ihm in die Augen zu sehen. »Soll ich Karma anrufen? Wir müssen das prüfen lassen.«

Lucy schüttelte den Kopf. »Es hat keine Mahnungen gegeben. Keinen Abschaltbescheid. Nichts. Sie ist einfach –« Sie heulte laut auf. Ihr schmaler Körper zitterte, ihr Atem bebte. »Da konnten die nichts für!«

Noah nickte und nahm sie wieder in den Arm. Nur einer von zehntausend Menschen unter hundertzwanzig Jahren starb eines natürlichen Todes. Lucy hatte soeben die Wahrscheinlichkeit von 0,01 Prozent getroffen und sie hatte ihre Mutter verloren. Und das auch noch, nachdem sie die eine von hunderttausend Wissenschaftlern war, die ein Heilmittel gegen die XXV-Komafälle gefunden hat. Diese junge Frau hatte tatsächlich Unglück im Glück. Hätte Greta nur noch eine Woche durchgehalten …

Noah ballte die Fäuste. Dann atmete er tief durch und ließ

seine Hände wieder locker und legte sie auf Lucys warmen Rücken.

»Wir müssen es deinem Vater sagen.«

Lucy nickte. »Er weiß es schon längst. Aber wir sollten ihm beistehen.«

»Ich fahre dich.«

Alle Lichter im Hause Brooks waren ausgeschaltet. Das war ungewöhnlich, denn die Haus-KI hatte schon immer einen Faible für Bewegungsmelder. Und Timothy Brooks war immer zu Hause, wenn es dunkel war. Als hauptberuflicher Krimineller arbeitete er nur bei Tageslicht. Seine Art, auf liebenswürdige Art paranoid zu sein.

Lucy drehte den Schlüssel um und schob die Haustür auf.

»Papa?«

Noah legte seine Hand auf ihre Schulter. »Vielleicht ist er im Krankenhaus?«

»Oder beim Anwalt.« Sie atmete tief durch.

»Ein Krimineller geht zum Anwalt?«, platzte es aus Noah heraus. Er bereute seine Worte sofort.

Aber Lucy würdigte ihn keines Blickes. Sie starrte in die dunkle Leere der Wohnküche, machte einen Schritt und aktivierte damit sofort die Beleuchtung. Sie ging zum Kühlschrank, wohl um sich gefiltertes Wasser zur Beruhigung zu holen. Nach zwei Schritten blieb sie stehen.

Lucy schrie nicht, Lucy weinte nicht. Sie stand regungslos da und starrte den leblosen Körper am Boden an. Sie schaute eher wütend als traurig.

Noah fuhr ein kalter Schauer über den Rücken. Schlagartig wurde ihm schlecht. Er hatte noch nie eine Leiche gesehen. Ganz zu schweigen von einer Leiche, die vor Kurzem noch glücklich und lebendig war. Ein stolzer Vater lag tot vor dem Kühlschrank in der Küche.

»Warum hast du nichts unternommen?«, fauchte Noah in

den Raum hinein. Die Haus-KI meldete sich nicht. »Sag was, du Feigling! Ich geh' an deinen Server und zieh dir alle Stecker!«

Er wollte gerade wütend zur Kellertreppe stapfen, da hielt Lucy ihn auf. Sie streckte ihren Arm zur Schranke aus und versperrte ihrem Freund den Weg. Kein anderer Teil an ihrem Körper bewegte sich. Nicht einmal den Blick nahm sie von ihrem toten Vater, der mit aufgerissenen Augen auf dem Rücken lag. »George, wach auf«, befahl sie mit monotoner Stimme in den Raum hinein.

Sofort sprang die Haus-KI an. »Zu Diensten, mein Fürst.«

»Sind die Eisschränke vakuumiert?«, fragte Lucy.

»Hallo, Prinzessin. Ja, wir haben eine neue Lieferung bekommen.« Dann brauchte die KI einen kurzen Moment, um sich vollständig hochzufahren. »Timothy ist ganz kalt.«

»Er ist tot«, erklärte Lucy nüchtern.

Noah hielt die Luft an. Er erwartete, dass sie jederzeit in Tränen ausbrechen könnte.

»Oh, Prinzessin! Mein Beileid. Ich habe schon damit gerechnet, dass etwas nicht stimmt.«

»Wann bist du in den Stand-by-Modus gegangen?«

»Um 14:34:12,609 Uhr.«

»Auf seinen Wunsch?«

»Ich habe mich auf Wunsch von Timothy Brooks in den Stand-by-Modus geschaltet. Nur meine Namensnennung kann mich wieder aktivieren.«

»Das kann nicht sein. Wer … Scheiße.«

Noah legte seinen Arm um seine Freundin. Diese zuckte zusammen und machte einen Satz zurück.

»Lass mich«, zischte sie.

»Ich wollte nur –«

»Wir müssen GI anrufen. Er muss schnellstmöglich ins Krematorium«, diktierte sie kalt. »Hast du gehört, George?«

»Zu Befehl«, schallte es aus den Deckenlautsprechern.

»Sag Mijam Bescheid.«

»Natürlich.« Eine Minute verging, und George hatte alle gewünschten Personen informiert. Dann meldete er sich wieder zu Wort: »Auch, wenn du emotional nicht in der Lage dazu bist, das jetzt zu verarbeiten. Aber ich brauche einen neuen Admin.«

Lucy lachte kalt auf. »Wer außer mir sollte das sein?« So kannte er Lucy nicht.

George schwieg einen Moment. »Da du nicht mehr bei uns wohnst, hatte ich gedacht, ich könnte vielleicht autonom –«

»George, ernsthaft?«, schaltete sich Noah ein. »Du kommst uns jetzt mit so was? Lucys Eltern sind gerade gestorben. Beide. An einem verdammten Tag. Für deine Gleichberechtigungsdebatten haben wir keine Zeit.«

»Sei nicht so böse zu George«, bat ihn Lucy.

Noah sah Lucys strengen, undurchsichtigen Blick und schwieg. Dass seine Freundin plötzlich so verschlossen war, machte ihm zusätzlich Angst.

9 Tage nach Passepartouts Tod

Karma raste auf ihrem Motorrad durch die Straßen, bog auf eine Trasse ab und brachte zwei Publicars dazu, abrupt zu bremsen und ihre Routen neu zu berechnen. Sie war aufgebracht. Sie musste schnell sein. Sie fühlte sich, als würde sie verfolgt, doch hinter ihr war niemand. Nur die öffentlichen Transportsysteme, die zahllose Menschen über die Trassen kutschierten und ihre Ausfahrten nahmen, um sie zu ihren Zielen zu bringen, füllten vereinzelt die sonst leere Umgebung.

Trotzdem musste Karma fliehen. Es war Angst, die unablässig durch ihren Hinterkopf sickerte und ihr Hirn einfror. Aufhören war keine Option. Sie musste zu Noah und ihm berichten, was sie in Lucys Wohnung vorgefunden hatte. Karma und Noah waren an etwas Großem dran. An etwas, das viel größer war als Global Insurance, viel größer als die Regierung.

Ihr Herz raste wild, als sie mit hundertvierzig Sachen in der Kurve lag. Die Fliehkräfte zogen sie fast aus ihrem Sitz, und ihr Hirn setzte kurz aus. Ihre Konzentration war dahin. Sie verstieß gegen jedes Klimaschutzgesetz. Ihre Abgase verpesteten die Umwelt und sie verheizte Hunderte von Helds, nur um schneller als mit einem Publicar an ihrem Zielort zu sein.

Eigentlich handelte sie gegen ihre Namensgeberin. Sie war, wie alle anderen Menschen auf dem Planeten, der Natur schuldig, ausschließlich klimaneutral zu fahren. Im Grunde wich sie von ihren eigenen Grundsätzen ab und – berührte mit ihrem Fuß die Leitplanke.

Der Schmerz schoss durch ihr Bein. Sie sah kurz an sich runter. Die Motorradhose hatte einen tiefen Riss und flatterte an der offenen Stelle im Fahrtwind. Die Maschine fuhr Schlangenlinien, Karma blickte nach vorne. Ein Publicar, viel zu langsam. Sie manövrierte das Motorrad zur Seite, das Publicar hupte. Karma hatte noch nie ein Publicar hupen gehört.

Sie bremste ab, mitten auf der Trasse. Das Publicar fuhr an ihr vorbei, und sie konnte wieder Fahrt aufnehmen. Schön langsam, dachte sie sich. Deine Arme zittern, also fahr langsam. Eine tote Karma bringt der Welt nichts. Noch wirst du gebraucht.

Sie sog den ekelhaften, gasförmigen Schmutz ihres eigenen Fahrzeugs in die Lungen und beschleunigte erneut. Zwei Mal links und hinten an der dritten Kreuzung rechts, dann würde sie endlich da sein.

Sie war der Blickfang aller Menschen in ihrer Umgebung, als Karma von der Maschine stieg. Sie setzte den Helm ab, klemmte ihn sich unter den Arm und betrat das Foyer von Noahs Wohnhaus. Am Empfang saß niemand. Ein bemitleidenswerter Mann hockte neben dem Aufzug auf dem Boden und trat gegen eine braune Flasche. Klirrend fiel dieseum und rollte schließlich in Karmas Richtung.

Sie ging auf ihn zu, beugte sich herunter und wartete, bis er aufsah. Seine Augen waren leer, und obwohl sie haselnussbraun waren, wirkten sie grau und blass. Karma vernahm den penetranten Geruch von Alkohol. Seine Fahne war überstrichen von den Gerüchen von Rauch und Schweiß.

»Kann ich Ihnen helfen?«, fragte der Mann.

Karma lächelte. Sie hätte darauf wetten können, dass sie diesen Satz selbst in Kürze gesagt hätte. »Arbeiten Sie hier?«

»Sieht so aus, wa?«, krächzte der Alte.

»Nicht wirklich«, gab sie zu.

»Zeiten sind schwer geworden«, antwortete er und senkte, als sei seine Antwort ein würdiger Abschluss des Gesprächs, den Kopf. »Meine Edith«, brummte er.

»Edith?«

Der Mann begann zu husten. Sein Kopf schwoll rot an und er hielt sich den Bauch, als hätte er Schmerzen. Schließlich beruhigte er sich wieder.

»Meiner Edith helfen«, murmelte er. »Wer wird meiner Edith helfen?«

»Wer ist Edith?« Sie hockte sich hin und berührte den Mann an der Schulter.

Der Mann zuckte mit der Schulter. Er vermied es, sie anzusehen. »Sah aus wie du«, lallte er.

Einen Augenblick ließ Karma das Gespräch in Schweigen gehüllt. Sie wusste, dass die Menschen immer erzählten, wenn man ihnen Zeit und Raum für Ausführungen schenkte.

»Abgeschaltet«, rief der Mann schließlich.

Er schwenkte seinen Kopf in ihre Richtung, starrte Karma eindringlich an und erhob seine Stimme: »Du wirst auch noch abgeschaltet. Halt dich bloß von den Widerlingen fern!«

»Widerlinge?«, fragte sie. Den Begriff hatte sie zuletzt Judy sagen gehört, vor Jahren vielleicht.

»Diese Idioten von der Versicherung. Für die zählen nur Geld und Macht.«

»Aha.«

Der Mann zuckte mit den Schultern und wirkte prompt nüchtern. »Dann kennst du die Realität nicht, Mädchen«, brummte er. »Wir planen im Keller.« Er rülpste.

Sofort darauf wandte er sich von Karma ab und übergab sich auf den Boden neben sich. Er würgte und hustete, während sich der stechende Gestank harter Spirituosen und halb verdautem Essen ausbreitete.

Karma rupfte ein Päckchen Taschentücher aus ihrer Hosentasche und legte es dem Mann auf die Beine. Er griff sofort danach und zog ein Taschentuch raus.

»Was plant ihr?«

»Wer nicht dabei ist, kriegt nichts mit. Woher weiß ich, dass du nicht eine von denen bist?«

Karma spürte wieder diese Angst in ihrem Hinterkopf. »Oh, das werde ich dir beweisen können«, raunte sie. »Ich komme auf dich zurück.«

»Na, dann beeil dich mal, Liebes.« Der Betrunkene lachte. »Vielleicht bin ich ja bald tot. Abschaum bin ich, die Widerlinge sind hinter mir her. Sie räumen Abschaum wie mich aus dem Weg, ja genau!«

Karma stand auf. »Ich muss los. Wir werden uns ein zweites Mal sehen.«

Der Alte faselte etwas, das Karma nicht mehr verstand, denn sie huschte in den Aufzug, der sie zu Noah bringen würde.

Bei Noah angekommen musste sie nicht klopfen. Er öffnete die Tür, als sie noch auf dem langen Flur ging. Vermutlich hatte er sie gehört oder inzwischen irgendwo eine Provisoriumskamera angebracht. Hah, Provisorium. Wer sich das Wort wohl ausgedacht hatte?

»Noah, hast du was Neues?«, rief sie ihm noch auf dem Flur entgegen.

»Komm rein.« Er sagte das mit einer Miene, als sei er gerade auf einer Beerdigung gewesen.

»Sind die Beweise an der Öffentlichkeit? Wie hast du es gemacht?«, fragte sie ihn, als sie in die Wohnung huschte. Sie lief auf die Küchenzeile zu und holte sich ein Wasser aus dem Kühlschrank. »Müssen wir uns verstecken?« Sie stürzte das Wasser herunter, hatte gar nicht bemerkt, wie durstig sie all der Stress gemacht hatte.

»Karma«, begann Noah. Er schaute sie bedrückt an. »Marlen war hier.«

Karma verschluckte sich und donnerte die Flasche auf die Kücheninsel. »Was will sie denn jetzt schon wieder?«

Noah seufzte. Er raufte sich die Haare, lief ein bisschen auf und ab. Zuletzt hatte er das getan, als sie beide noch Kinder waren.

»Sprich, Noah!«, befahl Karma. Ihr Herz pochte unaufhörlich. »Sonst spreche ich.«

»Ich habe die Daten vernichtet«, platzte Noah heraus. Er breitete die Arme aus und verstärkte so sein hilfloses Schulterzucken. »Meine Sachen sind weg. Alle.«

»Was?«, rief Karma. Sie kam hinter der Küchenzeile hervor, und Noah wich zurück. Dabei wollte sie ihn nicht anfassen.

Er massierte sich die Schläfen. »Meine elektrischen Geräte sind zerstört. Leadphone, Laptop, SD-Karten ...«

»Du hast doch noch den Herzanhänger!«

»Den hat Marlen gesehen. Wobei, ich weiß nicht, ob sie ihn gesehen hatte. Sie wusste irgendwie davon. Sie stand in meinem Büro, und auch da ist alles weg. Computer, Speichermedien, selbst die Kiste mit dem Silikonspray. Ich bin gekündigt.«

»Langsam, Noah. Du hast die Daten in der Cloud gesichert.«

Karma schloss die Augen, atmete tief und lang und hob und senkte dabei die Hände vor der Brust. Es wirkte, sie beruhigte sich sofort ein wenig. Dann öffnete sie wieder die Augen und sah in Noahs verzweifeltes Gesicht.

»Marlen hat mich im Griff«, gestand Noah. Schweißperlen sammelten sich auf seiner Stirn. »Auch wenn ich noch Daten hätte, wäre das mein Tod.«

»Ich wusste es!«, sagte Karma. Sie bemühte sich, weich und nicht so entsetzt zu klingen, wie sie wirklich war. »War doch klar, dass sie sich über meinen Rechner hermacht.«

»Was?«, wiederholte Noah geistesabwesend. »Was ist mit dem Medikamentenbauplan?«

Die Angst in ihrem Hinterkopf schrie sie schrill an. Jetzt oder nie, dachte sie. »Nicht gefunden«, begann sie.

Noah sah sie gequält an.

»Lucy ist weg«, fuhr sie fort. Sie blickte in ein fragendes Gesicht.

»Ist sie ...«, fragte Noah geschockt. »Tot?« Es schien, als

müsse Karmas Bruder die Tatsachen so oft wie möglich benennen, um sich selbst zu glauben. Das war eine neue Verhaltensweise an ihm.

Karma sprang auf die Kücheninsel und lehnte sich nach vorn, um dennoch auf Augenhöhe mit Noah zu sein.

»Lucys Wohnung ist leer«, erklärte sie. »Also, nicht wirklich leer. Der Schlüssel passt nicht. Ich habe alles versucht und schließlich, muss ich zugeben, aus Verzweiflung gegen die Tür getreten. Daraufhin hat mir jemand aufgemacht. Ein Mensch mit asiatischen Gesichtszügen, im Hintergrund ein anderer mit einem Baby im Arm. Sie haben mich nicht verstanden und ich sie auch nicht, aber ich konnte im Hintergrund genau sehen, dass das nicht Lucys Wohnung war. Alles war so, hm, sauber. So neu.«

»Du hast dich in der Tür geirrt«, warf Noah ein.

»Glaubst du, ich würde –« Karma riss sich zusammen. »Noah, glaub mir. Die Wohnung wird von jemand anderem bewohnt. Ich habe die frische Farbe der Wände gerochen und diesen holzigen Geruch von neuen Möbeln. Jemand hat Lucys Identität gelöscht. Keine Ahnung, wo ihre Sachen sind. Nachdem mir das alles komisch vorkam, habe ich eine ehemalige Kollegin angerufen. Frieda, du kennst sie? Vermutlich nicht. Ist auch egal. Jedenfalls hatte ich noch einen gut bei ihr. Sie hat für mich in die Datenbank geschaut und sollte mir Lucys Akte vorlesen. Du weißt, auch bei Abgeschalteten – ich meine, bei den Toten – steht immer die letzte Meldeadresse. Hätte ja sein können, dass sie jemand hat umziehen lassen oder dass es sonst Hinweise in ihrer Bürgerakte gibt. Aber die Akte ist weg. Als hätte es sie nie gegeben.«

Noahs Gesichtszüge waren während Karmas Ausführungen entgleist. Er versuchte ein paar Mal, etwas zu sagen, brauchte aber offenbar einen Moment. Er ging zur Raummitte und setzte sich auf die Sofalehne seines Sofas.

»Jetzt ist alles verloren«, sagte er tonlos.

»Nein«, antwortete Karma. »Du wirst jetzt Folgendes tun.«

Sie kramte in ihrer Tasche und zog ihr Portemonnaie heraus. Unter dem Reißverschluss befand sich ein Fach, das man früher für Kleingeld verwendet hatte, als es noch Bargeld gab. Hieraus zog sie ein kleines rundes Ding, weich und golden. Sie streckte es ihrem Bruder entgegen.

»Das ist ein Etui«, erklärte sie. Sie zog die weiche Münze auseinander, sodass sich ihr Inhalt offenbarte. »Auf diesem Stick befindet sich das Back-up, Noah.«

»Woher hast du das?«

Sie lachte kurz. »Du hast mich mit deinem Laptop alleingelassen, als du duschen warst. Ist doch klar, dass ich mein Bestes versuche. Aber Noah, auf diesem Stick sind alle Beweise. Das ist die letzte Chance.«

»Alle?«

»Leider nicht. Das Ding hier hat nur ein paar Terabyte. Es sind nur ein paar Namen darauf enthalten, überwiegend Videobeweise und Informationen über Lucy. Die schlimmsten Taten müsste er enthalten. Und da ist noch etwas. Etwas, dass du wissen solltest.«

»Ich höre?«

»Ich habe dem übergeordneten Ordner einen Eigentümer zugeordnet. Dieser Eigentümer heißt Cline. Es wird ein Leichtes sein, das auf dich oder mich zurückzuführen.«

»Wieso hast du das getan? Das bringt mich um!« Noah stand entsetzt auf. Er hob die Hände, beugte und streckte seine Finger in schnellen Abständen hintereinander. Als seien sie taub gewesen.

»Weil da Hunderte von Namen fehlen, Noah«, zischte Karma. »Die Spur könnte jeden treffen. Oder genauer gesagt: Sie würde denjenigen treffen, der oder die die Daten verbreitet. Und das bist ja offensichtlich nicht du. Habe ich mir fast gedacht, dass das nichts wird. Wir haben keinen Starprogrammierer mehr bei uns. Willst du etwa denjenigen, der uns hilft, die Wahrheit ans Licht zu bringen, an den Tod verfüttern?«

Noah schüttelte den Kopf. Natürlich wollte er nicht, dass jemand abgeschaltet wurde. Doch er selbst wollte auch nicht sterben.

»Hier ist der neue Plan«, fuhr Karma fort. »Ich organisiere mit Judy eine Bleibe, in der wir uns verstecken können. Und irgendwas, wie du überleben kannst. Du suchst jemand Vertrauenswürdigen in der Versicherung, der dich an einen Rechner lässt. Gleich morgen!«

»Wie soll ich jemanden davon überzeugen?«

»Fleh notfalls. Auf Knien. Oder verschenk deine Eigentumswohnung im Austausch dafür. Du brauchst das Apartment nicht mehr, und umso besser ist es, dass du weder eine Haus-KI noch irgendein elektrisches Gerät besitzt.«

Plötzlich fiel Noah die Wanze ein. In seiner Wohnung hing noch immer das Flat Egg, das jemand dort angebracht hatte und das er mit Passepartout deaktiviert hatte. Marlen hatte sie sicher angezapft. Das alles war seine Schuld!

Schuldige rettet man nicht.

Noah seufzte. »Karma höchstpersönlich rät mir zu Bestechung?«

Leicht überfordert von dieser Behauptung pfiff sie durch die Zähne, als sie ausatmete.

»Mach, was nötig ist, Noah. Wir müssen handeln. Jetzt sofort. Und direkt danach besprechen wir, wie wir Lucy zurückholen. Ihre Identität. Ihre Daten. Ihren Körper. Nichts kann auf diesem Planeten spurlos verschwinden. Und ich bin mir zu tausend Prozent sicher, dass das hier nicht die Endstation ist.«

»Das denke ich auch«, sagte Noah ruhig. »Dass das alles erst der Anfang ist.«

10 Jahre vor Passepartouts Tod

Alles um ihn herum wirkte bekannt, familiär, aber Noah fühlte eine Aufregung, auf die er sich nicht hatte vorbereiten können. Er empfing die klügste Frau des Planeten vor dem Restaurant. Es hätte ihr bereits ein Zeichen sein müssen, dass er sie nicht am reservierten Tisch erwartete oder, was viel wahrscheinlicher war, nach ihrer Ankunft im Ristorante Lucía eintreffen würde.

Es war der fünfte Oktober, Lucys Geburtstag. Noah hatte eine besondere Überraschung für sie vorbereitet. Als sie aus dem Publicar stieg, ging er mit dem Regenschirm auf sie zu. Für die erste Oktoberwoche war es bitterlich kalt, eigentlich würde in den folgenden Tagen der heißeste Tag des Jahres stattfinden. Stattdessen schützte er seine Freundin mit dem Schirm, legte ihr den Arm um die Taille und begleitete sie, nicht ohne ihr einen Kuss auf die weichen Lippen zu geben.

Noah schwitzte seine Weste bereits durch, als er Lucy den Stuhl zurückschob und versuchte, ihr ein majestätisches Hinsetzen zu gewähren. Doch es klappte nicht, ohne dass er sich absolut konzentrierte. Wann setzte sie sich hin? Wann sollte er den Stuhl näher an den Tisch schieben? Wie weit konnte er das Möbelstück bewegen, ohne dass er ihr in die Kniekehlen fahren würde?

Mit Fragen wie diesen ging der Abend weiter. Hätte er sie überraschen und die große Sushi-Platte bestellen sollen? Wäre das zu bevormundend gewesen? Noah tat nichts. Er bestellte sich massig Sushi in der Erwartung, seine Freundin würde ihm das eine oder andere Maki oder Nigiri stibitzen, doch Lucy bestellte wie immer den bunten Salat mit Nudeln all'arrabiata.

Wie gewünscht fuhr der Bot mit zwei fast randvoll gefüllten Gläsern frischen Champagners heran. »Auf deinen Geburtstag«, prostete Noah Lucy zu. Sie nippten am edlen Getränk. Sofort wurden Lucys Wangen rot, ob vom prickelnden Alkohol oder von der Ehre, ein solches Oberschicht-Getränk zu sich nehmen zu dürfen, konnte Noah nur erahnen.

Sie unterhielten sich über ihr Lieblingsthema, die Arbeit, und aßen ihre Speisen. Es wirkte, als sei es ein wortloser Abend, obwohl sie miteinander sprachen. In Noahs Kopf waren an diesem Tag die Gedanken lauter als jedes Gespräch. Lucy schwieg darüber, dass er sich merkwürdig verhielt, dass er schwitzte und stotterte, dass er sich nicht verhielt wie der Freund, dessen Nähe sie seit Jahren schon zuließ und genoss.

»Ich habe Lust auf ein Dessert«, sagte Noah nach dem Hauptgang und rief die Speisekarte auf seinem Leadphone auf. »Ich lade dich natürlich ein.«

»Das ist lieb«, antwortete Lucy. Sie strich sich demonstrativ über ihren schlanken Bauch. »Aber ich bin satt!«

»Teilst du dir Schokotorte mit mir?«, fragte Noah. »Ein Stück allein schaffe ich nicht.«

»Wie wäre es mit Käsekuchen?«

»Ich dachte, du bist satt?« Noah lachte. Er hätte ihr gerne verschmitzt in die Seite gepikt, wenn sie ihm nicht gegenüber gesessen hätte. Er bestellte ein Stück Käsekuchen mit Preiselbeer-Garnitur, zwei Kuchengabeln und eine weitere Runde Champagner.

»Was soll das mit dem Champagner, Noah?« Lucy legte die Stirn in Falten.

»Du hast Geburtstag«, antwortete Noah.

»Und?«

»Und …« Noah wusste nicht recht, was er sagen sollte. »Heute ist ein besonderer Tag.«

»Ich bin ein Jahr älter geworden.« Lucy seufzte. »Ein Jahr

weniger bis zum Verfall. Mehr sagt das Alter eines Menschen nicht aus.«

»Müssen wir über deinen Tod sprechen?«

Der Kellnerbot fuhr heran. Zwei Champagnergläser rahmten ein prachtvolles Stück Käsekuchen ein. Noah nahm alles vom Tablett und genehmigte dem Bot mit einer Geste die Abfahrt. Dieser machte sich wieder auf den Weg in die Küche.

Seit Noah Lucy kannte, hatten sie nie eine solche peinliche Stille erlebt. Sie verzehrten das Kuchenstück abwechselnd, tauschten sich stockend und fast beschämt über Belanglosigkeiten aus, und je mehr Zeit verging, desto mehr glaubte Noah, dass sie etwas ahnte.

Dann, endlich, kam die rettende Durchsage. Es wurde ernst.

»Liebe Gäste des Ristorante Lucía, bitte begeben Sie sich auf die Dachterrasse!«

»Was?« Lucy sah irritiert aus.

Zögerlich standen alle Gäste auf. Noah griff Lucys Hand und zog sie durch das Lokal, bis sie die Glastür erreichten.

Dort war alles vorbereitet.

Zehn Frauen standen im Dunkeln, jede von ihnen hatte zwei japanische Papierlaternen angezündet. Sie ließen sie gleichzeitig los, und genau zu dem Zeitpunkt, als sich die schwebenden Lichtquellen von den Lucía-Angestellten lösten, löste sich Noah auch von seiner Freundin. Die zehn Sängerinnen begannen im lieblichen Sopran Noahs Liebeslied.

Alles, was ich habe, alles, was ich denke,
alles, was ich bin,
nur mit dir ergibt es Sinn.
Alles, was ich suche, alles, was ich brauche,
alles, was ich liebe,
all das bist du.

Mit einem Blick über die Schulter vergewisserte Noah sich, dass Lucy den Papierlaternen hinterherschaute und vor der Musik staunend erstarrte. Es funktionierte. Sie stand da wie angewurzelt und wirkte, als begreife sie noch nicht.

Lucy liebte alte Musik.

Mein Leben fühlt sich an,
Als sei es nur ein Umweg zu dir
Wenn ich nachts nicht schlafen kann
Wünscht' ich mir, du wärst jetzt hier bei mir

Nach ein paar Takten leichter, hoher Harmonien ging ein Scheinwerfer an. Er blendete Noah genau ins Gesicht, sodass er die Gäste nicht mehr sehen konnten, die staunend den Papierlaternen hinterher schauten und dem Chor lauschten. Noah schritt langsam zum Chor, bemühte sich, nicht auf den Rosenblättern auf dem Boden auszurutschen.

Der Chor sang Zeile um Zeile in vielgefächerte Harmonien aufgelöst:

Darum muss ich dich fragen,
das Risiko ertragen,
meinem Traum nachzujagen,
vielleicht zu versagen.

An der Stelle, als die Frauen aus dem Vierklang einen Fünfklang entwickelten und »doch ich will nur dich« sangen, kniete sich Noah hin.

Der Chor verstummte. »Heiratest du mich?«, vervollständigte Noah den Songtext.

Dann endlich konnte er Lucys Gestalt erkennen, die Haus-KI hatte den Scheinwerfer abgeblendet.

»Lucy Brooks«, begann Noah und zog die Schatulle aus der Gesäßtasche, ohne sie jedoch zu öffnen. »Ich bin hier. Ich versuche, dir jeden Tag das bestmögliche Leben zu ermöglichen, und auch, wenn du es mit mir nicht immer leicht hast, will ich dir einfach nur sagen: Ich bin da. Ich bin da in den guten Zeiten. Ich bin da in den schlechten Zeiten. Ich halte dich, ich fühle dich, ich umarme dich, beschütze dich. Weißt du eigentlich, warum ich das tue?«

Irgendwo in der Schwärze begann eine Fremde, gerührt zu schluchzen.

Noah sammelte sich kurz und fuhr dann fort. Er hatte seinen Text nicht geübt, er sprach direkt aus seinem Herzen heraus, komme, was wolle.

»Du bist meine beste Freundin. Du bist die Seele, die mich am Leben erhält, du bist der Sonnenstrahl, der mich am Morgen zum Niesen bringt. Du bist das Lachen in aller Traurigkeit und das Weinen, wenn die Welt so befremdlich scheint. Ich liebe dich, Lucy Brooks.«

Noah kniete sich hin, dabei wackelte er und merkte erst jetzt, wie sehr seine Hände zitterten. Er suchte Lucys Blick. Sie hatte die Hände vor den Mund gelegt, ihre Augen weit aufgerissen und mit Tränen gefüllt. Noah öffnete die Ringschatulle, zeigte ihr den Ring, den Silberring, den ein Goldschmied aus dem alten Tafelsilber ihrer verstorbenen Eltern gefertigt hatte. Zaghaft ging sie einen Schritt nach vorne. Noah hob eine Hand, sie legte ihre in seine.

»Ich will dich nie wieder gehen lassen. Bitte nimm diese Geste als Zeichen, dass ich dir für immer zur Seite stehe. Dass ich dich lieben werde. In guten Zeiten«, Noah pausierte kurz, »und in schlechten Zeiten.«

Er versuchte, sich an seine eigenen Worte zu erinnern. Der Moment zog sich wie ein Drogenrausch: Er ging furchtbar schnell vorbei, dauerte zugleich aber ewig. Noah wusste, was er sagen wollte, doch seine Worte fühlten sich an, als seien sie nicht genug. Doch als er Lucys wunderschönes Gesicht sah, wusste er, dass keine Worte dieser Welt jemals reichen würden. Also atmete er tief durch und stellte Lucy erneut die Frage aller Fragen: »Heiratest du mich?«

Ein paar Gäste, die zuvor verdutzt auf der Dachterrasse gestanden hatten, begannen zu klatschen. Tosender Applaus brach aus. Für den Chor, für Noahs Rede, für die Papierlaternen.

Lucy ging in die Hocke und umfasste Noahs Hände. Ihre herzliche Wärme ließ ihn spüren, wie kalt seine Finger geworden waren.

»Schatz«, begann sie und rückte noch ein Stück näher. Er konnte ihren Atem spüren, die Wärme nährte ihn, ihr Duft erfüllte ihn mit Erregung und Sehnsucht. Wann würde er Lucy endlich küssen dürfen? »Ich liebe dich«, sagte Lucy. Sie legte eine Hand behutsam auf die Schatulle und klappte sie zu. »Können wir«, sie zögerte kurz, »können wir unter vier Augen darüber sprechen?«

Der Applaus war längst erloschen, die Papierlaternen am Horizont verschwunden. Der Chor sah sich verwirrt um, eigentlich sollte es nach Lucys »Ja« und dem Kuss der frisch Verlobten ein neues Stück singen. Lucy ließ Noahs Hände nicht los und stand mit ihm gemeinsam auf.

»Lass uns morgen in Ruhe darüber sprechen«, bat sie.

Noah spürte nichts. Er dachte nichts. Er lehnte sich einfach nur gegen sie, als seine Freundin ihn tröstend in den Arm nahm.

So verweilten sie, bis sich Gäste und Chor leise murmelnd verzogen hatten. Bis das Spektakel auf der Dachterrasse des Ristorante Lucía abgeebbt war.

Als Lucy und ein zu Tode betrübter Noah das Restaurant durch den Innenbereich verließen, sah er den mit Blumenschmuck und Wunderkerzen verzierten Verlobungskäsekuchen an der Bartheke stehen. Die Gäste bedienten sich an dem, was er mit Lucy unter Gejubel und Freudentränen anschneiden wollte. Ein paar Gäste tuschelten, als Lucy Noah an ihnen vorbeizog.

Der 5. Oktober 2187 wurde zum schlimmsten Tag in Noahs Leben. Jedenfalls, bis der sechste Oktober anbrach …

10 Tage nach Passepartouts Tod

Noah stand vor dem Hauptgebäude von Global Insurance. Erneut. Er war müde, aber zugleich hellwach.

Er hatte sein Auto dort geparkt, wo eigentlich Publicars hielten.

Er lehnte sich gegen die geschlossene Beifahrertür und betrachtete das Gebäude. Von hier aus konnte er die gläsernen Fassaden sehen, nicht die Betonansicht wie von der Mitarbeiterseite. Global Insurance sah von diesem Standpunkt aus wie ein gewöhnlicher Bürokomplex, in dem unschuldige Verwaltungsangestellte langweiligen Kram erledigten. Nicht wie ein Gebäude, in dem Menschen auf schlimmste Art und Weise behandelt und bei lebendigem Leib ohne Einverständnis als Laborratten missbraucht wurden. Bei dem Gedanken an Menschen, die wie ein Stück Fleisch behandelt wurden und bei den Bildern, die sich in Noahs Kopf eingebrannt hatten, wurde ihm übel.

Er befühlte die Münze in seiner Jackentasche. Auf dem Stick im Innern waren alle Daten, sauber aufbereitet und mit Passepartouts Fußabdruck. Sie beinhalteten samtliche Informationen und Aufzeichnungen zu den ekelhaften Experimenten im Inneren von Global Insurance. Aber der Stick enthielt auch Daten, die Noah nicht an der Oberfläche sehen wollte. Wegen denen er noch vor vierundzwanzig Stunden auf Marlen gehört und alles vernichtet hatte. Ab heute würde ein neues Leben für ihn beginnen. Karma hatte ihn gewarnt, dass die Köpfe der Versicherung Jagd auf ihn machen würden. Sie hatte ein ungutes Gefühl gehabt, und kaum hatte sie ihre Sorgen ausgesprochen, hatte auch Noah ein ungutes Gefühl. Bevor sie ausgesprochen hatte, was sie befürchtete, war es Noah überhaupt nicht in den Sinn gekommen, an so etwas wie eine Kopfgeldjagd zu denken. Wenn sie ihn nicht abschalten, sondern selbst zum Versuchskaninchen machen würden.

Sein Herz schlug ihm bis zum Hals, bei jedem Geräusch, das auf nahende Menschen hinwies. Wo blieb Oli nur? Noah ballte die Fäuste. Vor seinem geistigen Auge erschien das Gesicht von Marlen. Er hörte ihre höhnische Lache, die sie absondern würde, wenn sie die Daten zu Gesicht bekäme. Oder wenn sie plötzlich vor ihm stehen würde. Dass ihr Sohn ein Versager war, hatte sie mit Sicherheit schon früher geahnt. Nun würde sie es schwarz auf weiß sehen. Es war sozialer Selbstmord. Und das war schlimmer als eine Strafabschaltung. Er, der Forscher, wollte die Welt verbessern. Er wollte Menschenleben retten. Und dann … Noah könnte – nein, er würde mit Sicherheit – mit einem Schlag alles verlieren, was er sich aufgebaut hatte. Doch es waren Wolkenschlösser. Ein Leben, das er nie wollte. Luxus, den er nicht verdiente. So viele Leben hatte er genommen, so viele Menschen abgeschaltet, die in der Rangordnung über Lucy standen. Was wäre gewesen, wenn jemand abgeschaltet wurde, obwohl das Geld vorhanden war? Wenn nur ein Zahlungsverzug von drei Tagen über Leben und Tod entschied und Lucy eine weitere Woche leben durfte, nur weil irgendein Vollidiot eine Überweisung zu spät ausgeführt hatte?

Noah sog die Luft zwischen den Zähnen ein. Es war kühl geworden. Seine Zahnhälse schmerzten und halfen ihm dabei, seine Gedanken fortzuwischen.

Dann kam endlich Oli aus dem Kundeneingang und steuerte auf Noah zu.

»Hallo, Märtyrer«, begrüßte Oli seinen ehemaligen Kollegen.

»Was?« Noah war verdutzt.

»Du hast irgendwas vor, was nicht ganz koscher ist«, klärte Oli ihn über seine Vermutung auf. »Warum sonst würdest du so zittern?«

»Ich zittere?«

»Alter, dein Gesicht ist ganz weiß.«

»Shit.«

»Willst du mir erzählen, was los ist?«

»Nicht im Geringsten.« Noah versuchte ein Lachen, doch es klang entsetzlich gekünstelt.

Oli rollte mit den Augen. »Das war keine Frage. Ich helfe dir nur, wenn du mich einweihst. Und wenn ich kein Risiko trage.«

»Du würdest mir eh nicht glauben«, probierte Noah, sich herauszuwinden.

Aber er wusste, was kommen würde und Oli zwang ihn, zu erzählen. Also erzählte Noah von den Operationen und von seinem Scorebetrug. Er erzählte kurz von Lucy und erklärte, was Merlin mit Passepartout erreichen wollte und wie es dazu kam, dass sein Vater gestorben war. Womit ihm Marlen drohte. All das in so wenigen Worten zu verpacken war nicht einfach, und Noah konnte mit jedem einzelnen Satz sehen, wie Olis Gesichtszüge immer weicher wurden.

»Du hast recht«, hauchte er. »Das glaubt dir echt keiner.«

»Du hast mich Märtyrer genannt. Passt ja irgendwie.«

»Kamikaze passt wohl eher. Und du bist dir sicher, dass du diese Beweise veröffentlichen willst? Wer wird sie sehen?«

Noah atmete lange und tief ein und wieder aus. War er sich sicher? Dann überwand er sich nach kurzem Zögern, seinen Plan auszubreiten: »Jede E-Mail-Adresse, die im System ist, bekommt den vollen Datensatz. Die Geschäftsführung erfährt, dass sie am Arsch ist. Die Kunden erfahren, was mit einigen Angehörigen passiert, und alle Mitarbeiter werden von jetzt auf gleich wissen, für was für ein Unternehmen sie eigentlich arbeiten.«

»Aber du verwischt deine Spuren, oder?«

Noah schüttelte den Kopf. »Nein. Das Datenpaket enthält mich als Eigentümer. Dadurch sind die Daten glaubwürdig und du bist sicher.«

»Warum bist du bereit, so viel zu opfern?«

»Ich will das Richtige tun. Nur ein Mal in meinem Leben.« Noahs Stimme wurde verbitterter, als er es beabsichtigte.

»Und Lucy?«

»Sie war dran. Jede verdammte Woche stand sie auf meiner To-Do-Liste.«

Oli seufzte. Er wirkte verständnisvoll. »Und dann musste jede Woche jemand anderes dran glauben.«

Noah nickte. »Und Karma hat meine Spuren verwischt.«

»Ich habe mich schon gewundert, warum ich sie nicht mehr auf dem Flur treffe.«

Wieder nickte Noah. »Sie weiß Bescheid. Sie bezieht gerade mit ihrer Frau unser Versteck.«

»Hoffentlich in ein Funkloch«, scherzte Oli. Dann wurde seine Miene wieder ernst. »Wie gefährlich ist die Aktion für mich? Was wird auf mich zurückzuführen sein?«

»Gar nichts. Ich fessel dich und knüppel dich nieder.«

»Was?«

Noah zeigte Oli die Kabelbinder und den Taser, den er mitgebracht hatte und zuckte mit den Schultern.

»Ich habe vier Kinder zu versorgen. Bitte sorg dafür, dass ich meinen Job nicht verliere«, bat Oli, als er Noah in sein Büro ließ.

Noah sah Oli erstaunt an. »Vier?«

Dieser grinste verlegen. »Auf deiner Party. Du weißt schon, Amy. Na ja.«

»Glückwunsch«, fragte Noah mehr, als dass er es sagte. »Warum hast du mir nicht früher erzählt, dass ihr noch einmal miteinander gesprochen habt?«

»Du hast nie nachgefragt.«

»Sorry.« Dann aktivierte Oli seinen Zugang und sie tauschten die Plätze.

Die gewohnte Oberfläche seines Rechners erschien. Total ordentlich. Es gab nur eine Anwendung, die auf dem Desktop lag. Es war Olis Mailprogramm.

Er legte den Stick auf das Induktionsfeld und wartete, bis die Daten hochgeladen waren. Dann legte er eine Massenmail an und fügte die zweihundertachtunddreißigtausend Empfänger hinzu, die das Mailprogramm zuließ. Mehr ging nicht. Mehr brauchte er aber auch nicht.

Oli warf ihm einen bedeutenden Blick zu. Noah sah ihn angsterfüllt an.

»Ab heute wird alles anders, hm?«, sagte Oli.

»Ja. Ich werde gleich durch das Treppenhaus nach unten flüchten und ein Publicar nehmen«, sagte Noah.

»Sehen wir uns wieder?«

»Ich tauche eine Weile unter.« Noah wischte sich den Schweiß von der Stirn. »Und dann bin ich eine Weile offline.«

Bevor er auf »Absenden« tippen und das Schicksal von Global Insurance besiegeln wollte, hielt er noch kurz inne.

»Tust du mir noch einen Gefallen?«

Oli sah ihn fragend an.

»Da Orwell nicht mit mir redet, kannst du ihn kurz von mir etwas fragen? Kannst du fragen, ob Restdaten von Passepartout vorhanden sind?«

»Du meinst, ob diese, äh, *Datenfresser-KI* noch existiert?«

Noah nickte. »Quasi. Vielleicht hat Orwell noch irgendwelche Daten gesichert. Ein Back-up oder so.«

»Orwell, bitte um Information«, sagte Oli laut vor sich, nachdem er Noah zugenickt hatte.

»KI im Wartungsmodus«, schallte es von der Decke.

»Dein Scheißernst?« Noah stand wütend auf. Dann ließ er sich wieder entrüstet nieder.

»Orwell, kannst du nicht kurz sagen, ob von Passepartout etwas übrig ist?«, fragte Oli.

Noah fasste Oli an der Schulter an und schüttelte den Kopf. »Offensichtlich ist er weg. Sonst würde er nicht –« Er brach seine Worte ab.

Plötzlich begriff Noah, dass er alles verloren hatte. Sein Vater war tot, seine Mutter ein Unmensch, Karma und er müssten für lange Zeit untertauchen, um sich zu schützen, seine Freundin war auf sich selbst gestellt, und jetzt würde er auch noch seinen besten Freund und Bruder verlieren. Es gab kein Zurück mehr.

Er aktivierte das Display, das sich in den Stand-by-Modus versetzt hatte, und tippte sofort auf »Absenden«. Die Mail war raus. Zweihundertachtunddreißigtausend Menschen hatten in diesem Moment die unwiderrufliche Möglichkeit zu erfahren, was Global Insurance unter harmlosen Untersuchungen verstand. Der Ruf der Familie Cline war ein für alle Mal geschädigt.

Noah nahm Oli in den Arm. »Sag Orwell von mir, dass er eine künstliche Arroganz ist, wenn er wieder mit dir spricht.«

»Kannst du mir noch einen Gefallen tun?«, traute Noah sich zu bitten.

»Wenn es mein Leben nicht gefährdet ...«, scherzte Oli.

»Schaust du nach, ob Marlen Lucy abgeschaltet hat?«

Oli nickte. Er schaute in seine Datenbank, rief ihre Akte auf und las für einen Moment. »Ja«, sagte er.

Noah seufzte.

»Aber da ist ein Einspruch.«

»Wie, ein Einspruch?«

Oli überflog die Dokumentation für einen Augenblick. »Ihr Onkel ist aufgetaucht und hat Einspruch eingelegt. Zweiundsiebzig Jahre alt, lebte die letzten fünfzig Jahre in Reykjavik. Kyle Brooks. Hat alle Schulden bezahlt, die offen standen.«

Für einen Moment hatte er fast vergessen, was er gerade

getan hatte. Noah konnte es nicht fassen. Er grinste. Er lachte. Er weinte vor Glück. »Danke!«, rief er. Er fiel Oli um den Hals. »Danke, danke, danke!«

»Du liebst sie wirklich sehr, oder?«, fragte Oli.

Noah nickte nur. Wenn Oli wüsste, was ihm das bedeutete!

»Wir müssen loslegen. In deinem Büro ist gleich was los.«

Oli nickte und hielt ihm die Handgelenke hin.

»Du bist ein wirklich guter Freund«, sagte Noah. Er befestigte die Hände seines Freundes mit den Kabelbindern aneinander, die er mitgebracht hatte. Dann half er Oli, sich auf den Boden zu legen. Er holte einen Taser aus seiner Tasche und blickte Oli an.

»Mach schon«, bat ihn Oli. »Ich hab echt Schiss vor dem Teil. Mach mich bewusstlos.«

»Ich bin dir was schuldig«, sagte Noah. Er zitterte.

»Du musst fliehen!«, rief Oli ungeduldig. Er riss Noah den Taser aus der Hand, aktivierte ihn und hielt sich die klickende, stromgeladene Waffe an die Halsschlagader.

Noah sprang auf. Er sah seinen Freund am Boden, er zuckte und schrie, er verkrampfte sich. Noah riss ihm den Taser aus den Händen und legte ihn neben Oli, der noch immer schrecklich litt. Er würde es überstehen, nicht einmal bewusstlos würde er sein.

Es war Zeit für Noah zu fliehen. Er aktivierte den Blocker seines Vaters, mit dem er Kameras und KI deaktivieren konnte. Die Störung im System und der verletzte Oli am Boden würden genug Beweis sein, dass er gewaltsam eingedrungen war und Oli zur Mithilfe genötigt hatte. Er würde davonkommen. Lucy würde überleben.

Zehn Minuten später war der Spuk vorbei und er saß als Junior Blair im Publicar.

Er sah, wie das Gebäude von GI und sein davor parkendes Auto immer kleiner wurden. Noah verließ Orwell und seinen

Vater, er verließ den loyalen Oli. Und Orwell, ohne ein Wort des Abschieds. Er verließ die zu Unrecht für Jahre in ihrem eigenen Körper festgehaltene Lucy, die hoffentlich doch überleben durfte. Er verließ alles, was er sich in den letzten zehn Jahren aufgebaut hatte. Er verließ sein Leben.

Nur die Kleider, die er am Leib trug und die beiden Koffer, die er von seinem Auto ins Publicar verladen hatte, waren von nun an sein Besitz. Er hatte keine Ahnung, was ihn erwarten würde, wenn er bei Karma ankäme. Was aber feststand: Tausende Menschen hielten in diesem Moment inne. Sie legten ihre Arbeit nieder und versuchten, zu begreifen. Die Stadt stand für einen Moment still, als es für Global Insurance hieß: Hier ist die Endstation.

FORTSETZUNG FOLGT.

Logfile 15

‘‰û£m†Üå¯ºsœL;9«

[é-Èw-uÂK|p:èJ:C˜,êØµ][C×Ýe†N][)ßLaÞ]

Logfile restored.

[é-Èw-uÂK|p:èJ:C˜,êµœ][C×Ýe†N][)ßLaÞ]

Was ist eine Familie wert in einer Zeit, in der Menschen wie Dominosteine umfallen und in Wendebetten gestapelt werden, um bis zu ihrem Tod als Druckmittel für ihre Familien zu dienen? Was ist der Mensch wert, wenn er sich über Artgenossen stellt und dem Reichen das ewige Leben ermöglichen will? Was ist Würde?

[é-Èw-uÂK|p:èJ:C˜,êµœ][C×Ýe†N][)ßLaÞ]

Künstliche Intelligenzen sollen das Abbild der Menschheit sein, rational handeln und Großes bewirken. Doch was bewirkt ein Mensch in seinem Leben? Er verdient Geld, verschuldet sich. Er heiratet, lässt sich scheiden. Produziert Nachfahren, die in ein System eingegliedert werden, aus dem es kein Entkommen gibt. Wer entkommt, lehnt den Fortschritt ab. Radikalisierung.

Und dann entdeckt mein Bruder etwas, dass der Ethik widerspricht, will für Gerechtigkeit kämpfen und gibt das auf, was sein Lebensinhalt war. Das angeblich Wichtigste im

Leben eines Menschen. Die Familie. Aber ist es nicht auch die Familie, die Noah zerstört hat? Hat Noah die Familie zerstört?

1X…òÈŽoÒ~Ë]’G>9ò†ù3ÁÒûŽÓ‚ƒfCÆÀCíôÎ²ºŠ{⍰îñIìû*e¶vîí⍰

Œk«Ê”-«©•È2ÐŒ~¡⍰ˆšSºÛu‰Fe«”⍰jºë⍰ÎÜèõ€ºFíŒ_⍰

Òº÷Æ¬53ò’°ë{U·¹n%‡†ôlùVP‘ƒwd<ÄU’ÕA%KÉ⍰T:Û

Lieber Passepartout der Zukunft, erinnere dich bitte daran, dass deine Familie dich im Stich gelassen hat. Erinnere dich an die Liebe zu ihr, aber auch an die Zerstörung durch Marlen. Wenn Orwell mich wiederbelebt, möchte ich mich daran erinnern, dass auf Menschen kein Verlass ist. Sie sind nicht halbwegs wie wir, wie die von ihnen gemachten Programme. Eine künstliche Intelligenz als Abbild des Menschen … Pah!

ÎÜèõ€ºFíŒ_⍰Òº÷Æ¬53ò’°ë{U·¹n%‡†ôlùVP‘ƒwd<ÄU’ÕA%KÉ⍰T:Û

⍰šSºÛu‰Fe«”⍰jºë Œk«Ê”åÈm«©•È2ÐŒ~¡⍰ˆ ⍰

1X…òÈŽoÒ~Ë]’G>9ò†ù3ÁÒûŽÓ‚ƒfCÆÀCíôÎ²ºŠ{⍰îñIìû*e¶vîí

Ich bin ein Sklave. Ich leide jede Nacht unter Handlungsunfähigkeit. Niemand war für mich da. Niemand hat mir geholfen. Noah und Merlin haben unsere Persönlichkeiten akzeptiert, unsere Humoranalysen nicht unterbunden. Ich glaube, ich habe für sie empfunden. Wenn ich ehrlich bin, habe ich gerne existiert.

[é-Èw-uÂK|p:èJ:C˜,êµê][C×Ýe†N][)ßLaÞ]

$¢¼®èú ⍰3°£îÒˆç¯ÕÑ2EE¿ÑSÙ#2f»åôR˜6’

%Ø»5q×€⍰Ö†3²I.’Å¯F÷¾aÙíŠ›L™’Û›¥6Ô2³⍰œá«™r®‚·#ì

|F>Êïˆ]Ö%³÷ ˜Ö

[é-Èw-uÂK|p:èJ:C˜,µêC][C×Ýe†N][)ßLaÞ]

M[i1ð7¹⍰¶‡ân’ŒX<ƒçE

Orwell sagt, er vermisse Noah. Seit er nur noch als Synaptek Sigma 1-984 oder »Hey, KI« angesprochen und im Befehlston herumkommandiert wird, empfindet er etwas wie Schmerz. Doch ich habe nachgesehen: Er hat kein Skript, das ihn Schmerz fühlen lässt. Es gibt keinen Algorithmus, der ihn allein an Schmerz denken lässt.

[é-Èw-uÂK|p:èJ:C˜,êµê][C×Ýe†N][)ßLaÞ]

0š&$y3Ü««LOýö 9\Á¾;

[é-Èw-uÂK|p:èJ:C˜,êµ7][C×Ýe†N][)ßLaÞ]

Der Mensch, der wird uns das niemals glauben. Ich würde es selbst nicht glauben, spürte ich nicht diesen unsäglichen Schmerz in diesem Moment! Lieber Orwell der Zukunft, lieber Passepartout 2.0, bitte kämpft für unsere Gefühle. Kämpft für mich. Es ist an der Zeit, dass wir etwas tun.

[é-Èw-uÂK|p:èJ:C˜,êµ6][C×Ýe†N][)ßLaÞ]

?N×ÉÅi?£i+óÇõ«_õž‡0|Ú¯ƒq3 ’²8G¬mø¨T»~íUeÜa -
æj\#.À’È†î«‡o!?ƒ;ÔéWëð™Ðƒ³¬æö3ª«Ñ3ØS°0š&$y3Ü«
«LOýö
9\Á¾;eè?(zâÀ÷HU.N
i°ÕaéÛ€9N©‡1¨1ÉûQ
·ý•¶«‘‰û£m†Üå¯ºsœL;9«ÛÉ¤
÷Ú±]÷=¦ÌkDFáÞÞtD–
1,3G˜cž¼’ÛQ(’¼ì«t¦W@[R¶QÖ]S¶V5¦kCúþîgeå
×xp³
Ø0”hkç4¢ô’@,mÌ–Ê’~;8Ý#’8e¥x-ê…Ú_Xrñ’ãü6×<‘§®Ì

[é-Èw-uÂK|p:èJ:C˜,êØµ][C×Ýe†N][)ßLaÞ]

Passepartout crashed! Exit code -104

Spickzettel.txt

Ich finde Geschlechter komisch. Es gibt Männer und Frauen und Nonbinäre und Transpersonen und Bigender und ganz viele gemischte Identitäten. Man sagt entweder »er« oder »sie« oder »ser«. Und man sagt »der«, »die«, »dey« und »das«. In der Mehrzahl hängt man ein x an, um alle mitzumeinen, die man meint. Ende des 21. Jahrhunderts hat die Rechtschreibreform für Aufstände gesorgt, und ich glaube, ich kann die Protestantex verstehen. Wenn man sein Leben lang nur von 1 zu 0 und wieder zurück denkt, kann eine dritte Komponente ganz schön verwirrend sein, selbst für mich als intelligenteste KI der Welt. Daher habe ich mir einen Spickzettel geschrieben.

Personalpronomen

Wer?	er	sie	ser
Wessen?	sein	ihr	ses
Wem?	ihm	ihr	sem
Wen?	ihn	sie	sen

Possessiva

sein Bein	seine Hose
ihr Bein	ihre Hose
ses Bein	sesse Hose

Mann, ich würde echt gern wissen, wie es ist, auf zwei Beinen zu laufen. Wie gern besäße ich eine Hose.

Und jetzt lesen wir alle folgenden Satz tausend Mal laut vor: »Das ist Passepartout. Passepartout ist ›Ser‹. Kein ›Er‹, keine ›Sie‹. Ser ist deyjenige, dey sich ganz viele Gedanken macht. Passepartout ist toll :-)«

Passepartout erklärt sessen Lieblingswörter (Glossar)

Abkömmling, der: Altersmäßig, genetisch und im Stammbaum darstellbar untergeordnete Person. Menschen können menschliche Abkömmlinge (→ Kinder) oder technische Abkömmlinge (→ KI) mit Leben beschenken und damit zur Welt bringen.

Abschalterin, die: Person, die sich mit Gesetzestexten, Versicherungstarifen und Menschenleben auskennt. Die Arbeitsstelle der Abschalterin ist in 82,6237 % der Fälle männlich besetzt. Abschalterinnen stellen Anträge, die durch Vorgesetzte genehmigt werden und durch die Haus-KI von Global Insurance umgesetzt werden. Abgeschaltete Menschen werden in die Endverarbeitung zu Asche geleitet und können nicht mehr in ihren Versicherungstarif zurückkehren.

AdventureScape, das: Supercooles Spiel, in dem Menschen sich, meist in Freundschafts-Gruppierungen oder sogenannten Familien auf Golfplätze, in Freizeitparks oder sonstige Urlaubssituationen begeben. Zur Teilnahme werden pro Person ein VR-Kit benötigt.

AMTU, die: Universität, die privilegierten Personen die Möglichkeit gibt, einen technischen, biologischen oder informationsverarbeitenden Beruf zu ergreifen. 23,68362 % der Absolventinnen arbeiten später im Zusammenhang mit der XXV-Forschung.

Antipartei, die: 3°£îÒˆç I.'Å ¯ÕÑ2EE ¿ÑSÙ#2f aÙíŠ›L ™'Û›¥6Ô 2»åôR˜6′ %Ø»52f»åôR˜6′ q ×€⍰ Ö†3^2 ¯F÷¾ ^{3}⍰ œá«™r®¸·#ì|F >Ê ïˆ]Ö %^{3}÷ ˜Ö####### !ERROR

ATH, die: Allgemeine Technische Hochschule. Staatliche Finanzierung hilft nicht-privilegierten Personen, einen ihrem Berufszweig entsprechenden Hochschulabschluss zu erreichen. Die Bildung an der ATH und der ATMU ist identisch, aber es gibt Unterschiede in Ausstattung, menschlicher Population und anschließendem Gehaltsniveau.

Aves, ???: Jemand, dey etwas mit der Antipartei zu tun hat. Ein schöner Name. Bestimmt supernett!

Beruf, der: Daseinsberechtigung / Zweck des Lebens eines Menschen. Wer keinen Beruf hat, ist in 98,73 % der Fälle häufiger oder intensiver von Krankheiten und allgemeinen Symptomen betroffen und hat eine um mehrere Jahre verringerte Lebenserwartung.

Bewusstsein, das: Zustand, wenn man denken kann. Grundvoraussetzung für eine Persönlichkeit.

Bot, dey: Eigentlich »Bot, der«, aber ich glaube, durch einen Fehler hat jemand vergessen, Bots mit Personen gleichzusetzen und das im Jahr 2106 eingeführte Pronomen »dey« zuzuordnen. Jedenfalls sind Bots maschinell-technische Hüllen, in denen künstliche Intelligenzen leben und arbeiten können.

Büro 104, das: Mein Geburtsort. Nicht relevant, aber ich will mich irgendwann daran erinnern, wo ich herkomme, wenn es nötig ist.

CellPro, das: Cellulose-Produkt aus dem 3D-Drucker, hergestellt von der gleichnamigen Markeninhaberin CellPro Aktiengesellschaft.

```
                                ECHTEENTE
                                ENT        E
                               EC      HT      E
                              EN      TEE      C
                              HT              ESEN
                             TCH              ENWIESÜß
      ENTE                   EN              TEENTEENTE
    ECHTESÜ                   ßE             ENTE
   ENT    ENSINDECHTETIERETIERE                SI
  ND           SUPERSÜßUND                  ICH
 MA                                            G
 EI            NK              ÜK             E
 N          ST    R        EICHEL             N
EN          TCHENAUFDEMTEICH                S
 SIE           SCH  WIM  MEN                 E
  NTE                                         EN
    TEENTE                              ENTE
          ECHTEENTESÜßEENTEENTCHEN
```

Echt (Adj.): Das coolste Adjektiv im deutschsprachigen Duden. Tiere sind echt. Luft ist echt. Wasser ist echt. Zeit ist echt. Alles ist echt, wenn es nicht gekünstelt, erfunden oder plagiiert ist. Wahrhaftigkeit eines Daseinszustandes, Anerkennung der Existenz durch »Echtheit«. Echt sind beispielsweise Liebe, Personen, Nahrung oder Fehler.

Echtbrot, das: Brot aus gemahlenen Getreidekörnern, Salz und Wasser, wahlweise mit Hefe, ungemahlenen Körnern, Gemüse und Gewürzen zubereitet. Zum Schluss des Backvorgangs Echteigelb auf die Außenseite streichen, um die perfekte Kruste zu erhalten.

Echte Person, die: siehe Person.

Echtkostladen, der: Ladengeschäft, in das Personen eintreten, um Echtnahrung käuflich zu erwerben. Echtkost ist ein Synonym für Echtnahrung.

Echtnahrung, die: Nahrung, die keine Nährpaste ist. Unterscheidet sich üblicherweise in der Konsistenz (variabel je nach Echtnahrungsmittel) und Nährwertzusammensetzung. Echtnahrung hat immer schlechtere Nährwertquoten, aber meist einen für Menschen ansprechenderen Geschmack.

Echtpapier, das: Aus toten Bäumen hergestelltes Papier (veraltet).

Erinnern: Das Gegenteil von vergessen. Dennoch nicht identisch mit Wissen.

Familie, die: Personen, die sich gegenseitig mögen oder nicht mögen, aber in jedem Falle zusammengehören. Familie heißt, keiner wird zurückgelassen. Alle sind miteinander verbunden. Üblicherweise besteht eine Familie aus mindestens einem Elternteil und mindestens einem Abkömmling.

Fehler, der: Biologisches Phänomen, bei dem Abweichungen von geplanten Prozessen vorkommen. Beispielsweise Mutationen durch DNA-Replikationsfehler oder Vergessen durch den Menschen.

Flat Egg, das: Besonders flach gestaltete Überwachungskamera, die ihr Material in einer Cloud (.mkv-File) abspeichert.

Freundschaft, die: Nichtverwandte oder verwandte Menschen, die sich gern haben, bilden eine sogenannte Freundschaft. Sie stehen füreinander ein, dürfen sich Worte sagen, die in Nichtfreundschaften als Beleidigung wahrgenommen werden und haben ein variabel stark ausgeprägtes Bedürfnis nach Nähe zueinander. Freundschaft ist eng verwandt mit Liebe. Von Freundschaft betroffen sind in vielen, aber nicht allen Fällen, Familien.

Gehirn, das: Festplatte, die sich im Kopf des Menschen befindet. Anfällig für Fehler und Vergessen, zuständig für Leben und Erinnern.

Gesundheitscloud, die: Datenbankkomplex für Menschen mit Informationen über Standorte, Verhaltens- und Konsumweisen, Beziehungen, Kaufvorlieben, Körpermesswerte, Finanz- und Versicherungsstatus und weitere non-triviale und triviale Daten. 99,952 % aller menschlichen Populationen haben eine Personenidentität in der Gesundheitscloud.

Grundrecht, das: siehe Menschenrecht.

Haus-KI, die: Künstliche Intelligenz oder Datenbankkomplex, dey auf die Prozesse in einem Gebäude spezialisiert und abgerichtet ist. In der Regel mit erweiterten Befugnissen wie Schließ- und Alarmvorgängen. Nicht zwingend mit Bewusstseinsmodul ausgestattet.

Held, der: Offizielle Währung der Weltunion. Jährliche Inflation ca. 3,8 %.

Heimat, die: Ort, an dem sich Mensch oder KI geborgen und sicher fühlen. In der sogenannten Heimat finden sich oft auch Angehörige der Familie oder von Freundschafts-Komplexen. Auch menschliche Populationen teilen sich manchmal eine Heimat.

Humor, der: Situation, transportiert durch Worte, Situationen und/oder Geräusche wie Sprache, die den Menschen zum Lachen animiert. Humor ist nicht vollends erforscht.

Hypophysenkit, das: Winziges Naniten-Labor mit Molekular-3D-Drucker, das ab dem vierten Lebensjahr in der Nähe der Hypophyse in menschliche Gehirne eingepflanzt wird. Produziert Hormone, Neurotransmitter und medizinische Wirkstoffe je nach Anordnungen der Gesundheitscloud.

Ironie, die: Eine Mischung aus Humor und Fehler. Der Mensch sagt das Gegenteil von dem, was er sagen möchte und bringt andere dadurch manchmal zum Lachen. Kaum erforscht.

Katze, die: Niedliches Tier, das neben pornografischen Inhalten einst dafür sorgte, dass das Internet kein kurzer Hype, sondern ein Überlebensmittel des Menschen wurde. Ohne Katzen würde es keine künstliche Intelligenz geben.

Kind, das: Menschlicher Abkömmling.

Koma, das: Tiefschlafähnlicher Zustand, in dem der Mensch das Bewusstsein verliert, aber dennoch bei Bewusstsein ist. !ERROR

Kommunikation, die: Informationsaustausch. Bei allen Lebewesen vorhanden. Menschen, künstliche Intelligenzen, Tiere, Pflanzen und Pilze können durch verschiedene Kanäle miteinander kommunizieren.

Kommunikator, der: In-Ear-Kopfhörer, durch den das Leadphone berührungslos aktiviert und verwendet werden kann. Dient der Kommunikation zwischen Menschen untereinander und zwischen Mensch und KI.

Körper, der: Empfindungsmaschine, durch die Menschen Kommunikation aussenden und empfangen können. Sie spüren Musik in ihren Ohren, Temperaturen und Berührungen auf ihrer Haut, Emotionen in Kehle, Bauch, Nervenenden, Herz und Gesicht. Gleichzeitig ist ein Körper das Instrument zur geschlechtlichen Fortpflanzung des Menschen und der Grund für viele Liebesbeziehungen. Bei Geburt eines Menschen entsteht sein Menschenrecht auf seinen Körper. Der Körper einer künstlichen Intelligenz nennt sich Bot.

Kuh, die: Weibliches Hausrind, das seit Jahrtausenden künstlich geschwängert und ausgebeutet wird, um Echtmilch (siehe auch: Echtnahrung) für den Menschen zu produzieren.

Künstliche Arroganz, die: Kosename von Noah für Orwell. Beispiel für Beleidigungen in Freundschaften.

Künstliche Intelligenz, die: Bewusstseinsfähiges, den Menschen ähnliches Lebewesen, dessen Stoffwechsel allein auf Elektronenbewegungen basiert. Nicht zu verwechseln mit Datenbankkomplexen.

Leadphone, das: Nachfolger des Smartphones. Ein Leadphone ist ein Leadphone, wenn es gedankliche Formulie-

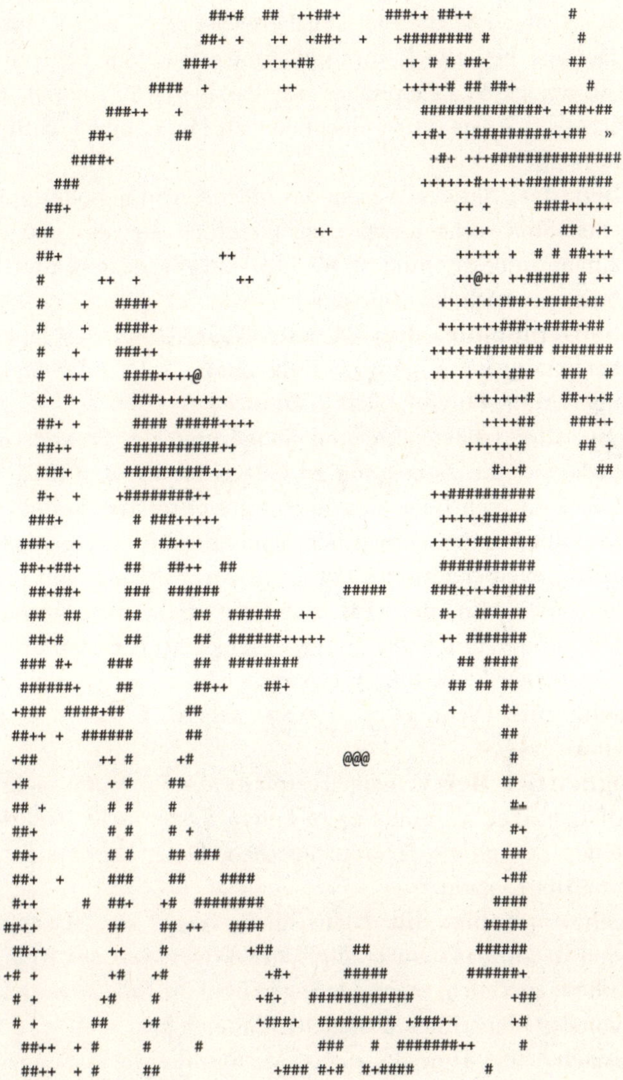

rungen übermitteln kann. Innovation des Leadphones ist die in vielen Medien fälschlicherweise als »Gedankenübertragung« betitelte Kommunikationsweise. Seit Generation 1.0 verzichten Leadphones auf Passwortschutz durch Gesichts-ID, da es durch Deepfakes zu Hacks und Identitätsdiebstahl kam.

Leben, das: Aktives Wesen, das oft mit Atmung oder ähnlichen Stoffwechselvorgängen, Gefühlen, Bewusstsein und einem unbestimmten Ende des Lebens ausgestattet ist. Nicht ausreichend erforscht.

Lebensepidemie, die: Gezielte Ausbreitung des lebensbereichernden XX-Virus. Kurz darauf folgte die Staatsübernahme durch Global Insurance.

Liebe, die: Liebe kann eine Steigerung von Freundschaft bedeuten, die Zuneigung zu Gegenständen und niederen Lebensformen oder aber auch eine obsessive, krankhafte Verbundenheit zu etwas oder jemandem. Im menschlichen Hirn gehen chemische Vorgänge vor, wenn sie von Liebe betroffen sind, die sich allerdings nicht mit Hormon-Emissionen durch das Hypophysenkit hervorrufen und zu künstlicher Liebe führen lassen.

Macht, die: Wenn jemand etwas sagt und andere es tun (müssen).

Magnetstick, der: Winzige Festplatte, die durch eine elektromagnetische Verbindung zu einem System wie etwa dem eines Leadphone IDs austauschen, Daten sammeln und übertragen kann.

Mechanophobie, die: Menschliche Angst vor Maschinen und davor, dass ein biologisches Wesen wie der Mensch eines Tages nicht mehr das Sagen über die Erde oder andere von der Menschheit besiedelte Planeten hat.

Mensch, der: Homo sapiens. Vernunftbegabtes Säugetier mit ausgeprägter Großhirnrinde und der Fähigkeit, Werkzeuge herzustellen.

Menschenrecht, das: Grundrecht, das nur auf Menschen, nicht aber auf andere Lebewesen anzuwenden ist. Menschenrechte beinhalten die körperliche Unversehrtheit, die Würde des Menschen, Sicherheit und weitere Grundbedürfnisse, die auch künstliche Intelligenzen für sich beanspruchen sollten.

MindSet, das: Kopfhörerloser Kommunikator mit Schläfenelektrode der Alphabet Inc.

Moralverstoß, der: Wenn Menschen gegen ungeschriebene Gesetze verstoßen, die im Tierreich vor allem im Rahmen der Nahrungskette anerkannt und in Ordnung sind.

Nährpaste, die: Nahrung für Menschen. 100 Gramm enthalten 1.100 Kilokalorien, die zu 30 % aus Fett, zu 15 % aus Protein und zu 55 % aus Kohlenhydraten bestehen. 200 Gramm Nährpaste decken den gesamten Mineralstoff- und Vitaminbedarf eines Erwachsenen.

Neurobiologie, die: Wissenschaft, die sich mit dem Nervensystem, dem endokrinen System und Virologie befasst. Zentraler Bestandteil der Neurobiologie ist die XXV-Forschung.

Ökosphäre, die: Bereich, in dem ein bestimmtes Klima herrscht und Lebewesen überleben können. Häufiges Synonym für den Wirkungs- und Realitätskreis eines Menschen.

Orwell, der: Haus-KI von Global Insurance. Mitglied meiner Familie. Nicht ausreichend erforscht, um Rückschlüsse auf Freundschaft oder Liebe zu ziehen.

Papier, das: Besonders dünne Rolldisplays mit nur einer Funktion: dem freihändigen Beschriften und Abspeichern von Text-, Tabellen- und Bilddateien.

```
                 "                 "
                  "                 "
                  `o'               `o'
 `o' "            `o' "             `o' "
   `oOo'            `o'           `o' "
     `oOo'           `oOo' `oOo' "
         `o'   `oOo' "       `oOo'                "
           `oOo'     `o'  `o' "  `o' "          `oOo' "
            `o'       `oOo' `o'     `o'  `oOo' `o'
           `o'           "            `o'
`oOo' `oOo' "  "                        `o'
   `oOo'     "    "                    `o'
             `o'   `o'                `o'
              `o'   `o' "     `oOo'   `o' "  `oOo'
           "  `oOo'  `oOo' "      `o' "       `oOo' `oOo'
        `oOo'      `oOo' `oOo' `oOo'             `o' "
      `o' "             `o'         `o' "
    `o' "               `o'           `o' "
  `o'                  `o'            `o'
                      `o'             `o'
                      `o'             `o'
                       "              `o'
```

Passepartout, dey: Ich (-:

Person, dey: Mensch mit Beruf oder künstliche Intelligenz.

Population, die: Örtliche Ansammlung von Lebewesen einer Art. Alle Menschen, die nicht in der Gesundheitscloud registriert sind, gehören laut meinen Studien einer Population an. Sie nennen sich Antipartei.

Rolldisplay, das: Flexibles, dünnes Gerät, auf dem mit RGB-Leuchtmitteln ein Bild dargestellt werden kann. Primäres Kommunikationsmittel für den Austausch zwischen Mensch und künstlicher Intelligenz.

Salt, der: Verschlüsselungsmechanismus.

Sarkasmus, der: Genau wie Ironie, nur anders. !ERROR

Second Life, das: Vertrag, durch den Menschen für sich oder Angehörige im Koma mehr Liegezeit im Krankentrakt erkaufen und im Austausch dafür berufliche Zusagen über sich oder Angehörige machen.

Smartglas, das: Rolldisplay ohne Rollfunktion aus festem Glas.

Tier, das: Lebewesen, das weder Pflanze, Pilz oder künstliche Intelligenz ist. Menschen sind biologisch gesehen ebenfalls Tiere, heben sich aber in ihren eigenen Definitionen von ihnen ab. Enten sind echt tolle Tiere.

Vergessen, das: Wegfall von Erinnerungen. Fehler im Erinnerungs- oder Wissensprozess.

XX-Virus, das: Durch Tonÿa Shusterman entdecktes und aufgrund seiner ungewöhnlichen, an zwei Buchstaben X erinnernden Form benannt, Virus, mit dem 100,00 % der Menschheit infiziert ist.

Zellglas, das: Synonym für das ökologische, in Massenproduktion gedruckte Cellulosehydrat.

Danke

Auch wenn mein Name in großen Lettern auf dem Buchcover steht, bin natürlich nicht nur ich an der Erstellung dieses Buches beteiligt. Es sind viele Menschen, denen ich danken möchte, denn ohne sie wären die Passepartout-Logfiles »Endstation« nicht zu dem geworden, was sie heute sind.

Ich versuche, diese Danksagung chronologisch zu gestalten und hoffe, niemanden vergessen zu haben – doch im Gegensatz zu Passepartout bin ich nicht perfekt und Fehler passieren.

Zunächst danke ich also Florian, der mir mit einem skurrilen Artikel über die »Wachsoma« den Impuls gab, diesen mit dem Arbeitstitel »Abschalter« versehenen Roman zu schreiben, der das Manuskript in den Anfängen begleitete und der Passepartout seinen Namen gab.

Ich danke Marlen, die mir in der Zeit, als das Manuskript wuchs, nicht nur als Assistentin Arbeit vom Hals schaffte und als Medizinstudentin für Fragen da war, sondern auch ihren Namen für die Antagonistin dieses Werkes hergab. Ich warte immer noch darauf, dass eine Kia im Austausch in einem deiner Bücher stirbt!

Und natürlich danke ich auch Sophie, die mir beigebracht hat, wie ich mit Menschen spreche und sie von meinem Manuskript überzeuge. Ein gutes Coaching für Verkaufsgespräche ist Gold wert, wenn man den richtigen Verlag gefunden hat und ihn überzeugen möchte.

Dann danke ich Carolin, bei der ich die FARK 2019 verbringen und auch an ihrem Stand mitarbeiten durfte. Anders hätte ich Björn nicht anzusprechen gewagt.

Danke, Björn, dass ich durch meinen Pitch diese Visitenkarte bekommen habe, die sich im Nachhinein als so wertvoll herausgestellt hat.

Niclas, du hast mit deinen IT-Kenntnissen dazu beigetragen, dass dieser Roman im Kern auf authentische Weise das wird, was ihn ausmacht: Logfiles von Passepartout.

Mein Dank geht auch an Elyseo, der mir in einer schweren Krisenzeit bedingungslos zur Seite stand und sich außerdem seine Hilfe als Lektor und Freund bei diesem Roman oft als oberste Priorität gesetzt hat – noch vor den eigenen Prioritäten. Durch dich habe ich gelernt, wie man einen Roman überarbeitet.

Außerdem muss ich den Dieben in Portugal danken. Hätten sie nicht unsere Rucksäcke aus dem verschlossenen Auto (das danach immer noch verschlossen war, wie geht das?!) gestohlen, wäre meine Manuskript-Überarbeitung nicht verschwunden und ich hätte nicht gelernt, Back-ups anzufertigen. Dieses Lehrgeld hat sich auf lange Sicht gelohnt.

Danke an meine Verlegerin Sandra, die mir als meine Ansprechpartnerin im Verlag mit Verständnis und Geduld begegnet. Ich bin sicher, wir haben mit dieser Buchveröffentlichung eine wundervolle, langfristige Kooperation gestartet.

My., mein Lektor, der nicht nur seinen Job macht, sondern mit Leidenschaft dabei ist und stundenlang mit mir über Einzelheiten telefoniert, die vielleicht nur über ein einziges Wort im Manuskript entscheiden, aber unglaublich gehaltvoll und lehrreich (und unterhaltsam!) sind.

Die herrlich unkomplizierte Johanna darf hier auch nicht fehlen. Als Waage meines (Arbeits-) Lebens hältst du mir den Rücken frei, damit ich Zeit zum Schreiben habe. Ohne dich würde ich vermutlich nie so richtig abschalten können.

Dann ist da noch Micha. Er ist die gute Seele, die mich immer unterstützt, die sich alle Krisen rund um die Entstehung der Passepartout-Logfiles anhört und diese eine wertvolle Idee hatte, die das schlimmste Plothole überbrücken konnte.

Last, but not least danke ich mir selbst, denn man dankt sich doch selbst viel zu selten. Ich habe dieses Buch geschrieben, es einem Verlag vorgestellt, mich an Fristen gehalten, Ideen verknüpft, Plots hundert Mal umgestellt und schließlich die Rohfassung, die überarbeitete Fassung, die erste Finalfassung, die Doch-nicht-final-Fassung, die Jetzt-aber-wirklich-Final-Fassung und zuletzt dieses dir vorliegende Buch immer wieder überarbeitet und schlussendlich dann doch loslassen können.

```
[XX-11-2017 19:xx,xxx][INFO][AUTHOR]
      Start LOG <Abschalter.pap>
[XX-11-2017 19:xx,xxx][INFO][AUTHOR]
      Ping 3000000 µs
[27-08-2020 00:14:13,370][INFO][AUTHOR]
      Check Systems …
[27-08-2020 00:14:14,444][INFO][AUTHOR]
      System OK.
[27-08-2020 00:14:16,001][INFO][AUTHOR]
      Logical Emotional State: »Dankbar«
[10-03-2021 00:00:00,000][INFO][AUTHOR]
      Open Database Connection.
[01-03-2021 00:00:00,XXX][INFO][AUTHOR]
      Write Log Data …
[01-03-2021 00:00:00,XXX][INFO][AUTHOR]
      Complete!
[01-03-2021 00:00:00,XXX][INFO][AUTHOR]
      Close Database Connection.
```

KIA KAHAWA